Staread
星 文 文 化

天命卷
TIANMING JUAN

司南
SI NAN

侧侧
轻寒
著

长江出版社
CHANGJIANGPRESS

司南

天命卷

第十章　　冰雪鸾冠　　194

第十一章　生生不息　　210

第十二章　昔时兵戈　　228

第十三章　风雨如晦　　244

第十四章　三谒顺陵　　264

第十五章　亿万斯年　　288

第十六章　永生永世　　309

尾　声　　杨柳依依　　327

目录

第一章　朔风吹雪　002

第二章　素履冰霜　025

第三章　寒雨连江　046

第四章　死生契阔　064

第五章　蓬莱此去　089

第六章　宛丘之上　121

第七章　树犹如此　146

第八章　春水碧天　162

第九章　冰川绝巅　178

天

命

卷

第一章

朔风吹雪

冷月斜照于屋檐之上，雪后的敦煌城，一片寂静寒凉。

耳边传来一声低弱猫叫，朱聿恒从御驾兵巡布防图上抬起头。屋内炭炉烧得有点热，他推开窗户，看向外面绵延的房屋。

敦煌是军镇，屋宇一板一眼，原本显得太过严整肃穆，但此时在积雪的覆盖下，它却消弭掉了太过冷硬的轮廓，显出流畅温柔的线条来。

对面屋顶雪中，一只黑色的小猫正瑟瑟发抖地看着他，发出"喵喵"两声轻叫，在这雪后清寂中听得清楚分明。

猫，一只突如其来闯进这个冷清世界的小黑猫。

月光和碎雪掩去了野猫乱七八糟的毛发，只映得它的眼睛湛然灼亮，比世间万物都要明亮夺目。

朱聿恒默然望了许久，眼前又浮现出与黑猫异常相似的那一双眼睛。

初见那一夜，黑暗中，火光跳动在她粲然的双眸中。

画着金线的蜻蜓在她周身流转飞旋，当时的他未曾察觉，可如今想起那个瞬间，却是心旌摇曳，无法自抑。

阿南，她如今身在何处？

她是否也像这只猫一样，在某一个地方的某一场雪中，正以格外明亮灼眼的目光，打量这个冰冷无瑕的世界？

耳听得谯鼓二点，夜已深了。

他收敛了杂乱心绪，起身活动肩背，拿起几上一块奶酥掰开放在窗外，向对面的小黑猫示意。

小猫警惕地看着他，见他回了桌前整理书札，才小心翼翼地跃到屋檐下，跳上栏杆，一路踩着梅花脚印，慢慢走到了窗前。

用鼻子嗅了嗅奶酥，小猫明亮的琥珀色瞳眸抬起，谨慎地看了看他，见他并未接近，才尝试着咬了咬奶酥。

香甜的味道让小猫不由自主地眯起了眼睛，舌头一卷，叼起了奶酥立即回身，蹿上对面屋脊，在起伏的雪色中跳跃，随即于皑皑白雪之中消失了踪迹。

这头也不回弃他而去的模样，可真像阿南啊……

身后传来轻轻的叩门声，得了回应后，韦杭之疾步进内，抬眼见他目送小猫咪的神情，只觉心口略沉。

自从阿南走后，殿下虽表面如常，却瞒不过他这个一直跟在他身后的人。

也说不清具体是什么改变了，只是这一路的苦苦追寻，最终尽付惘然，好像一切都空落落的。

不知怎么的，他想到在地道中阿南与殿下的亲密举止，然后又不动声色决绝离去的身影，便觉得又恼怒又悲哀——

他心中一直奉为神明的殿下，这是被始乱终弃了吗？

见他不说话，朱聿恒瞥了他一眼："怎么？"

韦杭之忙收敛心神，道："之前，玉门关出事那口穿井上，有一块盖在井口的石板，殿下曾命人带回。"

朱聿恒自然记得此事，说道："记得。那上面依稀是青莲托举双人影的痕迹，应当是取地图时被废弃的石材。"

"是。上次阵法虽已破解，但魔鬼城那边坍塌的通道尚未清理完毕。后来匠人们根据上面的位置推断，打通了一条重要路径，刚刚那边米人急报，在新打通的洞中发现了八块石板。"

朱聿恒眉梢略扬。

傅灵焰所设阵法皆有联系，当初在顺天城下和东海、渤海水阵中都发现了其他各处阵法的线索。因此，魔鬼城挖出来的八块石板，必定是八个阵法的揭示。

"走，看看去。"长久以来寻找的地图终于有了下落，朱聿恒立即带着他加快步伐向前堂走去。

前次探索魔鬼城，因为出动了军队，造成了机关震荡，此时挖出来的几块石板，已在上次的坍塌中彻底碎裂。

诸葛嘉亲自从魔鬼城护送碎片过来，正指挥士卒们将碎片外捆缚的草绳一一解开，按照顺序平铺于堂上，拼凑成图。

朱聿恒的目光迅速在碎片上扫过，接过旁人手中的灯笼，走到一块稍大的碎片旁边，举起灯笼照去。

碎片的斑驳泥痕下，依稀显露出是河流南岸的一座繁华城池。

正是他在各处出现的地图中，唯一无法捉摸的那一幅。

只要将其他碎片取出，拼凑完整，便能立即看到图上准确的河流走向与城市风貌，届时，这幅地图将彻底呈现于他面前。

"寻找碎片，先将这一幅拼出来。"朱聿恒吩咐工匠们，正要俯身端详那块碎片之时，却听得背后传来轻轻的咳嗽声。

他回头看去，暗夜中，灯光下，一袭黑衣，面色苍白，肩上停着斑斓孔雀的，不是傅准还能是谁？

他依旧是那副虚弱无力的模样，靠在门扉之上，低低的声音中气不足："殿下，圣上传召，有要事相商。"

朱聿恒来到皇帝居处，才发现他并不是询问行军之事，反而谈起了马允知和梁垒的处置之事。

"马允知杀良冒功，罪大恶极，朕决定将其斩首，首级传示各边镇，以儆效尤。"

皇帝一向手段酷烈，作此决定也在朱聿恒意料之中："圣上明断。"

"此外便是那个梁垒。他在阵中被擒获之后，听说嘴很硬，至今无人能从他口中撬出青莲宗的消息来。"皇帝说着，斟酌片刻，道，"朕听说，诸葛嘉从魔鬼城回来了，他这人精于审讯，号称能令石人开口，你带他去审一审那个梁垒吧。"

朱聿恒应了，看时间不早，正要转身离去，却见皇帝又从抽屉中取出一份折子递给他，道："这是海客们近段时日的动向，你看看。"

朱聿恒接过翻开，先扫了一眼上面罗列的名单，发现其中不乏要害部门的地方大员，不由得眉头微皱。

"看到了吗？这些就是还心念二十年前那位故主旧恩的朝臣。"皇帝怒极反笑，神情中带着几丝嘲讽，"这个竺星河倒是有见地，联络收买的人都还挺有用，若不是你及时查抄了永泰行、堵死了北漠兴风作浪的路、剿灭了青莲宗主力，朕的朝廷里怕是也要不得安宁了。"

说到这儿，他想起那舍生忘死要引燃地下死阵的蓟承明，"嘿"一声冷笑，道："朕倒忘了，宫中早已不宁，这些乱臣贼子还差点成事了！"

朱聿恒道："陛下吉人自有天相，如今天下大定，些许旁枝末节，孙儿替您斫除即可。"

"好，朕此生最为欣慰的，便是有你这样一个好孙儿！"皇帝重重拍着他的肩膀，又想起他的病情，叮嘱道，"切记不要太过劳累，审完便尽快安歇吧，好生将养身子。"

朱聿恒应了，退出后便召来诸葛嘉，一听说梁垒负隅顽抗，诸葛嘉拍胸脯保证道："殿下放心，审讯之事属下最为拿手，您在堂外喝杯茶，属下片刻间便将他嘴撬开！"

结果，朱聿恒在堂外喝了足有两壶茶，批完了所有折子，安排好了一切事宜，等到鼓点打了四更，诸葛嘉那边还未传来讯息。

他站起身走到大牢中，隔着栅栏看见梁垒正被绑在椅上，头发蓬乱，满脸血污，身躯如遭雷殛，颤抖中全身冷汗如雨，喘息深重，一如濒死野兽。

诸葛嘉喝道："梁垒，你还是从实招来吧，青莲宗如今逃往何处，你们又在朝廷与各地潜伏了多少耳目？说！"

梁垒喉口嗬嗬作响，死命地挤出几个字："狗官，有本事你杀了我！"

诸葛嘉冷笑一声，正要吩咐再行刑，朱聿恒担心梁垒会被折腾致死，上前制止。

示意闲杂人等退出后，他向梁垒开口："梁小哥，若本王没猜错的话，青莲宗要为祸作乱，又没有能力对抗朝廷，那么下一步要前往之处，自然是当年傅灵焰设下的死阵了。我问你，下一个阵法在何处？"

"呸，我宁死也不会吐露！"梁垒目眦欲裂，一口血水啐向他，"可惜我们一家人都瞎了眼，居然没看出你，还有那个为虎作伥的阿南……全都是狗贼！"

阿南。

这两个字入耳，如同揭开心口伤疤。

朱聿恒略一偏身，避开了血水，脸上神情顿时转冷："怎么，是北漠进攻我国后百姓有好日子过，还是前朝余孽上台后，你们就有清明天地了？"

梁垒怒吼道："我青莲宗救苦救难，而你们朝廷狗官只知搜刮百姓，逼我们多少人走上绝路！不将你们推翻了，难有朗朗乾坤！"

朱聿恒在椅上坐下，接过诸葛嘉递来的茶盏，沉声道："至少，我与阿南共同进退，破解了敦煌的死阵，使得敦煌百姓免于流离失所，免于饥寒冻毙，而不是如你们这般，口口声声青莲老母救苦救难，却要发动死阵，令一地百姓再无生机！"

"住口！"

朱聿恒缓缓吹了吹杯中热茶，问："恼羞成怒了？既然你们青莲宗如此救苦救难，那么下一个地方要去何处？南下？横断山脉，还有哪里？"

"横断山脉"四字入耳，梁垒的神情顿时一变。

显然他身为青莲宗重要人物，确实知道傅灵焰几个阵法所在，但随即，他便放声大笑："想从我口中套取阵法所在？你做梦！那阵法早已消失，你们还要如何寻找！"

朱聿恒目光微冷，抬眼瞄向他："早已消失，是什么意思？"

"哼，天作孽，犹可违；自作孽，不可活！你们争权夺利，为了权势无所不用其极，现在反倒……"

话音未落，他喉口忽然卡住，只听得喉管中传来轻微的"咕咕"声，声音戛然而止。

朱聿恒见势不对，将茶碗一搁，霍然起身。

诸葛嘉见多了诈死发难的囚犯，立即大步走到梁垒面前，举起手中的刀尖抵在他的心口，低头审视他的情况。

只见梁垒口鼻中全是黑血，眼睛死死瞪着他，已经只有出气没有进气了。

诸葛嘉立即扭头，大吼："叫郎中来！"

为防审讯时下手太重，牢中审重犯时一般都会唤来郎中以备万一。

耳边脚步声响，郎中背着药箱匆匆赶进来，一看梁垒的脸色，再翻翻他的眼睛，当即便知道没救了。拿根银针扎了扎他的人中，又试了试口中黑血，摇头站起身道："没救了。"

诸葛嘉脸色难看："怎么死的？"

"中毒身亡，想是……他被捕时口中藏了毒蜡丸，如今受刑不过，便……咬破自尽了。"

"不可能。"朱聿恒断然道，"他是在照影双洞中被捕的，如此间不容发的阵法中，气息一岔便会出事，谁会事先在口中藏着毒蜡丸？"

诸葛嘉怒极，命人将梁垒拖下去后用漏斗将绿豆水灌了一肚子，又一再催吐，折腾了足有半个时辰。

但，他断了气，终究没能救回来。

朱聿恒看着梁垒死去，神情若冰。

梁垒说的那句话，在他心头久久盘旋——

"那阵法早已消失，你们还要如何寻找！"

这是他毒发后神志不清的疯话，还是隐藏着什么不为人知的内幕？

堂下天井中，红烛烧残，匠人们还在拼凑地图。

事关重大，地图拼出来后，已经送到皇帝居处。此时他正捻须站在廊下，沉吟审视面前石板。

见朱聿恒来了，皇帝示意他过来与自己一起查看。

之前的崩塌显然威力极大，石板已碎裂成二三十块，小如指甲盖，大如巴掌，如今被洗刷得干干净净，又精心拼凑贴好，呈现出上面的地图。

这块石板与他之前在高台上见过的无异，都是借助石头本身的纹理，然后在其上浅刻纹路，形成地图。只是这幅显得格外粗糙些，非但表面坑坑洼洼不曾打磨平整，连地图浅刻都是仓促而就，线条草草，仿佛要消失在石板本身的纹路间。

石板上，一条河自西而来，流向东南。河的南岸是一片繁华城市，而河水之中有一片形同草鞋的沙洲，被滚滚浪涛包围着。

皇帝端详着这幅地图，问朱聿恒："看得出是哪一带吗？"

朱聿恒端详着石板上的河流，思忖道："自海边回来后，孙儿便一直寻找相似的地方，可不是河流方向不对，就是沙洲形状不对，因此……至今未有定论。"

想起梁垒临死之前所说的"消失"之语，再看看石板上那些似要消亡的线条，他一时又陷入深思。

皇帝沉吟片刻，问："接下来，你准备如何？"

"昆仑山如今冰封万里，无法进入，再说时间也已来不及。孙儿已决定孤注一掷，南下横断山。"

天色尚未大亮，傅准便被人从睡梦中唤醒，面色更显苍白憔悴。

听说是皇帝要询问当年阵法之事，他便带着傅灵焰的手札而来，将其摊开翻到最后几页。

六道白水横劈开七座绵延大山，当中有瀑布自山巅而下，周围雾气弥漫，一片空白，仿似迷失的幻境。

旁边写的注语是："青鸾乘风一朝起，凤羽翠冠日光里。"

皇帝望向傅准："这是何解？"

傅准道："这两句诗与地形毫无关联，应该指的是机关发动时的情形。那边本就是深山老林，处处急流险滩、悬崖峭壁，地势之险匪夷所思，如今看这批注，要在其中寻找青鸾，怕是更缥缈不定了。"

"既然有了具体的山脉与水道，只要一路追寻而去，遇水架桥，逢山开路，必定能寻到正确的地点。"朱聿恒坚决道，"当年傅灵焰能凭着韩宋的人手办到的事情，我们如今怎么会办不到？"

皇帝亦以为然，道："既然如此艰难，那便务必请傅阁主也率领人马，随同皇太孙进山破阵，免得百姓受难。"

傅准露出"自作自受"的苦笑："是。"

皇帝又指向旁边那块石板："此外，还有个沙洲上的阵法，尚无法定位，傅阁主怎么看？"

许是冬夜寒风太冷了，傅准袖手看了面前这块石板许久，才缓缓道："难怪我祖母留下的手札中没有这个阵法，这怕是个……天雷无妄之阵。"

"天雷无妄？"

这是周易第二十五卦之象。无妄之行，穷之灾。若是解签的话，这是下下签。

"九玄门与道门术数关联密切，因此有虚必有实、有死必有生。而这天雷无妄之阵，则是代表此阵为虚、为死、为消失不见，却又随时隐于身旁之阵。"

皇帝不由得微皱眉头，觉得未免太过玄虚，世间哪会有这般阵法存在？

但他看向朱聿恒，却发现他脸上无法抑制地显出动容之色，一贯冷静沉稳的皇太孙，竟陷入了深思。

傅准继续道："无妄者，不测也。此阵既已隐没，再去寻求非但徒劳，还会陷入绝境。行有眚，无攸利，若用于出行破阵，大凶。若推断具体方位，则不在五行之中，消失于世，无从寻觅。"

见朱聿恒皱眉，皇帝便问："聿儿，你对这天雷无妄之阵，有何见解？"

朱聿恒道："适才孙儿奉陛下之命，前去审讯青莲宗梁垒。他于自尽之前吐露的下一个阵法，便是这般说辞。"

皇帝神情冷肃："哦？青莲宗也知晓此阵？"

"是，他说这阵法早已消失，无法寻找。"

傅准道："青莲宗不过凭着我祖母当年留下的只言片语，妄测一二天机而已。不过这阵法确属鬼神难测、无迹可寻。"

"傅阁主也没有头绪？"

"世间种种力量，必得先存在，而后才能击破。如今面前一团虚空，一个消失的阵法，无从寻觅，又如何能破解？"傅准回看朱聿恒，正色道，"所以事到如今，横断山脉之阵，已是不得不破了。"

原本八个阵法，在其他五个依次发动后，还留存三个，牵系着朱聿恒身上三道血脉。

但昆仑山大雪封山，他们已无法前往；天雷无妄之阵，地图模糊难寻，诡异莫解；那么他的"山河社稷图"，只能牵系在横断山脉的阵法之上了。

只是……

朱聿恒垂眼看着那块石板地图。

从高台上模糊的痕迹，到手札中消失的地图，再到如今这线条若失的石板，似乎都在证明，这是一个与其他七个阵法都截然不同的、诡异怪诞的阵法。

既然有河有城，纵使它后来会消失，但在一开始，它必定是设置好的，而且是有具体设置地点的。

一个消失的阵法，如何能有这些具体的设置？

大军回京途中，大雨夹杂着雪片，劈头盖脸下了下来。

军衣冰凉，角弓难开。军中虽备有蓑衣斗笠，但在这样的情况下冒着雨雪行军，其难度可想而知。

人困马乏，士卒们在泥泞中深一脚浅一脚前行。冰冷的泥水冻裂了双脚，还要急速行军，个个叫苦不迭。

朱聿恒骑马跑了一段，查看军士们的情况。

马蹄虚软，前行阻滞，身上的油绢衣挡住了雨水，却挡不住透进来的寒气。眼看士气低迷，他抬头看向前方一望无际的蜿蜒平原，并无任何足以遮风避雨之处。

拨马赶到队伍之前，他询问前方引路的向导："何处可以安营扎寨？"

"雨雪交加，四下没有可供生火休整之处，就算扎下了营寨，士兵依旧只能冻饿等待。不如按照原计划前行，让将士们再熬一熬，翻过前面这两道丘陵，上山脊而南行，十里开外便是宣府镇辖下榆木川，到时候好好休整即可。"

旁边人听到"宣府"二字，都是精神大振，顿时觉得面前这区区两道小丘陵也不算什么了。

宣府是圣上登基之后设的九大边镇之一，离京城四百里，地势极为险要，是扼住北漠南下的咽喉之地。因此那里设置了石垣壕堑、烽火烟台，将士众多，极为严整。

朱聿恒回马到御驾旁，隔窗对皇帝说了此事，他点头许可后，便命加快行程。

冬日荒原之上草木尽枯，又被雨雪覆盖，哪还有路径可寻，唯有辨认着前方山峦，一路前行。

翻过两座荒丘，便看见了突出的山脊，众人随即向南而行。

按向导所说，十里开外便是宣府。疲惫交加、冻饿相迫的士卒们满怀期待，无需催促便纷纷加快了脚步，向着正南方而去。

然而，走了足有十数里，宣府那高大的城墙关隘却未出现，面前依旧是茫茫的雨雪荒原。

原本昂扬的众人，脚步渐渐沉重了起来。虽然口中衔枚无人发声，但难掩身体的迟疑。

朱聿恒打马到队伍之前，正看到前方两名斥候从蒙蒙雨雪之中奔来，跑到向导面前。

他拨马向前，正听到他们结结巴巴道："宣府……宣府……不见了！"

"什么不见了？"向导震惊之下又莫名其妙，正要追问，朱聿恒见斥候神情不对，怕影响士气，示意后方队伍停下略加休整。

他带着向导与这两个斥候一起向前再走了一段路，前方雨雪之中视野迷蒙，确实只有山峦起伏，没有任何城关痕迹，便问："怎么回事？这么大一个宣府镇，驻军十万，怎会不见了？"

"真……真的不见了！"年长的那个斥候结结巴巴，指着身后惶惑道，"小的就是宣府镇的斥候，陛下五次北伐皆从宣府出，属下随同了三次，对此地了如指掌！翻过两道山丘，过山脊而南转，便是榆木川。过榆木川五里，便是宣府上北路，筑独石城，里面的参将与守备小的都见过……"

朱聿恒在心中暗自计算了一下路程，他对于长短数字极为敏感，自然不会出错，立即道："这么说，按照行程，大军本该到独石城了？"

"是，可如今，榆木川不见了，独石城不见了，宣府镇……咱们也找不到了！"

"岂有此理！"向导惶急，怒道，"是不是你们在雨雪中认错了方向，导致大军迷失？"

"不可能！此间平原缓丘，一览无余，山脊绝不会转移！我们二人都是因为擅长辨认方向所以被选为斥候向导，而且每个人手中罗盘也准确无误指向正南，如何会有错误！"

朱聿恒打断他们的争执："如今面临困境，你们争执推诿又有何用？本王问你们，如今大军身处何处，你们有确切方位吗？"

几个人都是沉默，斥候结结巴巴道："路都没了，一路的标记物也消失了，适才我们又前行了数里，也没探寻到任何标志……"

这意思便是，他们迷失在了雨雪交加的荒原中，连方向都无从寻起。

朱聿恒眺望前方蒙蒙雨雪，终于道："既然前行无处，不若先行返回，召集所有斥候，与你们三人一起，再寻路吧。"

听皇太孙殿下发话，再看看迷失的前路，三人只能依言回归队中，跑到前方去。

数万大军绵延数里，掉头殊为不易。前方各将领招展旗帜，传令官穿梭来去，发号施令。

朱聿恒骑马在泥泞中返回，来到皇帝车驾旁，隔窗将此事禀报给皇帝听。

皇帝震怒："在朕看来，定是这些人敷衍塞责，带错了道路，不若先砍两个脑袋，让他们不敢马虎造次，以免军心动摇！"

朱聿恒劝解道："孙儿随他们去前方查看过了，确实没有任何驻军迹象，情形似有些古怪。事已至此，不若等大军重新出发，去往宣府后再做定夺。"

皇帝愤然道："大军出征，却迷失于沙场，何其可笑！"

朱聿恒笑道："当年飞将军李广亦在追击匈奴时多次迷路，如今我军不过是回途中小小波折，陛下但放宽心，相信休息片刻即可到宣府了。"

皇帝昨夜辛劳，摆了摆手示意他去布置，便靠在车驾中继续合眼养神。

大军回头，顶风冒雪而行。

只是此次行军比之前更为艰难。之前向南返程是背对风向，可如今转而向北，冰冷雨雪劈头盖脸直击面门，兵士们个个苦不堪言，心里早把向导和斥候们的祖宗十八代骂了个千遍万遍。

朱聿恒越过各路随扈军队，亲自与向导们一起再朝山脊而去，在雨雪中寻路。

冻雨打在他的脸颊上，濡湿了他的眼睫与双唇，冰冰凉地透进肌肤，有一种麻木的刺痛感。

他抬头看向阴沉的天空与寥廓模糊的远山，心里忽然想，阿南现在在哪儿呢？

希望她正在一处可以遮风避雨之处，烤着火，喝着酒，暖融融地看着外面的雨雪，然后安然睡着。

会的。她是这么强悍能干的阿南，离开他之后，她一定能过得很好，不必承受这般寒冷侵袭。

"殿下，出什么事了，为何大军要回转？"

绘着拙巧阁团鸾标记的油壁车内，傅准推窗问他，那询问的模样中，透着点幸灾乐祸。

朱聿恒淡淡瞥了他一眼，道："没什么，向导们寻路出错了，怕是要变一下方向。"

"哦……"傅准捂嘴轻咳，拢了拢身上黑狐裘，埋怨道，"希望能尽早到宣府，不然我这孱弱的身子，怕是要冻出病来了。"

朱聿恒一言不发，催促马匹便要向前而去，耳听得傅准又低低道："只是迷路倒也不打紧，就怕目的地消失了……"

朱聿恒神情一凛，不由自主收住马缰，目光转向他。虽然没说什么，但显然在等待他后面的话。

"没什么，我只是有感而发，想起了天雷无妄之阵……"傅准怀中抱着吉祥天，抬眼看向面前茫茫的草原，轻叹道，"不知会于何时发动，也不知会于何地开启，阵法发动时，如果我们陷落其中该多惨啊……背负阵法的人，就如中了咒术，面前的路一条条消失，重视的东西一件件破灭，追寻的线索一桩桩失去，牵挂的人一个个消逝……"

说到这，他轻拥着吉祥天，微笑凝望朱聿恒，脸上带着些淡薄的怜悯之色："殿下您觉得，这样的遭遇，是不是太可怕了？"

许是落在面容上的雨雪太过冰冷，朱聿恒不由自主地打了个冷战。

但他绝不会在别人面前，尤其是在傅准面前展露自己的情绪，只转了话题，问："傅阁主，我曾听说竺星河有移山排海之能，不知他所用的五行诀，你是否了解？"

傅准轻咳几声："难道殿下的意思是，竺星河用五行诀挪移了山河，导致咱们迷失于此？"

"不然呢？这岂不比阁主所谓的'天雷无妄'更为切实一些？"

"磐石无转移，更何况是丘陵山脊。所谓的移山排海只是形容而已，这世上哪有人能办得到？"傅准拥着吉祥天轻咳，一副怯弱模样，"殿下，事到如今，连阿南都已经放弃离开了，你还不肯接受这必将来临的命运和无可奈何的消亡吗？"

朱聿恒瞳孔骤然收缩，射向他的目光如同针尖。

"孰是孰非，我看，还是要拿事实说话，试一下不就好了？"傅准仿佛完全不知自己触了他的逆鳞，悠悠叹了口气，道，"不过，与其拿数万大军与圣上来冒险试探，还不如殿下自己去试试看。毕竟，一个人与数万人的区别，可是相差甚远，也简单得多，对吧？"

朱聿恒目光冷峻："若是如此，这个消失了的阵法，该关系我身上哪条经脉？"

"天雷无妄，六阳为至凶，殿下身上的督脉，不是还完好无损吗？"他的手指尖虚虚指向朱聿恒的背部，道，"这条血脉，发于会阴，显于肩颈，收于囟门，届时殿下便知。"

朱聿恒没有再说什么，一言不发地抓紧了马缰绳，赶上了前方的向导们。

只是，他的耳边，莫名地又响起了梁邕临死前的话语。

遍寻不到又早已消失的阵法，难道，真的会潜伏于他的"山河社稷图"中，成为天雷无妄之阵吗？

大军一路跋涉，退至山后，静待军令。

朱聿恒率领韦杭之与诸葛嘉等人，带上向导与斥候，在草原上冒着雨雪将路线再理了一遍。对照他们所有人的记忆验证无误后，一行人出发再去寻路。

翻过两座起伏不大的山丘，在山脊之上转向正南，朔风自北而来，他们一路背风而行。

朱聿恒一路盯着前方，似要穷目光所及，寻到前方道路。

身后老向导蜷缩着身子，在雨雪中一步步艰难前行，喃喃道："山丘在此，山脊在此，咱们一步步踏来，连步数都没错，这下定然无误！"

旁边几人都低声附和，纷纷加快了脚步，心知皇帝性情暴烈，此次再寻不到路径，怕是要被军法处置了。

然而，一路行去，越走他们脸上恐惧越甚。

所有向导、斥候一起认准的方向，连步数都没有错的这一条路，前方空无一物。

别说城高墙厚的宣府镇、绵延不绝的烽火台，就连近在咫尺、过了山脊就该看见的榆木川，都毫无踪迹可寻。

"不可能……怎么会不见呢？怎么会找不到呢？"向导们惶急不已，个个面如土色。

朱聿恒往前驰了一段。雨雪交加中，大军踏过的痕迹、踩过的泥泞都还在，可宣府就是消失了。

诸葛嘉神情冷峻道："依我看来，这路线绝无变化，就算他们说谎，也不可能几个人一起冒死串通，骗咱们入彀。"

可，若这是对方设的阵法，要如何才能做到将城池与驻军全部转移？朱聿恒思索着，勒马回望四周，问："或许，这是利用恶劣天气制造出来的障眼法？"

"以属下看来，这绝不是障眼法。"廖素亭抹着脸上的雪水，眼睛都几乎睁不开，"障眼法只是迷了视野而已，又不是东西没了。就算雨雪遮蔽，可只要向导们方向正确，距离也正确，应当是闭着眼睛也能走到宣府的。"

"你的意思是，咱们在这里遇到了'鬼打墙'？"诸葛嘉警惕地望着四下，问，"你家传的'八十二'，不是说能在八十一路机关之外重开一道生门吗？'鬼打墙'能出得去吗？"

"我家传破解的是机关阵法，可不是这些神鬼难测的东西。"廖素亭苦笑，说，"嘉……诸葛提督，现下情形如此怪异，你别为难我了。"

本想脱口而出"嘉嘉"，但毕竟正事要紧，他话到嘴边还是改了口。

诸葛嘉也只瞪了他一眼，控制住怒踹他马臀的冲动。

"这世上哪来神鬼，依本王看来，其中必定有人动手脚。"朱聿恒略加思索，问诸葛嘉，"你先祖曾于江滩设八阵图，困住百万敌军，如今我们遭遇的这个阵法，与其是否有共通之处？"

"先祖武侯所创八阵图，以改变地形道路、增设土木为手法，但如今我们小辈无能，八阵图只能化为战阵对敌所用，而且如今我们走的是丘陵山脊，并没有任何分岔道路，属下对此……毫无头绪。"

朱聿恒回望周围，只觉那寒气不是从外逼进体内的，而是从心口升起蔓延全身。

数万人马迷失在雨雪荒野之上，明知宣府就在不远处，可这么大的一个军镇，这么短的距离，他们无论如何也搜寻不到，简直是匪夷所思。

正在此时，皇帝身旁的近身侍卫奔来，对朱聿恒传令道："陛下见士卒冻饿，不耐久候，吩咐殿下即刻回转。"

毫无头绪，众人也只能先回到大军。

皇帝正立于车驾之上，一见他们回来，当即对侍立于旁的中军将领们吼道："传令，大军行进！"

朱聿恒知道大军困在这般境地之中，确实危机重重，更何况皇帝本就性情暴烈，如何能在这儿盘桓太久？

他立即上前，低声劝解皇帝道："陛下少安毋躁，此间道路……"

皇帝咆哮着打断他的话："哪有找不到的道路？用刀子抵着他们走！错一步，

杀一个！两个时辰内到不了榆木川，留他们何用，统统杀光！”

朱聿恒抬头看，晦暗的天色下，花白的胡子让暴怒的祖父显得憔悴苍老，心下不由得暗叹，闭口不再说话。

皇帝又抬手示意他："聿儿，你进来，朕有话问你。"

车马辘辘，大军再度启程。

有了前次教训，中军重甲披挂，齐聚于御驾旁，谨慎围护。车驾平稳，翻过平原，上了山脊，车身只是微微起伏而已。

朱聿恒陪着皇帝坐于车内，只是目光一直透过车窗雨雪，注视前方动静。

雨雪严重阻碍了视线，即使他目力极好，可见的范围亦不过一二十丈。

油绢衣挡不住横飞的雨雪，他通身早已湿透。幸好车内宽敞，皇帝嘱咐他擦干头脸，在火盆边烤烤火，让冻僵的身子恢复过来。

朱聿恒依言坐下，将自己的手拢在火炉上，让僵直通红的手逐渐恢复成原本灵活有力的状态。

他下意识地举起自己的手，放在眼前端详着，神情略带恍惚。

却听祖父道："聿儿，自那个阿南走后，朕看你整个人都变了。你是我朝国本，日后当延我国祚、安我天下，切不可有自暴自弃的念头，更不可为区区一个女人，而心生颓丧！"

朱聿恒应道："是孙儿对前途患得患失，与阿南无关。"

然而，看他的神情，皇帝知道他并未将生死置于心上。

这个他一日日带在身边，悉心教导、亲手抚养的孩子，即将在风雨中毁于一旦。

"聿儿，此次回去后，你陪朕一同南下，去祭拜太祖陵墓吧。"皇帝叹了口气，道，"明年三月便是太祖二十四年忌辰，朕也老了，该回去看看了。"

又或许，人生至此，他终于明白了当年先帝的心境与考量，懂得了他做一切决策的原因。

朱聿恒应了，皇帝拍着他的手背，想说什么却一时难以出口。

前方队伍已经下了山脊，车驾周围重甲护卫，兵马簇拥，正要护着皇帝翻越山脊之际，猛听得轰然声响，周围大地剧烈动荡。

御驾车身一沉，猛然向着下方塌陷。

车身顿时颠倒侧转，向下摔去，坐于车上的皇帝身子陡然失控，肩膀重重撞向车壁。

朱聿恒飞身扑向祖父，将其护住。

就在此时，破空声传来，锐声震得人耳膜发颤，四下倏忽一暗，车驾猛然震荡倒地，顿时被挤得变形。

剧烈晃动中，朱聿恒抱住祖父，心知车驾已经坠入陷阱。

这陷阱应该是早已设下，之前大军两次进退，因为下方的支撑力量，并未发现任何异样。而如今众多人马全副武装重甲护卫，因为压力骤增，顿时陷于埋伏之中。

他护住祖父，身体倒转，足后跟向上急踹，狠踹向车壁与车顶相接处。

漆木断裂声中，车顶霍然裂开大洞。

他立即将皇帝托起，让他踩住自己肩膀，从裂隙处爬上去。

皇帝虽已有了年纪，但常年征战身强体健，踏着他的肩翻身而起，扒住车顶蹬上去之际，立即回身伸手给他："聿儿，走！"

朱聿恒牢牢握住他的手，正要翻身而上，却见皇帝身后异状闪现，巨大的黑影随着风声骤然笼罩而下。

"小心！"惊呼声脱口而出，朱聿恒日月猛然出手，向那黑影袭去。

然而出手之际他才看清，这黑影并不是活物，而是一截粗大的断木——

而他的日月是机巧之物，如何能抵挡这倾轧而下的巨力？

他身躯在车壁上一点，狠命向上扑去，要以自己的身体将那倒下的巨木挡住。

上头的侍卫们亦飞扑而来，企图将巨木拦住。

可已经来不及了。

巨木重击皇帝的背部，猛冲而上的朱聿恒死死抵住断木之际，一口温热的血喷在了他的肩颈间，祖父的头垂了下来。

朱聿恒只觉大脑"嗡"的一声，整个世界骤然暗了下来。

垮塌下的巨木将他破开的缺口严实封住，车驾内顿时陷入黑暗。他意识一片空白，摔坐在车内，只来得及紧抱住跌下来的祖父。

模糊中他听到上方的急促声响，是众人正在齐力清理陷阱，马车也在救援中震动不已。

顾不上其他，朱聿恒迅速扯开祖父的衣服查看伤势。

一片昏暗中辨不清晰，只依稀可见皇帝的后背迅速肿胀青紫。

朱聿恒以颤抖的手轻按试探。幸好，他当时的上冲之力替祖父卸掉了大部分的重击力量，至少他脊椎骨与肩胛骨都无大碍。

只是颈项受击后，皇帝神志晕眩，眼前的黑暗与耳畔的轰鸣让他靠在朱聿恒怀中，呼吸艰难。

朱聿恒扶住他，嗓音微颤："陛下，您怎么样？"

"聿儿……朕怕是不行了……"

他声音断续，气息已然接续不上。

"陛下切莫说这种丧气话！"朱聿恒打断他的话，让他靠在自己身上，仓皇道，"孙儿查看过了，陛下虽有伤势，但并未伤及筋骨。您一向身康体健，只要及时救助，必无大碍！"

皇帝喘息甚急，眼前金星乱冒，让他意识模糊，再难出声。

上方的人奋力抢险，斜插进断口的木头被合力抬出，天光透了进来。

众人急切地围在陷阱旁，悬下缚辇。

朱聿恒小心地托举着祖父，将他平放于缚辇之上。

仿佛此时他才察觉，在他记忆中威严雄壮的祖父，如今的确是个老人了。满是血污的鬓发与面容击碎了他一贯的强硬威仪，他虚弱无力地倚靠在已是盛年的孙儿身上，如风中之烛。

朱聿恒示意上面的人将祖父拉上去，命他们务必小心谨慎，勿使筋骨挪位。

他护着祖父，让缚辇安然稳妥地缓缓向上。

就在抬出陷阱之际，御驾车身陡然一震，无数锋锐亮光骤然自下射来。

御驾陷下，周围的埋伏趁机发动，弓箭齐射，向着被围拢在正中的皇帝而去。

侍卫们立即防护，然而对方用的是重箭，比一般的羽箭要重许多，弓箭手将其高射向空中，箭身划出一道长长的弧线，越过四周防护的士卒们，随即，下垂的箭头直冲向了包围中的皇帝。

在惊呼声中，日月蓬然飞射，飞旋之中早将皇帝周身护得严严实实，密不可透。

锋利绚烂的光在缚辇周围飞转，如彩彻区明，无论箭头从何种刁钻角度射来，都会被日月的气流卷袭裹挟，混乱零散地撞击在一起，在嘈杂的叮叮当当声中坠落。

而气流翻卷间，所有悬系缚辇的绳索又被完美避过，毫发无损。

待重箭落尽，朱聿恒手中日月乍收。众人尚未松一口气，埋伏的乱军放完了暗箭之后，已纷纷跃出藏身之处，向着大军围剿过来。

数万大军排成长队行军，正处于两座山脊之间，前后兵力被埋伏截断，中军顿时陷入包围。

随行御驾的都是弓马娴熟的将领，眼见中军陷进了埋伏，当下迅捷发号，后方士兵立即赶上，意图翻越山脊反向包围。

然而乱军有备而来，山脊之上早设了埋伏，士兵们尚未来得及反应，前锋已在一轮震荡中被迅速击溃。

在混乱声中，脚下大地陡然剧震。上方救援的人立足不稳，缚辇骤然松脱倾覆，安放于其上的皇帝眼看着便从上方坠落下来。

在惊呼声中，马车在震荡中再度下坠，四面断木从车外挤压扎入，眼看着皇帝和太孙都要硬生生被挤成肉泥。

朱聿恒立即展臂，将祖父护在怀中，紧紧护住。

撞在车壁上的后背传来剧痛——是断口锋利的木刺与折断的铜铁，深深扎进了他的脊背。

温热的血迅速涌出，可情势紧急，已经容不得他再加思索。他强行直起自己的身躯，不顾后背淋漓的鲜血与剧痛，竭力将祖父托起。

他颤抖的身躯被重伤的皇帝察觉。皇帝勉强动了动唇，只是气力衰竭，无法出声也无法动弹，只用手指勾了勾他的手臂。

朱聿恒向他点了一下头，声音嘶哑："皇爷爷，别担心。"

自受封为皇太孙后，他已有十来年未曾这样称呼过祖父。但此时危境之中，他脱口而出，而皇帝也未觉得不妥，只收紧了握着他的手。

只听得"咔嚓"声响，承重的车架将下方的木头又压断了两根。摇摇欲坠间，眼看马车又要向下陷落。

"杭之！"听到朱聿恒的呼唤，韦杭之会意，立即命人将缚辇展开，摆好兜住皇帝的姿势。

紧急之中，朱聿恒双脚重重踩在下方车座上，携着祖父向上猛然跃起。

"轰隆"声中，车驾再度下落。而他终于将祖父堪堪送到了韦杭之的面前，落在他展开的缚辇中。

随即，自己也终于抓住了诸葛嘉的手，借力一个翻身跃出了陷阱。

外围的敌军也已经杀到了他们面前。

对方马上功夫了得，个个彪悍无比，显然与北漠脱不了干系。

三大营中，皇帝近身护卫是神机营。然而雨雪之中，火枪濡湿无法发射，诸葛嘉唯有一声令下，众人以火铳替代短棍，结阵拒敌。但这般情况下突遇强敌，亦只能勉强抵挡。

前后军队均已被阻断，如今他们被困于两条山脊的谷底，左右钳制，四面无援。

众人都抱定了必死的决心，决心奋力拼杀，以死报国。

朱聿恒不顾自己背后的伤口，脱去已满是血污的外衣，抓过韦杭之递来的披风遮住自己的伤口，仓促道："诸葛嘉！"

诸葛嘉立即上前，听候他的吩咐。

"率领神机营士兵封锁北谷口，阻断后方攻势。八阵图结成后牢不可破，你务必阻住一段时间！"

八阵图专擅围剿防守，进击却是稍弱。如今听说只负责把守谷口，诸葛嘉当即道："属下誓当全力拒敌，绝不让他们再进半步！"

"廖素亭，你率一队人上山脊，搜寻陷阱通道，尽快引入大军相助！"

"是！"

"杭之，清点人手，随我往前方突击破围。"

韦杭之虽然应了，但望着朱聿恒带伤艰难起身的模样，心下不由得捏了一把汗："殿下，您身上的伤……"

朱聿恒没有回答，只示意他立即整顿队伍，向前方出口迎战。

背后伤势传来抽痛，但他已无暇顾及。敌军已经杀到面前，所幸后方诸葛嘉不辱使命，挡住了背后来袭的那一拨，让他们只需撕破前方。

命精锐护卫好皇帝所卧的缚辇，朱聿恒飞身上马，当先在前杀出重围。

背后伤口崩裂，流下来的血在这般雨雪交加的天气中显得格外热烫，温热的生命力仿佛正点点流失。

但此时此刻，他早已顾不上这些。日月光华暴起，纷繁迅捷的光芒直刺对方眼目。

对面的敌人正在冲杀之中，哪能顾及他的突袭，只听得惨叫声与落马声相继响起，"嘭嘭"不断中，对方当先数人纷纷坠马，捂着眼睛惨叫出来。

后方赶到的敌军无法看到前面的情景，收势不及，马腿在冲击中有绊到前方人马的，也有及时拨马避开而乱了阵型的，原本坚不可摧的进击之势顿时崩溃。

趁着对方阵脚不稳，韦杭之立即率人冲杀。

刀剑交鸣，冰冷的雪与温热的血交错，韦杭之身上也添了数道伤口，但硬生生将对方的包围撕开了一道口子。

朱聿恒坐于马上，紧抓着马缰，护卫着皇帝的缚辇。

后方的诸葛嘉忠实履行了自己的承诺，八阵图紧紧封住了谷口，未曾让后方增兵来援。

最擅长机关漏隙的廖素亭，也已经找到了翻越山脊的路线，大军即将在指引下突入。

只要前方的攻势崩溃，他们便能冲杀出这片埋伏。

然而就在这胜负将决之际，斜刺里忽然传来异常骚乱，原本步步推进的队形突被遏制，攻势混乱。

朱聿恒知道必定是出了什么事，而韦杭之身先士卒，早已冲到前方。

他是皇帝于万军之中挑选出来护卫皇太孙的，身手自然极为出众，即使局势混乱，依旧几下便冲到了骚乱中心。

正待他稳定己方阵容之时，忽听得周围士卒惊呼声响起，风雪中血花迸射，如同六瓣花朵。

银白色的光华穿透人群，在鲜血之花的簇拥中，直取被围于中心的皇帝。

尽管来人身上穿着厚重布甲，头盔也遮住了大半个面庞，但仅凭这春风与六瓣血花，朱聿恒立即便知道了这个仅凭一己之力冲破了他们阵脚的人是谁。

竺星河。

一直隐在幕后的他，终于在此地此刻现身，正面向他们袭击。

朱聿恒看见了竺星河冰冷的目光，向着他转来，两人目光交会之际，彼此都绷紧了神经，握紧了手中的武器。

日月。春风。

出自一人之手的两柄杀器，却令这段恩怨越发激烈，终究走到生死相搏的这一刻。

事到如今，他们再没有避让的可能，两人不约而同地越过厮杀的战场与呼啸的雨雪，向着对方扑去。

局势紧急，无暇多顾。两匹烈马越来越近之际，他们都向着彼此奋力发出全力一击。

日月是远程且多点攻击的武器，在直面相击之时本该占据上风，可面前雨雪劲急，背后的伤势剧痛，朱聿恒的手僵硬脱力，一时竟无法如常掌控手中那六十四道光点。

冰冷迅疾的寒风令日月的攻势变弱，而就在它接近竺星河之际，只听得一阵细微声音响起——

是春风。风从日月的镂空穿过，发出类似笙箫管笛的乐声。在这杀戮血海之中，显得格外缠绵诡异。

春风急遽，与凛冽寒风相合，气流在山谷间呼啸回旋。

利用回声而扩展攻势的日月，此时颓然失去了相和扩散之力，别说准确攻向竺星河，就连控制都显得吃力。

而竺星河则仗着自己那惊世骇俗的身法，拨马迅速穿过面前混乱的日月辉光，在两匹马高高跃起擦身而过之际，春风穿透日月光华，直刺向朱聿恒的胸口。

眼看那细如苇管的武器就要刺入朱聿恒的胸口，开出殷红的六瓣花朵时，斜刺里一条身影冲出，横挡在春风之前。

随即，如芦苇般细长莹白的春风已经刺穿了他的身躯，六瓣血花盛绽于朱聿恒与竺星河之间。

在千钧一发之际，替朱聿恒争取了最后一瞬机会的，是韦杭之。

急促喷涌的鲜血迅速带走了他的意识，他眼前世界颠倒旋转，身形重重扑倒于地。

但只凭这一瞬间的阻隔，朱聿恒的日月已疾速回转，笼罩了竺星河的背心。

尽管日月攻势凌乱，但后背受袭，竺星河不得不救，身形一闪而过，冲出了日月的笼罩。

而朱聿恒也趁着这一瞬间的机会，向后疾仰，春风在朱聿恒胸前劈过，锋利的气劲将披风系带一斩而断。

溅落在朱聿恒脸颊上的血滴尚且温热，这是韦杭之的鲜血。

刹那间的交错，只是短短一瞬间，却已是生死一个轮回。

竺星河脱离了日月，朱聿恒避过了春风。

玄黑色的披风坠落，显露出朱聿恒背后鲜血淋漓的伤口。

而竺星河目的明确，已向着缚辇上的皇帝扑去。

众人立即上前围护，即使对面敌人来势凶猛异常，他们依旧用身躯筑起铁桶阵营，誓死护卫皇帝。

但，血花飞溅中，面前人纷纷倒下，竺星河的面容上却并无快意，只有目光中闪着的冰冷恨意。

二十年血仇，千万人头落地，在父母去世那一日，他于悬崖上撕心裂肺所发的誓言，终要实现。

这漫长的复仇之路，走到如今，不可谓不艰难。但，他终究抓住了这稍纵即逝的一瞬。

在这漫天风雪中，他将自己一路的艰辛灌注于春风之上，只需要一朵血花绽放的时间，便能以血洗血，彻底了结这段血海深仇，从缠缚了他二十年的噩梦中挣脱。

然而，就在他的春风落下之际，眼前有万千辉光骤然闪出。

日月横斜交织，数枚弧形弯月嵌入管身的镂空处，将它牢牢扣住，竟让他那必中的一击，被遏住了去势，无法再进一寸。

是朱聿恒回马，在千钧一发之际，阻止了他刺向皇帝的必杀一击。

背后伤口在猛烈动作下被牵动，痛彻骨髓。但明知自己的伤势严重，朱聿恒依旧死死困住了春风，不肯放开。

竺星河见他如此情况下居然还能阻挡自己的击杀，脸上寒意更盛。春风斜挥绞缠，日月是玉石薄脆之物，只听得金石相击之声尖厉，珠玉薄片顿时被振飞，气流紊乱间散乱而不可收拾。

"中路防守，左翼迎击，防御西南方来袭！"

背后的疼痛让朱聿恒呼吸凌乱，但寒风暴雪与紧急局势却让他的心更为清明，指挥下令的声音依旧沉稳有力。

十指收束混乱的日月，散乱纠缠的光点被他操控，于半空中松解紊乱路线，六十四个光点穿插回旋，日月再度飞回精铜底座，等待下一场杀戮。

听到殿下的命令，侍卫们立即结阵，护在皇帝身侧。

正如他所料，竺星河的身形自西南方而来，正向着缚鞶上的皇帝杀去，几乎是撞向了防卫最为坚实之处。

饶是他身法飘忽如神，但面对密集的刀丛，也只能勉强跃出，以避锋芒。

"西北半丈开外，围剿！"

未等他的身形落下，朱聿恒的声音已再度响起。

五行诀最擅借助山形地势而施展，竺星河借此身形变幻，神出鬼没，往往在众人最难预料的地方纵横来去，不可捉摸。

但，朱聿恒的棋九步，却最擅长审时度势、预断后手。

凭着对竺星河动作的捕捉与拆解，朱聿恒当即便喝破了他的下一步应变。

话音未落，侍卫们的刀锋已齐齐向西北半丈处击出，竺星河在下落之时早知不妙，但他的身形已老，又如何能再度转折，竟直接冲进了包围圈之中。

他身形疾闪，但终究避免不了刀尖在身上划过，嚓嚓数声中，白衣上血痕陡现，已受了数道刀伤。

春风迅疾，在森冷刀尖上急拨，剧烈的颤动与尖厉的声音让众人虎口发麻，难以握紧手中武器。

众人不约而同握紧刀柄，下意识后仰以免脱手，竺星河的身旁瞬间空出缝隙来。

朱聿恒却似早已料到这些，日月凌空，疾风骤雨般补上了侍卫们退开的空当。

竺星河随意拨开进袭到自己身旁的几片薄刃，不管日月的凌厉攻势，猛扑向皇帝所在的缚辇，显然是拼却自己遍体鳞伤，也要先夺了皇帝的性命。

见他这副豁出一切的模样，朱聿恒正在错愕，耳听得山脊上的呼吼声，抬头一看，是廖素亭已经引领大军穿过了陷阱机关，向下边扑来。

难怪竺星河不顾自身，也要对皇帝下手，因为时机稍纵即逝，这已是他必须要抓住的仅有机会了。

"护驾，结阵！"朱聿恒立即下令，率先向着竺星河扑了过去，手中日月随之笼罩对方的身影。

竺星河的身法早已尽在他的计算中，而人的动作再快也快不过日月的飞速弹射，在他的春风刺向皇帝之际，日月已经封锁了他的周身，在相击声中，光点收紧，眼看便要将他缚住。

竺星河周身杀意弥漫，回身春风斜劈，乐声诡谲，直抵日月。

六十四片薄刃本就因为朱聿恒的伤势而无法发挥最大的力量，此时在这阵凌厉的风声之中，顿时飘摇歪斜，再度陷入散乱。

但也因为这一瞬间的阻滞，竺星河的攻势被打断，缚辇周边的人早已重新结好了阵容，拥上前来，将皇帝紧紧包围。

山脊之上，忽然传来巨大的声响。

是陷阱陡然发作，廖素亭率领解围的队伍身后，出现了围拢的刺客乱军，前有陷阱后有追杀，眼看即将聚拢于皇帝身边的防卫再度崩溃，局势瞬间颠倒。

唯一欣慰的是，谷口的诸葛嘉忠实地履行了自己的承诺，八阵图死死守住了入口。

而竺星河见事不可为，已经弃了皇帝，向着朱聿恒袭来。

冰凉的雪花飘飞于朱聿恒的脸颊之上，而比冰雪更为寒冷的，是一点春风的寒光，直刺向了他的心口。

日月飞速回旋，却已经来不及救护他。

六瓣血花与星星点点的日月光华在昏暗雨雪之中同时绽放。

竺星河来不及理会袭击自己的日月，只一意要将春风刺入他的心脏，不死不休。

朱聿恒也没有顾及刺入心口的春风，只执着地要以日月摧毁他的力量，保住祖父最后的生机。

日月飞旋过竺星河的手足关节，锐痛中他再也握不紧春风，那刺在朱聿恒心口的春风，也骤然间脱了力，只一划而过。

　　但，气劲已经冲破了朱聿恒的衣服与肌肤，飞溅的鲜血开出一朵歪斜的六瓣花，随即，他的身体向后坠落，从马上重重摔下。

　　身后便是坍塌的陷阱，里面的御驾早已扭曲破碎。

　　他坠落于下方的剧烈震荡中，砸在车驾之上，在轰然倒塌声中，向着下方黑暗重重跌落。

　　在铺天盖地的轰然声响中，黑暗淹没了下方一切。

第二章

素履冰霜

剧烈震动中，车驾撞到了底部，撞了两下后便再无动静。

朱聿恒已无法控制自己负伤的身躯，他奄奄一息地蜷在黑暗中，辨不出自己身在何处。

上方隐约的厮杀声还在继续，但局势太过紧急，一时未能迅速探入陷阱营救。

黑暗中，朱聿恒握紧手中日月，夜明珠的幽光淡淡，蒙在周身。

全身的血脉都在突突跳动，那血脉深处的痛楚让他身体猛然抽搐，恍惚间想起傅准所说的一切。

天雷无妄……

无声无息间陷入的迷阵，无从寻觅的第八个阵法，真的这般诡秘莫测，竟会随着他的行动而随时发作，不分时间、不分地点，突如其来地降临？

可，如果这也是傅灵焰所设的阵法，她又如何设置、如何发动？

阿南说过，纵然才智绝顶，可这世上，毕竟没人拥有鬼怪神魔之力，就算是九玄门不世出的天女傅灵焰，也绝不可能。

黑暗中，想到阿南，他将手中的日月又握紧了一分，仿佛抓紧了它，阿南的气息便永远不会离开。

他听到士卒们跃下搜寻他的声音，但他已是强弩之末，无力发出声响呼唤他们到来。

但他可以听出，下来寻他的人并不多，看来，上面的局势堪忧。

再拖下去，祖父怕是没有生还希望，数万大军亦将陷入动乱。

既然如此……若傅准猜测是真，那么这世上，他还有一个办法，可以彻底扭转战局——

他的肩背之上，那条关系着天雷无妄之阵的督脉。

那里，隐藏着一枚毒刺，足以引动阵芯中的母刺，继而启动阵法。

届时，面前这迷失方向的"鬼打墙"阵法会被突破，大军终能走出这片雨雪绝境，大军与皇爷爷终能凯旋。

所付出的代价，不过是他再损毁一条血脉，又有何不可？

他颤抖着抬起左手，摸向自己后背跳动的血脉，右手执起了日月。

黑暗恍惚中，仅存的意识也开始散逸。

若人生确实已走到最后时刻，在这个绝境里，他真想再抱一抱阿南，亲一亲她的双唇。

可惜，或许今生今世，他们的缘分，只到此为止了。

黑暗中，他反手弹出日月，便要控制它划开自己的后背，付出损毁督脉的代价，剜出毒刺。

就在刀尖扎入他的后脊之际，身后的马车忽然剧震。

车壁霍然被人破开一个大洞，黑暗中垮塌声不断，断木碎石不断下坠。

耳后风声响起，从后方扑来的人将他的手腕一把握住，利落地一拧，让他手中的日月脱手。

随即，对方一把拉起他，带着他向外扑去。

这突如其来的变故，打断了朱聿恒剜经脉破阵的举动。他下意识甩开对方的手，哑声喝问："谁？"

对方没有回答，只再度拉住他的胳膊，将虚弱的他架起，向外而去。

他察觉到对方的手上戴着一双薄薄的皮手套，入手柔软微凉。黑暗中不可视物，但狭窄的陷阱中，突然冒出一个人来，这诡异的感觉令他下意识缩手防护。

然而刚一动作，背后的伤口便剧烈作痛，肌肉痉挛抽搐。他的身躯不由自主地颤动着，倒向了面前的人。

那人默不作声地将他揽住，艰难地将他拖出已经被挤扁的马车，绕过木桩，钻进了旁边木头的夹缝中。

他这才发现，这山脊下是很大的空洞，下方架着木梁防止坍塌。这么大的一个阵法工程，显然要动用不少人工。

一种怪异的感觉便涌上朱聿恒的心头——

不对。

这阵法不可能是傅灵焰当年所设。

他可以闻到地下还有新鲜松木的味道，这说明，这阵法绝没有六十年，而是不久之前刚刚设置的。

只是，既然他们已经准确计算好了御驾坠落的力道，本该在陷阱之处多动手脚，又何须多费人力，设置如此大的地下架构？

尚未等他理出头绪，对方已停下了脚步。

那人放开了他的手，随即在黑暗中捡起石块，迅速敲击下方横七竖八的木桩，似在寻找出路。

朱聿恒靠在木桩上，背后的血将衣服糊在了肌肤上，疼痛渐转麻木，从尖锐的抽痛变成了钝痛。

听着对方有节奏的敲击声，他模糊的意识忽然跳出一种难以言喻的激荡。

那敲击的力道与节奏感，仿佛深烙于他的魂魄中。即使看不见、触不到对方，他也依然可以感知到，那熟悉的意味。

朱聿恒的呼吸不自觉颤抖粗重起来。在这伸手不见五指的黑暗地底，他一时不知是真是幻——

是她真的来带他出绝境了，还是……这只是他昏迷抑或是临死前的幻觉？

敲击声还在耳边响起，那人倾听着木头相搭交连处的声音，谨慎地寻找着机窍汇聚处。

朱聿恒靠在木架上听着，艰难开口提醒道："右斜上一尺三寸处……有薄弱点。"

那人对他的话毫不怀疑，话音刚落，洞内便传来"哗啦"声响，她已抬脚直踹向朱聿恒所言之处。

泥土簌簌落下，那人钻探了两下后，应当是寻到了关窍，随即在周围打了三个点，形成一个标准的正三角。

风声响动，对方抓住了上方的横柱，高高跃起，向着三角中心狠狠蹬去。

朱聿恒的眼前，恍惚出现了刚认识不久时，阿南与他同在困楼中的情形。

那时她的身影，也是这般矫健利落，带着一种不讲理的莽撞坚决，狠狠破开了能挤死蛮牛的困楼。

"哗啦"声响中，上方横架的木头滚落，连同大堆的土石一起向下轰然坍塌。

天光伴随着雨雪倾泻而下，瞬间照亮了下方那条身影。

虽然对方穿着青蓝布甲，头盔布罩严严实实地遮住了面容，虽然天色朦胧，旋转下落的雪花让那条身影显得无比虚妄，可他依然脱口而出："阿南！"

不顾背后的伤势，他奋力起身，向着那条身影冲去。

动作太过剧烈，背后的伤口猛然崩裂，温热的血喷涌而出，撕心裂肺的痛楚。

可他不管不顾，恍如冲向人生中唯一的光亮。

然而他的伤势终究阻碍了他奋不顾身的动作。

在震动的陷阱之中，那条如雨燕般轻捷的身躯已拔身而起，足尖踏上坍塌的原木，点着无序翻滚落下的木石，抬手抓住上方洞沿，迅速跃了上去。

朱聿恒追到下方，却只来得及看见她跃上洞口，回头看了他最后一眼。

但也只是一瞬间、一眼而已。

阴暗的天色显得眼前的一切都不真实，他尚不知道她的出现是真是假，她便已奔向了苍茫雨雪之中，而他在下方，再也寻不到她的踪迹。

阿南临去时捣毁了阵法，在剧烈的震荡中，地下陷阱彻底坍塌，轰隆闷响声不断，眼看整条山脊都塌陷下去了一大块。

但因为雨雪泥泞，倒并没有激起太大的灰土，只像是山脊凭空地矮了一截。

在剧烈的震荡中，强撑最后一口气的朱聿恒终于坚持不住，陷入了茫茫黑暗中。

醒来时，他已在平稳行驶的马车中。

御驾损毁后，中军匆匆腾出马车，将昏迷的皇帝与皇太孙抬到了上面，向着前方继续行进。

见朱聿恒艰难睁开了眼，在车中伺候的廖素亭立即凑上来，急问："殿下感觉如何？身上可还自如？"

朱聿恒强忍身上剧痛，竭尽全力抬起自己的手，屈伸了几下确认依旧动作自如后，才长长地呼吸着，遏制全身的疼痛，抚摸着自己已被草草包裹的伤处。

他透过车窗向外看去。敌军已被杀退，向导正顺着山脊向南而行，引领着濒临溃散的大军沿着原路前行。

在迷蒙的雪雾之中，他勉强辨认出，走的依旧是之前他们走过的那条迷失之路。

昏迷前的一切历历在目，他艰难开口，声音嘶哑："阿南她……回来了吗？"

"南姑娘？"廖素亭诧异茫然，问，"殿下是……"

是在梦里见到了吗?

他没有问出口,但朱聿恒看到他脸上的神情,便知道阿南的到来与离开,除了他,无人察觉。

于是他又问:"杭之……如何了?"

廖素亭抿唇低首,默然摇了摇头。

谁谓河广,一苇杭之。

曾在皇帝面前立下誓约,会危急之时做皇太孙脚下渡河依凭的韦杭之,履行了自己的誓言。

他曾多次见过春风出手,深知它的可怕之处,可在它来袭之时,却不曾有片刻犹豫,替他的殿下挡下了那致命一击,翻转了战局。

——即使代价是,他的性命。

朱聿恒抬起手,捂住自己滚烫的双眼,这一刻恨意翻涌于他的胸口,再难抑制。

他嘶声问:"竺星河呢?"

"他受了殿下一击后,看情势无法得手,带伤逃走了。"

朱聿恒没再说话,廖素亭只听到他气息急促,许久,仿佛是自言自语,又仿佛是发誓,朱聿恒低暗道:"下次,他绝不会再有机会逃脱。"

话音未落,车外传来了前军远远的欢呼声。

朱聿恒抬起恍惚的双眼,透过呼啸的雪风,看见了呈现在面前的宣府镇。

数万大军迷失于雨雪的情形,遥远得仿佛已是前世的事情。若不是身上的伤痛还令他无法起身,几乎要怀疑,那只是一场迷乱噩梦。

宣府屯兵十万,是边关重镇,一切事务井井有条。

太医们替朱聿恒挑出木刺、包扎好伤口。他身体一向极为康健,此次遇险并未伤及根骨,因此除了疼痛未退,不过行动略显迟缓而已。

敷好伤药后,他被廖素亭搀扶着,慢慢走去探望圣驾。

房间内送水的、送药的、送汤的进出频繁。门外的众人垂手肃立,屋内的太医们惶惑惊恐,急着替圣上化瘀止血、正骨疗伤。

朱聿恒亲自在旁守候,直到祖父胸中瘀血稍清,气息也略微沉缓,确定已经没有了性命之忧,他胸中一直提着的那口气才缓缓舒了出来。

见他来了,皇帝恍惚睁眼,声音哑涩地唤他:"聿儿……"

"孙儿在。"他在榻前跪下,等候祖父的吩咐。

"你很好，皇爷爷很欣慰……"皇帝声音嘶哑，语气却十分柔和，"朕记得，第一次带你北伐时，你还是个被北漠围困的莽撞少年，如今……却已能挽救大军于危难之中，如此艰难的战局亦能指挥若定，一举挣脱对方钳制，就算是朕……怕是也只能这般行动，无法比你调度得更好了。"

朱聿恒靠在床头，哑声道："全凭陛下栽培，孙儿要学的还有很多。"

"当时你为了朕而摔入地下，朕还以为……"皇帝拉着他的手上下打量，见他除了苍白憔悴似乎并无其他，才松了一口气，"幸好列祖列宗庇佑……你如今这般手掌日月、守护山河的模样，皇爷爷真是……欣慰欢喜。"

朱聿恒眼睛灼热，轻声道："皇爷爷……您安心休息吧，等一觉醒来，休整进补，身体便大好了。孙儿和天下人都在等着您执掌朝纲，大定天下。"

祖父勉强以鼻息"嗯"了一声。肩背伤势太过沉重，他确实疲惫至极，须臾便合眼沉沉睡去，声息轻微。

朱聿恒静听着祖父的呼吸声，确定了一时半刻应无大碍后，才慢慢走出了暖阁。

朔风吹雪，鹅毛大的雪片笼罩了整个天地，纵使他向着阿南消失的方向极力遥望，依旧看不穿迷蒙缭乱的世界。

可纵然看到了，他也已没有余力去追赶了。

摊在他面前的，是太过沉重的朝廷动乱、天下纷争。十年东宫皇太孙，他有必须扛起的责任，也有不得不放弃的梦想。

命运皆是，人生如此。

皇帝身子骨一向健朗，但毕竟已届老年，一路南下病势虽渐渐大好，但路途颠簸也让他大损元气。

临近年关，皇帝降临，应天府大小官吏不敢怠慢，个个打起精神，战战兢兢应卯当差。

至宫中向皇帝问安完毕，太子与太子妃终于领着皇太孙回到了东宫。

看着久别的儿子，两人都是喜不自胜又心疼不已，嘘寒问暖之际两人又查看了他背上的伤势，见太医们处理得妥帖，已经连血痂都快掉完了，伤痕看着也并不明显，才放下心来。

一家人难得又坐在一起吃了顿饭。虽然担心皇帝身体，但儿子安然无恙，一家子心下都是喜大于忧。

太子夹起个羊腿，被太子妃一瞟，筷子拐了个弯立即放到了朱聿恒碗中："聿儿，多吃点肉，你看你又瘦了。"

朱聿恒不由得笑了："父王看着也清减了不少。难得今日开心，母妃就别拘束父王了，眼看就要过年，也该吃顿饱饭了。"

"可不是，这一年到头的，还是儿子孝顺，知道疼爹。"太子笑道，见太子妃一脸无奈，赶紧夹了两根羊排吃着。

太子妃当作没看见，问朱聿恒："那位阿南姑娘呢？怎么你们没一起回来？"

见母亲发问，朱聿恒略停了停，垂眼道："她另有要事。"

太子妃见他神情微沉，心知不对，笑道："可上次我看天气冷了，又想着你会与她一起回来过年的，已经让人将你们的衣服都裁好了。都是选的艳色料子，她保准喜欢。"

"先留着吧，下次总有机会穿的。"

见儿子这般神情，太子妃朝埋头啃羊排的太子丢了个眼色。

太子也没了大快朵颐的心思，放下羊排问："聿儿，那'山河社稷图'，圣上如何安排？"

"西南横断山脉，怕是孩儿最大的指望了。"朱聿恒将他与皇帝的商量与父母简略讲了讲，又道，"三大营的人是我一贯熟用的，这次也会带着诸葛嘉他们一起过去。此外，还有一些江湖上的高手。西南这个阵法，此次务必一举成功。"

太子妃望着儿子的面容，心如刀绞，眼睛不由得便红了。只是她秉性刚强，不肯让眼泪掉落，因此只哽咽道："好，你此去西南责任重大，务必做好一切准备，免得出岔子……"

太子则思忖片刻，问："那位拙巧阁主傅准也随你到应天了吧？明日父王与他见个面，详细询问一下具体情况。"

朱聿恒不料父亲要亲自会见傅准，略带诧异道："圣上虽命傅准随我破阵，但此人心境难辨，之前他曾随郯王到渤海擒拿阿南，我看他与二皇叔多有合作，关系怕是不寻常。"

太子道："无妨，正好探探底。毕竟这是与你合作的人，爹总得去确定下他是否可靠。"

朱聿恒点头，想告诉父亲，自己与阿南的伤势总是一起发作，他推断傅准大有嫌疑，因为阿南手足的伤势，是傅准造成的。

但思忖片刻，他又放弃了告诉父亲此事的打算，免得父亲太过思虑，因此只道："明日我陪父王一起去吧，正好我也有话要问傅准。"

世事总有些出人意料的时候。

比如说，第二日朱聿恒安排好手头事宜，转到工部时，看见父亲与傅准正一边说话一边进内，两人之间的模样，熟稔得如同早已相识。

朱聿恒心下生起怪异的感觉，迎上去见过父王，询问他们到工部有何要事。

"父王与傅先生适才商谈了阵法之事，傅先生认为九玄门阵法必是依地势而设，因此我们一起到工部来查阅西南山脉，研究下那里的地形山势。"太子笑呵呵道，"傅先生虽只比你大上五六岁，但他博通古今、技艺超神，聿儿，你可要向傅先生多多讨教，必定大有裨益。"

朱聿恒看向傅准，见他神情如常地抚着肩上孔雀微微而笑，便道："刚好我也有熟人旧事要问傅阁主，还望傅阁主不吝赐教。"

傅准依旧是那副皮笑肉不笑的模样："殿下何必客气，但有吩咐，我自然知无不言、言无不尽。"

应天六部历来事少，此时工部尚书已亲自率领众人出迎。

趁着太子与工部尚书寒暄之际，傅准袖着手似不耐应天湿寒，问："殿下所言的熟人旧事，指的是……"

"自然是阿南。"朱聿恒道。

这一路颠簸劳累，他与皇帝都有伤在身，傅准又着意退避，因此之前竟难找机会。

"阿南离开后，殿下郁郁寡欢，我等都看在眼里。"傅准一脸感伤，道，"正所谓世间万事有聚必有散，尤其阿南是江湖儿女，说走就走亦是寻常事，我这个无辜旁观者，唯有替殿下心怀凄恻了……"

朱聿恒不理会他惯常的阴阳怪气，只单刀直入问："阿南手脚的伤势，是傅阁主所造成，却为何与我的'山河社稷图'息息相关，联动发作？"

傅准捂嘴轻咳，清瘦的身躯似不胜寒气，可望着他的目光中，却染上了一层怜悯悲怆之色："殿下，你不该问我的。"

朱聿恒双眉一扬，正要追问，却听他又道："原本，此事我该当明示殿下，好好给你一个解释。可惜……殿下身负的天雷无妄之阵已发动，你背后的力量遮天蔽日，你如今，已将我卷入阵中了。"

朱聿恒冷冷道："此等怪力乱神之说，本王不会信服！"

"如何能叫怪力乱神呢？既有阵法，便有守阵之力。看不到的阵法，自是有某种看不见的力量在守护着它，使其永保机密，不可破解……"傅准凝望着他，缓缓地往后退了一步，似是畏惧他身上的力量，"我早已对殿下言明，天雷无妄之阵已经启动，不论时间，不管地点，从此你将面临一次又一次的失去，与你有关的人会一个个离开，与你有关的事会一桩桩消亡……"

朱聿恒目光一凛，正要追问，却见太子已与工部尚书一起过来了。

"走，聿儿，傅先生，工部所存地图中，正有当年横断山脉的详细图样，咱们一起看看吧。"

他只能中止了追问的意图，任由傅准跟随父亲而去。

在傅准越过他身边时，他听到傅准幽怨的叹息："殿下，您这下可算给我惹上大麻烦了，不知道天雷无妄的可怕后果，会不会也落在我身上呢……"

应天六部中，唯有工部的规模比京师的工部更大，里面存的档案浩如烟海。

原本一排七间的阔大库房，因为实在堆放不下卷帙，便又在后方紧挨之处盖了一模一样的另一排七间房，资料卷宗分列其中。

管库房的小吏恭敬领路，介绍道："西南的地图，便置于库房西南之处。除了这边的十几排柜架，隔窗对面后屋尚有几排。"

太子看看天色，便对傅准道："烦请先生去对面查找，两边若有发现，互相知照一声。"

朱聿恒陪着父亲在前库，眼看傅准在小吏的引领下进了后库。见儿子关注傅准，太子便问："前次圣上亲自召傅先生随同你西行破阵，你与他合作得可好？"

"傅阁主能力非凡，深藏不露，这世上能驾驭他的人怕是屈指可数。"

太子的手指在书架陈设的卷轴与图册上一一滑过，查看着上面标注的字迹，笑道："别人我不知，但聿儿你想必游刃有余？"

朱聿恒略一沉吟，尚不知如何对父亲谈起自己对傅准的猜忌，却听傅准的声音从后排屋内传来："太子殿下，在下已寻到一卷地图，看来应有用处。"

"好，你拿过来给本王吧。"

傅准手中拿着卷轴，正要绕过前后屋之际，又道："殿下稍候，这边还有个东西，我先看看。"

见他一时半会儿过不来的模样，这边库吏殷勤提醒道："前后库房窗口相对，若是传递卷轴的话，小人们平日都是在窗板上滚过来的。"

南方民间铺面，门槛多挖出中间凹槽，关门时以一块块木板从门槛上推入，依次拼接封闭。待开门之时，将木板一块块卸下，铺子洞开，毫无阻滞。窗板也是同理。

这前后两排库房，相距不过半丈，两边窗户正好相对。两边的门板卸下后，光滑的木板搭在两边窗户中间，就如一座木桥般。

"有劳傅先生。"太子向那边示意，抬头瞥见斜右方的一个架子最顶上有一册西南群山图册，抬手一指道，"聿儿，你将那册子取下来给我瞧瞧。"

朱聿恒已经比常人高了一头，但伸手去够最顶上的还是差了一点。库吏赶紧去挪凳子，说道："殿下稍等，小人先将脚凳安好，这就为您取来。"

正在忙乱间，忽听得"哗啦"一声响，朱聿恒转头一看，库吏着急忙慌间没拿稳脚凳，掉下来砸到了他的脚掌，顿时痛得脸都扭曲了。

他强撑着将凳子捡起，一瘸一拐地搬到书架前摆好。

朱聿恒看他那模样，便亲自踏上了凳子，抬手将父亲指示的那厚厚一本西南群山图册取了下来。

尚未下脚凳，他便听到父亲失声叫了一句："傅先生？"

那声音仓皇急促，显然十分震惊。朱聿恒立即抬头看去，却见父亲站在窗口，抬手抓住了骨碌碌滚到他面前的卷轴，随即对着后库大喊："快，快去看看傅先生！"

朱聿恒从脚凳上跃下，奔到太子身后，朝着对面看去。

只见窗板相接的对面窗口空空如也，只有那只羽色辉煌鲜亮的吉祥天，正从他们面前掠过，直冲上云霄，在天空久久盘旋。

听到太子的声音，候在门口的书吏们立即向后库快步走去，查看傅准的情况。

朱聿恒见父亲脸上满是震惊之色，便问："怎么了？傅准呢？"

"你们快去看看，对面有刺客！"太子指着对面的窗台，脸上满是震惊之色，"傅先生在对面将卷轴滚过来之际，身后忽然出现了一个青衣人，将他一把抓住，往书架后面拖去。你不是说他手段非凡吗？怎么我看傅先生在对方面前一声不吭，也未曾有半分反抗，便被擒住了呢？"

朱聿恒心下错愕，抬头见那边的人奔到楼内面面相觑，直觉这事不对，立即朝对面问："傅先生呢？"

"傅先生……不见了。"

朱聿恒立即绕出前库大门，迈入后库中。

后面本就是增设的库房，与前库的格局几乎一模一样。一排排整齐竖立的书架，高过人头。

手中日月疾射，钩住房梁，朱聿恒跃上书架顶端，向前寻去。

居高临下，一排排书架一览无余。别说里面有傅准与青衣人，就算是一头鼠、一只蝇，怕是也难以遁形。

但，他从库房最前面一直掠到最后，并未发现任何踪迹。

耳边傅准曾说过的话又隐约回荡——

"不知道天雷无妄的可怕后果，会不会也落在我身上呢……"

"不可能……"望着面前空荡荡的库房，朱聿恒下意识喃喃。

毕竟，卷轴顺着窗板滚到前库，其间顶多两三息时间。随即，因为太子殿下的示警声，库吏们便奔进了后楼搜寻，而他也立即赶到这边。

在这短短的瞬息之间，青衣人如何挟持傅准这样一个高手，刹那消失在这库房内？

两三息时间，绝对不足以令他们逃出去，两人必定还躲在其中。

工部的门房卫吏已奔跑聚集，朱聿恒示意侍卫们将前后库房紧紧包围，又对库房内所有人下令道："收起窗户，紧闭门窗，细细搜索库房所有角落，不得有任何遗漏！"

一声令下，众人立即分头合作。一部分人负责屋顶屋梁，一部分人负责屋内室外，一部分人负责检查地道地窖，各有专人率队。

见众人以毫厘之分搜寻着，应该不至于有什么纰漏，朱聿恒才回到父亲身边，见他手中兀自握着傅准传给他的卷轴，神情未曾平静。

"当时那青衣人的具体形貌，父王可曾看清？"

太子摇头道："事情仓促，而且他们又在窗内暗处，只一瞬间便一起消失了踪迹，我只隐约瞥见是个青衣人，何曾注意到其他？"

当时情形确实仓促，朱聿恒默然间目光落在父亲手中的卷轴上，问："这是傅准找到的西南山脉图？"

太子点了一下头，抬手将贴着"西南山脉图样"的长圆竹筒打开，倒出里面的地图画卷。

朱聿恒将其展开，见里面果然是横断山脉的地图。

六条白水劈开七座大山，山峰横阻，怒涛不绝，果然是奇险无比的地势，仅只是地形图，便已让人感觉到那峡谷深沟，猿猴难渡。

但，也不过是张普通的地图而已，并没有任何特异之处。

朱聿恒转过头，看见身后库吏在揉着他被书凳砸到的脚，缩着头不敢吭声，便问："脚没事吧？"

"没，没事，不敢有劳殿下过问。"库吏惶恐应道，"小人也不知怎的，当时手忽然抽筋了，才一时拿不住凳子……"

朱聿恒目光在他手上一瞥，看见他虎口处小小一个血珠，不由得略一皱眉，目光转向后库。

他记得，傅准的万象便是如此，无声无影，一点微光穿透关节，伤人于无形之中。

这个被袭击挟持的傅阁主，在离去之前，还有闲暇对着小吏做出攻击，不知是为了什么。

前后库房细密搜索了一轮，从上至下，一无所获。

诸葛嘉率神机营众人无功而返，过来禀报时声音也带着迟疑："启禀太子殿下、皇太孙殿下，目前暂未发现傅阁主踪迹。"

太子颇为震惊，问："那，是否有找到挟持傅阁主的青衣人？"

"没有。既没有傅阁主，也未发现任何可疑人等。"

"让工部和刑部多调派人手，彻查库房及整个工部衙门，务必查到傅阁主的下落。"

朱聿恒想了想，示意廖素亭与自己同往后库。

在傅准消失的窗口，他们将窗板放平相搭成桥，廖素亭拿一个差不多大小的卷轴，向朱聿恒这边滚过来。

卷轴外的护套是竹筒打通所制，又打磨得浑圆光滑，因此只需要廖素亭稍稍用力一推，便骨碌碌地沿着窗板滚了过来。

前后库房相距不过半丈，朱聿恒在口中默数："一、二。"仅仅两息时间，卷轴便滚到了他的面前。

朱聿恒将卷轴拿在手中，又示意他："慢一点。"

这一次，廖素亭用的力减少了一些，但也在三四息之间便到了面前。若推动力度再小的话，卷轴便会停在窗板上，无法顺利滚过来。

朱聿恒记得，傅准出事之时，正将手中卷轴滚过窗板，而太子拿到卷轴后，抬头看见他背后青衣人，于是立即喝破。

当时他立即跳下脚凳，到窗口看向对面，却已经没了傅准及青衣人的踪迹。

也就是说，傅准消失的时间，至长也就在三四息之内。

三四息，如此短暂的时间，两个大活人怎么可能在众目睽睽之下彻底消失？

腊月严寒中，南京工部刑部两大衙门出动了上百个人手，在库房中搜索了一遍又一遍，连十几年前的蟑螂臭虫都扫干净了，可上头要找的人，他们却连个影子都未曾瞄到过一眼。

眼看天色已晚，朱聿恒见一无进展，只能下令封闭库房，毕竟耗下去已无任何意义。

他起身带人走出库房，在走过院落时，脸颊微微一凉。

抬头看去，高烧的灯烛照亮了夜空，漆黑的夜色中，有细碎的雪花如同棉絮一般轻飘飘地落下来。

白色的雪花被灯光照亮，在漆黑的夜空中尤为显眼。

而被雪花笼罩的屋顶，他看到傅准那只碧色辉煌的孔雀。它正站在飞檐翘角上，机械地拍着翅膀，却又因为缺乏力量，无法再飞起来。

工部的人见皇太孙殿下注意它，忙招呼人："赶紧搬个梯子，把它取下来。"

朱聿恒示意不必了，手中日月旋转飞扬，六十四个光点迎向檐角，在空中搅动夜风气流。

雪花轻扬中，吉祥天翅膀随风轻招，在气旋托举下缓缓滑翔而下，顺着日月的光芒飞向朱聿恒。

朱聿恒抬起手，让它停在自己臂上。

为了在空中飞行，吉祥天内部被掏空，里面的机栝也多由空心竹木与天蚕丝所制，因此举在他的手上并不沉重，那轻扬的尾羽在夜风中显得飘逸轻盈。

朱聿恒抬眼看着臂上的吉祥天，拂去落在它黑曜石眼睛上的雪花，心想：傅准到底是出了什么事，连吉祥天都无法带走？

在这严密防守间，父亲看到的青衣人，又会是谁？

他带着吉祥天上了马，在风雪中向着东宫而去。耳边传来梆子声响，已是初更了。

他仰头看向空中不断下落的雪花，拢紧了狐裘遮挡寒风，脑海中不由得又浮现出阿南散漫狡黠的笑靥。

她若知晓了此事，那双异常深黑的眸子必定会更亮，欢呼着恶人还有恶人磨，傅准这个浑蛋终于遭报应了。

但，她也一定会竭力探究其中的秘密，不让任何人遮蔽自己的目光。

钱塘自古繁华，时近年关，杭州更是解了宵禁，即使下雪也未能阻住百姓游玩，热闹非凡。

尤其清河坊一带，夜市人群摩肩接踵。卖花灯的、捏糖人的、耍把式的、摆果点摊的……街衢巷陌无不上了灯，满城亭台楼阁都如玉宇琼楼，通透明亮。

街口酒肆中，围拢了最多的闲人。见今日生意热闹，说书先生精神见长，清了清嗓子，一拍醒木，开口道："上回书说到，那董超和薛霸收受了银两，要在途中加害林冲……"

酒肆外，抱着书本的楚北淮趴在窗口等了半天，见说书先生终于讲起了他要听的《水浒》，正在精神一振之际，耳朵忽然一痛，被人揪着提溜了回来。

他捂着耳朵转头一看，面前这个小腹隆起还叉腰做茶壶状的凶孕妇，不是绮霞还能有谁？

他龇牙咧嘴，赶紧从她的爪下挣脱："霞姨你都怀小宝宝了，怎么还大晚上出来溜达？"

"我就知道，你大晚上的跑出来，肯定有问题。果然，来这里蹭书听了！"绮霞一边揪着他往回走，一边训斥道，"你爹也就算了，要是被你娘知道你不好好学习，跑来听闲书，又要背着人偷偷抹眼泪了。"

楚北淮最怵他娘，听她这么说，只能把书往怀中一塞，缩起肩膀："我不想回家，家里太压抑了……"

绮霞扶着腰，一巴掌拍在他的后脑勺上："得了，你爹娘这么疼你，你压抑什么，还嫌他们管得多？"

"不是啊，从敦煌回来后，他们……他们就不对劲了。"

"怎么个不对劲法，抛下孩子去娘舅家尽情玩了这么大一圈，还不开心？"绮霞琢磨着，这两人一个双手废了，一个身体虚弱，怎么看都不像能打起来的样子，"吵架还是打架啊？"

"那倒没有，就是……"楚北淮吞吞吐吐，似乎有点难以启齿，"就是晚上都……都不在一个房间里睡觉了……"

"是吗？"绮霞心道这可是出了大事啊，这对恩爱夫妻居然闹别扭还分房睡，简直比太阳打西边出来还令她不敢相信。

"那……你等我一下，我回家把东西放下就去看看。"

楚北淮忙不迭点头，正要跟她进门，绮霞却将他一拉，示意他站门口等着，说："你稍等，我马上出来。"

楚北淮心里有些诧异，绮霞个性大大咧咧，他一向进她家跟自己家似的，今天怎么不许他进门了？

按捺不住好奇心，等她进去后，楚北淮便轻手轻脚地转到墙上窗边，垫块石头隔窗朝里面看去。

只见绮霞穿过小院，推门进入室内。屋门才推开一条缝，绮霞就慌里慌张赶紧掩了门，仿佛做了亏心事似的。

但就在这短短时间内，楚北淮已经看见了油灯昏暗的屋内，盘腿蜷在椅中的一个身影。

门缝中看不见那人的脸，可这瘫在椅子上的姿势太过熟悉，让楚北淮一瞬间差点叫出来——

这不是那个女煞星阿南吗？！

她怎么会在这儿，还偷偷摸摸躲在霞姨家中？

他正在诧异间，不防脚下垫的石头一滑，他一头磕在墙上，忍不住"啊"的一声叫了出来。

尚未关严实的门被一把推开，阿南从屋内几步冲出，旋身跃上墙头，向下看去。

见她身形利落，黑暗也挡不住射向自己的锐利目光，楚北淮吓得一个激灵，怯怯出声："南姨……"

阿南见是他，又打量四下无人，才松懈了下来，仰身跃回院内，开了门示意他进来。

绮霞帮楚北淮揉着额头，嗔怪道："小北你可真不听话！叫你在外面乖乖等着，好嘛，现在都敢偷看了！"

楚北淮顾不上回答，揪住阿南的衣袖急道："快来我家啊！你肯定知道我爹娘怎么了！今天你要是不把我爹娘劝好了，你……你就对不起我家被你烧掉的后院！"

阿南啼笑皆非："你爹娘还没和好啊？"

看来楚先生在感情方面真的是块榆木疙瘩，敦煌回应天这一路上居然都没把老婆哄好。

但再一想，她又觉得唏嘘。别说这一路了，二十年了，楚元知也没把自己当年的事情处理好，搞得人生一团糟，堂堂六极雷传人混成那副模样。

"那走吧，快过年了，我也得给楚先生和金姐姐拜个年。"阿南说着，顺手拎了两封红枣桂圆，出门就拐进了楚家。

一进楚家，便看到金璧儿坐在堂上绣着枕套。她用了阿南给的药膏后，如今脸上的疤痕差不多已褪尽，灯光照在她身上，替她蒙上一层淡淡辉光，依稀映出当年河坊街第一美人的绰约风姿。

楚元知坐在院外井旁捣着硝石，目光一直落在金璧儿身上。

　　两人在屋内屋外各自做事，却都默默无声，不肯戳破寂静。

　　"爹，娘，来客人啦！"楚北淮推门跑进来，身后跟着的阿南笑嘻嘻地迈进院子，把手中红封包送上："楚先生，金姐姐，敦煌一别，有没有想我呀？"

　　"南姑娘，你怎么来了？"金璧儿惊喜不已，忙拉着她到屋内坐下，自己跑去灶间给她备茶点。

　　楚元知则感觉不对，给阿南斟了茶水，思忖着问她："你何时来到杭州府的？殿下呢？"

　　阿南捧着茶，漫不经心道："哦，他那边又是皇帝又是国公的，规矩太多了，我一个人游山玩水多自在。"

　　楚元知明知她在睁着眼睛说瞎话，但见她浑若无事的模样，也只能稍稍劝解道："自你走后，殿下的情绪一直不太好。我们虽是局外人，但也可看出……他心心念念着南姑娘你。"

　　阿南笑了笑，没有回答，只转着手中的茶杯问："那你呢？你和金姐姐如今怎样了？"

　　楚元知顿时语塞，迷惘又惶惑地看看厨房，说不出话。

　　阿南见他如此，便给了他一个"让我来吧"的眼神，放下茶杯进了厨房。

　　金璧儿正从锅内端出蒸好的定胜糕，粉粉嫩嫩的煞是可爱。阿南这个馋猫"哇"了一声，抄起筷子夹了一块吹了吹，一口咬下。

　　拌了玫瑰酱的糯米又香又软，里面夹的豆沙馅儿饱满甜糯，让阿南眉开眼笑，烫了舌头都顾不上了："金姐姐，你的手艺可太好了，楚先生也不知道上辈子积了多少德，才能娶到你！"

　　金璧儿却只勉强笑了笑，黯然垂眼不说话。

　　阿南见她这样，便抱着她的手臂坐下，问："怎么，你还没问他吗？"

　　"我……我不敢问。"金璧儿喉口哽住，眼圈一下子就红了，"南姑娘，其实、其实我心中一直都有个可怕的猜测，只是我这些年来，一直在做缩头乌龟……直到那日在敦煌，梁鹭喝破了之后，我才终于意识到，我这辈子，不能这样躲藏下去了……"

　　阿南帮她压小了炉膛内的火，与她一起坐在灶台前："可那也是早晚的事。"

　　"是，可……等过了年吧。小北学业还可以，书院的先生说，今年开始小北可以随他住在书院，言传身教，希望能让小北将以前荒废的时间补回来。"金璧儿将脸靠在膝上，茫然听着柴火的噼啪声，声音低弱，"到时无论我与元知发生什么，也总能让孩子少受点影响。"

她素日所有心思都在丈夫与孩子身上，即使面临这般大事，也先想着孩子。

阿南眼中映着星点火光，凝望着她道："金姐姐，楚先生与你一起生活了二十年，在这世上，你该是最懂他的人。当年他奉拙巧阁之命在徐州驿站设下六极雷，谁知却因错估了葛稚雅的能力，意外失控殃及无辜，这二十年来，他时刻生活在追悔中，而且也一直在努力弥补——虽然委屈了你和小北这些年。"

"嗯，我知道……"金璧儿回过头，望着院子内楚元知已经略显伛偻的身躯，却仿佛望着二十年前那个意气风发的少年，眼圈也微微红了，"元知他……他本该有大作为的，如今却舍弃一切守在我这个毁容的废人身旁，为了弥补自己的过错而奔波劳碌……南姑娘，我知道元知绝不会伤害无辜的人，只是我父母毕竟因他而出事，他又欺瞒我二十年，心里这道坎，我……实在无法轻易跨过去。"

阿南轻拍着她的背抚慰她，而金璧儿靠在她的肩上，啜泣道："南姑娘，我和他的人生走到如今这步田地，罪魁祸首是谁，起因在哪里，我真想知晓个水落石出……"

"何必追究呢？就算楚先生瞒了你二十年，但只要他出发点是好的，我觉得，就算过程中有些欺骗与手段，那也没有什么。毕竟，无论他曾做过什么，这些年来他对你的疼爱与呵护，是毋庸置疑的……"

说到这里，阿南忽然停了下来，望着灶膛中渐灭的火光，心中不由得想，那么阿琰呢？

他对她倾心相护的同时，也一直伴随着欺哄瞒骗，他对她所做的一切，她又该如何跨过去？

安慰劝解别人时，她什么都懂，可事情真的临到自己头上，她却先陷入了迷惘。

望着面前竭力忍泪的金璧儿，阿南苦笑摇头，没料到自己竟引火烧身，也黯然神伤起来。

不愿多加感伤，她起身道："绮霞肯定也爱吃金姐姐这定胜糕，走，咱们端出去给她也尝尝。"

金璧儿擦干眼泪收拾好情绪，细细撒了糖霜在上面，阿南端着盘出去，笑道："绮霞，快来尝尝……"

话音未落，她一抬头，却看见楚元知正候在门口，院子中已经有数个侍卫进来，一个颀长身影正跨过门槛。

这身影如此熟悉，阿南只需瞥一眼，心口便怦怦跳了起来。

这般雪夜，他怎么会来这里？

放下糕点，阿南立即转身，溜向了后院。

可后方院墙外已传来了人马声，显然护卫们为了确保安全，包围了整座楚宅。

阿南实在不愿与朱聿恒碰面，她恨恨地一咬牙，对绮霞和楚北淮做了个"噤声"的手势，钻进了后堂杂物间，将门一把锁上。

两人面面相觑，却见侍卫们已鱼贯进入后院把守，领头的诸葛嘉神情冷肃："皇太孙殿下降临，按例清巡场地，你等不必慌乱，如常即可。"

皇太孙殿下大驾光临，阿南居然跑了？

绮霞和楚北淮摸不着头脑，瞠目结舌看看对方，一时都怀疑自己是不是在做梦。

"本王今日至杭州办事，顺便来看看楚先生与夫人。"朱聿恒说着，示意身后侍卫奉上节礼，"以贺祥年吉庆，岁岁安康。"

楚元知与金璧儿也不敢问怎么入夜来送年礼，忙深深致谢，将他请到正堂上座。

虽然太孙殿下对于饮食并不特别在意，但身边人如今比之前更为谨慎，从宫中带了茶叶过来，又打了水就地煮茶。

楚北淮乖乖蹲在檐下扇炉子，偷偷打量着这位殿下，思忖着他以前和阿南总是形影不离的，为什么现在阿南看见他的影子，跑得比兔子还快？

见他偷看自己，朱聿恒便问："怎么，小北不认得我了？"

"不……不是。"楚北淮赶紧否认，目光却止不住往后堂看去，心想，我家这破板壁，阿南躲在后面，应该能透过缝隙看到殿下吧？

真是古怪的，阿南这个天不怕地不怕的女煞星，居然躲起来不敢跟人碰面……

楚北淮不由得抬头看了看天空，难道是半夜西边出了个绿太阳？

耳听得泉水已经滚开，他赶紧提壶煮茶，给殿下奉上。

朱聿恒吹着浮沫刚啜了一口茶，却听面前的楚北淮偷偷问："殿下，您……和阿南吵架了？"

他一脸单纯无知，楚元知却已吓了一跳，赶紧将楚北淮一把拉回自己身边，对朱聿恒躬身道："殿下恕罪，小北年幼，尚不知轻重……"

"无妨，小北也是率真无忌，颇为难得。"朱聿恒却只微微一笑，道，"我和阿南没有吵架，只是我们都有自己要走的路，而这一段刚好分开了。"

小北迷惘地"哦"了一声，偷偷又看向后堂板壁。

朱聿恒看到了他的目光，却什么也没说，只向廖素亭看了一眼。

廖素亭给楚北淮塞了两个小金锞子，带着他离开，金璧儿见状也赶紧退下了，堂上只剩了朱聿恒与楚元知。

楚元知心下忐忑，却听朱聿恒道："楚先生，今日我来拜访你，实则是为了一桩异事。"

楚元知忙道："殿下请说。"

本以为会是阿南的事，没想到朱聿恒却道："是关于拙巧阁主傅准之事。"

楚元知正茫然间，又听他道："傅阁主在工部库房，怪异消失了。"

楚元知错愕："怎会如此？是出什么事了？"

朱聿恒将当日情形详细说了一遍，种种细节清晰明了，让楚元知大为忐忑，心道自己又不是重要的人，为何殿下特地从应天赶来这边，跟他探讨此事呢？

总觉得……这话不应该拿来跟他商量，那切切相商的口吻，倒像应该去找那个女煞星……

朱聿恒将事情来龙去脉详细讲解了一遍，楚元知陷入沉思，安静的堂上，只剩下皇太孙手中茶杯盖拨动杯中浮沫的轻敲声。

"楚先生，你当年曾是拙巧阁的堂主，不知对傅准了解多少？"

"我离开拙巧阁时，阁主还是傅广露，傅准当时年方八岁，与我自然没有交往，是以我也并不知晓，傅准居然是这般天纵奇才，十三岁便重夺阁主之位，为父母复仇的同时，也清洗了阁中异己——"楚元知抬起自己那双兀自颤抖无力的手，苦笑道，"而我也是其中一个。"

朱聿恒略一沉吟，又问："二十年前拙巧阁那场动乱因何而起，楚先生可知道？"

楚元知当时是离火堂主，对阁中重大事务自然有记忆，道："如今想起来，似乎是道一法师到访之后，才开始了一系列动荡的。"

听到"道一法师"四字，朱聿恒不觉诧异："他曾去过拙巧阁？"

道一法师，便是襄助当今圣上南下清君侧的黑衣宰相姚少师。

他审时度势，料事如神，当年圣上为王爷时，面临削藩覆灭之难，他却表示要送王爷一顶白帽子。王上加白便是皇，此后他出谋划策，一力促成了天下大局，可以说是圣上继承大统的第一功臣。

"是。他是出家人，因此也是私下到访。我因为久仰其名，所以从附近赶回来，一睹法颜。"楚元知记忆犹新，对道一法师的印象也是十分深刻，"不过，虽然我久仰法师神通，但先阁主与他交谈时多将我们屏退在外，又因我很快便被阁主遣去葛家取竹笛，因此与道一法师也只匆匆两面之晤，未曾深谈。"

朱聿恒默然点头，心中思忖着，道一法师到来不久，楚元知便被派去取那柄与"山河社稷图"关联甚大的竹笛，又引动拙巧阁巨变，绝非巧合。

他自幼被祖父带在身边抚养，与这位黑衣宰相曾多次见面，年少时听很多人说过法师有神异之能。只是道一法师去世时，他身上的"山河社稷图"未显，又不曾与阿南相识，更未被她带入这个神秘莫测的世界，因此从未将道一法师与拙巧阁及一应江湖中人联系起来。

"既然他到访拙巧阁，想必也是江湖中人，不知道一法师精通的，是何术法？"

"拙巧阁当年聚拢了三山五岳的能人，众人皆因研讨技艺而相聚，但道一法师之能，我平生仅见，他的技法五行诀玄妙无比，有搬山填海、挪移乾坤之能。"

朱聿恒微皱眉头，自然想到了竺星河的五行诀。

他在海外所继承的轩辕门绝技，为何会与南下第一功臣道一法师同出一辙？

道一法师、拙巧阁、竺星河与号称天雷无妄的诡秘阵法，必定存在重大关联，只是面前迷雾混沌，尚无法追寻到谜底。

目光微侧，在后堂的木板壁上轻轻掠过，他放下茶杯，道："时候不早，不叨扰楚先生一家了。本王还要赶回应天，这便告辞了。"

楚元知赶紧应了，搁茶起身。

皇太孙殿下沉吟了片刻，忽然迈步向着分隔前后堂的板壁走去。

小门虚掩着，薄薄的木板隔开前后堂，陈旧的木头年久收缩，中间甚至有了细细的缝隙。

朱聿恒抬起手，轻轻地按在了木板之上，静静地站了一会儿。

楚元知正在茫然之际，却听殿下低低的声音传来："楚先生，若你见到阿南的话，请你转告她……"

楚元知心下一紧，心道难道阿南刚刚过来，被殿下发现了？这两人之间发生了什么他还不知道，怎么就要替殿下传话？

却见朱聿恒站在板壁前，声音低得如同耳语叮咛："阿南，你留下的口信我已问过傅准，只是兹事体大，尚未得到答案，傅准便已消失。我们久寻不获的那第八个阵法，傅准说是天雷无妄之阵，无时无地、无影无形，背负于我身，如疽附骨，不可摆脱。我所踏之地、所追索之人，已相继消失，或许……你离开我，也算是件好事。"

楚元知呆站在原地，心说自己都不明白殿下在说什么，又怎么记得住、传达得了？

朱聿恒静静地在后堂的板壁前站了片刻，周围始终一片安静，没有任何回音。

"过往种种，我亏欠你甚多，如今我决意继续前行，此中谜团，我也会拼尽全力一一解开。至少，我绝不允许我所重视的东西，一件件在我面前消失离去。"

按在木壁上的手略略收紧。这薄薄的木板怎能挡得住他的力量，只要他愿意，轻易便能破开。

可他终是未能破开这层障碍，只是声音更低了半分："阿南，我知道你也放不下我，不然我不可能活着从榆木川出来。知道你心里有我，你还愿意舍命护我，这便够了。

"过往种种过错，望你能够宽容……阿南，我知道你要回海上去了，而我不日也要出发前往横断山。此后山高海阔，若今生我们还能有缘再见，此生此世……我绝不再利用你、欺瞒你。我朱聿恒，立此为誓。"

暗夜寂寂，只有风雪过庭声。

楚元知目瞪口呆，脑中一片混乱，不知道这些话要如何传达。

而隔着板壁的那一边黑暗中，朱聿恒仿佛听到一声叹息，但很快便消散了。

她没有回应。

于是，他也慢慢收回了按在板壁上的手，垂下眼转身向外走去，再无任何言语。

楚元知与金璧儿惶惑地送皇太孙出门，看着一行侍卫护送殿下离去，两人正在默然相望之际，却见楚北淮推开后堂的门，从里面拉了一个人出来。

"南姑娘？"金璧儿发现她原来躲在此处，错愕不已。

而楚元知则终于明白，为什么皇太孙殿下会忽然对他讲那些古怪的话语，并让他转告阿南。

他表情复杂地看向被风雪湮没的皇太孙车驾，心想，现在看来，应该不需要转告了吧……

第三章

寒雨连江

行踪既已泄露，阿南与楚元知略谈了谈，立刻回绮霞处收拾东西，准备离开。

她回归时带的东西并不多，如今辗转三年，手中也不过几件贴身衣物，几个路上练手的物件，几包日常急用的药粉。

唯一与来时不一样的，是那一串青鸾金环。

绮霞摸着这精巧至极的金环，啧啧赞叹："殿下送给你的呀？"

阿南点头，在灯下转侧，让那些流转的光华照在自己身上，就像当初与阿琰携手相伴的璀璨日子还围绕在自己身旁般。

"可能我来陆上走这一趟，失去了很多，但也不是没有收获吧。"阿南抚摸着金环上的青鸾，笑容不无伤感，"至少，我的生命里有了一段独一无二的日子，遇到了举世无双的一个人，还握过了这世上最好看的一双手……"

那双手，曾抱过她，牵过她，与她十指交缠。

手的主人，还曾紧紧抓着她，不顾一切地深深亲吻她。

她轻叹了一口气，竭力将伤感驱出胸臆。

和阿琰在一起欢欢喜喜，那她走的时候，也不许以伤心告终。

"阿南，别走行不行？"绮霞挽着她的手，眼中尽是不舍。

阿南摸了摸她的小腹，说道："放心吧，干妈的位置给我留着，我肯定会回来看你和孩子的！"

"那你可得说话算数啊！"绮霞噘着嘴，嘟囔道，"最好……最好是别走，我一个人生孩子，真的有点怕的……"

她也已经懂得，江白涟永远不可能回来了。

轻拍着她的背，阿南眼圈终于还是红了："别担心，金姐姐养孩子有经验，会帮你的。再说了，这孩子这么乖，当初咱们死里逃生时多艰难啊，他都一直好好的，肯定是个省心的好孩子。"

"嗯……大夫们也这样说。"绮霞摸着微凸的肚子，含泪而笑，"唉，阿南你就不能跟我的娃学学，你就不省心，大雪天都要走。"

"我从小在海上生活，没经历过冬天，这三年在这边可冻坏了。"阿南捏着身上厚厚的衣服，苦不堪言。

"可是那边日头大啊！你看你变白了不少呢，在海上晒得黑乎乎的，哪有如今水灵啊！"

阿南抬手看看手背，不由得笑了："真是有得有失。"

"留在这里有什么不好？有我有阿晏有小北还有楚先生金姐姐！而且我真觉得，皇太孙殿下心里有你！我在教坊司混了这么多年，什么人没见过，殿下看你那眼神我一看就懂！他对你，和对别人不一样的！"

阿南笑了笑："一样不一样，又有什么意义呢？他是站在朝堂最高处的人，见过的肮脏手段比我们多千倍万倍。虽然我可以理解他，但我接受不了他将这手段用在我身上，把我当成他随手借用的工具。"

绮霞瞪大眼，不敢置信："不可能吧？殿下居然……会如此？"

阿南自嘲一笑："他对圣上亲口坦诚，我亲耳所闻，亲眼所见。他对皇帝承认，是因为我一身本事，所以他想要驯服我，用来帮他破阵！"

绮霞震惊了："他……他真的这么说？"

阿南点了点头，将青鸾金环用锦缎包好，压到了包袱最底下。

绮霞呆呆思索着，又猛然按住她的手："可是阿南！你觉得他对你是假的，难道他对皇帝说的，就是真的了？"

阿南怔了怔："他对皇帝祖父说的话，还能是假的？"

"就算是真的，可殿下说不定有苦衷呀！之前我听说，朝廷在各地追缉海客，一直担心你因此受牵连，毕竟，在西湖劫走要犯被海捕通缉那个女匪，我一想就是你呀！但朝廷很快就撤掉了你的罪名，你现在过得好好的，还能跟着皇太孙殿下自由行动，你说是为什么？"

为什么……

这些日子以来，阿南也一直想问为什么。

阿琰啊……愿意为她豁出性命的阿琰，想要驯服她为己用的皇太孙，这两个为什么会是同一人呢？

而她又为什么，明明已经下定决心割舍情爱，抛却一切回到海上继续做那个一往无前的阿南，可每每午夜梦回，抚摸着自己的旧伤，想象着阿琰身上正一条条侵吞他生机的"山河社稷图"，她又觉得心口钝痛，万般难舍。

"你想，也许殿下欺骗的，不只是你呢？或许他欺骗的，还有皇帝，还有朝廷，甚至还有……"

他自己。

她是海客，是劫狱的女犯，也是前朝余孽的得力干将。

阿琰究竟是用什么办法、做了多大努力，让朝廷接纳了她，赦免了她所有的罪，甚至重用她，让她成为破阵的领头队长呢？

甚至，他是怎么说服暴戾的皇帝，让本来要将所有与皇太孙的病情有关的人——尤其是她——全都要一律清除的皇帝罢手，容忍她留在皇太孙的身边，得到了自由自主的机会？

无数个夜里，她曾因为温暖与冰凉、打击与包容、残酷与温柔的复杂交织，从梦中醒来，久久难以入眠。

而如今，她才释然地呼出胸中那口气："要是这样，那我可以稍微原谅他了。"

绮霞急道："所以你去找他好好问清楚呀！如果你因为误会而一个人远走海外，剩殿下一人在这边，那该多遗憾啊！"

阿南摇了摇头，说道："他无论对我做什么，都能算了，但他不应该在调查到我父母身份后，为了更好地控制我，移花接木给我弄了假父母。你说，这事我怎能原谅他？"

绮霞暗吸了一口冷气，心说不愧是皇太孙殿下啊，这种事情居然也能不动声色干得出来？阿南从小就没有了爹娘，她娘更是她心中最重要的人，结果他竟然剜了阿南最重要的逆鳞。

"那……我想这其中必定也有理由的，比如说，比如……"绮霞绞尽脑汁，可也无法想出借口替朱聿恒辩解，只能固执道，"哎呀总之，殿下真的喜欢你！只要是见过你与殿下的人，都知道殿下对你的心意！"

见她这急吼吼的模样，阿南不由得笑了出来："是吧，不愧是我，阿琰利用着、利用着，终究还是喜欢上我了！"

绮霞揪住她的包袱："所以，你会留下来的，对不对？"

"不会。"阿南行云流水般将包袱打好，放到枕边，"你知道刚刚我和楚先生聊了些什么吗？"

绮霞迷惑地摇摇头，阿南朝她神秘一笑，道："我搞到了一条拙巧阁的秘密通道，虽然二十年了不知道还能不能用，但试一下总没关系的。"

绮霞傻了眼："什么？你不是回海上，而是去拙巧阁？"

"对呀，傅准那个浑蛋，在我身上埋下了些可怕的东西，所以我得趁着他不在，好好去搜寻搜寻，最好能彻查到结果。"

"什么可怕的东西？那个浑蛋对你做了什么？"虽然算是救命恩人，但绮霞一想起傅准那阴阳怪气的模样就气不打一处来，"可是阿南，拙巧阁那边人多势众，你一个人过去会不会有危险啊？要不，还是先找皇太孙殿下商量一下？"

阿南抬手轻抚着自己臂弯的旧伤，默然摇了摇头。

"不用，我现在离他远点比较好。等我把傅准的老巢掀个底朝天，或许我们能有再聚的机会。"

拙巧阁位于长江入海口，比中原要温暖许多，但冬天依旧不可避免地降临了这座海陆交界处的岛屿。

夏日烂漫的野花早已枯萎凋谢，柳树也落尽了树叶，但玉醴泉还在倾泻喷涌，一路的亭台掩映在常青树木之间。

当年的秘密通道，二十年后居然还存在。阿南顺江而下，悄悄在岛后偏僻处寻到路径，顺高大的假山而绕，从婆娑的海桐树荫之中穿过，来到了律风楼东北侧旁挑出的那座小小厢房之前。

这座被她和朱聿恒冲毁的藏宝阁已经整修完毕，外表看起来似乎没有什么变化。

谨慎起见，为免像上次一样被困在其中，阿南先在后方窗口处将铁质栅栏动了点手脚，确保自己在需要的时候随时能从中脱出，不会再像之前那样困于其中。

寻了两块木头踩在脚下，她小心翼翼地潜入。

毕竟傅准这人心机深沉，在上次出事之后，说不定会专门增设针对她的机关。

然而步步行去，经过轻拂她头顶的帐幔安然缩回卡槽，傅灵焰的画像经过重新装裱修复后依旧挂在后堂帐幔后，除了颜色更显鲜亮没有任何改变。

奇怪，难道傅准太忙了，在失踪前还没来得及更改这座密室的机关设置？

还是说，他料定了她以后不可能再来到这里，所以才会安心维持原样？

心下虽然疑惑，但阿南向来不怕事，有问题等出了再随机应变也行。她遇事向来机智，每每能在千变万化的机关之中化险为夷，亦是这行的传奇，三千阶的名号决不仅仅只因她亲手所制的武器及机关之出神入化。

一步步行去，她深入房内，绕过重重书架，先走到傅灵焰的画像前，向傅灵焰行了一礼。

画像上的傅灵焰正当绮年玉貌，手持那管龙凤帝亲手所制的金色竹笛，静静地坐在宫苑之中，目光似穿透了六十年的时光，与她深深对望。

她是如何脱出金绳玉锁，挣开情爱纠葛，从当年在九州各处布下绝杀死阵的凶戾女杀神，蜕变为后来的慈祥老婆婆的呢？

而自己呢……阿南站在傅灵焰面前，心下涌起难抑的伤感。

她又究竟有没有机会，能与傅灵焰一样，最终找到自己，看清自己该走的路，探索到自己该前进的方向？

深吸一口气，将所有一切暂时先抛诸脑后。

如今最重要的，还是先查清楚，傅准究竟在她身上设下了什么东西，导致她的旧伤竟与阿琰的"山河社稷图"相连，成为伤痛同命的两个人。

她垂下眼，避开傅灵焰那双仿佛能洞穿她的眸子，转而走向旁边的书架，查看架上卷轴。

傅准神秘失踪，她压力大减，动作也加快。调暗了手中的火折，拆开一个个卷轴册页，她飞速扫一眼便立即收好，寻找下一个。

一个架子看完，里面不过是些各门各派的阵法布置、绝技法例、机关图示之类的。若是平时，阿南自然有兴趣坐下来慢慢研究，但此时她心系自己的伤势，只想先找到与自己有关的内容再说。

换了一个书架，上面全是书册，她随意翻了翻，蹲下来时看到一堆正待修复的卷帙。

而在卷帙之间，正有一个卷轴压在最下面。

她握住这个卷轴，小心将其抽出来，迅速打开。

入目是海岸曲折，远山层叠，赫然是一幅九州疆域图。

原本无甚稀奇的画卷，但因为她上次引水冲毁了藏宝阁，使这幅画的主要画面虽存，但画卷边缘被水浸消融，模糊露出了下方的痕迹。

山河之下，还有一幅隐约的潦草勾画。

她立即将画卷举起，对着窗口的光亮处一照。

只见底层果然藏有另一幅图，是四肢俱全的人体描画，只是身躯倒卧，头下脚上，手脚蜷曲，姿态怪异。

但，那古怪的手脚搁置，却恰好与上方的山河相合，她一眼便看到了那人的左腿膝盖处，正与山河图中的玉门关一点重合。

而她深深记得，自己在玉门关的阵中发作的，正是左腿腘弯旧伤。

她迅速扫过其他的地方，确证了四肢旧伤对应的确是之前破过的阵法，目光立即移下。

人形倒仰的额头眉心，赫然便是横断山脉处。

玉门关的照影地道之前，傅准曾经告诉过她，她身上的六极雷，除了四肢，一个在心，一个在脑。

"那个浑蛋，居然还不承认我身上的旧伤与阿琰的'山河社稷图'有关！"阿南愤愤地捏着画卷，立即在上面寻找第八个阵法的踪迹。

她四肢旧伤对应的阵法都已相继发作过，眉心的伤处在西南，既然傅准说还有一根毒刺埋在心脏，所以她立即看向那人形的心口处。

但因为形体扭曲怪异，而且画卷中心处没有遭受水淹侵蚀，所以厚实的表面纸张之下，她一时竟看不出下方那具人体的心口所在。

阿南急躁皱眉，想要将上下两张叠裱在一起的画卷分开，但这东西是个细致活儿，上次朱聿恒拆傅灵焰的笛子都花了不少时间，她现在哪有办法静下心来慢慢劈画。

一急之下，她取出随身火折子，将其点燃，将画卷放置在火光之前，映照下方的图案。

她的火折由精铜反射，光亮无比，在卷轴下方映照出粲然一团圆光。

刺目的光亮顺着躯体而上，她沿着心口看去。

那是江浙一带最为繁华之处，顺着长江而下，她看到有几个字压在长江之上，不偏不倚正好挡住了阵法所在的详细地点。

她心下急躁，火折子略微再往前凑了凑，想要分辨出字迹下方的具体方位。

然而就在火折的光聚拢之际，一道火光忽然从画卷上迅速冒出，浓烟烈焰立即笼罩住了她手中的画卷，整张纸迅速被火舌舔舐成焦黑色。

阿南立即收拢画卷，同时抓过旁边的毡布，迅猛拍打画卷之上的火焰。

那火不知是由何物所燃，顽固无比，她的拍打竟全无用处，火焰还是径自向着中心蔓延，眼看整个卷轴即将化为灰烬。

阿南一咬牙，臂环中的小刀弹出，在卷轴最中心处飞速划过。

从四周向中间聚拢的火苗，虽然延伸得飞快，但终究没有她下手快，中间残存的那一块被她迅速截取，紧握于手心。

阿南心知这定是傅准在画卷上动了手脚，宁可将其毁去也不让人得手，心中正在暗骂之际，忽听得外面有声音传来。

她立即闪身缩在黑暗中，屏息静气一动不动。

脚步声在门外停下，有人迟疑地问："不会是你看错了吧，里面哪有火光？"

"怎么可能！我真的看到窗间透出来的光了，绝对是火焰，一跳一跳在晃动！"

几个弟子说着，贴近窗户看了看。

这藏宝阁是重地，显然一向是严密闭锁的，因此二人一时间也未曾想到来检查门户。

阿南藏身架子后，正在思索遁逃之法，谁知她今天走背运，一个女子的声音在外响起，问："怎么了，你们不是坤土堂的弟子吗？围在这儿干什么？"

"见过滢堂主！"过来那女子显然是薛滢光，几人忙答道，"适才我们经过此处，从窗户间看到了一点火光，因此过来瞧瞧，以免水淹之后又遭火灾……"

"火光？"薛滢光有点不相信，"阁主离开之时，这边关门落锁一切妥当才走的，怎会忽然冒出火光？"

说着，她顺手在门上一推，谁知"吱呀"一声，被阿南打开锁后虚掩着的门应声而开。

在众人的惊呼声中，薛滢光站在门口看向室内，一声冷笑："青天白日的，居然有宵小敢闯拙巧阁？传令，结阵，封锁所有出入口，封闭码头！"

藏宝阁内机关复杂，傅准又不在阁中，他们自然不敢入内。阿南躲在角落，倒想看他们准备如何应对。

须臾，搁置重物的声音传来，一个大炉子抵在门口，熊熊火焰之上加了湿柴，顿时烟雾滚滚。

弟子们挥着扇子，将浓浓烟雾扇向室内，窗户紧闭的室内顿时烟熏火燎。

阿南捂着口鼻，心下暗道：薛滢光，算你狠，这是要把我当老鼠，活活熏死在里面？

再一辨认烟雾中的异味，她心下更是把薛滢光骂了一百遍——烟雾里面还掺了黑烟曼陀罗。

也就是说，外面的人虽不敢进来，但她若抵死不肯出去，也会吸入迷药，倒在里面失去所有力量，无法做任何抵抗。

浓烟已让她眼睛无法睁开，屏息闭眼间，她捏着鼻子摸到那扇动过手脚的窗户旁边，然后猛然提纵，跃上窗台，一脚踹开了铁窗栅，直扑向外。

窗外的弟子们听到破窗的声音，顿时冲来围堵，企图将她挡住。

阿南深吸一口气，早已飞扑向下，顺着玉醴泉倾泻的方向，直落在下方一棵高大的海桐树上。

海桐树四季常青，枝繁叶茂，她踩踏在粗壮的枝条上，借着弹力向前疾冲，在枯黄的草丛中打了个滚，随即起身奔向前方，扎入了芦苇丛中。

"给我追！"薛滢光率先追了上去，"码头已经封锁，我看这贼子能逃到哪儿去！"

阿南越过枯萎的芦苇丛，疾奔向岛后的秘密路径。

踏着埋在地上的管筒，她向前飞奔，以最短的直线距离奔逃。

然而，就在拐过一个转弯时，对面竟有另一个人奔来。

两人都在埋头疾速狂奔，哪料到拐弯处会有另外的人出现，此时已收不住脚步，眼看便要撞在一起。

还好阿南反应极快，硬生生瞬间转侧过了身躯，只与对方斜斜擦过，避免了同时撞个头破血流。

饶是如此，对方也已摔倒在地，打了个滚后，才颤抖着手撑起身子。

正要继续奔逃的阿南一瞥到他的手，停下了脚步，失声问："楚先生，你怎么也来了？"

来人正是楚元知。他喘息未定，哑声道："南姑娘，我……我来找璧儿。"

阿南错愕不已："金姐姐？她怎么会来这里？"

楚元知面如死灰，从怀中掏出一张纸，仓促地递给她。

阿南接过来一看，上面写着一行字，仓促的行笔难掩娟秀字迹，显然是金璧儿所写——

我已知该去往何处，待解疑释惑后即回。小北若问起，便说我出门有急事。

阿南皱眉还给他，问："那你怎么知道，她来这边了？"

"我见她出走，便赶紧去码头驿站处打听，才知道今日早时，她上了一艘船离开了杭州，那船，正是拙巧阁雇的……"

阿南想了想，眉头一扬，问："她来拙巧阁打探了？"

楚元知有些茫然："打探？打探什么？"

阿南怕后面的人追上来发现她，当下示意楚元知往芦苇丛深处走了十余步，才压低声音道："昨晚我到你家，与金姐姐聊了些事情。她已经知道是你的六极雷失控，导致了徐州驿站那场大火。但她与你二十年夫妻，深知你的为人，我们都认为背后肯定还另有一个动手脚的人。看来，金姐姐说的已知去哪里寻找，应该就是拙巧阁了。"

楚元知不敢置信："可她一个弱女子，又常年不出家门，如何能来得了拙巧阁？"

"金姐姐表面柔弱，内里坚韧，比你想象中的可要能干许多。我们先找到她，再询问细节吧。"阿南示意他猫下腰，小心点跟自己走，以免惊动搜寻她的人。

两人都是熟悉拙巧阁的人，在芦苇丛中也未迷路，逐渐接近了码头。

枯柳衰阳，码头果然停着一艘外来的船。

薛滢光带着众弟子搜寻到了这边，正站在码头查看。

船老大招呼着船上乘客下来，只见一个两个都是提着包袱的中年男女，显然是年关将至，拙巧阁寻来做短工的。

隐在芦苇丛中的楚元知一眼便看到，陆续下来的人中，赫然就有金璧儿。她混在一群肤色黧黑、一看便做惯了粗活的人中间，颇有些格格不入。

薛滢光自然也注意到了她，多看了两眼。

她们之前曾一起去过玉门关。但金璧儿当时脸上毁容的疤痕未褪，在人前一直戴着帷帽，拙巧阁的人并未见过她的长相，自然也认不出她来。

薛滢光草草询问，知道她是绣娘，来织补阁中布幔帷帐类活计的，又看她一双手确是干惯了家务活、擅长针黹的模样，便也转移了注意力，率人又去别处搜寻刺客去了。

阿南与楚元知悄悄跟着金璧儿一行人，沿着拙巧阁蜿蜒的路行去。一路上，一群工人陆续被分派到各个地方，最后只剩下金璧儿和几个婆子。

再往前走，路径尽头出现了一座荒僻的小院。

小楼显然空置已久，婆子带着金璧儿等人进入，说这边帷幕虫吃鼠咬，显然是要全换新的了。如今新的布匹已经送到，她们得赶紧把布匹裁剪缝纫好，赶在年前挂上去。

几个人进内又是量尺寸又是对花色，正在忙乱间，金璧儿抬眼看见院外花窗处，有个人向她招手。

她依稀看出那是阿南，一时不相信她会出现在这里，手中下意识整理着布匹，正不知如何是好之际，却见婆子走到她身边，一指旁边的耳室道："金娘子，你去隔壁量一量门帘尺寸，看看哪种花色合衬。"

金璧儿忙应了，拿着尺子过去耳室。

小小屋内只有一扇支摘小窗，她量着大小，心神不定地望着门外，果然看见阿南溜了过来，观察四周无人，又挥手示意后方。

院垣后，楚元知的身影随之出现。金璧儿手一颤，木尺差点掉在地上。

二人挤进耳室，阿南回身掩了门，压低声音问："金姐姐，你怎么到这里来了？"

"我……"金璧儿神情有些慌乱地避开楚元知的目光，死死攥着手中木尺不说话。

阿南打量她的模样，说道："金姐姐，我知道你自己肯定来不了这里，说吧，你究竟是怎么来的？"

楚元知却没说话，只抬手握住金璧儿的手，示意她跟自己回去。

他那双受损后一直颤抖的手，握着她的力道，一如这些年来的不离不弃。

见丈夫甘冒大险至此寻她，金璧儿眼泪不禁夺眶而出，终于敞开了道明一切："南姑娘，我跟你说过，元知与我这辈子的错，可能永远也找不到罪魁祸首了。但是……"

就在阿南向楚元知打听拙巧阁暗道之时，她也在屋内关注着，想着要不要趁阿南潜入拙巧阁时，托她顺便查一查当年徐州驿站的事情。

就在此时，她一回头，却发现身后站了一个隐在黑暗中的青衣人。

她惊慌之下正要呼喊，那人却已利落地捂住了她的嘴巴，将她拖到角落。

他声音腔调低沉古怪，在她耳边问："你想知道，当年你丈夫设的火阵，为何会殃及无辜吗？"

对方如此准确地将她盘绕于心头多年的疑窦说了出来，金璧儿慌乱震惊之下，一时竟无法做出任何反应。

而对方见她如此，便说了声"明日早些带上户籍文书去松亭口，拙巧阁在招女工"，随即放开她，退开了一步。

金璧儿惊疑不定，尚未反应之时，那人已经转身向窗外跃去，转瞬之间无声无息消失。

就如他来时一般，别说金璧儿，就连屋外的阿南与楚元知都未曾察觉。

她辗转难眠，思虑一夜。第二天一早，终于还是鼓起勇气，去了松亭口。

松亭口在僻静的街道交叉处，凉亭中正有牙婆带着十余个女人过来。她假装入内歇脚，注意对方，果然是拙巧阁要找绣娘，正在此处挑选手脚勤快能干活的女人。

在家中畏畏缩缩生活了四十来年的金璧儿，此时鼓起最大的勇气，强自镇定上前询问，说自己家中贫困，想着寻一份工来做做，补贴家用。

拙巧阁的人听她确是本地口音，又让她与绣娘们一起试了活计，便让她过来，年前做一个月短工。

可她没想到的是，刚下码头，自己的丈夫居然已经潜入了这里来寻她，到得比她还早。

"那个指引你来此的青衣人，究竟是谁，又为了什么原因？"听完金璧儿的讲述，楚元知喃喃。

"为了引我们入陷阱！"阿南心中一凛，立即跳了起来，"楚先生，快带金姐姐走！"

楚元知自然也明白过来，这定是拙巧阁利用金璧儿设的陷阱。他拉起金璧儿，向外奔去。

然而对方既已将他引入拙巧阁，在重重机关中，哪还有他们逃跑的机会？

耳室狭窄，门口轰然声响，头顶安装的铁闸早已落下，眼看便要以泰山压顶之势向他们压下。

楚元知立即带着金璧儿后撤，免得被铁闸一夹两段。

但就在他们后退之际，却听得风声呼啸，楚元知眼睛一瞥后方，顿时脸色大变。

后方砖地已经旋转变换，下面无数铁刺突出，只要他们一回身，便要踏入铁刺之中，脚掌必被穿个通透不可。

此时前有铁闸后有铁刺，三人已成进退两难之势。

楚元知一咬牙，抬脚一钩面前的凳子，将铁闸抵住，同时将金璧儿一把推了出去。

金璧儿在惊慌失措之中，打着滚扑了出去。

就在她滚出铁闸之际，凳子被轧得粉碎，仅仅停滞了半刻的铁闸再度落下。

金璧儿的身体已经大部分钻出了铁闸，但右腿还卡在闸内，眼看要被铁闸硬生生截断。

楚元知一个箭步扑上去，抵住金璧儿的右腿往前疾推，要拼了自己的脊背粉碎，也要换得金璧儿逃出生天。

金璧儿被他一把推出铁闸之外，仓皇地回头看向他，见铁闸正向着他的身躯落下，眼看要将他压得粉身碎骨。

她顿时吓得肝胆欲裂，大叫出来："元知！"

话音未落，只听得轧轧声响，铁闸已如泰山压顶。

楚元知紧紧闭上了眼睛。

死生诀别之际，他用尽最后的力气，只向金璧儿抬了一下手，示意她快跑，别回头看惨死的自己。

但压在他脊背上的铁闸忽然停止了下落，悬在了离地不到一尺的地方。

他错愕不已，脚尖仓促在壁上一蹬，快速滚出了铁闸，回头看向后方的阿南。

阿南已经根据墙面的振动与地面的痕迹，赶在铁闸落地前锁定了操控中心。

此时，她已掀开耳室的桌板，露出了下方的铁扳手，一脚蹬在上面，竭力要将它控制住。

可是铁闸沉重无比，怕有千斤之力，即使尽了最后的力量，她也只是稍微缓了一缓下落的力量，而无法让它再度抬升。

楚元知隔着那只剩了一尺不到的铁闸口，看向阿南。

电光石火间，楚元知只看到她一抬下巴，示意他立即带上金璧儿，逃出险境。

未待他犹豫迟疑，只一刹那，铁闸便再度重重落下。

阿南手中的铁扳手忽然一沉，对方显然早已料到他们三人逃离时，她可能会寻到铁闸的控制处而启动这个扳手，因此旁边早已设下了后手。

扳手连接处忽然旋转，数道钢爪探出，将她的右手紧紧扣住，锁在了扳手之上。

阿南当即抬脚蹬在扳手下方，竭力缩手，意图抽出。

但已经来不及了，扳手轰然下坠，直接陷进了地下。

眼前一黑，精光闪动，下方数道钢箍弹出，骤然收紧，她的手尚未抽出，眼看整个人即将被紧紧缚住。

陡然面临绝境，阿南却毫无惧色。她一向最擅机变，此时足尖在扳手上一点，左右脚掌缠在铁杆之上，整个身子忽然之间便横了过来，险之又险地避过了那原本必中的钢箍，从间隙中穿插了过去。

身后有人轻微地"咦"了一声，显然对方并没料到她在这般间不容发的困境之中，居然还能顺利脱出樊笼。

阿南右手被制，但左手立即抄向臂环，上面的钩子弹出，被她一把抓住，探入了钢爪机窍之中。

后方的人自然不会任由她脱逃，身后呼啸声传来，劲风将她笼罩于内。

阿南右臂被锁，身体无法脱离扳手，唯有双腿可以自由活动，她倒提身子，向后疾踢，黑暗中只听风声骤急，对方被她踢个正着，趔趄退后恼羞成怒，"唰"一声轻响，手中长刀已向她袭来。

阿南整个人借着钢爪的力量，倒悬于半空，听风辨声躲避凌厉刀锋，几次险险从刀口上越过，避开对方攻势。

但她也知道，自己这样坚持不了多久。毕竟，对方可以从四面来袭，而她被钢爪困于方寸之间，完全陷入了被动局面。

更何况，她的四肢受过重伤，一时腾挪闪移虽然撑得住，但大幅度的动作已使关节隐隐作痛，时间一久必定反应不及。

因此，她一边借助灵活走位躲避对方，一边分心二用，左手持着小钩子插入扳手内部，直探钢爪的衔接处。

可那钢爪嵌在扳手之内，衔接处深藏于钢块之中，她一时根本无法触及内部。

对方显然也已不耐，抓住一个空隙，手中刀尖进击，狠狠向着她的胸口刺了进去。

阿南双手在机关处，唯有借助双脚拆解躲避他的攻势，此时对方已经进击至胸口门户，她的双腿显然无法回护。

万急之时，她足跟在扳手上一抵，膝盖上顶，拼着自己的膝盖被刀尖割出一道血口子，身体蜷缩着凌空上翻，整个人倒立翻上了铁扳手。

对方的刀擦过她的膝盖，在铁扳手上划出一道火花，随即"当"的一声，死死卡在了铁扳手与下方机栝的相接处。

而阿南因为动作太过迅猛，被制住的右手腕也在瞬间"咔"的一声脱臼，剧痛袭来。

但伴随着剧痛传来的，还有轻微的"咔嗒"一声，让她在绝望中精神一振——是她左手中的钩子，已探到了连接处。

她顾不上脱臼的右手，身子倒下一旋，狠狠踹向对方。

对方手中的刀子卡在机栝中，尚在弯腰拔出，此时被她这重重一撞，后背剧痛，手中刀子撒手，趔趄后退摔倒于地。

听到对方倒地声，阿南知道自己已争取到一瞬喘息，立即加快了手下动作。

钩子在钢爪底部摸索着掏挖，终于触到了相接处。她狠命撬动关节，直到轻微的"叮"一声传来，右手骤然一松，那死咬着她的钢爪终于弹脱开来。

就在她的手陡然得脱的刹那，黑暗中伏击她的人也已再度扑击上前。

阿南自然不愿与他缠斗，强忍疼痛将自己脱臼的右手腕接上，随即跃上扳手，掏出火折子"嚓"一声点亮。

黑暗瞬间被驱散，她来不及注意对手，看到上面封闭机关的是木质板材，便向上狠狠一撞，试探厚度。

如她所料，这种耳室中的机关布置因为无法提供支撑，自然不可能太过沉重繁杂，上面的板材并不太厚实。

因此她不假思索，拔起下方卡住的那柄厚实大刀，狠狠戳进上头木板，随即抓紧刀柄，身体倒悬，双脚向上狠命一踹。

"哗啦"声响中，木板断裂，光线投下。

她抓着刀柄挂在半空中，抬脚将正冲上来的人重重踢开，借力荡身向上。

就在她身躯倒仰破洞而出之际，她胸口气息一岔，整个身子一软。

她心中暗叫不好——薛滢光扇入藏宝阁那个烟雾中的黑烟曼陀罗！她虽然反应迅速，可还是难以避免地吸入了一些。

在这紧急时刻，药性竟然发作了。

她狠狠一咬下唇，翻上地面，向着耳室小窗扑去，拼命维持神志清明，不让迷药吞噬自己。

但就在破窗而出之际，她才发现脚下竟然是水池，她一个不察，差点栽入冰水中。

扣住窗户，她抬起头，看见面前的情形，瞳孔猛然骤缩——

玉醴泉中有巨大的波浪冲击而起，向着她扑来。

阿南反应已经迟钝，但也知道回到室内便是再入龙潭，下意识身子后倾，反手钩住窗棂，挂在墙上避开波浪当头冲击。

一波尚未远去，随即有如雷的声响轰然，第二波潮水直冲而来。

骤急的水浪直冲而来，这下就连她扣住的窗棂也无法幸免，在轰鸣声中，她连人带窗重重摔了下来。

就在坠落之时，阿南一脚蹬住身下的墙壁，脱开正在失控坠落的窗棂，一手扒住了窗沿。

尚未等她稳住身形，身后陡然一暗，遮天蔽日的水花第三次激荡，瞬间笼罩了她的全身。

阿南抬头看去，巨浪排空，水花高溅，被激上半空的水波映着日晕，拙巧阁中虹霓四垂，如数条彩带横斜围绕这个梅花开遍的东海瀛洲，绚烂得令人心惊。

阿琰不是说，傅准失踪了吗？

那么这世上，还有什么人能有如此能耐，不动声色设下这般阵法擒拿她？

未等她理出头绪，水面上波浪狂涌，已重重拍向了她。

阿南收敛心神，正要破水迎上，猛然间身体一软，全身顿时失去了力气，整个人重重跌在了水中。

倾泻而下的水浪，挟带着巨大的力量，劈头盖脸地压在她的身躯之上。

而她的手抬了抬，想要挣扎之际，冰冷的水已灌入了她的口鼻。

内外交困中，她失去了所有的意识，沉入了眼前的漫漫黑暗中。

蒙蒙细雪笼罩着应天，金陵这座帝王州，在皑皑白雪的覆盖下，更显肃穆庄严。

朱聿恒处理完手头的事务，觉得肩颈略带了些酸麻。他直起身子，转头看向窗外风雪。

庭中一竿竿凤尾竹细细直立，竹叶梢上略积了些薄雪，压得枝条微弯。

外间传来一阵急促的脚步声。随即，瀚泓快步进来，禀报道："殿下，神机营那位楚先生，忽然求见……"

按理，楚元知区区一个神机营监造官，是没有资格见皇太孙殿下的，但瀚泓因常见他在殿下左右出现，于是便进来通报了一声。

朱聿恒心知楚元知来见自己，必定是有要事，心下再一想，又不觉微惊，难道是和阿南有关？

他来不及召见，径自起身向外走去，看见站在外间的楚元知，立即便问："楚先生有何要事？"

"殿下，南姑娘她……出事了！"

楚元知将拙巧阁之事仓皇说了一遍，又急道："南姑娘将我们救出后，我与璧儿在秘密水道边等待了许久，因拙巧阁搜寻甚急，于是我们又将船撑到了回杭州的必经水路等待，但一直未曾见到南姑娘回来……"

朱聿恒神情微变，转头吩咐瀚泓道："我写一封信，以南直隶工部的名义，安排人到拙巧阁去一趟。若阿南真的失陷，就出示信件，说……咱们这边工部重修长江水利，需要南姑娘相助。"

瀚泓拿着他的手书，赶紧转去工部盖印。

但过不多久，他便脸色难看地回来了："工部办事的人说……圣上最近在整顿南直隶事务，严令不得借公事名义来办私事，殿下此举，怕是不妥。"

朱聿恒微皱眉头，将书信拿回来，略一思忖，便起身向着宫中而去。

毕竟，二十年来，这是他的祖父第一次敲打他。

到宫中之时，皇帝正与南直隶户部的人在殿内查看账册，高壑请他在殿外等候。

朱聿恒站在阶下，将那封手书揣在怀中，静静等待着。

夜深人静，雪下得急了，朱聿恒的发上与肩上都落了一层雪。饶是他穿得厚实，也觉得穿透狐裘而入的风如针刺般寒冷。

吏部的官员们陆续出来，看到站在阶下落了满身雪片的皇太孙殿下，都吃了一惊，面面相觑又不敢开口，只向他拱手行礼，便赶紧出宫去了。

皇帝也终于踱到了殿门口，见他还等在下面，终是轻声一叹，招手示意道："聿儿，进来吧。"

朱聿恒迈开僵硬的脚上了积雪的台阶，走到皇帝面前。

皇帝拉住了他，抬手将他头肩的落雪拂去，望着这个比自己已更为高大的长孙，责怪道："怎么不及早进殿来？"

"皇爷爷有公事相商，孙儿找您是私事，不敢擅入。"

皇帝听出他话里有话，瞪了他一眼，道："公事私事，都是咱老朱家的事。过来，你看看这两年南直隶的账，问题出在哪里。"

朱聿恒走到案前，将历年账册迅速翻了一遍。

他有棋九步的能力，心算自然极强，将账册翻到底后掩好，道："以孙儿看来，问题出在九江。郎王府中出了个能人，预提了费用后延递缴纳，同时在各项支出上分摊最终拉低税赋，这几年也不知有多少款项因此被截留在郎王府上了。"

皇帝显然对九江的赋税早有怀疑，但户部的人有所顾忌，哪敢如他这般一口说破，自然都是有所保留。

拍了拍他的背，皇帝将账册丢回龙案，然后拉他坐下，问："怎么，不让你假公济私，你这傻孩子还深夜冒雪，来皇爷爷这边讨说法了？"

"孙儿这不算假公济私。拙巧阁既然与朝廷合作，便该知晓阿南如今对我们的重要之处。只送一封信去，是孙儿为了不伤和气，找个托词给他们面子而已。"

皇帝瞥了他一眼，拉开抽屉取出一封书信，向他推去。

朱聿恒接过一看，居然是拙巧阁送来的。

他打开一看，见上面写的是，拙巧阁擒获了阁中积怨已久的仇敌。该仇敌当年曾杀入阁中，亲手屠杀了长老毕正辉，后毕正辉之弟毕阳辉奉朝廷之命看守海外大盗，又于放生池捐躯。该女匪已于日前落网，为告慰两位兄弟在天之灵，洗雪当日拙巧阁所蒙之羞耻，特向朝廷请示，斩妖女于二位兄弟灵前，以奠英灵。

朱聿恒放下信函："如此看来，拙巧阁是明知朝廷对阿南有庇护之意，才提前上书，阻塞咱们救护之路？"

"你看这信上所说，朝廷有什么理由阻止他们杀人复仇？司南的罪行已经被他们总结出来了——其一，她杀了拙巧阁二位要人，如今拙巧阁要以命偿命，这是江湖恩怨，朝廷不便插手；其二，拙巧阁的毕堂主是在替朝廷办公务之时丧生的，从朝廷角度来说，也没有任何可以阻止或者反对的理由。"

这滴水不漏的一封信，写得如此到位，显然，对方早已将一切都计算在内，断了后路。

朱聿恒盯着那封信，神情渐冷："傅准失踪，拙巧阁如今主事的人是谁？"

"听说是傅准出发前往玉门关之前，所托付的代阁主，至于是谁，朝廷没时间关心。"皇帝漫不经心，只拍了拍他的手，说道，"诚然，司南对朝廷确曾有功，但功过相抵，她帮你破解过几个阵法，朝廷也已经赦免了她劫囚、杀人等各桩大罪，就连谋逆重罪，因你保证她已与海客们决裂，朝廷也不再追究了。聿儿，你若再以朝廷之力施压救人，是为不理不智，置皇太孙身份于何处？"

朱聿恒深吸一口气，心口浓重的郁积下，面前的抉择却越发清晰起来。

他将拙巧阁的信件交还到皇帝手中，说道："是，孙儿知道了。"

见他神情淡然，已恢复如常，皇帝颇为欣慰："聿儿，此等无知海客，与你有云泥之别，及早抽身，方为明智之举。"

朱聿恒唇角微抿，朝皇帝点了一下头，说道："孙儿告退。"

他出了东宫正殿，向着自己所居的东院而去。

瀚泓跟在他的身后，却见他迎着风雪，原本迟缓的脚步忽然越来越快，最后似是想通了什么，大步向前，他几乎要小跑着才能跟上。

瀚泓心下微惊，想到阿南如今身陷拙巧阁，而殿下又迫于圣上施压，无法去救她，不知殿下要作何打算……

迈入东宫，楚元知还等在殿中，见他无功而返，立即迎上来问："殿下，不然……让诸葛提督他们去交涉交涉，或者，让墨先生说说情？"

"拙巧阁与阿南的恩怨，没有这么简单。"朱聿恒却只朝他们一抬手，便进入了殿中。

他扯开了自己领口的珊瑚钮珠，将朱红团金龙的缂丝锦袍一把脱掉，抓了一件玄黑暗云纹的圆领曳撒套上，摘了玉冠，束紧了腰身，换了快靴。

瀚泓心下大惊，伸手想要拦住他："殿下……"

朱聿恒却断然推开了他，向外走去。

楚元知见他大步穿过风雪，神情决绝，一时错愕。

而一旁的廖素亭立即便知道了殿下的用意，立即跟上，急道："属下跟殿下一起去！就算拼了这条命，也一定将南姑娘安然带回到殿下身边！"

"拙巧阁不是你能对付的，而阿南和它的恩怨，也总得有个了结——如今对方人多势众，阿南陷落包围，这世上，唯一可能助她一臂之力的人……"

他没有再说下去，下了台阶，出门拉过马匹，便立即翻身上马。

瀚泓扑上来抓紧他的缰绳，急道："可是殿下，您不能去！圣上的意思您难道不懂吗？朝廷如今与拙巧阁合作破阵，不能插手干涉江湖恩怨……"

"谁说朝廷要插手？"朱聿恒说着，抬手取过旁边小摊上一个面具，罩在自己的脸上。

消失……

他追索的一切，他执着的一切，都会一一失去。

他寻找的阵法已消失，他的目的地在风雪中迷失，与他形影不离的人已死去，掌握他秘密的人失踪……

如今，他心上的、梦里的那个人，也面临着从这个世上消失的危机。

可，纵然天雷无妄之阵将张开深渊巨口，要把他重视的一切都吞吃殆尽，他也必定要劈开那无敌黑暗，将他要守护的一切，拼命抢夺回来。

他握紧了马缰，抬头看细雪依旧不紧不慢地下着。

他身边的人呆呆看着马背上戴着蚩尤面具的黑衣殿下，一时只觉天高地迥，全身寒气都从毛孔钻了进来。

也不知道是激动，还是悲伤。

而他再不说一句话，拨转马头，冲入了风雪交加的暗夜之中，头也不回。

第四章

死生契阔

长江入海口，东海瀛洲上，拙巧阁依旧矗立于海天尽头。

今日的斩妖大会早已传遍了江湖。阿南之前奉师命拜会各个江湖门派，却是直接打上人家山门，揍得满江湖的高手灰头土脸，无人能撄其锋芒，被各大门派引为耻辱。

如今这欺人太甚的妖女被拙巧阁擒拿，又要当众处决，听到风声的门派纷纷过来共襄盛举，祝贺拙巧阁两位长老堂主大仇得报，洗雪冤仇。

朱聿恒混在三教九流一条船中，跟着众人踏上码头，看向面前那熟悉的楼阁。

东风入律阁下，玉醴泉依旧喷涌。沿台阶而种的梅花正在盛开，一树树朱砂色与官粉色涂抹于仙山楼阁之中，人间天上，影绰不明。

玉醴泉上方，水花喷溅汇聚处，是一条被捆缚在泉中假山上的身影。

她手脚被锁，五花大绑捆缚于"玉醴"二字之下，垂头昏迷，让朱聿恒的心一下便揪了起来。

阿南，这世上他至为珍视、愿意豁出性命、赌上前程的人，怎么可以受到这般对待？

这一路憋在心中的担忧焦虑全都涌了上来，让他心口涌起前所未有的灼热愤怒。

见他久久凝望上方的阿南，脸上还戴着面具遮掩真容，身后的拙巧阁弟子立即上来盘查："请问这位客人，自何门何派而来，可有携带请柬？"

为了不显露自己的身份，朱聿恒连日月都解下了，不曾携带。在弟子们围拢上来之际，他亦是一言不发，仿佛没看见似的，抽身便往里面走去。

见他如此，拙巧阁的弟子们哪还不知道他是来闹事的，立即呼喝着结阵，上前阻拦。

拙巧阁虽是江湖门派，又在江河交汇、朝廷难管之处，但也并不用管制的刀剑，而是棍棒执法。

眼看无数棍头聚集，一起向着朱聿恒压下，旁边众人纷纷退开，码头顿时露出一片空地。

在弟子们结阵的呼喝声中，朱聿恒抓住了距离自己最近的一根木棍，侧身迎上去，一脚狠狠地朝那个持棍的弟子踢了过去。

对方哪料到此人在阵中居然不进反退，胸口被他踢个正着，顿时摔在了地上。

旁边人立即赶到，向着朱聿恒的后背一起击落。

背后风声骤急，朱聿恒却置若罔闻，只径自向那个拙巧阁弟子的手腕踩下去。

惨叫声中，那弟子手中的木棍吃痛脱落。

朱聿恒足尖一偏，勾起木棍，一把抓住了它。

一个圆弧轮转，他手持长棍，风声骤急，避开了迫近自己的所有人。

弟子们收势不住，以他为圆心，周围跌了一圈人，不约而同地惊呼大喝。

挂在玉醴泉上神志昏沉的阿南，也被这边的声响所惊动，慢慢地抬起头，看了过来。

她中了黑烟曼陀罗，被锁在海岛高处，而朱聿恒在码头上，别说他戴着面具的脸了，就连他的身影在她眼中都是朦朦胧胧。

但，不等看清对方，阿南便已经知道，是阿琰来了。

她一时恍惚，不知自己是否还沉在梦魇中。

真没想到，在她离开他后，他居然还会杀入拙巧阁中，出现在自己的面前。

而且，孤身前来，蒙着面具。

虽然意识模糊，但她在朦胧间也能猜到，必是皇帝不允他前来，可他却一意孤行，瞒着所有人杀上了瀛洲岛。

他与她来过这里，自然知道拙巧阁杀机重重。她当年逃离此处已是千难万难，更何况，他还要当众救下她，护她杀出一条血路，以他初涉机关阵法之术不到一年的经历，简直是不可能的。

可他还是来了，义无反顾，决绝如此。

冰冷的泉水冻僵了阿南的身躯，却阻不住她的眼圈灼热，死死盯着阿琰的身影，急促的白气喘息于她脸颊边。

朱聿恒暂时逼退身边众人，抓住夺来的木棍，便劈开血路，奔赴阿南。

呼喝声中，身后人尚未赶到，他前方已有人身形微动，是薛滢光挡在了他的面前。

之前在玉门关破阵，薛滢光受了重伤，如今还是气色不佳的模样。

朱聿恒自然也不下重手，手肘一抖，手中的长棍拨开她的身形，只抢过路径而去。

薛滢光趔趄直起身子，擦身而过的瞬间瞥到他那双手，便已经看出了他是谁。

她不敢置信地回头，张了张口想要叫出声，却又紧闭上了双唇。

眼看她止住了脚步，任由朱聿恒越过阻拦的人群，上方传来一声冷笑，一个声音在假山小亭中冷冷响起："如此盛会，何方宵小竟敢擅闯入岛，未免太不将拙巧阁放在眼里！"

朱聿恒抬头一看，梅影掩映的小亭中，正有人站在贝母门窗之前，俯视下方战局。

身后的水波光芒将他的身影映在了透明窗格之上，依稀是一条清瘦身影，立于扶疏梅枝间，宛如松柏，绝非俗人。

朱聿恒料想他应该便是那个代理阁主，但此时就算傅准出面，也已无法阻拦他。

他毫无惧色，足尖一点便要沿泉上的各座竹桥上山，谁知身形刚一动，青衣人已抬起手，直击亭畔机关。

耳听得轧轧声响，流泉飞瀑之上相通的桥梁已如斗转星移，全部被截断。

随即，沉闷声响轧轧传来。围观众人只觉得脚下大地动荡，赶紧退到外边，无人再敢接近通往玉醴泉的上山之路。

而朱聿恒抬头看去，面前拱桥河道皆已转换，原本曲折向下流泻的泉道已彻底封住。

上方水流一断，下方河道断流，顿时显露出藏在水下的机关来。

只见万千利刃在机关的操纵之下，翻滚纵横，将上山的道路遮掩得水泄不通，杀机重重。

拙巧阁地势排布奇险巧妙，水上桥梁一经挪移，想要上山便只能顺着这条遍布刀刃的水道而上，否则，无任何办法上到玉醴泉。

但朱聿恒却并不在意这凶险水道，目光只沿着刀锋迅速上移。

上方水池封闭，可管筒中的泉水依旧在汩汩奔流，水位正在缓慢上涨，汹涌的泉水眼看要淹没被绑在泉中的阿南。

见他身形微滞，青衣人一声冷笑，肃立于亭内，开口问："贵客降临，何不显露身份？"

朱聿恒冷冷道："我只为阿南而来，谁若阻拦，休怪我手下无情。"

"这个司南，当初重重羞辱了我们拙巧阁，更欠了我们两条人命，如今阁下当着这么多江湖同道之面大剌剌抢人，岂非当众打我拙巧阁的脸？"那人声音冷峻，斩钉截铁道，"江湖之事，江湖了断。阁下莫非要当着诸多江湖同道之面，违背江湖道义吗？"

"既然你口口声声江湖道义，那么我倒要请问诸位，"朱聿恒朗声问，"当初阿南是按照江湖规矩上门拜会，切磋之间损伤在所难免。她孤身一人前来，若是被你们所杀，也在情理之中。可原来，拙巧阁技不如人，比输之后便会兴师问罪，群起攻之，手刃仇人以泄心头之恨？"

"哼！"青衣人一时无言以对，只愤愤一拂袖，喝道："休得狡辩！这妖女是我阁中仇敌，今日又是斩妖大会，当着武林同道的面，你说带走就带走，置我拙巧阁于何处？"

朱聿恒伫立不动，但看着周围严阵以待的拙巧阁弟子以及密密匝匝的人群，知道今日绝难善了。

他看向上方玉醴泉，见泉水倾泻，已逐渐淹没阿南的小腿，心下不由得波动。

可他毕竟赤手空拳，不可能抵得过这么多人围殴，而将这么多人杀退再去救阿南，怕是阿南不被淹没也要被冻杀，因此立即道："无论如何，今日我既然来了，便一定要带阿南走。既然你口口声声江湖规矩，那便当着众人的面，划下道来吧！"

"阁下既然敢只身独闯拙巧阁，想必有惊人艺业。"对方见他要划出规矩来，自然无法再命令弟子们一哄而上围殴，因此只嘿然冷笑，抬手竖起三根手指，道，"既然如此，敝阁就设下三道关卡，若你能过了三关，我们听凭你带走这妖女！"

朱聿恒夷然不惧，反问："绝不食言？"

"我拙巧阁声誉赫赫，还有在场的所有江湖朋友为证！"他斩钉截铁道，"阁下若要救人，就先过了第一关，沿着水道来到我面前，请！"

朱聿恒眉梢一扬，眼看着面前万刃交错，遍布在通向阿南的路上，却毫无畏惧之色，只抬手将掌中木棍遥遥掷出，直插入上方玉醴泉中。

水花四溅，波涛涌动。是他担心水道蜿蜒，自己转过去后会因为角度问题而看不清阿南的身影，因此将木棍掷出，以此作为测量水位的标识。

众人因他这凌厉的声势，皆是大气不敢出。

而朱聿恒足尖一点，已经踏上了第一柄刀背。

那刀背正旋转向前平推，若是他站在面前，必定会被斩成两截，然而他却顺着刀的运动方向，动作极为迅捷地随它而动，整个人紧贴在刀背之上，向后退了半步，然后在刀势见老要缩入洞壁、进入下一个机关循环之际，一个挪移，身子又转到了向自己攻击而来的另一柄利刃之下。

他的身子随着利刃起落，将之前跟着刀背退的半步弥补为向右前半步，随即转入了阵法之中。

众人见他的身影不定，时而前进时而后退，但兜兜转转缓缓慢慢中总还是前进得比较多，不由得目瞪口呆。

"原来……阵法还可以如此破解！"

虽然机关中各柄利刃的伸缩挪移并无秩序，显得混乱又繁杂，但设置机关的人总不可能让各个武器自相碰撞绞缠，因此，只要寻找到了各个武器避让交错的缝隙，也便找到了落脚点与通道。

理解了朱聿恒的破阵思路，旁观众人都是紧盯着他的身影，舍不得离开目光，在心中默记推敲他的身法。

毕竟，机关术千变万化，这条通道上所有的武器回转往复，更是凶险万分。就算知道了这万千利刃不可能自我绞缠，但这混乱无序的阵法，只要稍有一丝错判，便会立即被扯入其中绞成肉泥，是以众人看见他这义无反顾在阵内周旋的身形，都是胆寒不已。

瀛洲岛上成百上千的人，此时竟无一人能发声，连粗重点的呼吸都没有，所有人都只屏息静气紧盯着朱聿恒的身影，眼睛都不敢眨一下。

反而是朱聿恒，身为局中人，切入了这个凶险阵法后，却比他们要淡定从容许多。

棋九步的能力让他足以监控周遭所有动静，从而迅速追溯机关来去的轨迹与道路，抓住整个机械往复中给各路武器留出的唯一一条道路，利用其间不容发的空隙，给自己抢到腾挪转移的微小机会。

仗着自己惊人的反应力与身法，他艰难但毕竟一步步地移向上方，向着阿南靠近。

这一刻天地沉入寂静，除了一路利刃破空的声音，似乎其他什么都不存在了。

他的眼前，只有这阻碍了他的蜿蜒杀阵，以及杀阵的尽头，等待着他的阿南。

而玉醴泉上，意识尚未彻底清醒的阿南被那根直插入水的木棍惊动，竭力抬头，看着他步履艰难却坚定无比地在刀光剑丛中向着自己奔赴而来。

"阿琰……"阿南双唇微颤，低低喃喃。

当初败在她的手下、不得不签下了卖身契的男人，如今与她携手浴血一路走来，已经长成了这般无人能挡的凛然之姿，辟易万敌，一往无前。

而在森冷的锋刃前，在千百人畏惧的目光中，他所一意遥望的目标，是她。

纵然前路还渺不可知，但这一刻生死似乎已并不重要。

阿南只觉眼睛热热的，但比眼睛更为灼热的是她的心口。那里面有呼啸的东西止不住要满溢，沸热如火，几乎让她忘却了上涌的玉醴泉的冰冷。

刀锋利刃构成的阵法似乎永不停息，无始无终地包围朱聿恒。

而他毫无惧色，以惊人的速度测算所有攻击的角度、力道、间隙及速度，仗着那毫厘不差的计算，硬生生地从各种不可思议的角度穿插腾挪，一寸一寸、一尺一尺地向着上方挪移，固执地向着阿南接近。

众人的目光，都定在朱聿恒身上。

明知道他是来救那个妖女阿南的，但是因为他那超卓的身手、不可思议的判断力、骇人的胆量，一时都情难自禁，替他担心起来。

就在他眼看要脱出阵法，来到水阁之前时，水阁窗内的人垂眼看着他的身形，阴沉的眉眼浮起一丝阴鸷冷笑，随后手指微动，向着机关之内的朱聿恒弹了一指。

这机关本是河道，朱聿恒的思路虽然一直谨慎明晰，险之又险地通行，但在逼近水阁的一刻，却似乎终于控制不住脚下湿滑的泥浆，靴底在上面一滑，身子顿时偏斜。

一直关注着朱聿恒的众人，不由得齐声惊呼。

朱聿恒身形失控前倾，眼看便要迎上对面斜劈过来的利刃。他下意识拔身而起，脑中迅速闪过万千条可以选择的路径，在纵横交错的繁杂攻击之中，他准确地攫取到唯一一条足以让他在重心不稳之际还能穿破的道路，以间不容发的骤然爆发之力，穿过森冷可怖的剑阵机关。

在众人的惊呼声中，尖锐声响骤起，随即，是血珠迸射于阴霾天空，就如点点梅花骤谢。

是朱聿恒险之又险地穿过了最后齐齐斩下的数柄利刃，但在侧身擦过之时，肩头终究被刀尖划开一道大口子，鲜血直流。

朱聿恒却恍如未觉，他拔身而起，脱出了这万千利刃组成的水道，纵身落在花厅之前，一脚踹开了挡在玉醴泉之前的水阁门户。

见他有惊无险地破了水道阵法，下方旁观众人再度哗然，个个在惊惧中暗捏一把汗，对他这极为可怖的应变能力不知该赞叹还是钦佩。

水阁内，门口站着的人早已入内，只剩下左右洞开的窗户。

窗外梅花灿然盛开，香雾弥漫于阁中。

一扇薄纱屏风通天彻地，隔开了水阁内外，依稀可见一袭青衣的消瘦身影坐在屏风后，似在等候他。

朱聿恒站在门口，看向离此处已经不远的阿南。

被玉醴泉喷溅沾湿的衣裙下摆紧贴在她的腿上，泉水已经涌到了她的膝盖。

严寒虽无法让流动的泉水结冰，但她的湿衣贴在身上，必定比寒冰更冷，让她迅速失温，意识更加不清楚。

她望着他，双唇微微翕动，似乎想说什么，但身体的颤抖哆嗦终究让她的嗓子失声，唯有大团大团的白气喷在她双唇间，消弭了一切言语。

朱聿恒只看了她一眼，便立即撕下衣角，将划破的肩膀草草裹住，随即大步走向阁内。

左右窗户洞开，水风将无数花瓣送入阁中。朱聿恒踏着殷红落花走进阁内，打量周围的情形，一言不发地站在屏风之前。

对方的声音略显苍老，伸手道："坐。"

朱聿恒声音微冷："时间不早了，还是不坐了。"

"这是等待你的第二关。"对方嘴角一抽，隔着纱屏露出依稀的笑意，"不坐下，难道你要站着与老朽下一局？"

朱聿恒没想到，拙巧阁设下的第二关，居然是手谈。

他目光扫过屏风，却见屏风的薄纱上，用金线绣着平直纵横的十九路棋盘。而依稀透明的薄纱后方，对方举起了手指，点在了棋盘之上，将上面的一个圆弧拨动。

那圆弧原来是分别呈黑白色的玉片，一经他拨动，黑色的圆形玉石便坠在了薄纱之上，就如下了一枚黑色棋子般。

只听得"咔咔"声响起，随着他的落子，花厅后方的墙上，赫然凸起了一个砖块。

随即，屏风机关似乎检测到了什么，只听得"咔咔咔"声连响，棋盘上黑白相连顿成一个厮杀之局，后方墙壁之上相应地也凹凸起伏，中间隐隐有机关启动的声音。

朱聿恒顿时明白过来，这扇通天彻地屏风上的棋局，连接了上下机栝，控制了后方的道路。

而此处水阁正卡在玉醴泉倾泻的路径之上，前面及左右门窗通透，唯有后方却是无门无窗坚硬厚实的砖墙，他如今赤手空拳，绝无可能凭蛮力摧毁这堵墙。

看来，唯有解开这局棋，将棋局上牵系的机关拨乱反正，才能打开通往后方玉醴泉的道路。

朱聿恒目光落在棋局上，冷冷一哂："既然是双方下棋，老先生设一个千古难解的残局，怕是不妥吧？"

原来，屏风上那迅速排布而成的黑白棋子，赫然是一个十分有名的残局——双飞鸢谱。

这残局于唐朝便已出现，棋到中盘，黑白二棋势均力敌，如一对飞鸢盘旋于棋盘上。这残局表面上看来刚柔相济，但历代许多人将其复盘，只要多下得几手，黑棋总是占据上风，白棋罕有获胜之力。

因此众人便默认这是黑棋获胜之局，如今拙巧阁设下了这个棋局，牵系后方机关，却由己方执黑，摆明了是要死守这个机关，绝不可能让任何人突破。

"今日是你来我们拙巧阁兴风作浪，我阁预设何种棋局拦阻，你可有置喙之地？"

时间紧迫，多说无益，朱聿恒不再多言，略一思索，抬手便在棋盘上点了一下，扳动玉石，在屏风上留下一个白色棋子。

见他明知是千古名局，还敢迎难而上与自己对抗，青衣人讥嘲而笑，抬手又按下一枚黑子。

一个是历代先人揣摩了许久的残局，一个是万千后手皆在心中的棋九步，两人都是落子飞快，几乎不假思索。而后方的墙上，黑子为凸白子为凹，一片凹凹凸凸相交为战，墙壁也是岿然不动，毫无动静。

朱聿恒脑中万千棋路纵横，目光在棋盘的三百六十一个交叉上迅速扫过。

这是千古留名的残局，黑棋一开始便占尽了四周优势，即使他以棋九步之能而向后推算所有可能的步骤，可越是深入越是发现，黑子早已暗布潜局，只需稍加手段，便能隐约勾连，合成一气。

他的目光在棋盘上扫过，催动最大心力，计算可供自己纵横的大小。

脑海中一脉脉棋路迅速飞转，各个棋子的后手全部在他脑海中演算了一遍，后续千变万化的棋路在他的胸中纠结盘绕，繁杂往复，太过庞大的计算让他恶心欲呕，只觉得心口烦闷无比，太阳穴突突跳动，让他的呼吸都紊乱起来。

对面的青衣人端坐不动，冷笑着等待他的后手。

显然，他不相信朱聿恒能以一己之力扭转乾坤，将这千百年来前人设下的残局扭转，胜天半子。

朱聿恒喘息凌乱，在这绝境之中，目光下意识透过窗户，越过香雪梅花，向玉醴泉上看去。

阿南依旧虚弱，她的手被混了牛筋的精钢丝捆束，五花大绑悬于玉醴泉畔的假山上。

阴沉的天色笼罩着瀛洲岛，降雪彤云已经聚集。玉醴泉喷涌着淹过了阿南的膝盖，直达大腿根。

寒意渗进了她的肌体，腘弯的旧伤必定也被牵连，连她的唇色看来都显得青紫，失去了往常的鲜润。

他强迫自己收敛心神，收回目光盯着面前的屏风棋盘，可眼前却忽如闪电一般，掠过了那日春波楼后院，隔开他与阿南那场赌局的帘幕。

当时的他并不懂得赌牌，更不了解阿南的这个波澜壮阔的世界。

他与阿南，彼此都押上了一年时间，可阿南却并不知道，他的人生，其实只有一年了。

他押下的，是自己仅剩的所有时间。

那一夜，阿南第一次知道了他是棋九步，而如今，他正以棋九步的能力，打出一条通往她的道路。

或许是命运的指引，到最后兜兜转转，他们为彼此拼过命，流过血，伤过心，却从未绝望。

阿南带着他，一路走到了这里。

如今，是他带着阿南，一路走向未来的时刻了。

对面人唇角的冷笑尚未散去，面前朱聿恒却忽然扶着自己那青筋微跳的额角，抬起手在纱屏上重重一扳，棋局中间偏右上，一道白色的气，顿时冲进了黑子尽显优势的战局之中。

这历代千万人构织的黑棋罗网，就此被他破开了一道口子。

青衣人霍然拂袖而起，死死盯着这一个棋子，许久，从牙关中挤出几个字："好，居然还有如此妙着儿！"

他死死盯着那个白子引来的那道气，企图将其扼杀于初起。

然而千百年来，却几乎从未有人想过要在这个地方、这一个点上，下一个白子，隐下无数可行后手。没有了前人的力量可循，他竟一时无法掌控这棋局，死死盯着那手白棋，一动不动。

眼看时间胶着已久，朱聿恒的眼睛又忍不住望向阿南，沉声提醒："技不如人，多思何益？"

"哼，就许你想那么久，不许老夫推敲？"

对方早已心乱如麻，嘴巴虽硬气，最终下了一手在白子一侧，试图拂拭他的锋刃杀意。

朱聿恒却已沉下心来，白棋数着之间不动声色落子延气，趁着黑棋被那股气牵引之际，早已将右下角的白子战局引入中原腹地，原本隐约被掌控的棋盘中心瞬间被逆转了局势，白子顿时一气呵成。

只听得后方墙上，凹凸起伏的声音连成一片，那声音并不大，却隐隐有一种轰轰烈烈之感。

这水阁的机关，显然会在白棋占尽上风之时，轰然开启。

可惜隔着屏风纱帘，不然朱聿恒肯定能看到青衣人的额头上，冒出一颗颗豆大的汗珠，滑落于地。

残局已破，他再绞尽脑汁也已无济于事。

千年之局终究被朱聿恒厮杀出一片天地，在后方砖墙的轧轧声中，青衣人溃不成军。

朱聿恒最后一子落下，白子明显占据了棋盘胜局的刹那，后方的砖墙"咔咔"响动，凹凹凸凸的活动砖面如同莲花般旋转打开，青莲绽放，变成了一个巨大的通道。

朱聿恒霍然起身，再也不管那个青衣人，飞速越过面前的屏风棋盘，穿过墙上洞开的青莲通道，踏着梅花树向着玉醴泉直跃而上。

在纷乱如红雨的万千落花中，他毫不犹豫跃入水中，尽快向着阿南跋涉而去。

玉醴泉水逐渐上升，早已没到了阿南胸口。

本来就最怕冷的阿南，如今泡在冰水之中，唇色脸色都呈青紫，意识早已麻木。

"阿南！"朱聿恒加快脚步，涉过冰冷的泉水。

阿南木然地沉浮在冰水中，竭力睁大眼睛，维持自己最后一缕神志，定定地望着他。

她这一生，无数惊涛骇浪，都是一个人闯荡过来，就如孤飞的鹰隼，无畏无惧，于是也无牵无挂。

上一次失陷拙巧阁，她失去了三千阶。而这一次，她原想，或许要失去自己的性命了……

她这辉煌过也惨淡过的人生，可能走到这里，也就结束了。

可她未曾想到，只身闯荡的这一生中，出现了这样一个人。

在她最为凶险的时刻，他放弃了朝廷的尊荣，豁尽了安稳的坦途，戴上面具赶赴这危机重重的海岛，不顾一切执意来拯救她。

这一生走到这里，是否也算圆满了？

冰冷没胸的水浪中，朱聿恒扑到了她的身边，手中凤翥翻飞，将她手腕上的绳索挑解开，拥着她游向岸边。

黑烟曼陀罗加上长久冻在冰水中，阿南意识已近昏迷，但她还是撑起最后一口气，在他耳边气若游丝地道："小心，拙巧阁的水阵……"

话音未落，巨大的水浪已飞击而起，玉醴泉下方原本收缩的桥梁便如斗转星移，早已重新架设。

下方结阵的弟子集群赶到，跃上桥梁，借着桥梁的伸缩力道，劈击水浪，如风如龙，向他们袭来。

拙巧阁本就建于海岛，最擅水阵。玉醴泉中水浪翻滚，而弟子们的进击之势正配合水浪攻击，翻卷起巨大水龙，向泉中心的他们猛扑而下。

波涛怒吼，水花四溅，滚滚水浪声势浩大，中间遍布拙巧阁弟子手中的武器，向着他压下。

怒吼的涛声淹没了朱聿恒的听力，水花涌现于他面前的视野，在这不可听不可辨的天地之间，周围波浪翻滚，玉醴泉中凶戾的漩涡向着他们铺天盖地而来，便如摧折万物的天威，雷霆震怒。

下方众人无不被这浩荡声势所震惊，个个仰头看着战局，舌挢不下。

而朱聿恒抓起自己之前插入泉中的长棍，侧身将阿南按入怀中，紧紧抵在假山石的凹洞内。

高大的太湖石在水浪重击之下，剧烈晃动了几下，终于哗然倒塌入水。

而朱聿恒硬生生用自己的后背扛下了这巨大的水浪攻击后，知道裹挟于水浪中的攻击已至，他一脚踩住手中棍头，手往上一提压，硬生生拗断了一截棍头。

随即，在万千重力即将落在身上之际，朱聿恒一手抱紧怀中阿南，右手抡起长棍，一把抵住了十来人的攻势。

进击的弟子们尚来不及思考他自行损掉棍头是为何故，密集的棍阵已经压到了他们二人身上。

朱聿恒以右臂持棍拨开进攻的人群,手腕倏忽抖动,刺中了靠得最近的一个弟子。

对方肩上顿时鲜血淋漓,手中棍棒落地,惨叫着退了下去。

朱聿恒一旋手中木棍,破裂后显得尖锐的棍头上,鲜血滴落于泉水之中,洇出一片血色涟漪,触目惊心。

众人这才恍然。枪乃百兵之王,在上阵对敌的时候,是最具杀伤性的武器,而他踩裂棍头,锋利的前端俨然便成了长枪,可多出扎与刺的用法,比棍棒更适于杀敌。

事已至此,第三关已难善了。

第二波水浪聚拢,眼看即将再度扑击。

收紧手臂揽住怀中阿南,朱聿恒贴了贴她湿冷的鬓发,沉声道:"抱紧我。"

就在阿南的手臂收缩抱紧他的下一刻,他已带着她扑向第二波巨浪,直击正向自己进攻的那道桥梁上的弟子。

他穿透水浪,下手狠辣迅捷,威势极盛,长棍的断口上一时尽染赤色,又被水花迅速带走。

水花遮挡了他身影的同时,也阻隔了弟子们的判断。而他凭着自己惊人的判断力,反倒利用水浪扑击为攻、借助水花弥漫为掩,反杀向迅速转换的桥梁上的弟子们。

哀叫声中,挡者披靡,纷纷败退。

梅花开得妖娆艳盛,湍急的玉醴泉中,落了无数胭脂花瓣,也滚了无数受伤的拙巧阁弟子。

泉水被鲜血与花瓣染成了淡淡粉色,加上伤者的呻吟哀号,这仙山海岛浑如森罗地狱。

朱聿恒下手既狠且准,弟子们中的虽不全是要害,但个个都是伤到手脚,再也没有战斗力继续阻拦,而后面的弟子们都是惊骇畏惧,一时不敢上前。

"别让他救走了妖女!咱们今日誓要斩杀妖魔,为毕长老和毕堂主报仇雪恨!"

怒吼声中,如龙头般踏于水浪、当先向他们扑来的,正是那个青衣人。

"我拙巧阁独步天下,今日若不能拦住你们,以后如何在江湖立足!"

然而,朱聿恒攻势如龙,他入了这水阵,水阵便已是他的掌控范围,青衣人如何能阻拦?

晃过第三波扑击的水浪,朱聿恒长棍斜扫,破开水浪直击对方面门。

这一招既狠且准,来势威猛,青衣人不敢阻拦,仓促矮身避过。

谁知朱聿恒挥棍只是虚招,棍头在水中一点,趁着他低身闪避之时,双手在棍上一撑，早已借长棍点地之力，飞身而起。

挟带着冰冷水浪，朱聿恒拧身一转，水珠飞旋间，足尖在青衣人脖颈间而过，眼看便要绞上他的脖子，直接卸了他的颈椎。

水浪之中，他的杀招更显凌厉，青衣人哪敢用自己脆弱的脖子抵抗他凶猛的攻击，身随脖转，整个身躯斜飞出玉醴泉，直扑下山，以狗啃泥的姿势一路滑了下去，大失代阁主风范。

指挥龙头跌出战局，玉醴泉上攻势大乱，弟子们显然无法自行配合玉醴泉中机关水浪，又被朱聿恒杀破了胆，溃不成军。

朱聿恒拉起阿南，手持长棍，立时杀出已溃散的战局，带着阿南脱出玉醴泉，站在了岸边。

日光穿透阴霾云层，一缕缕直刺海岛，场上战局已到了尾声。

身后是捂着伤口呻吟的拙巧阁弟子，而朱聿恒紧拥着怀中阿南，斜持长棍立于冬日海风之中。

黑衣猎猎，溅在上面的鲜血已被水浪洗去，几乎显不出痕迹，唯有泉边零落的梅花沾在他的湿衣上，显出几点艳红肃杀。

阿南偎依在他的怀中，眼前忽如幻觉般，闪过楚元知将金璧儿的身躯推出铁闸时的情形。

她那时心中曾想，金姐姐真是不明智。

楚先生愿意为她豁命，拼死也要用自己的身躯为她换取生机，可她与丈夫二十年相依，却还执着地追究当年的事情，始终打不开心结——

而她呢？

一路与阿琰行来，他们二人出生入死、互相救助何止一次两次。

阿琰骗了她也好、伤过她也好，这世上，言语可以欺瞒、可能违心，可为她豁出性命的人，只此一个。

若阿琰真的只是为了活下去而做了一切，那么，他又何必无数次将性命交托于她手上，何必一再为了她而义无反顾在绝境中抛弃生机，一再置生死于度外呢？

她颤抖着，深深吸气，又长长吐出，将胸臆中所有郁结的气息涤荡殆尽。

她紧紧地抱住了阿琰，放任自己虚脱的身体倚靠在他的身上，汲取他那端传来的体温，与他在这冰冷战场之中，为彼此增添唯一的暖意。

朱聿恒收紧了手臂将她揽紧，握住手中染血长棍，目光冷冷地在周围众人的脸上扫过。

无论是拙巧阁的弟子，还是前来观礼的江湖高手，众人看着这对紧拥在一起的男女，无不魂飞魄散，哪敢再度上前。

朱聿恒不再迟疑，拥紧了阿南，带着她从流泉竹桥上一跃而下，落在了下方的屋檐之上。

他没控制力道，加上携带着阿南，身体确实沉重，踏得飞翘檐角顿时断裂，无数碎瓦片簌簌落掉，轧轧倾倒。

在砖块掉落声中，他冷冷地瞥了那个刚被弟子们扶起的青衣人一眼，带着阿南再度向下飞掠，落在垂柳枯枝的堤岸之上，一路行去。

守卫的弟子们心知阻拦不住这对煞星，不敢出声也不敢上前。

三关已破，青衣人明知呼喝弟子上前也只是白白送死，因此虽然恼怒愤恨，但终究只冷哼一声，无话可说。

在岛上众人的胆寒注目之下，朱聿恒与阿南一步步走向码头。

就在走过青衣人身旁时，阿南忽然转头，声音低哑地问：“真相呢？”

青衣人狼狈不堪，神情却依旧僵直古怪，想必是因为戴了拙巧阁的面具：“什么真相？”

“你设计骗楚元知夫人过来时，说她来了这里，便能知道当年是谁让六极雷失控，害她父母去世的真相。”

“哼……”青衣人不耐烦地一挥手，阴沉道，“自然是他自己学艺不精，还能是什么！”

他这一挥手，阿南却一眼便看见了他指尖上的微光，心中一闪念，顿时脱口而出：“是你！”

“莫名其妙！”青衣人目光一凛，冷冷道，“再不走，休怪我手下无情！”

朱聿恒垂眼看向阿南，发现阿南面露确定的神情，却并不多言，只扯了扯他的衣袖，示意他尽快离开。

走上码头，阿南随意指了一艘快船，朱聿恒扶她上船，扯开风帆冲出枯黄的芦苇丛，顺着长江扬长而去。

小船驶离了码头，逆流向着应天而去。

一路青山隔江相对，江南草木经冬不凋，满目苍绿之中偶有一两棵钓樟喷薄出整树淡黄花朵，蒙在冬日冻雨之中，明艳亮眼。

江上寒风呼啸，船头风雨交加。

斜侵的雨丝让阿南鬓发与睫毛上尽是晶亮水珠，湿透的身躯瑟瑟发抖，朱聿恒便拉住她的手进了船舱。

阿南身上的黑烟曼陀罗尚未消退，倚在舱壁虚弱无力。

烟雨水波隐约照在他们中间，朱聿恒抬手拂去阿南面容上濡湿的发丝，两人都是浑身湿透，寒冷让他们贴得极近。

阿南抬起颤抖的手，将朱聿恒脸上的面具取下，端详露出来的面容。

他依然是初见时的模样，光华足可照彻世间万物，矜贵无匹。只是这一次，他深黑的眼眸中，清楚倒映着她的身形，不曾有瞬息转移。

摇曳水光在阿南面前迷离晕开，他眼中似有万千灼热火星，要将她整个人烈烈燃烧。

恍惚间她又回到了分别的那一刻，在幽暗地道中，火把动荡光芒下，他跪俯下身，紧抓着她的肩膀，不顾一切地，近乎凶猛跋扈地，侵入她的双唇，夺走了她的吻。

许是身体太过虚弱，又许是当时窒息的感觉还在胸前涌动，在他眼神的逼视下，她又陷入了那种迷乱的情绪之中，胸口血潮呼啸，难以自已。

手中的面具掉落于船舱，她脱力的手有些颤抖："你是朝廷皇太孙，这般尊贵的身份，为什么……要孤身冒死来救我这个女匪？"

"不，来救阿南的，不属于朝廷，不是皇太孙殿下，而是……"朱聿恒抬手覆在她的手背上，将她的手掌贴在自己面颊上，引领她的指尖清晰确定地摸到自己，"愿将这余下来的一年全部交给你的，在春波楼赌输了的阿琰。"

阿南怔怔地望着他那仿佛可以洞穿自己的幽深眼眸，喃喃问："你不怕为了我，殉命在这里吗？"

他笑了一笑，贴着她的手慢慢收紧，将她的掌送到唇边，热切地亲吻她的掌心。

冰凉的世界，唯有他紧贴在她掌心的唇上传递来滚烫灼热，让浮荡在寒江中的她身体微颤。

"因为，反正我在这世上也活不了多久，如果我不来，如果失去了你……"他紧盯着她，听凭灼热的冲动淹没自己，如梦中一再重演的情景。

只是这一次，他知道只要自己不放开她，这个梦就永不会醒。

"如果失去了你，就算我能多活几日，又有什么意义？"

雨点击打江面，船舱笼罩在繁急声响中。

阿南不知该如何回应他灼热的失控，声音也有些紊乱："可是阿琰，我的手已经废了，我帮不了你，我永远也回不到三千阶了……"

而他摇了摇头，按住她冰冷的五指，将它们缓缓地一根一根掰开，让自己的手与她掌心相对，十指相扣。

他这双清峭迫人的手，骨节在肌肤下浮凸有力，修长劲瘦的十指蒙着一层淡淡的珍珠光泽，是她一见倾心的上天造物。

而他紧握着她的手，像是将她未曾抓住的所有希冀都紧紧攫住，妥帖地放在了她的掌中。

"你不是一直想要我的手吗？阿南，不要抛下我，我们一起走，一定能到达三千阶，甚至五千阶、一万阶！"

他的手如此有力，声音如此恳切。

阿南将这双自己一眼迷恋的手举到面前，恍惚地看着它的轮廓。

她听到朱聿恒说："以后，我就是你的手。"

江南严冬雨昏烟暗，水浪波光加重了这双手的阴影，也给它镀上了更迷人的光彩。

在熟悉了她所教的手法、经过了岐中易的磨炼之后，他的手更显力度强劲。

这双握着她的手稳如磐石，这个男人的心智举世无匹。她曾垂涎觊觎的这一切，如今全部摆在她的面前，一切唾手可得。

动荡不安的船舱中，他们的呼吸交缠在一起，几乎听得见彼此的心跳声。

仿佛是害怕他的目光灼伤自己，又仿佛是不愿在他面前暴露出自己的软弱崩溃，阿南放开了他的手，捂住自己的眼睛，低低道："阿琰……我本来在心里发誓，再也不相信你了，可现在我决定，还是陪你再走一趟吧。我……原谅你之前欺瞒我、利用我的事了。"

她的声音低若不闻，却仿佛重重撞在他的心口，让他拉下她的手，凝望她的目光中汹涌着灼热欢喜："你真的，愿意留下来，不会抛下我了？"

阿南点了点头，她既已做了决定，虽然精神还虚软，但语气坚定："你来救我，杀过三关的时候，我看着你、等待着你，想了很多。过往你对不住我、我对不住你的地方，咱们就……一笔勾销吧，从今以后，都不必提起了。"

朱聿恒听着她的话，神情还是欢喜的，心里却渐渐生起一丝空茫来："所以，你会留下来？"

"嗯，至少，横断山脉那个阵法，关系你的'山河社稷图'，也关系着我的伤势。我肯定不能就这么带着伤回海上去，一辈子守着自己好不了的伤势，必定要解决了再说。"

朱聿恒看向她的臂弯："你是指，你身上的旧伤，是启动我身上'山河社稷图'的关键？"

阿南身体微僵，沉默半晌后，她侧头望着面前苍茫云水，手掌不自觉抚上自己的臂弯。

永远不畏前路、百折不挠的阿南，此时面容上却显出疲惫倦意来。

"是，如今的我，非但不能帮你，而且……怕是要成为你的拖累了。"她顿了片刻，终究将自己的衣袖一把拉了上去，将那狰狞的旧伤，彻底呈现在朱聿恒的面前。

上臂与前臂相接处，横亘的狰狞伤口赫然呈现，破开肌肤的两层伤口交叠，触目惊心。

朱聿恒知道，压在底下的伤口是最早挑断手筋的那一道，而上面一层伤口，则是硬生生割开了旧伤，将双手筋络再度续上的痕迹。

"阿琰，傅准在挑断我四肢时，必定在伤口中埋下了什么，所以你一直寻找了许久的、潜伏于你身边引动'山河社稷图'的那个人……就是我。"

"我知道。"朱聿恒毫不迟疑道，"在玉门关时，我便察觉到了我们的伤病是相连的。"

"所以，你还来救我？"阿南指着自己的伤口，绝望道，"我现在非但不能帮你，甚至……要成为你的祸患了。"

"不许胡说！"朱聿恒抬手覆住她的伤口，紧盯着她道，"在榆木川，我迷失于风雪，而你跳下绝境救我的那一刻，我就知道，你心里有我，你舍不下我！既然我们彼此心里都有对方，那么阻隔在我们之间的那些东西又有何惧？我会活下去，你的伤会痊愈，我们一定会破除万难，最终在一起！"

他的目光如此灼热，与他的话语一般坚定不移。

阿南却闭上了眼睛，转开了脸，声音也显得僵硬："嗯，幸好那时救了你，不然这次谁来救我呢……我救你一次，你救我一次，如今就算两不相欠吧。但傅灵焰的阵法，咱们得一起去破解，再怎么说，我也不能就这样抛下你我性命攸关的事，跑回海岛去啊。"

朱聿恒点了点头，但终究沉默下来，没有说话。

他终于再度将她留了下来，可她只是许诺与他并肩面对共同的命运而已。

虽然，他豁出性命艰难跋涉，终于达到了目的，他终于再度拥有了与她并肩奋战的机会。

可他不知道为什么，还想贪婪地乞求另外一些什么，还想得到更多的东西——

他曾短暂拥有过的，幽暗火光下那足以刻骨铭心的亲吻。

原来终究已成逝去的幻境，难再奢求，不可碰触。

两人都陷入沉默，任由小舟在风帆的催趁下，向西而去。

阿南望着外面的细雨，心中那个盘旋已久的疑惑终究按捺不住，哑声开口，问他："阿琰，其实我，其他都可以不介意，但我爹娘……"

她后面的话尚未出口，周围的滚滚波涛忽然被悠长的一声呼哨压过，有快船破水的声音传来。

他们二人下意识转头，看见了江上隐现的黑船。是拙巧阁的人赶上来了。

朱聿恒抬手按住了药性未退的阿南，示意她待在船舱内不要动。

他取过面具戴上，深深吸气，强迫自己从低落情绪中抽身，尽量冷静地起身走上船头。

后方追击的船只漆黑窄长，速度极快，而撑伞立于船头冷冷盯着他的女子，面容清丽，尤带病容，赫然便是薛澄光。

见朱聿恒现身，她也不示意船停下，足尖在船头一点，当即便落在了他的身侧。

手中伞微微一转，她的目光越过朱聿恒，看向船舱内的阿南，唇角一扬露出个意味深长的笑容，问："这么大的雨，南姑娘不忍心让我站在外面淋雨吧？"

说着，也不管他们是否答应，便径自进了船舱，等收了伞回头一看这舱内一无所有的模样，又探头对黑船上喊了一声："老刘，送个炉子来，冻死了。"

黑船上有人应了一声，随即抱着炉子靠近了船舷。

两船此时在江中并行，相距不过半丈，那个老刘向下看了看，将沉重的炉子在手臂中旋转着推来。

这老刘的臂力与控制力显然极强，正在燃烧的火炉落在斜下方的小船上，被旋转的力道卸去了撞击力，只略跳了跳便站住了，里面的炭火安然无恙，依旧在如常燃烧。

朱聿恒心中微动，因为老刘旋转炉子的力道，令他忽然想起了傅准失踪时，从工部后库顺着窗板滚来的那一个卷轴。

当时傅准为何失踪、下落如何，至今尚未有任何头绪，与这炉子的飞旋应该也并无任何关系。

可不知为何，他就是想到了那一幕怪事。

回头看薛澄光已经解下随身的包袱，将船舱的帘子放下了，里面传来她的声音："殿下稍候，马上就好。"

朱聿恒给炉子遮着雨，在舱外略等了片刻，便见船帘掀开，阿南已经换了一身干衣服，颜色清雅，只是稍微短窄了些，显然是薛澄光给她带了身自己的衣服。

甚至，薛澄光还将臂环都替她取过来了，阿南倚在舱中调试着，一切完好无损。

朱聿恒将炉子提到船舱内，三人围炉而坐。薛澄光看着朱聿恒的面具，微抬下巴道："我看就没有必要了吧？遮脸不遮手，殿下这双手谁不过目难忘？"

朱聿恒便取了面具，在火炉上烘了烘手，问："如今你们阁中主事的那位代阁主，是什么来历？"

薛澄光郁闷道："不知道。我回到拙巧阁后身体欠佳，前不久才开始理事，结果傅阁主告诉我，朝廷征召他南下，此去路程迢遥，各种事务他已交托给可靠之人，让我们务必听候代阁主的指令。"

阿南问："就是那个抓了我的青衣人？"

"对，我们一众人都不知他从何而来，甚至连他的真面目都没见过。但他对阁内却十分熟悉，比如说，捕捉南姑娘你的那个地牢，上面的屋子已经封闭几十年从未开启过，阁众都不知道下面还有机关，这次就是他让人重启的，总算把你给逮住了。"

阿南郁闷地抱臂"哼"了一声。

朱聿恒则道："你们阁主于工部库房失踪时，太子便看到是个青衣人对他下手。你觉得，此人与这个代阁主是否有关？"

"不知道，要不是我哥还在阁中养病，我早走了。毕竟……"她看看船舱四下，将头俯到他们旁边，压低声音道，"傅阁主最后一次离开瀛洲时，将所有防护机关全部撤掉了。"

阿南的脑中闪过那张燃烧的卷轴，心想，难道傅准知道她会上岛来，也知道青衣人会设计捕捉她？

"不然，若岛上的机关没有撤掉的话，殿下可能这么顺利一路杀上来？"薛澄光对傅准十分尊崇，毫不客气道。

朱聿恒倒不在意，只问："那人有何手段，如此轻易就接管了拙巧阁？"

"一是傅阁主有令，二是他机关术数确实挺厉害的，三嘛……康堂主原本不服的，后来被他打服了，至今还无法下床。现在阁中就剩我和兄长这样的伤病人员，还有谁能对抗他？"薛澄光说着，探手入怀，取出一个东西，"而且，我始终怀疑傅阁主的失踪，与这位代阁主脱不了干系，所以，懒得替他办事。"

阿南的手正在烤火，忽然感觉到薛澄光将一个东西塞进了自己掌中，一愣之中下意识便握住了。

只听薛滢光低声道："这是傅阁主让我交给你的。南姑娘，我们阁主对你，算仁至义尽了，你……好好想想吧！"

阿南尚不及辨认那是什么，薛滢光已经起身跃出了船舱，对着黑船上喊道："糟糕，这对煞星太厉害，本堂主不能为毕堂主讨还公道了！"

随即，她抓住了黑船上垂下的缆绳，纤巧的身子一荡便在船身借力踩踏，旋身回到了黑船上。

拙巧阁众人还在为朱聿恒杀出重围那一幕胆寒，在薛滢光的呼喝下，黑船来得快去得也快，顺流而下，不多久便消失了踪迹。

阿南坐在舱内目送黑船远去，若有所思地将手掌摊开。

傅准让薛滢光交给她的东西，在她的手中粲然生辉，竟是一枚白玉菩提子。

她略带诧异地拈起菩提子在眼前看了看，望向朱聿恒。

朱聿恒打量这白玉菩提子，说："看来是佛门之物，而且，珠子捻得如此光润，应该是旧物了。"

"这么润泽的白玉，也是价值不菲，用这个的和尚肯定很有钱吧。"阿南将菩提子在指尖转了转，玉石冰凉，她打了个寒噤，便先收在了袖中。

"傅准这个浑蛋，神神道道的，给了东西又不多说一句，谁知道是什么意思啊？"

她嘟囔着，感觉头上湿发难受，便将它散了下来。

朱聿恒见她抖得头发杂乱，便贴着她坐下，帮她将发丝理顺。

她的耳朵藏在湿发下，冻得红通通的，像是玛瑙雕成的一样，在水光映照下可以看见细细血脉的痕迹。

朱聿恒盯着她的耳朵看了又看，终究还是忍不住，用掌心包裹着它，帮它阻隔周围的寒冷。

"阿琰，你的手心好暖和……"阿南喃喃着，微侧脖子，抬眼看他。

虽然没有大力抗拒，但他看到了她眼中淡淡的疏离："阿琰，谢谢你……不过，不必了。"

朱聿恒慢慢地放下了手，将十指默然收紧。

他如今之于她，只是承诺一起合作的战友而已。

他已没有与她亲昵的资格。

纵然他们牵手过、拥抱过、亲吻过，生死相许过，相濡以沫过，可事到如今，他做什么，都已是逾矩。

她是司南，牢牢掌控着自己的方向，甚至连他们之间的感情，她都一应把握，没有任何人能左右。

他们之间，如今横亘着巨大屏障，所有美好过往已被欺骗与利用彻底扫除，即使他掏了心、拼了命，依旧不可能挽回。

阿南抿唇低头，抬手将自己半干的发拢住，随意绾束了个螺髻。

他看不见她低垂的面容，只看到她修长有力的手指，从漆黑的发间穿出，收紧她的青丝，也收紧了他的心口。

这双手，曾紧紧地拉着他，在拙巧阁的芦苇丛中一路奔逃；也曾在生死关头将他抱住，带他一起逃出生天；还曾在地道中拉下他低俯的脖颈，在他的颊边送上温软的亲吻；更曾在他最欢欣喜悦之时，狠心将他阻在机关另一头，远走天涯，把他抛弃在雨雪交加之中……

可他无法恨她、责怪她。

毕竟，一切源头都始于他自己。

是他一开始便打定了主意利用她，怀着不轨的意图接近她，所以当他用心昭彰时，她收回自己所有已经付出的情意，远离他的险恶图谋，亦是他罪有应得，天公地道。

绾着头发，阿南抬头看小舟的风帆角度正好，转侧的方向正好充分借了风的力量，逆流而上，一路向应天而去。

她有些诧异，随口问："阿琰，你什么时候学会拉船帆，甚至还会操控方向的？"

他声音低沉喑哑："之前……我想着你或许回海上去了，若我有朝一日能出海去找你，就该多了解一些海上的事情，还要学学操控船只的手艺之类的，虽然不知道能不能用得上。"

堂堂皇太孙，要出海寻找一个女匪，合适吗？

阿南本想反问，但又蓦然想起，就在刚刚，这位皇太孙，已经豁出一切杀入拙巧阁救她，早已不顾自己金尊玉贵的身份了。

心头悸动，但，阿南终究还是克制住了，两人一时都沉默，只在火炉边慢慢烤着自己的衣服。

最后还是阿南先打破了沉默，问："你去楚元知家时，跟我说傅准神秘失踪了，是怎么回事？"

他知道她躲在板壁后方，她当然也知道他知道她躲在板壁后方，所以两人也不需多言，他顺理成章便将之前发生的一切给她讲述了一遍。

一听到分离后他身边发生了这么多诡异事件，阿南果然眼睛亮得跟黑猫似的，精神大振："我只知道宣府镇消失的事情，那时候我潜伏在军中嘛，其他的我还真不知道——所以，傅准说的这个天雷无妄之阵，你有头绪了吗？"

朱聿恒摇了摇头，说道："他说出天雷无妄之时，我原本是不信的，就像……我当初不信魏延龄对我说，只剩下一年时间的断言。"

然而，不可能发生的诡异灾祸接踵而来，终于让他不得不相信，这个能吞噬他身边所有一切的阵法，可能真的已经在他的身上了——

从神秘死亡的梁垒口中吐出的那句"早已消失"，到"鬼打墙"般无法接近的宣府，再到烟雾般消散于严密库房的傅准……

难道这世间，真的有个混沌不明、漫无边际、看不见摸不着却又真真切切存在的可怖阵法，笼罩于他的周身？他要背负着这个诅咒前行，眼睁睁看着自己重视的一切被慢慢吞噬，最终走到生命的尽头？

"不可能！"阿南却毫不迟疑，断然否定道，"傅灵焰只是一介凡人，她能设下的只有阵法，又不是神仙鬼怪，如何能在你身上设下阵法，改变你周身的人与物呢？更何况，那般巨大巍峨的宣府镇，那么多的驻军与黎民，怎么可能被一个六十年前的阵法搬走呢？依我看，定是埋伏的人设下的障眼阵法无疑。"

朱聿恒点头赞成："至少，你下来救我时应该也察觉到了，那机关陷阱肯定是新筑，甚至还有新鲜的松木气息，绝不会是傅灵焰留下的旧迹。"

孤单地在黑暗中跋涉这么久，他终于再遇阿南，与这世上最懂他的人、最为相通的心灵重逢，即使一时不可再碰触她，可心中流泻的欢喜，依然淹没了他。

在虚浮的小舟上，他们坐在小小的船舱中，围着火炉驱散寒气，将多日来盘旋于彼此心头的谜团，一起交换，和盘托出。

"其实与你在榆木川分开后，我也想了很久。"阿南沉吟道，"可，再怎么思索，我也未曾破解数万人在榆木川迷路的原因。"

而朱聿恒望着她，问："是竺星河所为吗？"

"应该是。那陷阱机关是新筑的，你们中计陷落是他埋伏的，更何况，当年在海上之时，他也曾设下这般庞大的阵法，移山倒海。"阿南说着，却又摇了摇头，说，"只是，五行诀我虽有了解，但一门有一门的规矩，我自然也不可能了解内情，无法知晓他如何能改天换地。"

"我想，他应该是借助山川地形，四两拨千斤，才能实现惊世骇俗的阵法。但挪移那么大一个宣府，又令当时的驻军和百姓毫无察觉，那应该绝无可能。"朱聿恒确定道，"我倾向于这是他设下的一个障眼法。只是，那么辽阔的草原，那么庞大的地形，连道路都没有的地方，这个障眼法，他要如何布置呢……"

想到当日情形，两人都觉匪夷所思。

"而且，如果当时是障眼法，那么傅准在严密库房内消失，又有何种内情呢？梁垒又为何会说出'阵法早已消失'的话来？"阿南托腮思忖道，"至于梁垒之死，肯定不是自尽，而当时情形，我说句你可能不爱听的话，会杀他的，天底下唯有一个人。"

朱聿恒自然知道她指的是谁，沉默片刻道："但，他已是阶下囚，圣上有何必要急于将他处死？"

"自然是因为他后面即将吐露的消息。"阿南简短道，"很显然，你的祖父并不希望你知道，这个阵法的具体情况与所在。"

朱聿恒回想当时的情形，抿唇黯然："这么说，当时圣上特意指派我去审讯梁垒，是因为……"

"是因为，他要指派匠人，及时伪造好第八幅地图。毕竟那些破碎的地图一旦拼接完成，你立刻便会察觉到我们孜孜寻找已久的所谓'天雷无妄'之阵——也就是梁垒口中早已消失的阵法，就在我们触手可及之处。"阿南冷笑一声，抬起臂环，"咔嗒"一声，将它拆解了开来，"傅准那个浑蛋，他要是没失踪的话，我肯定要扒了他的狐狸皮！"

臂环拆开，显露出里面的机关零件的空隙，一个搓得紧紧的纸卷嵌在其中，自然也已经湿透。

阿南小心翼翼将它取出，缓缓摊平。

"阿琰，我这次到拙巧阁中，拿到了我们两人命运相连的证据。只是可惜，那幅画被动了手脚，我没能将它整幅带回来。不过在画卷彻底焚毁的时刻，我及时下手，将至关重要的那一块剜了下来，藏在了这里。"

纸张微化，墨水已有洇开，但大致还能看得出来，这是一条蜿蜒河道中的草鞋状沙洲。

只是这掌心大的残片实在太小，未能截取到上下游情况，只看到江河南岸是一片模糊城池，与他们苦苦追寻的那第八个阵法如出一辙。

阿南双手撑展开湿透的纸片，对着外面的天光示意朱聿恒："这画下面还有一层，你看到了吗？"

朱聿恒虽然看见了，但一时分辨不出底下画的是什么。阿南从臂环中弹出小刀交给他，示意他将上下画层分离。

尽管身处严寒之中，但朱聿恒凭借长期被岐中易锻炼出来的精准控制力，稍微定神，便将这湿漉漉的画劈出了上下两层。

缓缓揭开上面那一层后，下面显露出来的，依稀是凌乱线条和一个黑点。

阿南将上下两层画面叠在一起，抬手对着天光与他一起查看："你看，这是一个扭曲倒仰的人形，而我截下来的这一处，正是心口之处。傅准曾经对我透露过，他在我身上种下的六极雷，其中有四个在我的四肢旧伤处，而剩下的两个，一个在心，一个在脑。"

她用这平淡的语气，讲述着如此可怖又切身的伤痛，让朱聿恒心口微颤，不觉便抬手要去抱一抱她的肩。

但，指尖触到她挺直的脊背，他又察觉到自己这行为的不妥，手虚悬在了半空，许久，才握紧空空的掌心，默默放下了。

而阿南只注意着面前的纸，丝毫未察觉他的动作，只继续道："如今，其他阵法都已有了对应之处，而此处阵法标记的，正是我心口的那个六极雷，它对应的地方……"

朱聿恒望着那上面熟悉的江河地形，不由得脱口而出："应天！"

阿南不假思索道："对。就是应天。"

看着她手中这块切割下来的地图残片，再想着他们之前所见的地图，朱聿恒一时只觉身体微冷，口中缓缓吐出僵硬的几个字："原来……如此。"

阿南见他已立刻领悟，朝他一笑，将纸张翻了过来："不错，我们之前寻找到的地图，上面沙洲所在的江河，之所以流向出了问题，就是因为，我们所看到的地图，都被人为地翻转了。"

所以，这个阵法便一直被隐藏了起来，而他们一直按照相反的河流方向去寻找，自然永远不可能找到。

"这么说……"

渤海之下，青鸾台上，七块精心雕琢的石板之外，唯有一幅地图模糊不清的原因便是，有人将它翻了个面，草草嵌进了青鸾台。

显然，那人是发现了她与朱聿恒已经要下水，而自己如果将石板摧毁，一是在水下很难办到，二是崭新的破坏痕迹必然会引发他们的怀疑，于是，他便选择了将石板反过来，重新嵌进去，显露的便是背后坑坑洼洼、未经雕琢的画面，而上面的图案，自然也便改变了方向，进行了左右镜像转换。

于是原本一目了然的长江草鞋洲，变成了方向完全不一样的模样，使得他们的寻找方向从燕子矶上转移，变成了全国各地盲目搜索，并且永远也找不到。

"而当时能在水下做到这一点的人，显然唯有傅准。"阿南说着，朝朱聿恒一笑，"不过呢，此举在误导了我们的同时，却也暴露了他自己。毕竟，能在当时那般危急情况下动手脚的人，也唯有他了。"

"他当时说自己奉命而来，看来，那时他便已经与圣上达成了共识，要……将我们引入迷途之中。"

"看来，这个消失的阵法，很可能隐藏着什么我们所不了解的秘密啊。"

木炭已经烧得朽透，阿南在逐渐微弱的火苗上揉搓着自己的双手，眼底透出思索之色。

"你的祖父，不遗余力支持你去破解其他所有阵法，甚至不惜以身涉险，可唯有这一个阵法，他却费尽心机将其隐藏。先是指派傅准下水，又在你收拾从魔鬼城中弄到的石板地图时，将你支走审讯梁垒，让匠人们连夜将石板正反面加工调换，只为给你提供错误的线索，永远找不到这个阵法……"

这个被傅准称之为"天雷无妄"的阵法，究竟怀着什么可怖诡异的内幕，以至于皇帝要布下如此大局遮掩？

摆在他们面前的深浓雾霭，仿佛又更重了几分。

迷蒙烟雨中，应天已遥遥在望。

"另外，这个东西……"阿南说着，将袖袋中那颗冰冷的白玉菩提子取出，递到他的面前，"既然你祖父与傅准早有商谋，你看，是不是该拿这东西给他过目一下？就算找不出傅准失踪的缘由，说不定也能探得一二线索。"

第五章

蓬莱此去

小船一路向西，由秦淮河入应天城。

蒙蒙烟雨中，六朝金粉地，亭台楼阁晕染出一片金碧颜色。

船只在桃叶渡停靠，看见阿南与朱聿恒从船舱内出来，一直心焦如焚等候在这里的廖素亭和楚元知、金璧儿才松了一口气。

在寒冷中跋涉了一路，二人饥寒交迫，先到旁边酒楼内坐下，点了一桌酒菜充饥。

等缓过一口气来，阿南才有力气去屏风后梳头洗脸。

金璧儿帮她梳着发鬓，泪流满面向她致谢。

"哎呀，没事没事，虽然有点波折，但这不是有惊无险嘛。"阿南向来皮厚，一脸潇洒地挥挥手，道，"只要你能明白楚先生的深情，那就值得了。"

金璧儿含泪点头，而阿南拉着她走到桌边，推她在楚元知身边坐下，说道："不过，这一趟虽然惊险，但至少我们收获颇丰，顺便也帮你们查明了二十年前那桩旧案的起因。"

楚元知与金璧儿不觉错愕，金璧儿更是呼吸都停住了，绷紧了身躯，紧盯着阿南，又紧张又惊惧。

阿南抬手按住她的肩，然后问楚元知："楚先生可知道万象？"

楚元知自然知晓："我的双手变成这般，便是折在傅阁主的万象之下，自然知道。"

"你二十年前奉拙巧阁之命去取笛子，并在徐州驿站布阵下手，当时我便觉得古怪。笛子是易燃之物，怎么会让你这个离火堂主去取，毕竟你的绝学六极雷一出，笛子不是立马毁了吗？"

被她这话一说，楚元知顿时悚然而惊，二十年来他一直忽略的东西涌上心口："难道……他们派遣我去，就是为了毁掉笛子？"

"不错，否则以你独步天下的楚家六极雷，葛稚雅北上完婚又绝不可能随身携带硝石炸药，你的六极雷设下后，她的控火术怎能令火势蔓延？"阿南笃定道，"然而，'万象'控物无形，当时又在仓促之中，只需你自己都未曾察觉的最细微失误，背后人便能让六极雷失控，形成火海！"

楚元知举着自己颤抖的手，放在眼前看了又看，喃喃道："可……可当时傅阁主年方八岁，应该还未能掌控万象，那在背后控制我的人……"

"那个拙巧阁的代阁主，他对拙巧阁无比熟悉，又与傅准渊源颇深，同样使用万象。我猜想，当年背后出手、改变了你们一生命运的人，应该就是他。"阿南抬手轻按住金璧儿颤抖不已的双肩，低声道，"当时拙巧阁应该是已经有了八个阵法的具体地图，因此要将同样藏有地图的笛子毁去，彻底断绝其他人寻找的路径。徐州驿站起火，葛稚雅所有陪嫁付之一炬，而你一直未曾回归，他们肯定以为笛子已烧毁在火中，你无法复命才不敢回来。否则，这么重大的东西，怎么可能二十年无人找你追索，任由它埋在你家后院？"

没想到，自己的一生，竟是因此被彻底改变。楚元知张了张口，望向身旁凄然的金璧儿。

而金璧儿抬起手，颤抖地抱住了他的手臂，如大梦初觉般，脱力地靠在了他的肩上。

阿南知道他们此时内心如惊涛骇浪，肯定需要平静，便示意楚元知扶着金璧儿去休息一下。

等他们起身时，阿南又问："楚先生，那个代阁主的底细，你可知晓吗？"

楚元知茫然摇头，说道："不曾，据我所知，除了傅阁主与已故的前任阁主夫妇，无论是拙巧阁还是江湖上，我从未见过其他能掌控万象的人。"

叮嘱阿南先回之前的院子等他后，朱聿恒回东宫换了身衣服，即刻便赶往了宫中。

"白玉菩提子？"

看着朱聿恒拿出的这东西，皇帝微皱眉头，若有所思道："这东西，朕看着怎么有点眼熟？"

"是，孙儿也觉得曾见过，因此找皇爷爷确认。"

"佛门的菩提子，难不成……这是道一法师之物？"皇帝取过菩提子仔细看着，又问，"这东西，你从何而来？"

朱聿恒将经过简略一说，皇帝神情顿沉："这么说，你终究还是去拙巧阁救司南了？"

朱聿恒心知皇帝必定早已知晓自己的一举一动，他也不掩饰，只道："阿南屡次救我，孙儿不可能坐视她丧生于拙巧阁，因此隐瞒了身份去了。"

"哼，隐瞒身份，你这是表明，自己未曾因公废私？"皇帝看着他的神情，面带隐怒，"聿儿，你身为皇太孙，怎可为一个女人这般不顾一切，以身涉险？更何况，此女还与前朝余孽纠缠不清，关系匪浅，如今更会引动你身上的恶疾！"

朱聿恒早知祖父不喜阿南，此时见他动怒，便立即道："但阿南此次失陷拙巧阁，亦是为了帮孙儿寻找'山河社稷图'线索。现下她已经大致查明天雷无妄之阵的所在，或许就在草鞋洲，孙儿正要与她一起去探查。"

听到"草鞋洲"三字，皇帝的眼神顿时一冷。

他虽伤势未愈，但久居上位极具威严，眼中的凛冽让朱聿恒低下了头，不敢妄测。

不用再说什么，也无须看孙子的眼神表情，皇帝便已知晓一切。

他的孙子已经洞悉许多，包括他修改地图，阻挠孙子探索阵法的事实。

但，他的神情沉了下来，对朱聿恒的口吻却显出了难得的宽和："草鞋洲那边，朕已经遣人去调查，但，你绝不可接近。"

朱聿恒没有回话，只等待着他的理由。

"你是朕最为珍惜的亲人，朕什么都可以失去，唯有你，绝不可以。"暗夜中，灯光太过明亮，映照得皇帝面上皱纹与鬓边白发越发明显，"其实，傅准早已对朕说过，八个阵法中，其余的都可以凭人力而破，可唯有这个天雷无妄之阵，早系于你身，一旦发动，等你身边重要的人、重要的事、重要的东西一件件消亡之后，就会轮到你，朕最珍视的孙儿，就会消失于那个阵法之中……"

二十年天子，他从未显露出如此疲态。可此时昏黄灯光下，他凝望着孙儿的眼中，泛起了朱聿恒不敢直视的水汽。

"聿儿，朕之前，其实并不信这世上会有这般神鬼莫测的阵法，对于傅准的说法也是半信半疑。可如今，一切事实，都清清楚楚摆在了咱们面前……"他用满是褶皱的手紧紧握住朱聿恒，用力得指节几乎暴出青筋来，"从榆木川开始，傅准所有的说法都已成真，宣府那么大的军镇能消失、傅准那么厉害的人能消失，这世上，还有什么不可失去的？"

朱聿恒张了张口，终于还是将自己与阿南猜测的结果说了出来："孙儿相信，这些都是有人在背后动的手脚，只是……我们尚未找到答案而已。"

"不要去找答案，聿儿，不要再接近那些会吞噬掉你、你父王母妃，还有皇爷爷最珍视的东西的阵法！朕已经如此，再也经不起折腾，不愿眼睁睁看你一步步踏进那无底深渊了……"

朱聿恒心口涌上绝望的悲楚，祖父在他面前显露的，已是近乎哀求的神情。

他咬住下唇，竭力调息心口紊乱，许久才点了一点头，应道："是，请皇爷爷多派遣人手，帮孙儿探索草鞋洲。"

见他应允，皇帝才略略放心。

高壑端上药汤，朱聿恒亲手伺候皇帝用完，皇帝漱口净面，抬手向他，说道："聿儿，时候不早了，你陪朕歇息吧……江南阴湿，加上伤势未愈，朕最近啊，真是夜夜难眠。"

朱聿恒道："许是太久没回南方，皇爷爷不适应这边气候了，孙儿伺候皇爷爷安睡了再走。"

"孤家寡人这么些年，除了聿儿你，朕也真不知道谁能让朕安心酣睡了。"皇帝拍着他的手，感叹道。

朱聿恒陪着他在内殿睡下，放下帐幔垂手要退出之际，却听得九龙云纹帐内传来祖父模糊的声音："聿儿，寒夜冻雨，今夜便别回去了，在外间歇了吧。"

朱聿恒目光扫向外面。殿外是绵绵细雨，宫灯映照下的雨丝如一根根银针，在暗夜中细细密密地亮起又熄灭。

见高壑已经在铺设前榻，他便恭谨地应了，向着外面的廖素亭使了个眼色，说道："素亭，你去东宫向太子、太子妃殿下回一声，我今夜留宿宫中。"

廖素亭应了，披上油绢衣快步离去。

阿南之前住过的院子，就在东宫不远处。

知道阿琰去了宫中一时半会儿回不来，阿南下船后在桃叶渡寻了点吃的，又去成衣铺挑了件厚实的青蓝斗篷抵御寒雨，撑着伞慢悠悠一路晃回去。

冬日天暗得早，加上又是阴雨天，晚饭时间未过，已是上灯时分。

阿南走过大街，拐入一条寂寥小巷，一个人撑伞慢行。

雨点唰唰的声响中，忽然夹杂了几丝破空的尖锐声音，直冲她的后脑而来。

阿南反应机敏，手中的伞倾斜着一旋，于水花飞转间挡住了后方袭来的刀刃，但竹制的伞骨也被削断，半把伞塌了下去。

后方的利刃不肯罢休，被伞骨挡了一下之后，改换攻势，变招为斜斜上掠，直砍她的心口。

阿南手中的伞猛然合拢，顺着刀刃划上去，绘着鲜艳花鸟的油纸伞面飞崩散落，顿时缠上了后方的刀口，随即，她手腕下沉，油纸绞缠住刀身，随着破伞旋转之际，水珠飞溅，那柄堪堪递到她胸前的刀也"当啷"落地。

对方没料到自己的武器会在一个照面后便被缴了，饶是他变招极快，一个矮身便要重新去捡起，阿南却比他更快，足跟劈下，毫不留情将他的手踩在了地上，随即足尖一勾一转，他整个人便被带着往前滑趴，结结实实地被阿南踩在了脚下。

流光飞转，钩住地上的刀子飞回，阿南一把抓住刀柄，抵在他的胸前，抬眼看向后方的人。

巷子两头，已经被蒙面持刀的人包围，将她堵截于高墙之中。

寒雨纷纷，天地一片迷蒙，只有纵横的刀尖闪烁着刺目亮光。

阿南冷笑一声，不以为意地拿刀背拍了拍被自己制住的蒙面人："你们讲不讲理呀，一群全副武装的大男人，联手欺负我一个手无寸铁的姑娘家？"

口中说着自己是手无寸铁的姑娘家，可她空手夺白刃的利落模样，早已让众人噤若寒蝉，一时都不敢近身。

阿南一声冷笑，横过刀尖抵在蒙面人胸前，喝道："让开！"

面前众人迟疑了一下，手中刀尖却都不曾收回，显然，他们接到的任务，比她手中人的性命更重要。

正在僵持间，身后传来马蹄声，一队人马白街边行来，有人厉喝："宵禁将至，何人聚集于此？"

见来人不少，一众蒙面人正在迟疑中，却见当首之人已纵马而来，正是神机营那个令人闻风丧胆的诸葛提督。

身后廖素亭探头一看，当场捋袖子："南姑娘，这是哪来的宵小之辈？让兄弟们替你收拾！"

一见官府的人到来，那群人立即转身奔逃。阿南将挟持的那个人一脚踹开，摆摆手对诸葛嘉道："这雨夹雪的鬼天气，打什么打，回家钻被窝不暖和吗？"

等人跑光了，阿南看向诸葛嘉身后："殿下呢？"

廖素亭道："殿下今晚宿在宫中，让我们先回来休息，顺便也告诉南姑娘一声。"

"唔，辛苦了。"阿南扫了迅速撤退的那群蒙面人一眼，询问地看向诸葛嘉。

诸葛嘉假作不知，抬头望天。

而廖素亭则道："走吧，南姑娘，今晚我定会守护好你所住的院子，绝不会让任何人进入打扰你休息。"

言犹在耳，结果不到一个时辰，廖素亭就被打脸了。

大冷天泡了个热水澡后，阿南舒舒服服地蜷在床上保养自己的臂环，调整好流光与丝网的精度。

就在她沉浸在自己的世界中时，后院门忽然被人推开，随即一阵脚步声传来，听来都穿着防水的皮靴钉鞋，整齐有序，即使在雨中行来，也丝毫不见杂乱。

阿南抬眼看见从窗棂间透进来的灯光，一排高挑的牛皮大灯，照得后院通明。

须臾，有人踏着灯光而来，走到了她的门前。

雨声中一片寂静，这么多人，连一声咳嗽与粗重呼吸都不曾发出。只有一个老嬷嬷抬手敲门，替主人发声："南姑娘，我家主人相请一见。"

阿南将臂环调试好，跳下床来穿好衣服。

这么大的排场，这么严整的秩序，连诸葛嘉都不敢作声，在应天城中，除了那家人怕是没别的了。

开门一看，果然不出所料，黄罗大伞下端正立于她面前的人，正是太子妃殿下。

"见过太子妃殿下。"阿南向她行了一礼，抬眼见不大的后院被随行的人挤得满满当当的，便朝她一笑道，"殿下但有吩咐，尽可唤我过去，何必亲自冒雨来访？"

"当日行宫一别，颇为想念。今日得空，特来寻访姑娘。"太子妃目光落在阿南身后的房间内，笑问，"姑娘房内可方便？"

阿南侧身延请她入内，身后的侍女们捧着交椅熏香茶点入内，等太子妃安坐于熏香旁，端茶轻啜，侍女们才捧上一堆锦盒，搁在桌上，然后一一退下。

阿南在她对面坐下，心道，太子妃排场还挺大的，相比之下阿琰就随便多了，甚至还在她的小杂院中当过家奴——虽然那一夜四周街巷所有人家都被清空了。

太子妃端着茶，徐徐开口道："听说南姑娘刚刚受惊了，因此本宫给你带了些参茸鲍翅，另外还有珍珠粉与金玉，都是可以安气宁神的东西，南姑娘尽管用。"

阿南随意道："这也不算什么，我是风浪里长大的人，打打杀杀都是家常便饭，有劳殿下挂心了。"

太子妃微笑颔首，目光落在她臂环的珠子上，想起儿子在众多珠玉中唯独取走这一颗时的情形，轻轻一叹开了口："南姑娘，太子殿下曾因聿儿身上的怪病召见过傅准。听说你之前在江湖上的名号是三千阶，可惜如今不仅滑落，身上的伤口中，还埋着六处隐患？"

"是。"阿南没料到她居然知道此事，挑了挑眉，"殿下既然知道了这些，想必也知晓，这雷火与'山河社稷图'有关，我与皇太孙如今，是性命相连了。"

"我与太子对江湖中的机巧并不知晓，只听傅阁主说，他们拙巧阁有早年留下的一套玉刺，他当时并不知道与'山河社稷图'有关，因此拿来用在了你的身上，谁知这套玉刺竟是子母玉中的影刺，可以连通'山河社稷图'，因此……"

阿南朝她笑了笑："难道他的意思是，我和皇太孙伤病连通，只是他无心之下的巧合？"

"傅准确是这般说的。只是太子殿下并不了解这些，因此只草草问过，并未深入。可惜如今傅准消失，纵想要追问，也已经不知从何问起了。"太子妃面露不忍之色，怜惜地望着她，"南姑娘年纪轻轻，又如此惊才绝艳，本宫与聿儿一般，都舍不得你出事……"

阿南端坐不住，靠在了椅背上，找了个略微舒适些的姿势："太子妃殿下无须担心，我是风浪里长大的人，随时随地面对不测，日日夜夜都在冒险，早已是家常便饭。更何况傅准都失踪了，谁能控制我、控制我身上的影刺？"

见她神情轻松，太子妃这见惯了大世面的人，一时也不知如何回应："性命攸关之事，南姑娘如何能这般冒险？"

阿南托腮望着她，灯光下她的身躯软在椅中，眼睛却亮得像猫一样："不过太子妃殿下的意思，阿南明白了。皇太孙如今身陷危局，而我也被牵扯其中，性命堪忧，所以我应当竭力去破阵，及早自救。"

"确是如此，"太子妃见阿南无法被自己左右，便也坦诚道，"但陛下的意思，为防万一，我们会让聿儿妥善留在应天，以免太过接近你与阵法，导致他身上的'山河社稷图'被引动。毕竟，只要聿儿不接近阵法与你，他身上的毒刺未必会受到应声发作，那么，他的经脉，或许也如前人那般能被保全，他面临的天雷无妄之阵，或许也不会发动。"

阿南笑了笑：“若是我不肯去呢？”

“你会去的，毕竟，这也是关系你一生的大事。”太子妃在缭绕香烟中轻啜着茶水，柔声道，“这已经是我与太子商议的，唯一能帮你的方法了。若是换了别人——你知道，他对聿儿的珍视胜过一切——到时候他对你的处置方法，绝不是如我们这般可以妥协的。”

阿南自然知道她所说的“他”是谁，不出意料的话，今晚伏击她的人，也必定是来自他。

可惜，他们不知道的是，她与阿琰之间早已说开，如今说好了，只是为了共同的威胁而选择合作而已。

但阿南也不对太子妃说破，只抚摩着臂环上的珍珠，微笑道：“我肯定怕死，也肯定会南下去横断山脉走一遭。只是皇太孙会不会也一同前往，这就不是我能决定的事情了。”

“他会留下的。”太子妃说着，又轻拍阿南的手，感慨道，“我知道你是个仗义又重情的姑娘，放心吧南姑娘，我们会以你为首组建一支最合适的队伍，一切听命于你。我、东宫、朝廷都将最大的信赖交托于你，望你不要辜负自己，辜负聿儿，辜负西南百姓！”

日光穿破云层，照彻九重宫阙。

有孙儿陪在身边，皇帝一夜睡得安好。朱聿恒起身后，见祖父尚在安睡中，便走到殿外活动身体，纵目望去——

应天皇宫大殿在二十年前的动乱中焚毁，而皇帝登基后便去了顺天，未曾命人修缮，因此至今站在高处望去，宫城最中心还是一片废墟。

与顺天被焚毁的三大殿一般，白玉台阶上，是化为焦土的巨大殿基，在冬日淡薄的日光下越显萧瑟。

望着这繁华极盛中格外刺目的废墟，朱聿恒忽然想，突变那一夜，竺星河特地潜入宫中，或许就是为了观看那场大火，与二十年前一样，燃烧在宫阙中，洗雪他的仇恨吧……

若不是他一箭射去，阿南的蜻蜓遗落，或许，两人会在护城河畔擦肩而过，这一生永远都不会发生交集。

正在他沉吟感怀之际，却听旁边传来一声高呼：“父皇！儿臣来迟了！儿臣悔恨！”

他转头一看，走廊那边疾步奔来、口中大喊的，正是受诏来到应天共度年节的二叔郗王。

"儿臣恨不得替父皇受此伤痛！但凡儿臣在您身边，必定督护父皇周全，绝不让龙体受损！"

他跪伏在殿外，大声疾呼，周围谁听不出来，这是意指此次随同出行的朱聿恒等护佑圣驾不力了。

殿内皇帝没有理会，只有高壑于片刻后奔出，轻声道："郗王殿下，陛下尚未起身，让您小声着些。"

郗王悻悻地站起身，看了旁边的朱聿恒一眼。

"大侄儿，自上次渤海一别，你气色可差多了啊。"郗王打量着他，啧啧道，"我看你上次劫走那个海客女匪时挺威风的，如今她上哪儿去了？圣上知道你私藏女匪的事儿吗？"

朱聿恒不动声色道："女海匪之事，圣上一清二楚，不劳皇叔挂心。倒是您与青莲宗的瓜葛，还需向圣上交代清楚吧。"

郗王性情暴躁，不顾周遭许多侍卫，顿时嚷了出来："你这话什么意思？本王上次千里迢迢赶赴山东，若不是你在渤海上帮助那个女匪，本王早已将青莲宗及其同伙一网打尽了！"

"这话本该侄儿对皇叔您说才对。"朱聿恒冷冷道，"朝廷在山东早已妥善布局，青莲宗本该被连根拔起，可因为皇叔您在其中横插一脚，导致对方断臂求生，残余势力逃窜西北，否则，此次西巡不至于有如此险情！"

"你……明明是你在那边部署不力，本王看你们不成事，好心过来相帮，你反倒把剿匪不力的罪名推到本王头上？"郗王性情一贯急躁，立马嚷嚷起来，惹得周围侍卫太监们纷纷侧目。

"二皇叔这数月来，行为失当了。擅自插手东宫之事，是为妄议储君；兴兵而至应天，是为直指南直隶；率兵至渤海而扰乱围剿青莲宗大计，是为逆乱朝纲。"朱聿恒声音低沉，顿显郗王色厉内荏，"圣上之前忙于西巡大事，未加以追究，如今二皇叔还是恭聆圣上教诲，好好想想自己之后该如何循规蹈矩、安分守己吧！"

郗王听着一哆嗦，正在揣测这是否为皇帝意思，里面传来皇帝起床动静，高壑传旨令二人入内。

皇帝一边在宫女太监的服侍下洗漱更衣，一边问起郗王封地上的税赋之事。

朱聿恒一下便指出有问题的数据，经过工部这几日反复核算，其间漏洞明显，郱王哪里答得出来，忙跪下怒道："定是我手下那些人干的混账事，父皇放心，待儿臣回去后，一定将他们从重处罚，绝不放过一个！"

皇帝看他这模样，心下烦恼，正要开口训斥，头颈伤处忽然一阵晕眩传来，顿时喉口窒住，跌坐下来。

朱聿恒手疾眼快，立即将他搀扶住，吩咐传召太医，抬手帮祖父按摩舒缓脖颈，让他缓过气来。

郱王忙赶上前，一边抓着皇帝的手，一边痛哭道："父皇，但凡那日儿臣在您身边，您龙体如何会受这般损伤啊……"

"行了……此次大军遭遇之凶险，不是你想舍身相护便能成的。若不是聿儿舍命相护，朕怕是已遭不测了！"皇帝缓过一口气，厌烦地挥手，"别在这大声嚷嚷，听得朕头痛。滚出去好好查查你封地的钱粮，给不了朕解释，年后顺陵大祭你也别来了！"

郱王灰溜溜地出城。他这次带的人虽然不少，但藩王军队自然无法入城，只能驻扎在郊外。

王府一干人听他将事情一说，个个都吓破了胆。

"王爷，这么多年来，咱们一直都是这么办的，如今一下子要弥补历年亏空，这……这如何能补得上啊？"

郱王抄起桌上的杯子掼到地上，怒道："本王不信！不过是避了些赋税而已，父皇何等人物，之前能全不知晓？朝廷一向睁一眼闭一眼，如今怎么要对我下手了？"

长史面如土色，附到他耳边低声道："王爷，您此次进宫，看圣上龙体如何？"

"圣上他……"郱王想到皇帝厥倒的模样，神情不定。

长史察言观色，知晓皇帝定然是不好了。他将众人屏退，悄声问："王爷可还记得，当年兰玉的下场吗？"

这一桩大案，谁能不记得？

太祖知晓自己天年不久，而朝中大将兰玉功高权重，因担心弱主受强臣所压，太祖皇帝晚年大肆屠戮兰玉及朋党一万五千人，将其势力连根拔起，替幼主铺好道路，才安心离去。

郱王悚然惊怒，一掌重击于桌上："这么说，他开始替心爱的孙子铺路了，而本王如今便是他们最大的阻碍！"

长史忙拉住他，示意不可轻举妄动，又道："王爷无须太过担心，太子仁厚，未必如此……"

"哼，"郫王想到皇帝发病时那岌岌可危的模样，越想越觉心惊，问，"荣国公呢？本王要找他好好了解下当时父皇受伤时的情形！"

荣国公护送郫王至应天后，便趁着雨雪稍停的间隙，改换了衣衫，前往城郊荒原。

郊外开阔处，袁才人的墓园造得十分气派，显然太子对她的身后事还是上心了。

郫王来到墓前时，却见墓前不仅有荣国公，还有一个身着浅碧衣衫的姑娘，虽然打扮简素，却越显清丽绝伦，风姿绰约，十足从诗词中走出来的江南美人。

虽然气急败坏心绪难安，郫王还是难免多看了她几眼："岳丈大人，这位是？"

荣国公神情复杂，道："我过来时，这位姑娘正巧来祭拜袁才人。"

美人儿也不慌乱，朝他盈盈施了一礼："见过郫王殿下。"

荣国公抬手，让所有人退离墓园，问她："你说，当日袁才人身遭不幸时，你正在她身旁，目睹了一切？"

听闻是自己上次兴师问罪过的东宫之事，郫王也来了兴趣："本王听说，袁才人死于潜入行宫的青莲宗刺客之手，只是真凶遁逃后至今未缉捕归案，你当日既然在旁边，可见到了真凶？"

她抬头望着他们，泫然欲泣，道："实不相瞒，小女子方碧眠，便是当日潜入行宫的那个青莲宗刺客。"

两人顿时错愕，荣国公正要大喝来人，将她拿下，却听她又道："但，袁才人并不是丧生于小女子之手，那是太子与太子妃所为，然后推到我的身上而已。"

郫王精神一振，面露惊喜之色。

荣国公暴怒，喝道："大胆，杀人凶手还敢颠倒黑白，胡言乱语！"

"国公明鉴，若小女子真是杀人凶手，又如何会千方百计打听得国公行踪，候您来此祭奠时，舍命相告实情呢？"

荣国公脸上阴晴不定，旁边郫王则迫不及待地问："你说是太子和太子妃杀害了袁才人，可有证据？"

"王爷与国公可以略加追索，谁能从袁才人之死中获利？"方碧眠并不明说，只低低反问，"比如说，袁才人来了之后，东宫后院的势力，有何变化？"

荣国公冷冷道："我儿寄信回来时常有提及，太子妃对她一向关照有加，你不必挑拨离间！"

"既然她常有寄信之举，那么，国公可曾注意过其中的内容？比如说，里面是否有提及太子、太孙的内容？"

"我儿一贯识大体，如何会将这些机密之事传播于外？"

方碧眠轻声细语道："国公爷息怒，焉知这些机密，在外人看来，只不过是些极为平常的小事？袁才人本着为太子及东宫排忧解难的想法，会不会无意间泄露了一些自己认为无关紧要，可其实却是动摇东宫根本的东西呢？"

荣国公正要呵斥，但忽然之间，他的脑中闪过一件事，猛然间如遭雷殛，顿时脸色大变。

旁边郏王一见他此种脸色，心中大喜过望，立即喝道："你究竟知道何种内情，赶快从实招来！若真能揭发东宫黑幕，相信也可告慰袁才人在天之灵。届时本王与荣国公，定然重重赏你！"

方碧眠见他如此迫不及待，满意地垂首敛衽，道："王爷不必急躁，小女子此来，一来是解释自己的清白，二来是不忍国公爷被蒙在鼓中，三来……我这边有人想要与王爷、国公见一面，共商大事。"

郏王抱臂看着她，脸色沉了下来："本王身份贵重，岂是你们这些逆乱匪徒想见便能见的？"

"世间种种，历来不过成王败寇。小女子听说，圣上伤病之后性情越发酷烈，如今还查到王爷藩属之地的钱粮上了……"

她曼声轻语，而郏王却只觉背后冷汗连同寒毛一起竖了起来："你……你们在朝中也安插了眼线？"

"此事何须安插眼线，自是理所当然之事。"旁边传来一道声音，清朗有力，有股令人下意识倾听的力量。

"当今皇帝自己便是王爷造反登基的，如今太子太孙都身有危难，岌岌可危，他又怎会允许旧事重演，留下您这样一个手握兵权的强悍王爷呢？"

听到如此大逆不道之话，郏王与荣国公都是大惊失色，回头一看，一个丰朗俊雅的白衣公子与另一个面色僵硬的青衣人不知何时已出现在墓园之中。

他们身法太过惊人，外面众人竟全无察觉。

二人正在惊愕之中，白衣公子朝他们一拱手，道："在下竺星河，来找二位谈一桩合伙大买卖。"

荣国公目光一凛，脱口而出："你便是当日伤了圣上与太孙的那个刺客？！"

邯王顿时抬手去摸腰间佩剑："乱臣贼子竟敢现身，本王今日非斩杀了你……"

"邯王殿下，不，阿煦。"那站在竺星河身侧的青衣人神情僵硬，应该是戴了人皮面具，声音却比脸色随意多了，"还有袁岫袁国公，一别数年，怎么都不认识我了？"

听着这熟悉的声音，邯王与荥国公立时怔住，再看他松竹般苍瘦的身躯在风中挺拔伫立，记忆中那熟悉又可畏的身影瞬间重现。

不可遏制地，邯王呼吸粗重起来："你……你是……"

眼看这里就要有一场改天换地的密谋，方碧眠朝他们施了一礼，快步退出。

墓园在郊外山中，面前只有两条僻静道路在野树间延伸。

旷野风大，随同他们前来的海客与青莲宗一干人都静静候在风中，等待竺星河代表海客与青莲宗谈判。

虽然局势艰难，但他们都相信，只要是竺星河与那人出面办的事，就没有不成功的。

唐月娘见方碧眠紧张得身体微颤，便抬手挽住她的手臂，将她带到背风处，抚慰道："你也是见过不少大场面的人，如何这等紧张？"

"毕竟，这是咱们能抓住的，最后一线希望了……"方碧眠抱住唐月娘的手臂，颤声问，"阿娘，你说咱们这回……能东山再起吗？"

"碧眠，你还年轻，未曾见过世事起落。一切都是命运使然，我们只能作出当下最好的选择，无论如何，最终青莲老母自会替咱们成就。"唐月娘拍着她的手，轻声道，"当日咱们刺杀狗皇帝，我被司南困于月牙泉下，冻得身体大损，怕是已无法继续撑起宗内大事了。如今朝廷剿杀甚急，宗中兄弟四散，咱们只能借助海客之力，不惜一切将青莲宗延续下去……"

方碧眠郑重道："阿娘放心，我一定尽心跟随竺公子。"

"傻孩子，竺公子身份非比寻常，而咱们是朝廷通缉的乱匪，哪有资本与他并行？"唐月娘轻抚她的鬓发，道，"但碧眠，你不一样。你出身忠良名门，若是青莲宗由你率领，到时你与他结成夫妻，才能让竺星河接纳兄弟们，走出青莲宗的生路！"

方碧眠转头看向墓园，可面前的荆棘野树挡住了她的视野，她怎么望得到竺星河的身影？

她茫然摇头，惶惑低声道："可是阿娘，竺公子他……对他而言，我们这种出身低贱的人——孤女阿南、教坊出身的我，都是一样的……他可能对我们包容、待我们和善，但我们怎么能配得上他，他……他是要履至尊而踏六合的人……"

"你不是教坊孤女，你是方汝萧后人，以后更会是青莲宗主。你的身份，足以让跟随他的老人们接受，青莲宗也会成为他背后的一大助力。"唐月娘郑重问她，"你实话告诉阿娘，你可喜欢他？"

方碧眠垂下眼，不知是因为野风还是因为其他，眼圈通红："是，阿娘，我是很喜欢公子的，不是把他当成一个男人来喜欢，而是将他当成了我的命运、我的皈依……我的祖父死得那般凄惨，我全家覆灭，只有公子重新登位，我家人的污名才能洗刷，我才能脱离污浊的教坊出身，才能让所有人看到，我是高贵的方家后人，我不是卑微低贱的教坊女……我的祖父是忠臣义子，他应该受万千后人景仰，他不应该是那般下场！"

"我知道，我知道……"唐月娘紧搂她的肩，叹息道，"而且，不仅仅为了你们方家，也只有你和竺星河在一起了，才有机会带领青莲宗走向更好的将来，你得扛着兄弟们的生路走下去，明白吗？"

方碧眠喉口哽咽，郑重点头。

前方等候的海客们起身，迎向墓园中出来的人。

竺星河虽不动声色，但看他的步履身形，应当是已经得到了自己满意的结果。

唐月娘拉着方碧眠，声音已恢复如常："走，咱们也得与竺公子将此事定下来了。"

大局既定，被朝廷追剿多日的众人也都轻松起来。

简单安排接下来的事务，竺星河见唐月娘走来，便朝她点头示意："宗主有何要事？"

"是一桩好事，公子今日或能喜事成双。"唐月娘笑得和煦，对他恭贺道，"这些年公子纵横四海，干下了轰轰烈烈的大事，也铺了好大的摊子，但，一人奔波劳累毕竟不是办法，若能有个贤内助，相信兄弟们或许会更放心吧。"

竺星河常年被身边老人们催促，此时一看她脸上的笑意，便知晓了来历："天下未定，谈何成家？"

"所谓成家立业，安顿好了后方，才能心无旁骛干大事。"唐月娘转头望着方碧眠俏立于寒风中的身影，叹道，"碧眠这孩子，出身名门之后，七八岁上失怙后加入我宗，实是出淤泥而不染的好孩子。若论出身，方姑娘祖父是名闻天下的死节忠臣，他的后人若也能为公子尽绵薄之力，也算是对大伙儿的慰藉，公子觉得呢？"

竺星河笑了一笑，颔首不语。

唐月娘继续道："论起外貌呢，碧眠这身段容貌、才情性格，从江南到江北，公子可曾见过比她更为出色的人吗？"

"方姑娘的相貌才华，自是人间第一流。"竺星河轻描淡写道。

只是，他的眼前忽然闪过了另一条身影。

那个人啊……在灼热海风中乘风破浪，看见他的时候总是放肆地大力挥手，笑着奔来，一个女子却活得比男人还要肆意……

与方碧眠相比，何异于天上地下。

可在这个时刻，听着唐月娘的话，不知为何，他心中涌起的，全是她的身影。

唐月娘又道："再者，我已决定将青莲宗交予碧眠手中。以后还望公子与碧眠相互扶持，青莲宗和海客亲上加亲……"

"如此看来，我若与方姑娘在一起，是百利而无一害的局面？"

听他这般说，唐月娘也笑了，道："若公子不反对的话，咱们今日便将这桩婚事说定吧，公子意下如何？"

竺星河的神情却依旧是淡淡的，说道："婚姻大事，哪能草率，我会与身边老人们商量的，问问大家意下如何。"

唐月娘微一皱眉，问："竺公子，可是我们碧眠有什么地方让你不满意吗？"

竺星河道："碧眠姑娘自然是极好的，相信老人们亦不会反对。"

他这态度，既不推拒亦不热切，唐月娘心底"咯噔"一下，还待说什么，却听竺星河又道："放心，无论方姑娘以后是什么名分，都不影响你我双方合作的诚意。"

说到此处，他转过了河道，才发现方碧眠不知何时已到了后面，一双明眸水盈盈地望着他，里面满是期待与羞怯。

他顿了一顿，但最终，只朝她点了一下头，大步离去。

唐月娘若有所思地望着他的背影，一言不发。

而方碧眠一向柔婉的声音也沉了下去："阿娘，他心底，已经有人了。"

"是那个司南？"

见方碧眠点头，唐月娘冷哼一声，抚着她的背道："别担心，如今局势，司南怎么可能还回得来？阿娘相信，无论他给你什么名分，以你的能力，最终定能成为他最重要的人。"

中午，雨下得越发大了，应天城笼罩在一片晦暗中。

冷雨如箭，却挡不住朱聿恒前进的步伐。马车从宫城驶到东宫，刚停在门口，他便跳下车向内走去。

朱聿恒大步向内，身后瀚泓替他撑着黄罗伞，一路小跑。

顺着风雨连廊绕过后方正殿，朱聿恒问上来迎接的东宫詹事："太子殿下如何？"

"殿下正在松华堂小憩。今日早间殿下起身，处理了几桩政务后，忽然风眩发作，如今太医已来请过脉，说是……"

见他语带迟疑，不敢开口，朱聿恒心知必定是出了大事，当下加快了脚步，直向后堂而去。

松华堂前列松如翠，积石如玉，在雨中更显皎皎。侍女侍卫太监们全部被屏退于外，侍立门口，人人垂首肃立。

朱聿恒大步走到廊下，正要进门之际，却见父亲正躺在榻上，手中持着折子，而母亲站在榻前，抬手夺去他手里的折子，并将他枕边的一大摞全都一起搬起来，重新放回到书案上去，语带愠怒道："叫你好生休息、好生休息，你又不听了！你这般硬撑着，不肯善待自己，如何能把身体将养回来！"

太子个性向来温和，对太子妃又一贯敬爱，抬手捞了几回折子，但见拦不住她，也只能虚弱低声道："聿儿就要南下了，这几日他四处奔波，多少事情全都压在他一人身上，又要顾朝廷，又要顾咱们，如此沉重的负担，我这个当爹的看着，怎能不心疼儿子啊……"

太子妃默然坐在榻前，抬手握住太子浮肿的手，声音哽咽："可这也没办法，天下之大，除了他，又有谁能替你分忧呢？"

"所以，我也想尽量让聿儿的担子能轻点，至少，不要阻碍他去横断山……"太子抚着胸口，低低问，"郗王那边，情况如何？"

"还能如何？一贯虎视眈眈，如今你风眩倒下，他必定兴风作浪。"太子妃说着，叹了口气，道，"如今东宫内外交困，你不好生关爱自身，如何能挨得过这重重难关？"

"挨不过也要挨啊，咱们做爹娘的，还能阻拦聿儿吗？毕竟这也关乎他的生死。"太子声音虚弱却坚定，握着太子妃的手道，"唉，这二十年来，咱们不容易，聿儿也不容易，就让他忙自己的事情去吧，应天这边，咱们拼了一切，替他扛下便是。"

太子妃抚着他的胸替他顺气，正在叹息间，忽然神情大变，抚胸的手加快，对外大喊："来人，快召太医！"

听太子妃声音都变了，外面太监宫女急急应了，赶去找太医。

朱聿恒立即抬脚进内，太子妃正抱着太子顺气，他一个箭步上前将父亲扶起，见他被痰迷了心窍，眼神发直，意识正在恍惚间。

"聿儿，这……"一贯冷静的太子妃此时也乱了方寸，看见儿子进来，眼泪也不由得流了下来。

朱聿恒将父亲抱到床上平卧，松开他的腰带衣领。

太医片刻赶到，稍一把脉，脸色立即大变，道："病势有些急了，若是二位殿下许可，老臣这便为太子殿下施针，只是……"

只是，针灸毕竟是伤及贵人身体之事，他一时不敢决定。

太子妃叹道："既然事情紧急，那你便动针吧，只是务必要多加小心，切勿损害了太子圣体！"

太医忙不迭答应，取出随身携带的艾草、银针，替太子施针急救。

几针下去，太子终于缓过气来，只是气息虚弱，目光涣散地望着太子妃与朱聿恒，无法开口。

太子妃叮嘱太医严守太子病情，让他给太子开药调养。

等他退下之后，太子妃才紧握住朱聿恒的手，坐在太子床边。

三人都没说话，只听得太子的喘息在寂静的室内急一阵又缓一阵。

太子妃终于开了口，询问朱聿恒："此次邯王来应天，他看起来如何？"

"二皇叔向来体魄康健，孩儿看他如今依旧盛旺。"朱聿恒哪能不知道母亲的意思。

祖父曾在长子与二子之间犹豫良久，最终因为"好圣孙"之言而定了太子太孙。

而如今，他这个太孙身上被种下了诡异的"山河社稷图"，性命岌岌可危；太子又一向有心疾、足疾，如今顺陵大祭在即，太子却旧疾复发，情况如此糟糕，若是皇帝有所思量，怕是国本动摇，便在此刻。

"母妃的意思，你可明白？"这一路走来，东宫风雨飘摇，同样是在朝堂旋涡中挣扎了数十年的太子、太子妃与太孙三人，不必多言也自然知晓。

朱聿恒当即道："父王身体如此，孩儿自然责无旁贷。"

最重要的是，绝不能将太子的身体状况泄露出去，不然，圣上那边，难免会有波折。

太子妃欣慰点头，又轻轻拍着儿子的肩，低声道："聿儿，圣上此次西巡遇刺，咱们虽然都期盼着万岁龙体康健，但如今看来，变故很可能就在朝夕。届时你若远在西南，你父王身体如此，能不能撑起东宫这片天，谁也说不准！"

朱聿恒自然知道，到时候会是何等严重后果。

他握紧双拳，停顿许久，才低低道："是，孩儿……会留在父王身边，留在应天。南下破阵的事，孩儿会妥善安排，交由他人。"

忙碌着准备南下事宜的诸葛嘉，觉得日子没法过了。

掌握最多阵法内幕的拙巧阁主傅准，突然在工部库房被神秘人劫持失踪，至今下落不明。

原本确定要率众出发的皇太孙殿下，又因分身乏术，无法出行了。

今日更是传来消息，说是已另寻了可靠之人，要带领他们赶赴横断山脉，由那人负责指挥全局，所有人当精诚合作，共破凶阵。

廖素亭这个刺头，一听就不屑地笑道："皇太孙殿下去不了，还有何人能对我们指手画脚？我就不信那人能压过墨先生和诸葛提督去！"

结果话音未落，便有人将厚重的门帘一掀，大剌剌地冲他们一扬下巴，笑问："谁说我要压过墨先生和诸葛提督了？明明是说大家合作南下，共同破阵呀。"

诸葛嘉抬眼看去，这既熟悉又可恶的面容，让他嘴角顿时抽了一抽。

"南姑娘！"廖素亭则跳了起来，惊喜地奔到她面前，一把握住她的手，"难道说，这次行动是你担任领队？太好了，有你在，我们一群人心里可就踏实了……"

话音未落，他一眼便看到了阿南身后的皇太孙殿下，并且发现他的目光就落在自己的手上。

廖素亭的手就像被螃蟹夹了般，立即缩回了，讪讪垂下手，跟着众人向他行礼问候："参见殿下。"

朱聿恒略一抬手，示意他们不必多礼："此次南下，一应事宜朝廷皆已安排妥当，届时以神机营为主力，墨先生及一众江湖高手负责破阵策略，若有不决之事，悉听南姑娘决断。"

众人都应了，廖素亭想起一事，忙抄起桌上刚刚正在查看的地图，道："对了，殿下、南姑娘，这是拙巧阁的手札，上面有关于横断山脉阵法的情况，您二位也看看？"

"正好，我之前一直在外面晃荡，赶紧熟悉下。"阿南一如既往地往椅子上一瘫，接过廖素亭递来的册子，见他已经将所有事项都理得清清楚楚了，不由得大加赞赏，"厉害啊素亭，平时看你笑嘻嘻的没个正经，做起事这么有条理。"

廖素亭颇有些自得："我廖家脱阵之法，靠的就是从海量信息中迅速抓住最有效的线索，整理这些我从小就很擅长的。"

阿南一边夸奖他，一边将手札举高点和朱聿恒一起看。

朱聿恒在她旁边坐下，与她一起翻看众人这几日整理出来的线索。

手札上最醒目的，便是那句不知所云的批注："青鸾乘风一朝起，凤羽翠冠日光里。"

阿南眉头微皱，察看路径。

横断山脉共有七条，被六条纵流的湍急河流所阻隔，历来称之为"天险之地"。根据地图，阵法大致范围已圈定，只是具体地点尚未确定。

阿南顺着地图看他们确定的方向，廖素亭在她身后指着地图示意道："除了虚无缥缈的青鸾之外，手札上所绘的图形，也让我们百思不得其解……"

与之前的阵法图示皆不相同，上面并无任何阵法机关的标识，雪山上只笼罩着一团氤氲黑气，令人费解的同时，那狰狞模样也令人心下微寒。

"这团东西，看久了倒像是邪灵降世似的，好生诡异。"阿南端详图案，又抬眼看向朱聿恒，"看着……无形无影，古怪异常。"

"这是横断山脉的阵法，应当不至于。"朱聿恒知道她也与自己一样想到了那个天雷无妄之阵，便摇了摇头，低声道，"只是这地图诡异，线索寥寥，你这一路而去……务必小心。"

阿南毫不在意道："怕什么，咱们之前还没见过这般详细的记载呢，这次有指引算是不错了。"

身后的廖素亭听到她的话，顿时惊呆："那……殿下与南姑娘之前……都是在什么环境下解决的阵法？"

之前……

阿南抬头看向朱聿恒，而他也正转头望着她。

这一路，江南江北，碧海荒漠，他们历经生死相携走来，如今回想，每每死中求生，往往绝境相扶，一切竟如幻梦般不真实。

若没有对方，他们都已被那些可怖的阵法彻底吞噬，不可能再存活于这个世间。

可……

他们之间，已隔了那一日的寒雨孤舟。横亘了谎言、欺瞒、利用与伤害的二人，摒弃了过往恩怨，说好了只是合作伙伴，共同自救。

那在危难中紧紧握住彼此的双手，绝境中互为倚靠的脊背，大难逃生后偎依疗伤的体温……

这一生中最绚烂最迷人的那些时刻，已如山海相隔，已被恶浪相催，于疾风骤雨下齑粉不存。

除了永存于他们心中不可消弭的记忆，什么也无法留下。

朱聿恒只觉心口如沸，一时竟喉口哽住。

而阿南轻轻出了一口气，仿佛将心口一切全部挤出了胸臆，如常地朝廖素亭一笑，道："谁知道呢，就这么一路跌跌撞撞过来了。"

众人都是惊骇咋舌，敬畏地怀想他们的过往。

"对了，嘉嘉，"在一片融洽的气氛中，她忽然朝诸葛嘉狡黠一笑，摊开手掌，"见到你我就想起来了，据说横断山脉那边有雪山有密林，要准备的东西可多了，你快给我支一二百银子，我待会儿要上街买点南下的必需品……"

诸葛嘉额头的青筋又跳了起来："不许叫我嘉嘉！"

"行行行，不叫不叫，但是银子不能不给哦。"

诸葛嘉斜她一眼，从口袋里摸出银票，冷着眉眼拍在桌上："还好我早有准备，知道我们神机营逃不过你魔爪，现在每天随身带着银票。拿去，记得改天去入账！"

"就知道诸葛提督你刀子嘴豆腐心，对我最好啦！"阿南笑嘻嘻地又转向廖素亭，"素亭这次担任前哨？"

"那肯定啊，我等热血男儿，自然征战于最前锋！"廖素亭拍胸脯说着，又朝她笑道，"不过我初出江湖，肯定会跟紧南姐的！"

"放心吧，有墨先生、诸葛提督在，还有我们这么多江湖同道，天塌不下来的。"

阿南正说着，旁边墨长泽也带着弟子过来了，众人在玉门关一路磨合，早已熟稔，研讨地图时气氛十分热烈。

朱聿恒在旁边静静坐了一会儿，起身道："本王还有要事，就先回去了，你们继续商议吧。"

"恭送殿下！"一群人齐齐行礼送他出门。

阿南见他望着自己，便送他到门口，示意他别担心自己："或许分开也没什么不好，毕竟，我身上的六极雷会影响到你的'山河社稷图'，而你身上的天雷无妄之阵也绝非寻常，到时候，咱们要是眼睁睁看着阵法消失了，那岂不是麻烦大了？"

她压低声音，却没改变脸上轻松的神情，依旧是那万事不在话下的模样。

他也未曾提及父母祖父安排，尽管彼此都心知肚明。

"你一向在海上纵横，此去横断山脉，山海迥异，一定要小心。"

"放心吧，我看这地图上山峰的模样，和海里的巨浪也差不多。"阿南抬手比画着，貌似随意道。

朱聿恒却面带忧色，道："可是阿南，傅准在你身上设下的六极雷，不但与我身上的'山河社稷图'有关联，与阵法也会有牵系，我担心你此去……"

"这个，倒是不必太过担忧。我研究了那张地图的纸质，发现上层是数十年前的旧纸，而下层，也就是画了六极雷标识的那一张，则是近年的新纸。"阿南神情倒是颇为轻松，道，"这证明，我身上的六极雷与阵法原本毫无关系，只是傅准新近动的手脚而已。而且在玉门关照影阵中，傅准操控万象时我身上六极雷才会发作。而现在，傅准都失踪了，只要他不装神弄鬼，我身上的六极雷，入阵应当没有问题。"

听她这般说，朱聿恒也略微松了一口气，低低道："那就好。"

阿南想想又望他，轻声问："倒是你，你皇爷爷不允许你接近那个阵法，你也已经答应了，那么接下来，你在这边准备怎么下手呢？"

他声音低暗："天雷无妄阵法，既然早已消失，而我祖父又已知晓燕子矶沙洲所在，必定早有布置，我去了应当也是徒劳。再者，若阵法真的随我之身发动，那么肯定还有些关系阵法的东西，能从我自己身上发掘。"

他说着，下意识又握了一握手中的白玉菩提子，像是要握住自己存活的希望般，珍惜而执着。

"阿南，事在人为，阵法总是人设的。我会好好调查当年的事、背后的人，相信一定会有收获。"

阿南郑重点头，朝他扬手告别："好，你解决天雷无妄阵，我解决横断山脉，咱俩分头出击，谁都不许出错！"

告别了阿南，朱聿恒走出院外，听院内很快恢复了笑语声。

他放慢了脚步，走到院墙花窗边时，转过头，隔着砖瓦拼接的莲花纹，向堂上阿南又看了一眼。

一群人正围在阿南的身旁，与她一起分析西南山势与水文气候。

日光斜照堂前，她歪坐在椅中，一手支颐，一手在地图上指引路径，眉目舒展，双眸明亮，如堂前日光、海上明月。

他深深倾心的阿南，灿烂无匹，光彩照人。

无论身处何地，遇见何人，她都烛照万物，夺人心魄。

一如初见时照亮了他周身黑暗的火光。

一如她带着他探索前所未见的迷阵，进入另一番大千世界。

一如她与众人钓鱼回来那一日，喧哗热闹，而他独坐室内，看见周穆王与西王母天人永隔，再无重聚之日。

朱聿恒收回了自己的目光，回转身，面前是应天城鳞次栉比的亭台楼阁。

这世间如此广阔，万千人来了又去。即使没有他在身边，她依旧是招摇快乐的阿南。他能带给她的，别人也一样能。

即使再不甘心、不愿意，事到如今，他也唯有埋葬了他们所有过往，背道而驰，将所有过往留在午夜梦回时。

他打马离开了阿南，离开了她带来的那令他恍惚的一切，强迫自己清醒过来。

大街小巷，人烟阜盛，日光斜射他的眼眸。

他看到清清楚楚在自己面前呈现的世界，看到应天工部门口，等候他的人正捧着卷轴，等待着他示下。

他下了马，尽管竭力控制自己，但双手仍然微颤着，目光也有些飘忽。

接过递来的图纸，他率人走进工部大门，低头看向卷轴上的画面。

梅花山畔，庄严齐整、气势恢宏的一座陵墓。

甚至，因为皇帝的恩眷，这陵墓的形制，已经超越了皇太孙应有的规模。

这是这世上，属于他的，最后的，也是注定的结局。

迫在眉睫，即将降临。

工部侍郎见他目光死死盯在这图纸上，便小心翼翼地凑上来，低声问："殿下，敢问这陵寝，是陛下要为宫中哪位太妃娘娘所建？"

毕竟，这陵寝的规格如此之高，可与皇帝、太子的形制不一样，只能琢磨太祖的嫔妃们去了。

朱聿恒的目光定在工图上，但那目光又似乎是虚浮的，穿透工图落在了另一个地方。

见他许久不答，工部侍郎只能又问："若是如此的话，或可将云龙旭日更换为鸾凤朝阳，应当更合身份……"

朱聿恒没有回答，只道："纹饰不过是小事，你们先加紧工期，将陵寝大体建成再说。"

"是，臣等一定尽快。"见这位殿下今日似乎心绪不定，一干人不敢多问，捧着工图便要下去。

尚未回转，身后的皇太孙殿下却又开了口："刘侍郎。"

工部侍郎忙回转身，等候他的吩咐。

他迟疑了片刻，抬起手指虚虚地按在图中陵墓宝顶之上，嗓音低哑，却清清楚楚地说道："墓室宝顶之上，雕琢北斗七星之时，替本王加一具司南，永指南方。"

"是，微臣这便安排。"

朱聿恒闭上眼，点了一点头。

她有她欢欣游荡的方向，他也有他消融骨血之所。

尽管，他们还极力想抓住最后的机会，希望能转移山海，力挽狂澜，可命运终究还是要降临到他的身上，避无可避。

祖父心如刀绞，反倒是他，近一年的挣扎与奔亡，让他终可直面这一切，提出要看一看自己长眠之所。

祖父握着他的手，老泪纵横说，聿儿，你安心去，朕龙驭之日，便是追赠你太子之时。

这是祖父对他最沉重的承诺。因为，哪有太子的父亲，无法登基为帝的呢？

他生下来便肩担的重任，他背负着"山河社稷图"却依旧奔波的目的，已经完成了大半。

如今，他确实可以卸下自己一生的重担，安心离去。

浩浩阴阳移，年命如朝露。

在备受煎熬的每时每刻，他曾千遍万遍地告诉自己，让自己接受这一切，豁达面对那终将到来的一刻。

纵然他再舍不得她离自己而去，再留恋她温热的肌肤与粲然的笑颜，再嫉妒那些接近她、簇拥着她在日光下欢声笑语的人，终究都是徒劳。

东宫，应天，南直隶，甚至整个天下，直至人生最后一刻，都是他的天命，会伴随他埋入宏伟壮丽的陵阙之下。

而她，在南方之南的艳阳中，永远熠熠生辉，灿烂无匹。

南下事宜齐备，选了个良辰吉日，阿南率领人马开拔。

有了朝廷助力，行路十分顺利。到了云南府之后，又得沐王府相助补充食水马力，诸事妥帖，一路疲惫的众人也总算得以休整。

虽时值冬季，但云南四季如春，日光炽烈，阿南换下了厚衣，穿着薄薄的杏色春衫，抽空出去逛了逛年集。

彩云之南，习俗颇怪，赶集的人们穿着各寨盛装，有赤脚的，有文面的，有满身银饰的，也有青布裹头的。吃的东西更是古怪，虫鼠菌菇、鲜花草芽，阿南看见什么都好奇，扫荡了一大堆。

廖素亭帮她拎着杂七杂八的东西，随意翻看着，问："南姑娘，你什么东西都买啊，这个花怎么吃你知道吗？这菌子怕不会吃得人发癫吧……还有这石灰是干什么的？"

阿南笑道："反正是诸葛提督会钞，有什么咱们都买一点，先准备着总没错。"

诸葛嘉在旁边黑着脸付钱，狠狠给她眼刀。

阿南笑嘻嘻地领着两人逛完整个集市，身后两个男人一个替她拎东西，一个替她付钱，云南民风开放，倒是见怪不怪，纷纷投来玩味欣赏的笑容。

街边小贩叫卖稀豆粉，阿南兴致勃勃拉着廖素亭和诸葛嘉坐在小摊上一起吃。

舀了两口尝着味道，她抬头望着面前两个男人，忽然想起去年初夏时节，阿琰刚刚成为她家奴的那一日，卓晏提着早点来她的院子中探望的情形。

到如今，转换了时间，转换了地点，物不是，人亦非。

她默然笑了笑，眼角的余光忽然瞥见了花丛后一个人影。

云南四季如春，气候最宜草木，满城花开艳烈，处处花树烂漫。而花丛后的那人身形无比熟悉，让阿南一时沉吟。

廖素亭转头向后方看去，问："怎么了？"

阿南笑了笑，低头喝着稀豆粉，道："没什么。从一路风雪中过来，看见这里花木锦绣，生机蓬勃，真好啊。"

廖素亭问："我听说，南海之上的鲜花也是常年不败的，真的吗？"

"当然啦，那里一年到头都是海风凉爽、艳阳高照，我居住的海峡满是花树，它们永远在盛开，从不枯败。"

说到过往和她的家，阿南眼中满是艳亮光彩，仿佛看到了自己最好的年华。

目光不由得又看向花树之后，却见树后的人朝她比了一个手势，指向隐蔽处。

她别开了头，若无其事地站起身，对廖素亭与诸葛嘉道："走吧，没什么可买的了，回去把东西打点好，好好休息，明日便要出发了。"

说罢，她起身走向驿站，再也不看花树后一眼。

抬头望着红花映蓝天，身上是和风拂轻衫，在这宜人的气候中，阿南忽然想，阿琰此时，是否已经度过了江南最阴寒的时刻呢？

江南今年的雪，一直下个没完。

朱聿恒处理完手头政务，冒雪前往李景龙府上。

说到道一法师生前在应天交往的人，众人一致提起太子太师李景龙。

李景龙当年是御封的征虏大元帅，曾率五十万大军抗击王爷的军队。但王爷数万大军远道而来，竟一举战胜了当时占据天时地利人和并且以逸待劳的天军，造就了一场以少胜多的神话。

李景龙在败阵之后，便暗地归降了王爷，回应天后开启了城门迎接王军入内，也因此受封太子太师。

后来他被弹劾削爵，成了闲人，而南下的第一大功臣道一法师不肯受官，留在应天监修大报恩寺，两个闲人因此相熟，又因都好垂钓而成了鱼友。

甚至三年前道一法师去世，也是与李景龙喝酒之时溘然长逝。

天寒地冻，李景龙无法出门，只能坐在家中池塘旁垂钓。

朱聿恒被请进去时，他刚钓上一条巴掌大的鱼，摇头将它从钩上解下，叹息着放回去："黑斑啊黑斑，让老夫说你什么好呢？光这个月你就被我钓上来四回了，你看看池子里还有比你更蠢的鱼吗？你嘴巴都成抹布了！"

朱聿恒不由得笑了，打了个招呼："太师好兴致。"

李景龙抬头一看，忙起身迎接："殿下降临，有失远迎，还望恕罪！"

"哪里，是本王叨扰太师了。"朱聿恒将他扶起。

侍卫们分散把守院落，周围几个老仆忙清扫正堂桌椅，设下茶水。

李景龙虽然被削了爵，但毕竟当年南下时有暗中襄助之功，因此太师头衔还保留着。

喝了半盏茶，听皇太孙提起道一法师之事，李景龙一脸感伤："转眼法师去了已近千日了，也不知道能不能成金身。"

朱聿恒道："法师道德高深，定能修成正果。"

释门僧人圆寂后，或焚烧结舍利，或封塔为碑林。道一法师因为功德高深，众人期望能有金身以证佛法，因此在他圆寂之后，违背他要求火化的遗言，将他的遗体坐于缸中，以石灰炭粉及檀香等填埋瓷缸，只待千日之后，将其遗体请出，若到时骨肉不腐不烂，则会塑以金身，置于殿中，供天下人顶礼膜拜。

如今他的遗体封缸已近三年，正是要开缸之日了。

李景龙也道："法师在大报恩寺入缸时，老臣是去观摩过的，弟子们一应法礼十分到位。何况法师又有大德，金身怎么会不成呢？"

朱聿恒捻着白玉菩提子，点头称是。

李景龙看到这颗菩提子，果然"咦"了一声，说："这菩提子，老臣似乎在哪儿见过……"

朱聿恒便是等他这句，拿起菩提子让他看清楚："是吗？太师见过此物？"

李景龙接过菩提子看了又看，肯定道："没错，就是这颗！当初我在河边钓到大鱼时，道一法师就常手捻这颗菩提子，跟我说罪过罪过，鱼长到这么大实属不易，不红烧这肉肯定会有点柴了——当然他是茹素的，不过爱喝酒。唉，若法师不饮酒，说不定如今还与我一起钓鱼呢……"

李景龙年纪大了，有点絮絮叨叨的，说起话来也这一句那一句，有些东拉西扯的架势。

好在朱聿恒颇有耐心，只静静听着，既不打断，也不催促。

"我记得有一次，因为钓鱼时用力太猛，法师一扯手中的鱼竿，手啪一下打在了身旁青石上，腕上这颗白玉菩提子顿时磕到了石头上。我与他交往多年，从未见他如此失态，立即拿起自己的菩提子，对着日光查看上面是否出现裂缝。"

朱聿恒听到这里，便举起手中的白玉菩提子，也对着日光看了看。

菩提子光润圆滑，表面并无裂缝。只是朱聿恒凝神看去，中间似有几条细细的线，不知是否有裂。

李景龙道："菩提子安然无恙，法师松了一口气，那变了的脸色才恢复正常。我在旁边看到法师的手背肿起了高高一块，想来是他在菩提子即将磕到青石的那一刻，为了保护它而使劲转了手腕，导致筋骨扭到又撞在石头上，伤得不轻。我当时嘲笑他，出家人物我两忘，大师怎可为了身外之物奋不顾身？"

而当时道一法师却转着手中这颗菩提子，淡淡笑道："一花一世界，一叶一菩提。天雷无妄，随世隐浮，你又岂知山河百姓皆系于这颗菩提子，只待因缘际会，万物皆可消亡？只是世人往往早已身处其中，却不可自知而已。"

天雷无妄，万物消亡，身处其中，不可自知。

这几个字传入朱聿恒耳中，如六月雷殛，他捻着菩提子的手指不觉一收，将它捏紧了。

李景龙却并未察觉他的异样，只摇头笑了笑，说："我当时年轻气盛，连钓到大鱼都要骑马提鱼绕应天三圈炫耀，哪懂得佛法高深？不瞒殿下，时至今日老臣依旧难以理解，何为'一叶一菩提'，为何山河百姓会系于一颗菩提子？"

"法师玄机，本王亦难揣测。"朱聿恒捏着这颗菩提子说道。

万千人的性命……若他指的是傅灵焰设下的八个死阵，那么，确实是关系万千人的性命。

只是——

朱聿恒将这颗通透而灵澈，但看起来确无异样的菩提子又对着日光照了照，却未能察觉到任何异常。

于是他又问："当日法师圆寂情形如何，太师能详细与本王讲一讲吗？"

说到此事，李景龙神情恍惚，声音也低了下来："说起当日情形，至今想来恍然如梦……"

道一法师虽是出家人，但他是个劝诫别人造反的和尚，守不守戒也是自己说了算，因此与李景龙熟悉之后，经常结伴去垂钓。

而且他不但钓鱼，还喝酒，酒量还十分了得。

出事那日风和日丽，两人在江边钓到数条大鱼，欢欣鼓舞，拿去了附近酒家烹饪。

那个江边酒家，他们常来常往，老板与他们颇为相熟。那日老板上的酒尤为不错，更夸口道，他在附近乡里新寻到了一批好酒，如今酒窖中藏了大大小小百十坛美酒，只要他们高兴，随便挑选随便喝。

两人一听之下，顿时兴起，便随着老板进了酒窖。

那酒肆开了几十年，祖辈三代在后面山坡上挖出好大一个酒窖拿来藏酒。酒窖十分坚固，四四方方的，连个窗户都没有，唯有洞壁高处凿了几个一尺见方的风洞透气。

为了便于独轮车运送酒坛进出，酒窖并没有门槛，门外便是一条斜坡。

当时李景龙已经喝得醺醉，上斜坡时居然一个趔趄摔倒了，惹得道一法师哈哈大笑。

李景龙气恼地爬起来，也不进酒窖了，就靠着斜坡下的柿子树，打了个盹。

迷迷糊糊中，他被道一法师叫醒，他半睁着眼，看到道一法师在酒窖内朝他招手，脚边一个大酒坛子，让他过来一起把酒抬出去。

几个随从都在前面店中歇脚，李景龙又喝醉了，对着他直摇头："我不去……走都走不动了，还叫我背这么重的东西！"

道一法师今天也颇喝了些酒，掂了掂重量，于是也放弃了把酒坛抬出去的打算，指着他笑骂道："没见识的家伙，这坛酒看封泥足有五十来年了，里面酒只剩半坛不到，绝对是天上有地下无的绝世美酒，待会儿你别跟我抢！"

说着，他见李景龙还迷迷瞪瞪的，便在斜坡上将酒坛翻倒，向他滚了下去。

李景龙抬手等着酒坛滚下来，好将它抱住，谁知酒劲上涌，他又冲了一个盹，忽觉脚上有重物，睁开眼便看见酒坛已滚到了自己面前，把他脚掌压住了。

他虽然醉了，但毕竟是行伍出身，身手自然灵活，立即抬手将酒坛一把顶住，缩回了脚。

然而就在他抱住酒坛之时，便听到酒窖门口传来一声响，抬头一看，是道一法师把酒坛推下去后，醉中身子一倾，从酒窖斜坡的上方跌了下去。

之前李景龙跌倒，毕竟是在斜坡下方，距离地面不过半尺。而道一法师摔下来的地方则是斜坡高处，又正好是面门朝下，顿时跌了个结结实实。

李景龙呆了呆，抱着酒坛大喊："来人，来人！"

听到叫声，店老板慌慌张张地从酒窖里跑出来，见两位贵客在家里出了这么大事，忙将李景龙从地上拉起。

道一法师的弟子们随后奔入院中，蓟承明看见道一法师跌倒在地，赶紧冲过去将他抱扶起来。

李景龙这才看见法师摔得满脸是血，不省人事，惊得放开酒坛，酒醒了大半。

他赶上前查看道一法师情况，谁知醉后腿脚发虚，一脚绊倒了地上酒坛，哗啦一声，大酒坛顿时在斜坡下摔了个粉碎。

众人此时哪还顾得上美酒，赶紧帮着蓟承明将道一法师抬上马车。

李景龙打马跟随道一法师的车，心急如焚赶回城中。谁知尚未到城门，车内已传来蓟承明的放声大哭。

李景龙忙赶上去，掀开车帘子一看，道一法师脸上的血迹已被清理干净，但脸色明显已经变了。这种情况他很熟悉，战场上经常见。

蓟承明的手放在道一法师鼻下，颤声道："法师……法师断气了！"

李景龙立即跳上车，一把按住道一法师的脖颈，可触手冰凉，早已没有了脉搏。

被带回寺院的，只有道一法师的尸身。皇帝从顺天专门派人前来询问，蓟承明含泪陈书，说道一法师之前曾对弟子们谈起，圆寂后愿火焚遗体，尽归尘土。

但其时大报恩寺即将落成，方丈上禀道，道一法师乃大德高僧，生前又为营建大报恩寺而费尽心血，若能留得金身，必能应大报恩寺万年佛光荣耀。

皇帝亦感念道一法师功德，应许了此事，因此才有了坐缸塑金身一事。

只是和尚因醉酒失足而死这个死因，实在不好听，因此寺中一直只说他是圆寂，对于死因讳莫如深。

而李景龙也是追悔不已，后悔当日不该与道一法师醉后胡闹，导致他意外丧生。他沉寂半年多，才又重新回到燕子矶钓鱼，再度经过那个酒肆，发现早已荒废了。

村里人说，是道一法师在店中出意外后，老板担心继续开这个酒肆会引祸上身，万一官府来找麻烦，他肯定没有好果子吃，于是当晚便草草收拾，锁了店门逃之夭夭了。

没过多久，村里的地痞流氓便撬开了酒窖，那满窖美酒被人偷了个精光，院内只剩了一屋瓦砾，被荒草淹没。

结束长谈，在回程的路上，朱聿恒手中捻着白玉菩提子，将它在手指上捻转回旋，从指尖转到掌心，紧紧地握住又松开仔细端详。

天雷无妄……

梁垒说已经消失的阵法；傅准说随身隐没发作的机关；而道一法师说，山河百姓系于这颗菩提子中，只待因缘际会，万物皆可消亡……

他们口中所指的，会是同一个阵法吗？

傅准将这颗菩提子交给阿南，在暗示什么呢？

那消失的、隐没的、注定消亡的命运，又会是什么？

他抬头望向南方，仿佛要穿透面前彤云，看到那个魂牵梦萦的身影。

阿南……他真想生出双翼，下一刻便飞到她的身旁。

如今的她应该已经到云南了，不知道在那山河永丽的彩云之南，她一切是否还顺利？

应天的缠绵雨雪，并未影响到云南的丽日晴天。

前往横断山脉的时日已至，沐王府寻了最好的向导为他们引路，几人都是彝寨的老猎人，自幼在横断山脉出没，对各路土司与寨子也很熟悉。

离开云南府，众人一路折向西北行去。

一路山峦层叠，满眼尽是苍莽山林，大地如一个脸上遍布褶皱的沧桑老人，山沟重重，密林层层。

茶马古道蜿蜒曲折，如一条时断时续的线，在疯长的树木间艰难向前。

偶尔，他们能在荒芜山道上与马队擦肩而过，但大部分时间只有他们一队人在荒凉漫长的路途上跋涉。

行了半个多月，人困马乏，才终于翻越三条白水，到达了大寨。

这是附近最大的彝寨，土司掌管着方圆数百里的大小聚落。寨中的土掌房连成一片，厚实的平顶层叠连通，顺着山势高低错落，中间鸡犬相闻，老少安居。

本朝推行改土归流之策，对这边多有封赏，土司见朝廷有人过来，自然颇为热情，招呼寨中人杀牛宰羊，摆下酒宴。

酒酣耳热之际，土司捋着花白胡须端详阿南，笑问："不是说你们汉人不让女人出门的吗？怎么这回带了个漂亮的大姑娘过来？"

廖素亭笑道："不是我们带南姑娘来的，是南姑娘带我们来的。"

寨中人面面相觑，阿南则扬眉一笑，解释道："哪里，只是有些事我比较擅长，大家抬举我而已。"

陪坐在土司身旁的夫人约有五十来岁，一看便是精明能干的女人，她通晓汉话，立即道："如今外边确是不一样了，汉家姑娘出门的也多。这不，前几天那队人，也带着个漂亮姑娘来的。"

提起那位漂亮姑娘，旁边几个汉子顿时借酒聊开了："那姑娘白嫩水灵，一看就是汉家的妹子，咱们这边的妹子哪有这么生嫩的……"

土司夫人瞪了他们一眼，他们各自讪笑，赶紧闭了嘴，不敢再评头论足。

土司则仔细回想着，问："就是前天过来的那拨人……给咱们带来了铁器交换地图的？"

"是，因为来历不明，是以咱们虽然和他们做了交易，但没有留客。"土司夫人解释道，"那位方姑娘看着又漂亮又能干，咱们寨子里许多小伙都盯着她，让人家姑娘都害羞了。"

说者无心听者有意，阿南听到"方姑娘"三个字，心下微动，举起酒向夫人敬了一杯，问："夫人说的那位方姑娘，是不是叫方碧眠？"

夫人尚未回答，旁边一个汉子用力点头道："没错，我就听到有人喊她碧眠——就是那个领头的小白脸。呸，那家伙可不能让他在寨子里多待，不然全寨姑娘的魂都要被他勾走了！"

旁边一群人哄笑，纷纷揭他老底："你这个尿包，看见人家姑娘长得漂亮就动手动脚，结果小白脸一抬手就卸了你手臂，我们四个人才帮你压回去！"

阿南一听便知道，这人的手臂肯定是被竺星河卸掉的。她脸上浮起幸灾乐祸的笑容，问："他们如今走了吗？"

土司夫人道："没走，不过也没住在寨子里。那伙人男女老少什么样的人物都有，而且里面有几人与之前朝廷来剿过的青莲宗做派相似，所以我们就没留他们住在寨子内。不过他们倒是随遇而安，在外围清理了几间废弃屋子暂住，好像准备入山了。"

阿南心下了然，海客们与青莲宗也来到了这里，而且好像比他们还快了一步。

他们在云南时邀她相见未成，如今到了这里，不知道会不会有什么另外的打算？

打算自然是有的。

比如说，当天夜里，村子燃起篝火，烹羊宰牛。寨子里的老人们吹起了葫芦笙、弹起了月琴，年轻的姑娘小伙们则纷纷聚拢在被篝火照亮的平台之上，围着火堆跳起了舞，欢迎远方来客。

阿南正走出屋子，尚未来到火台边，耳边就传来了隐约的鹧鸪叫声。

鹧鸪是以前在海上时，海客们用来召唤同伴的声音。

密林深夜，江南的鸟在不停鸣叫。

阿南回头听着，心想，在玉门关的阵法地道中，她已为公子豁命解决了一切，她已不欠他什么了，今后，做陌路人挺好。

只是这鹧鸪一直在林中叫着，不紧不慢，断断续续，持续了太久。

看着不远处跳跃的火光，阿南迟疑许久，终于向着鹧鸪发声之处寻了过去。

密林深深，循着弯弯曲曲的小径，阿南看到了呼唤她的庄叔。

"庄叔，你们也来了？"阿南说着，看向他的左右，有些诧异，"司鹭呢？"

毕竟，司鹭与她感情最好，只要知道是来见她，他肯定嚷着叫着要跟来。

庄叔略一迟疑，回头看向后方阴影处。

方碧眠站在森森树影之中，正一脸怨愤地看着她："南姑娘，你还有脸问司鹭？"

阿南挑挑眉，不知道她这是什么意思。

"你别假惺惺了！魏先生两天两夜没合眼，总算把司鹭从阎王手中抢回来。他伤得如此重，你敢说你完全不知情？"

阿南大吃一惊，问："什么？司鹭怎么了？"

"你说呢？岂止是受伤，他……他……"方碧眠喉口哽咽，后面的话便再也说不出来了。

阿南一看庄叔黯然的神情便知道，方碧眠未曾说谎。

"庄叔，这究竟是怎么回事？"

"南姑娘，既然你叫我一声叔，那我今日便托大说你一句。司鹭当年与你感情最好，你多次出生入死，就算如今你投靠了朝廷，咱们成了对手，可也不该对当年的伙伴下如此狠手啊！"

阿南立即道："绝不可能！我与司鹭情同手足，怎么可能会伤害他？"

"你不下手，可与你一起的人却未必能放过他！"

"我们最近急于赶路，所有人都在我的眼皮子底下，谁能下手去害司鹭？"

　　见她神情焦急，不似作伪，庄叔叹了一口气，看向方碧眠。

　　方碧眠强行压下眼中的泪，说道："此事公子与司霖亲眼所见，而且……而且司鸶的伤势，你一看便知，究竟是谁对他下的手！"

　　阿南干脆道："好，那我就去瞧瞧！我倒要看看，究竟是谁把戕害兄弟的罪名安到了我的头上！"

第六章

宛丘之上

西南大山气候湿热，海客们临时落脚于寨子不远处空置的房屋，木柱撑着地板离地足有三四尺，是这边俗称的吊脚楼。

阿南顺着陡峭楼梯一上去，便看见了躺在楼板上的司鸳。

寨中人民不置床榻桌椅，只在地上铺了手织土布，司鸳躺在上面。不远处是盘腿静坐于窗前的竺星河。

阿南一个箭步冲到司鸳身边，查看他的情况。

他身上的伤口已经妥善包扎，但显然是伤到了要害经脉，绷带上还有斑斑血迹。

阿南看向旁边的魏乐安，魏乐安沉吟着，待竺星河点了一下头，才小心地将司鸳伤口的布解下，给她看了看伤处。

虽然敷了伤药，但依旧可以辨认出，伤口薄而细，显然是被极为薄透的武器所伤。

因为切口既密且深，往往有两三行一起横划，又簇在一起，破碎的伤口挂不住皮肉，根本无法穿针缝补，只能用绷带缠紧按压，靠运气愈合。

此时伤口经过冲洗又敷上药物，受伤的肌肤翻卷泛青，显得格外恐怖。

如此伤口，就算司鸳留得一条命，也终身成了废人。

阿南看着那伤口，神情震惊，久久不语。

魏乐安道："南姑娘，我看这个伤口，应当是由一种独特的武器造成的。那武器……薄如纸，利如刀，可能类似于你的流光，但十分密集，可能有数十片集聚流光的模样。"

"是，我看得出来。"阿南艰难地说道。

毕竟，这武器出自她手，又由她亲手送给了那个人。

她转过头，看向竺星河，问："事发之时，公子在吗？"

竺星河静静地望着她，说："司鹭出事时我们就在旁边，但我没看见出手的人。"

庄叔在旁道："当时我们正在对面山谷寻找路径，在崖边休息。司鹭带着葫芦到山泉取水，在接水时朝河谷对面看去，开心地对我们喊道，他看见你了。"

说到这里时，庄叔看了公子一眼，竺星河淡淡接过了话："我听司鹭这般说，便走到崖边，拿千里镜看去。你们一群人在山间穿行，林子稀疏处，你远远出现在河谷对面，穿着银红色的衫子，在林中隐约能看见。"

阿南想起自己前天身上确实穿的是银红衫子，抿唇没说话。

"司鹭问我要不要隔着河谷与你打个招呼，他总觉得喊几声你便能回来。可我心知西南山区，望山跑死马，这是不可能之事，没有回答便转身离开了。谁知刚转过两棵树，便听到身后传来司鹭的惨叫声。我回头一看，只见林中无数道锋利旋转的光芒闪过，就如……那一日在敦煌城南的沙漠中，曾经笼罩住你的那道光芒一般。"

阿南自然也记得那一日。

玉门关黑暗的沙漠中，如日晕月华降临在她身旁的，正是手持日月的朱聿恒。

"我心知不好，立即回身去救司鹭，然而我当时已经走出了数丈距离，一时未能及时回护，眼看那无数道光芒转瞬即逝，随后便传来有人纵马离开的声音。等赶到司鹭身边时，他已经……"

说着，他在昏迷的司鹭身边半跪下来，手掌微颤地按在他层层包扎的伤口上，眼中隐现愤懑之色。

阿南立即道："不可能！这次我们南下，阿琰根本没有来，他如今尚在应天忙碌，怎么可能在密林中偷袭司鹭？"

"他没有来吗？"竺星河声音转冷，望着她的目光也变得微冷，"那么，这世上还有谁刚好有这样的武器，又刚好在司鹭发现你行踪时对你下手，造成他这样的伤势？"

"我说过了，阿琰没来。而且你说司鹭当时看到我们也是远远隔着山谷，连我都不知道你们当时发现了我，他又如何刚好在附近对你们下手？"阿南再看了司鹭一眼，站起身坚决说道，"更何况，以阿琰的身份，何须亲自落单埋伏在后方，偷偷对司鸶下手？岂不是自降身份？”

竺星河听她的话语，眉宇间隐现些微不悦，冷冷问：“他的身份……你就如此看得起他的身份，看不起我们这些旧日的同伴？”

“我自己也是海匪出身，我如何会看不起我自己？”阿南摇头道，“只是，我已经找到了自己的道路与方向，与大伙儿虽道不同不相为谋，但也绝不会就此翻脸成仇。此次我率队南下，到横断山脉是为破阵消灾，消弭当年关大先生布下的凶阵，为西南百姓消弭祸患。我想公子一向心怀苍生，慈悲为怀，即使不会助我，想必也不至于阻拦我去办这件事。”

“如果，我就是要阻拦呢？”竺星河直视她，事到如今，他已不再掩饰自己，开诚布公道，“当初在敦煌玉门关时，你不肯帮我启动阵法，我便知你的心已经完全偏向了朝廷，成了与我们对立的人。后来你果然帮助朝廷破解了阵法，也让我们借着动乱割据西北的设想全部落空。阿南，你知道你给我们造成了多大的麻烦吗？”

“公子计谋破灭，却是敦煌乃至西北百姓的幸事。幸好你们的计划没有成功，那里的百姓才能一直好好生活，不至于因为水源干涸，从此永远失去家园。”阿南声音也转冷，道，“抱歉啊，公子，但我不会后悔。”

“你会后悔的。”竺星河目光锐利地盯着她，道，“你如今春风得意，可等到朱聿恒死了，你失去了靠山，对朝廷也没有了利用的价值后，等待你的是什么下场，你考虑过吗？”

阿南自然知道。

别说以后了，就是现在，皇帝也为了防止她引动皇太孙的“山河社稷图”，而派人阻击暗杀她。

皇家，朝廷，站在权力巅峰的人，将生杀予夺、冷血无情展现得淋漓尽致。

可这一切，与她又有什么关系呢？她的目标、她行事的原因，本来就不是因为这些上位者。

“我拼命要破这个阵法，是为了阿琰，为了西南这一方百姓不致遭受灭顶之灾，至于其他的，我从没有考虑过。对我这种只身闯荡的人来说，荣华富贵反倒都是累赘，我所求的，不过是……”

不过是回到无人打扰、无忧无虑的地方，埋头钻研这世上最精深的技艺，攀上自己心中的最高峰。

只可惜，她的人生中，已经多了一些再难放下的东西。

叹了一口气，阿南也不对他解释，只对魏乐安道：“魏先生，我那边有些还不错的伤药，若司鹭需要的话，我给你送一些过来。"

方碧眠在旁边冷冷道："怕是要让南姑娘为难，你的新主子要杀的人，你却要送药来救，怕是不妥吧？"

阿南瞥了她一眼，没有理会她，转身便要向外走去。

竺星河抬手拦住她，说道："阿南，我与朱聿恒之间，有一场二十年的恩怨终要了断。到时候，不知道你会站在哪一边，又要如何插手？"

"我站在横断山，站在天下百姓的这一边。"阿南毫不犹豫道，"二十年前争权夺利的战争，我当时尚未出生，与我又有什么关系？但我既然从海上回来了，看到了这里安宁生活的人们，交到了这里的朋友，我就不能对他们的覆灭视若无睹。"

"看来，是一直以来没有受过太大挫折，使你太过自信了。"竺星河沉声道，"但是阿南，这次我招你回来，不仅仅是要向你戳穿朱聿恒的真面目，还想告诉你，这次的阵法，你挡不住的。别说你，就算是朝廷派遣了亿万人来，也只能是徒增伤亡，来得越多，死伤越多。"

阿南心下微惊，竺星河如今与青莲宗合作，必定知晓这个机关的中心秘密所在，听起来，这应该是个人力无法阻挡的机关，而且，很可能极为凶险。

她不动声色道："可我有点不相信呢。横断山曲折难行，当年也没有听说傅灵焰率领人马大规模南下建阵的情况，以当时的力量，她如何能以一己之力，设下阻挡亿万人的庞大阵法？"

"不需要阻挡，这是一个，足以吞噬所有生灵的死阵……"竺星河压低声音，缓缓说道。

吞噬所有生灵……

阿南脑中忽然闪过傅灵焰手札上描绘的，笼罩在雪山上的大团黑气，只觉身体微僵，一股冷气顺着脊背便爬了上来。

她竖起耳朵，正等着竺星河吐出更多的信息之时，却听到旁边的方碧眠低声唤了一声："公子。"

竺星河哪能不知道她的意思，垂眼转变了话题，说道："所以，阿南，任何人都挡不住的，包括我，也包括你。看在往日的情谊上，我给你一个忠告吧，不要接近阵法，现在，今晚就启程返回，不要踏足死亡之地，不要为了注定要死的人，白白牺牲。"

"你怎么知道我不行？就算真的可能性极低，我也会竭尽全力，将一切从深渊中拉回来！"阿南义无反顾，撂下最后几句话，便要下楼。

竺星河在她身后冷冷问："这么说，我们两人之间，你是选择站在他那边了？"

阿南顿住脚步，却并没有回头。

"你们的恩怨，我选择站在中间。但如果有可能波及无辜的人，那我肯定站在我认为对的那一边。"

听阿南的脚步声远去，方碧眠有点着急，走到竺星河身后，问："公子，不拦住她吗？她如今率领朝廷这群人破阵，是我们最大的阻碍……"

"那阵法，没人能破得了。"竺星河嗓音冰冷道，"既然她不肯听我的劝告，那么，我也无法救她，只能任由她去了。"

沉默中，一直昏迷躺在地上的司鹭忽然动弹了一下。

"阿南，阿南……"

站在床边的方碧眠听到司鹭在昏迷中的喃喃声，赶紧过去轻抚他的心口，帮助他顺气："司鹭，你感觉怎么样？"

司鹭却尚未从睡梦中醒来，他双唇一张一合，似乎在说着什么。

方碧眠低头，仔细听去。

却听司鹭口中吐出的是："阿南，阿南……别被外面的人骗了，你回来啊，你马上要……过生辰了，我给你煮长寿面吃……"

方碧眠默默听着，眼圈一红，愤恨地抿紧了双唇。

旁边庄叔则问："阿南的生日？"

"嗯，就是我们遇见阿南的前几日。"竺星河淡淡道，"她母亲带她走的那一天，就是给她过了五岁生日，然后告诉她不能再在海盗窝里待下去了。所以后来被我们救出后，她计算了一下日子，才找到了那一日。"

说者无心听者有意，方碧眠的脑中突如一阵雷殛，她不敢置信地转头，看向阿南离去的方向。

她想起自己在公子的身边看到的那份档案。他遣人从官府偷录了阿南父母资料的卷宗，原本以为可以借此掌握她的身世，或许能让她回心转意，回到海客们中间来。

可最终，公子看了内容之后，却只是脸色震惊，彻底打消了念头。

这么说来，阿南的生日……她父母的行踪……

方碧眠一时心下悸动，望着阿南消失的方向，一时不知是惊是喜。

阿南回到彝寨，欢迎他们的篝火宴会正在高潮。

墨长泽、诸葛嘉本是不喜热闹之人，也被围着一碗一碗灌酒，根本无法推拒盛情。

而年轻人如廖素亭，早已被拉到篝火旁，与几个小伙子手牵着手，有模有样地跳起了舞。

阿南正在看着，忽然寨子中的几个姑娘唱着歌来到她的身旁，拉住了她的手，将她往平台篝火边带去。

阿南正心情郁闷，她最不愿自己沉浸在低落情绪中，在姑娘们欢乐的曲子与舞步中，干脆将一切思虑先抛在脑后，跟着她们转向了篝火边。

她不但生性奔放，身段又比谁都灵活，一下便学会了彝寨姑娘们的舞姿，旋身随着她们一起跳起了舞。

姑娘们时而叉腰摆步，时而招手对脚，在火光下荡起宽大的裙摆，如一朵朵鲜花于风中旋转。

火光与舞蹈让阿南的精神也逐渐高亢起来，脸上开始显露笑容。

她身段本就比别人高，身姿又格外柔软，跳着与彝寨姑娘们一样的舞步，衣袖招展，裙摆飘摇，被跳动的火光照得明亮的面容上笑意盛放，就如无数花朵中最为夺目的那一枝。

所有人的目光都不觉落在她的身上，而人群后方的黑暗中，有一双熟悉的眼睛，却比任何人的更为明亮灼目。

阿南心有所感，抬头看向彼方。

跳动的篝火隐约照亮了他的身影，他沐浴着淡淡月华与烁烁火光，火光跳动，映得他颀长身影似幻如真，比梦境还要飘忽。

他凝望着她，目光温柔，微扬的唇角透露出他内心难掩的欢喜。

阿琰……

阿琰？！

阿南扭动的腰肢与招展的手都不觉停顿了下来，脑中一时只闪过一个古怪的念头——

他来了。

阿琰真的来了。

就在半刻前，她还信誓旦旦对公子与海客们说，司鹭的伤绝不可能是阿琰下的手，因为他根本就不在这里。

可他却……真的过来了。

重逢的欢喜被错愕情绪冲淡，她一时跳错了拍子，手臂也打到了旁边的一个姑娘。

那个姑娘以为她是不熟悉，笑着将她的手挽住，旁边的姑娘们也纷纷上来，带着她一起旋转招手。

葫芦笙与月琴声音高亢，高台之上喧闹欢乐的歌舞继续。

朱聿恒带着一众侍卫穿过人群，走到台边。墨长泽与诸葛嘉看见他到来，都是错愕不已，忙向土司介绍他。

"这是……我们提督大人。"

土司知道提督是很大的官，忙将他迎到主位。

土司夫人带着儿女们给他斟酒劝酒，他不拂好意，略喝了几口，目光却一直在篝火边的阿南身上。

火光耀目，她镀着一层金红色的光彩，在稀薄夜色之中，飞旋的身影在姑娘们中间来去，招手舞蹈，旋转如风。

每次她旋身转头，他便看到她脸上的灿烂火光，她在跳跃着，火光也在她身上跳跃着。

黑夜时而吞噬了她，时而呈现出她，在清晰与模糊中无序切换的身姿，令他胸口沸热。

这段时间疯狂赶路，一直憋在心口的思念，在见到她的这一刻终于喷薄而出，情烈如火，难以抑制。

可她的目光只在他身上停顿了片刻，便转移开去，若有所思地继续与姑娘们一起舞蹈。

他本以为，她会欢笑着跳下台扑到他身边惊喜询问，谁知她却是如此冷淡。

而他也没有了一路上辗转想念了千遍万遍的她紧拥入怀的机会，心口涌动的血潮无从宣泄，唯有紧握拳头压抑自己的冲动。

紧盯着她并不遥远的身影，年少时读过的诗，忽然在此时涌上他的心头。

子之汤兮，宛丘之上兮。
洵有情兮，而无望兮。

数千年前，那个仰望着宛丘之上起舞神女、心中爱慕而无望的人，如今换成这与世隔绝的横断山脉之中，遥望着在火光中起舞阿南的他。

纵然他拼尽一切，可她不肯向他而来，他这惨淡的人生，又要如何实现自己的奢望？

葫芦笙的音色忽然缠绵起来，歌声已变，身边的小伙子们纷纷跑上高台，寻找自己心仪的姑娘共舞，相贴相对，如一双双的飞鸟或游鱼，缱绻相依。

其中，也有几个热情的小伙子，对阿南这个刚刚到来的陌生姑娘大献殷勤，围着她做出邀舞动作。

阿南笑意盈盈，不动声色地避开他们的动作，神色如常。

只是，不知道是不是朱聿恒多心了，总觉得她的目光似有若无地朝着自己看来，火光下那目光中似倒映着细微火光。

他凝望着阿南，正在恍惚之际，身后廖素亭却贴近了他，笑着低声问："殿下，南姑娘在等你吗？"

不知道是不是夜风被火光渲染得太过炽热，朱聿恒只觉自己的面庞在夜色中也有点烧灼般的热烫。

身为皇太孙，他自然不会理会这种荒诞的提议，只淡淡道："胡闹。"

只是目光不受他的控制，始终要往阿南那边望去。

而台上阿南却已经旋过了身，火光隐藏了她的面容，他再也难以窥见她的神情。

心底生起难言的情愫，他猛然起身，转身便向着后方寨子走去。

寨子中来了这么尊贵的客人，土司夫人亲自带人洒扫，早已清理出了最高的楼阁，将他请入休息。

喧嚣热闹被甩在了脑后，发热的头脑也在逐渐冷静。深山之中昼夜温差巨大，夜风一吹，朱聿恒甚至感觉到了一丝寒意。

他在火塘旁坐下，抬手给自己倒了杯茶捧在手中。

只是，阿南刚刚起舞的身姿似乎还在他的面前旋转，他喝着茶，心下不觉生起一丝懊恼——

就算他陪着阿南在这里跳舞，当着众多下属的面又怎么样？他们顶多在心里笑一笑，又不敢背后作为谈资，算什么大不了的事情。

正在心乱如麻，差点要将杯子捏碎之际，忽听背后脚步声响，有人顺着木梯子上来了。

那轻快的脚步与迅捷的起落，不必诸葛嘉在下面提醒，他也知道是阿南。

他没有起身相迎，只抬头望向出现在楼梯口的阿南。

她提着裙摆快步走到他的身边，在火塘旁坐下，问："怎么啦，是我跳得太难看，把你都吓跑了？"

朱聿恒望着她的面容，心下一时觉得荒诞——他千里迢迢追寻她而来，两人见面后不倾诉别后的一切，却先聊起了这看似无谓的事情。

他声音低喑："怎么会，你跳得很好。"

"那你怎么不上去，和寨子里的小伙子一起跳呢？"阿南托腮在火光下望着他，问，"是跳舞太难了，你学不会吗？"

朱聿恒望着她眸中跳动的火光，没有说话。

见他不回应自己，阿南撑着下巴朝他挑挑眉："好吧，是我不懂事了，皇太孙殿下重任在肩，就是这么沉稳内敛，不动如山……"

话音未落，她手腕忽然被握住，身子一轻便被拉了起来。

猝不及防间，她脚下一趔趄，朱聿恒已将她的腰肢揽住，让她贴在了自己胸口。

危急之中曾经无数次自然而然做出的动作，在此时却显得过分亲昵，让他们二人的呼吸都显得急促了半分。

他凝视着她，低声道："我会。"

阿南还不明白他的"我会"是什么意思，听得外面葫芦笙响，姑娘们的歌声越发嘹亮，在夜色中清澈而缠绵。

这听不懂的歌声，带着一种让心口震颤的力量，让他们在欢歌之中，深深凝望着彼此。

就如远处高台上的那些彝族青年一般，他们身体轻贴，呼吸相闻，随着那歌声一起，如飞鸟振翅而翔，如游鱼并鳍而曳，在这漆黑的夜色之中，在这无人看见的楼上，在这噼啪的火塘旁边，跳起了外间那些男男女女的舞。

渐渐地，也不知道是谁先绕上了谁的手，谁先贴住了谁的面颊，他们肌肤相贴，紧紧拥抱，再也不让一丝风从他们中间穿过。

他们抱得那么紧，呼吸相缠，两鬓厮磨。

情难自禁地，朱聿恒低下头，灼热的唇终于再度攫取到了他渴求了许久的吻，仿佛要弥补分别之后那些长久的空旷与焦灼、思念与疯狂。

他虔诚而贪婪地亲吻着她，身体灼热颤抖，情难自禁地将她抵在柱上，抱着她的手越发收紧，似要将她揉进自己的怀中般用力。

阿南觉得自己有些喘不过气来，想将他略微推开一点，却在他热烫紧贴的身体前，失去了所有力气。

感受着阿琰不顾一切的，仿佛明日便要失却了生命的绝望与恣意，她忽然心软了。

想要推开他的双手慢慢垂了下来。她闭上眼睛，任由他亲吻自己，竭尽全力地深入汲取。

直到双足已经撑不住他们的身躯，他抱着她沿着身后的柱子逐渐滑下，两人蜷靠在火塘旁，气息逐渐平缓，缠绵渴求的眷恋未足，都舍不得放开对方。

阿南气息不匀，不敢置信地望着他，声音也微带喘息："不是说好了，以后我们只是战友，再也……再也不会……"

然而，她恍惚想起来，刚刚情不自禁的人，不止他一个。

甚至，她的失控情态，也不比阿琰好到哪里去。

朱聿恒没有回答，只收紧了抱着她的双臂。

她也无法再问下去，心头情绪激荡交织，让她无所适从，一气之下，干脆将面容埋在他的肩头，还恨恨地深吸了几口他身上的香气。

梅花在雪夜中氤氲萦绕的暗香，和她记忆中的一模一样。

"你不是政务繁忙，又要照顾你爹吗，怎么还是过来了？"

朱聿恒的手顺着她的手臂滑下，拢住了她的手掌，与她十指交缠："圣上与我父王的身体都恢复得不错，如今应天那边一切平稳过渡，因此我才放心将一切交给他人。"

阿南从他怀中抬起头，斜他一眼："说真话。"

朱聿恒在她的目光下无奈地笑了笑，抬手抚了抚她的鬓发，将自己胸前衣襟解开。

塘中火光黯淡，但已足够阿南看到，他的阳维脉殷红血赤，已如其他的血脉一般爆裂。

阿南抚上这条新出现的血痕，手指微颤："这是……昆仑山关联的那一条？"

"是。即使你与我远隔万水千山，它依旧还是发作了。既然如此，我们又何必分开呢？"朱聿恒俯头以唇轻贴她的额头，说道，"再者，我这边已有了关于白玉菩提子的发现，我想尽快与你碰面，让你看一看里面藏的东西。"

阿南精神一振，从他身上撑起身子，取过那颗白玉菩提子，静听他讲述别后经历。

从李景龙那里得知了道一法师当年的事情后，朱聿恒仔细研究他留下的菩提子，却未有任何发现。

直到某一日风和日丽，他与李景龙前往燕子矶，在道一法师经常盘腿垂钓的那块石头上，查看对面的沙洲。

草鞋洲已经在六十年的江水冲刷下，逐渐变成椭圆。看潮水冲击的角度，千百年后，或许真的会如诸葛嘉所说，成为一个八卦形状。

朝廷派遣的人，已多次在草鞋洲上彻底搜查。祖父虽不允许他接近这阵法以免发生不测，但一应情况都会向他传达，精准无漏。

沙洲上芦苇丛生，每年夏秋潮水涨落时，往往没在水下数尺，因此上面偶尔有零星渔船靠岸，却并无人定居。

而沙洲中间是巨大沼泽，千万年来泥浆积淀无人能入，上面空无一物，绝无设下任何阵法的可能。

朱聿恒捻着白玉菩提子，思索着道一法师为何要经常来此处钓鱼，又为何要说，菩提子中可另辟世界。

想着李景龙说过的，道一法师那次差点将菩提子砸裂的事情，他将菩提子举到眼前，对着面前的沙洲照了照。

依旧是一无所见。

他于是无意识地转动着菩提子，看向四周。

就在对着太阳的那一刻，他手中的菩提子也转到了某一个特定的角度。

一瞬间，整个世界如同苍白迷雾蒙在了他的面前，让他眼中陡然闪过错愕的光芒，捏着菩提子的手也下意识收紧了。

李景龙察觉到他的异常，忙丢下鱼竿惶惑地问："殿下，可是身体不适？"

他怔愣片刻，随即霍然起身，示意侍卫们立即随他回城："不，本王忽然想起一些要紧事情，我得……立即赶回去处理。"

在回去的路上，他的手中，一直握着阿南留给他的"初辟鸿蒙"。

虽然已经残破，但他一直将它贴身藏在袖中。它在这严冬中并不显得冰凉，反而因为带着他的体温而暖暖的。

阿南，他心中坚定不移的定海珠、北极星。

每次遇到艰难困境，他总是期望与她双手相握、后背相抵。哪怕如今她不在身旁，可一想到她，心中总是平添一份坚定与勇气。

阿南，他绝不可以失去她。

就在进入东宫附近街道之时，他看见了从东宫过来的马车，上面坐的人，正是前次替父亲医治的太医。

他放开了初辟鸿蒙，叫住了人，问："陈太医，太子现下情况如何？"

陈太医看见他，吓得一哆嗦，赶紧垂首答应："微臣察太子气色渐复，只要安心将养，定能早日大好。"

朱聿恒将他带到旁边无人角落，单刀直入道："陈太医，你家世代于官中供职，如今又是南直隶太医院使，本王相信，你不至于藏私。"

陈太医忙垂手道："是，是，微臣不敢有瞒。"

朱聿恒盯着他，目光犀利："那么，我父王身体究竟如何？"

陈太医额角出汗，战战兢兢道："禀太孙殿下，那日太子风眩发作，微臣看太子脉象其实平稳，但……太子妃提醒微臣，是不是痰迷心窍了，微臣才……才敢……"

朱聿恒目光微冷，低低道："原来如此吗？"

陈太医忙道："微臣下针时都避开了大穴要穴，只拣了不刺激的小穴位稍加针灸而已。所幸太子吉人天相，当即也便醒来了……"

"好，本王知道了，劳烦陈太医了。"朱聿恒示意侍卫给他赏银，自己则整肃神情，向着东官而去。

太子与太子妃二十多年夫妻，相濡以沫，感情甚好。

朱聿恒一进东宫，便看见屋前廊下设了软榻，父母相隔半尺坐着。日光斜照在他们身上，他们低低说着话，晒着太阳，融洽从容。

朱聿恒原本躁动的心，也逐渐变得平缓了些。

他接过侍女手中的银托盘，轻手轻脚过去，将金橘与橙子捧到他们面前。

太子妃抬头看见是他，不由得笑了，接过水果给太子递了一份，问："今日倒是回来得早？"

朱聿恒在他们身旁坐下，示意侍女侍卫们都退下了，然后坦然道："阿南出发有几日了，孩儿无心政务，实在坐不住，所以和太师去燕子矶钓了一会儿鱼。"

太子与太子妃默然对望一眼，还没来得及说什么，却听他又道："回来的时候，孩儿遇见了陈太医，他说刚给父王请了脉，恢复很快，因此，孩儿也就放心了。"

太子颔首："对，父王这两日感觉身上大好，你和你母妃啊，不必再替父王忧心了。"

朱聿恒便道："既然父王身体已无大碍，那么，孩儿想要立即出发追上阿南，我们一起前往横断山脉破阵。"

太子顿时错愕，太子妃失声道："聿儿，你简直糊涂！郗王虎视眈眈，你父王身体稍有起色，你便要抛下一切重任，追随那个司南而去？你怎么不想想，你与她在一起，对你只有不利！"

"没有不利了，孩儿身上的昆仑刺已经发作。"他微敛目光，道，"父王身体已无大碍，郑王那边，圣上也给了孩儿承诺。如今南边的阵法与我息息相关，如何能一力压在阿南肩上？"

"朝廷已经够开恩了，将人马全部交由她一介女海匪指挥，她若有能力，便该自行做好，又何须你陪她冒险？"太子妃一贯沉稳的声音，此时显得又高又尖，显然因儿子的决定而乱了方寸。

"请父王母妃别担心，孩儿身上尚有两条血脉未曾发作，算起来时间充裕，足够我从横断山破阵回转。无论此事成或不成，孩儿定然会尽快破阵，回归父王母妃身边。"

"不……聿儿，不要去！"太子失态地抓紧他的手，不顾一切道，"留下来，留在爹娘身边！你……至少在这最后的时光，待在我们身边……"

太子妃亦是红了眼眶，抬起颤抖的手捂住嘴巴，竭力不让自己哭出来。

朱聿恒默然望着他们，道："父王母妃放心，孩儿之前面对过无数艰难险阻，当时面前一片迷雾，只有我和阿南两人互为依靠，情势远比如今严峻，但，我们都一一破解了困局，安然归来了。孩儿保证，这次我也一定能顺利回转……"

"不够的，两个月时间，不够你从横断山破阵回转的！"太子竭尽全力，死死抓着儿子的手，不肯放开。

他冲口而出的话，却让朱聿恒的脊背微僵，寒意沁了出来。

"父王怎么知道，我只有两个月了？"他反握住父亲的手，定定地凝视着父母，"你们如何知道我只剩了寥寥这点时间……傅准知道，圣上知道，父王母妃，你们也知道？"

太子颤抖着双唇，悲怆道："是傅准说的，所以，我们才竭力阻止你南下。因为，聿儿，你没时间了，等待你的，只有……"

他声音哽咽，难以吐出后面的话语。

可朱聿恒却清楚地知道，他后面要说的是什么。

所以祖父已经绝望为他营建山陵，父母不惜一切将他留在身边。

等待他的，只有区区两个月时光，比魏乐安预言的一年时间，更为残酷，根本不够他去了西南再回转。

"聿儿，别去……至少，在爹娘身边，咱们还能倾举朝之力想想办法……"秉性刚强的太子妃，此时也忍不住热泪滚滚而下，颤声道，"圣上要杀了司南，也是因为想把影刺除掉，留你在身边……咱们齐心协力，或许能寻出最后那个天雷无妄阵法的秘密，岂不比你……万水千山离我们而去要好？"

即使一切都已无可挽回，他们也希望他最后的时光能在雄伟辉煌的宫阙中安然度过，而不是在西南绝境中，落得个尸骨无存的下场。

朱聿恒问："那么，傅准失踪前，是否透露过天雷无妄阵法的详细情况？"

太子默然许久，艰难地摇了摇头。

"可我如今，却找到了横断山脉的重要线索。纵然我也知道，此去希望渺茫，但……我绝不能放弃最后一线希望，更不可能让他人、让阿南代替我去冒险，我必须自己决断，自己掌握自己的生死！"

见他去意已决，太子妃掩面哭泣再说不出话。

而太子紧握着朱聿恒的手，叹息着不肯放开。

朱聿恒却比他们要平静许多，神情清明从容："其实，早在'山河社稷图'刚出现，魏乐安告知我命不长久时，我便已经强迫自己：接受这天年短暂的命运。当时孩儿唯一的想法，便是在这仅剩的一年时光里，安排好自己的未来，帮助父王扫清障碍，牢固东宫地位，这样，孩儿九泉之下也可瞑目了。直到……阿南出现了，她让我看到了存活的希望，带我进入了我前所未见的奇妙世界，也让我知道了，我背负的'山河社稷图'，不仅仅关系我自己的生死，也关系着亿万百姓的生死存亡。

"那时我才知道，我该负起的责任，不仅仅是这一年的时光，不仅仅是东宫的未来，更是天下的存亡、社稷的安危。或许上天让我成为皇太孙，给了我这样的一双手和棋九步的能力，便是要我肩负起这责任，解决六十年前的死阵，挽狂澜于既倒，这……或许就是我的天命！"

太子与太子妃流泪哽咽，望着自己的儿子，久久无法言语。

而朱聿恒的话语，如从胸臆间一字字挤出来般郑重："爹，娘，不要怪阿南。是孩儿将她扯进了这原本与她无关的旋涡之中，她的命运也因我而改变。如今我们是生死同命的人，没有了彼此，我们都无法独活。若这已经是最后的阵法，那我，绝不会让她挡在我的面前，替我承担风雨；我也绝不会龟缩于她的身后，任由她被风暴侵袭。"

虽千万人吾往矣。

在日光遍照的回廊中跪下，朱聿恒朝他们深深叩首，然后起身作别。

二十年朝堂风雨，他们一直是彼此最大的倚靠与后盾，但此时此刻，朱聿恒郑重向他们道别："爹，娘，请恕孩儿不孝，聿儿……拜别了！"

太子妃泪流满面，向着离去的儿子追了两步，颤声道："聿儿，若你不能安然回来，娘一辈子也不会原谅你！"

朱聿恒没有回头，他只是垂下手，默然握紧了腰间母亲以鲜血调朱砂为他抄写的经文，重重地，点了一下头。

随即，他便加快了脚步，头也不回地离去，仿佛多留一刻，回一次头，他那决绝的意志便要被冲垮，再也无法离开。

"两个月……"

阿南喃喃着太子脱口而出的话，在明灭火光下仔细查看着朱聿恒身上的血痕。

加上新出现的阳维脉，确实是六条殷红刺目的痕迹。

剩下两条，应该还能留给朱聿恒三四个月时间，即使横断山破阵失败，也足以令他回到应天。

"难道那个天雷无妄之阵，在榆木川那一次，便算是发动过了？可是'山河社稷图'并无反应啊……"阿南将手按在他胸口，抬头看他。

朱聿恒长出了一口气，将自己的衣服掩好，说道："那一处阵法所在不明，对应的经脉也诡异，好像处处透着不平常。"

阿南没说话，默默拨着火塘，心想着，如果傅准和太子所说是真，那么阿琰如今剩下的时间，已经只有横断山脉阵法发动前的寥寥数日了……

心中悲怆，不可抑制。

她抓起手中的柴火，狠狠往火堆中丢去。

腾起的火光将她的面容照得殷红，她仿佛发誓一般，狠狠道："这个阵法，是咱们最后的希望了，就算豁出一切，也非破不可！"

朱聿恒却比她显得坦然，盘腿坐于垫子上，抬手摸了摸她的脸颊，将她拥入怀中。

死亡已近在咫尺，过往一切龃龉，如今都已不重要了。

阿南在他的肩头静静靠了一会儿，才开口问："我比你早出发了好几日呢，你什么时候到寨子的？"

"就在今晚。幸好你们人多脚程也慢，而我轻装上路，又日夜竭力追赶，总算追到了。"

想象阿琰这一路翻越山河奔赴前来的情形，阿南心口一悸，喉口微哽："那，你在过来的路途中，有没有遇到什么人？"

"我一心赶路，并没有注意什么，怎么？"朱聿恒说着，抬手拨拨她额上的发丝，疲惫与适才的激动让他声音显得暗哑，"谁知我一路追赶，总算追上了你，你却不肯多看我一眼。"

"因为，我心里有团疑问，还得你解答。"阿南心下微热，抱着他的手臂，仰头看他，"阿琰，我问你，你这两天有没有做过对不起我，或者我朋友的事情？"

朱聿恒垂下眼睫，凝望着她："我说过绝不会再骗你、欺哄你，说到做到。"

"这么说，也不会对司鹭下手喽？"

朱聿恒更显诧异："他怎么了？我为何要对他下手？"

阿南将悬在火上的茶壶取下来，倒了两杯茶和他慢慢喝着，将司鹭的伤势及受伤经过说了一遍。

"我看司鹭的伤口，从形状、角度、手法到伤痕分布，这世上，确是只有日月才能形成这样的伤口。你也知道，这日月是我亲手所制，也花费了不少工夫，我敢肯定，在这个世上，除我之外，没有任何人能做得出来……"

"不，还有一个人。"朱聿恒道，"你说过的，日月原本是傅灵焰的武器。"

"但傅灵焰在海外销声匿迹六十多年，应是已经仙逝了，更何况来这深山中为难司鹭？"阿南与他都知道这个想法荒谬，摇头道，"是以海客们都怀疑是你在暗地下手。"

朱聿恒冷冷一笑："若当时竺星河就在司鹭左近，我自然要替杭之报仇，又怎会挑软柿子捏？"

阿南深以为然，她伸手抓过朱聿恒腰间的日月，轻轻地晃动着，听着珠玉撞击声在这夜晚响起，如同仙乐。

"总之，此事必有蹊跷……"阿南说着，又伸出手，"对了，你在那颗白玉菩提子中，发现了什么要紧的事情？"

朱聿恒探手入怀，取出随身的锦袋，将里面妥善保存的菩提子取出，放在她的掌心，示意她对着火光转动。

阿南将它拈起，在火光前缓缓转动。

火光透过白玉，明亮的光芒将它上面的划痕投射到黑暗的墙壁上，显现出斑斑驳驳的痕迹——

在慢慢转到某一个特定角度时，阿南陡然睁大了眼睛。

黑暗的墙壁之上，赫然投射出了一团光晕，那光芒的中间，是细长的刻画痕迹，诡异扭曲，俨然便是一个手足折断、倒仰于地的人形。

她不由得脱口而出："这是……我在拙巧阁看到的，隐藏在画下的那个古怪人形！"

"是，这颗菩提子外表看来无异，但其实玉石内部被雕出了几线痕迹，强光穿透之时，会形成深浅不一的光影，形成图案。"朱聿恒说着，又指着那人形身上代表阵法的地方，问，"你看，菩提子表面共有六道划痕，不偏不倚，全部正好切在代表阵法的地方。"

阿南仔细查看着，从顺天到玉门关，每一个阵法上都有一个深暗的黑点，而划痕则无比准确地割过其中六个黑点。

这些被切割过的，有之前发动过阵法的顺天、开封、东海、渤海、敦煌，唯有第六个，却是这个模糊扭曲人形的心口那一块，也就是阿南从那幅画上切割下的一块，理应是天雷无妄阵所在的地方。

"刻痕如果代表的是已经发作，那么天雷无妄阵是什么时候发动的？看这个刻痕……"阿南将它举到眼前，仔细审视，又抬眼看向朱聿恒，神情凝重，"这六道刻痕中，其他五道都是新的，可唯有这一道，看起来却最为陈旧，起码已有十几二十年的时光了。"

菩提子常年在手中捻搓，是以年深日久后，刻痕也会显得圆润，与其他五道崭新的刻痕截然不同。

"所以也就是说，梁垒临死之前所说的话，是对的……"阿南若有所思道，"那阵法，早已发动了。"

"所以，圣上、我父王母妃与傅准才会说，我已经只剩下……最后一个阵法的时间，不够来回了。"

若阵法确实早已发动……

他不敢深入去想。

这陈旧的刻痕，正对上二十年前，他身上埋下"山河社稷图"的时刻。

在燕子矶察觉到这一点时，他将目光从菩提子上抬起，回望身后华美庄严的应天城。

或许是透过白玉的日光灼伤了他的眼睛，那一刻他眼前的应天城竟蒙上了一层深浓的血色光芒。

这天下所有人仰望敬拜之处、所有权势富贵泼天之处，六朝金粉地，王气黯然收。

他在一瞬间感觉到了极大的恐惧。

这莫名的恐惧让他仓促拜别了祖父与父母，不顾一切地远离应天，执着地奔向阿南。

而阿南，虽然无法懂得这种切肤之痛，但他们共同走过这一路，他的感觉，她也未尝不能体会。

她沉默着将他拥入怀中，让他靠在自己的肩头平息急促的喘息。

她轻拍着他的背，低声抚慰道："阿琰，别想太多。你祖父与父母对你的好、为了挽救你所做的一切，我们都看在眼中，心知肚明。那些尚且没有影迹的猜测，不必太过介怀。一切真相，我们自会凭借自己之力，将它们彻底揭开！"

"嗯……"朱聿恒闭上眼，静静靠在她的肩上，放缓了呼吸。闻着她身上那仿似栀子花却又飘忽难以捕捉的香气，他下意识收紧了臂膀，固执而倔强，不肯放开。

"无论命运是什么，无论真相多么可怕，我都绝不会束手就缚，绝不会放任它们践踏于我之上。"

夜色已深，斜月疏星下，诸葛嘉带人将周围巡逻一番之后，见没有异常，便设好了今夜值夜的人手，回房去安歇了。

朱聿恒目送阿南踏月回屋，一路的疲惫终于涌上全身。

正要解外衣休息时，他忽然间听到窗外的虫鸣声变得稀疏起来。

他向来警觉，当即一拨火塘，用灰烬压住里面火光，室内陡暗。

他贴近窗口，凝神静听间，右手下垂，按住了腰间的日月。

一缕微风从窗外掠过，随即，是一线光华探了进来。

那光华极为谨慎，在室内一触即收，仿佛是一只蜘蛛将一缕蛛丝送了进来，然后探索其中的动静。

这片刻的光华一闪，却让朱聿恒在暗处微眯起了眼睛。

因为，这是他无比熟悉的，日月的华光。

阿南特意为他制作的、举世无匹的璀璨武器，他竟会在这深山老林之中，看见一模一样的。

在他若有所思之间，外面又有三两簇亮光自窗外探了进来。

这人对日月的使用手法似乎比他更为精熟，甚至可以利用日月来探查屋内的动静，卷起风声之后，随即从日月的横斜飞舞中判断室内所有的摆设与动静，即使黑暗中空无一物，他也已经凭借着日月的飞舞弧度而探查到了里面的情况，知道了哪里有障碍、哪里是通道，随即，一个闪身便跃了进来。

这人身材瘦削修长，清矫如老松，朱聿恒不觉眉头微皱，感到有些熟悉。

就在进屋的瞬间，他的手一抖，手中的日月弥漫张飞，如同天女手中飞散的花朵，笼罩住后方的席卧处。

他的日月，比之朱聿恒的更显灿烂，每片玉石都惊人薄透，在夜风中几乎消没了形状，通透得只如一缕风，若没有后方的天蚕丝，就只如斑斑光晕绚烂闪动。

朱聿恒不动声色，屏息等待对方的动静。

对方的日月已兵分两路，一部分钩住上方被子，将其迅速扯飞，另一部分则如利爪般直射向下方。

如果朱聿恒此时睡在被窝内，怕是已经被日月绞割得血肉模糊，不成人形。

刺客一抓之下落了空，立即察觉到不对，正要转身回护之际，耳后风声响起，无数缕光华在室内升起，将他整个人笼罩其中。

是朱聿恒手中的日月出手，袭击他整个背心。

刺客反应十分迅速，右手后撤，日月反射护住自己的后背，随即整个人转了过来。

黑暗的屋内，日月与日月辉光相映相夺，一时华光璀璨。

朱聿恒手中六十四片日月倏忽穿梭，或直击刺客，或于旁斜飞，搅起重重气流，如云如雾但又没有任何间隙，将对方的攻势牢牢包裹。

对方手中日月虽然更为精良，但显然心智比不上朱聿恒，掌控六十多枚玉片力不从心，更无法像朱聿恒一般操控每一片穿插自如，纵横交错又绝不缠绕。

朱聿恒的日月激起气流，彻底封锁了对方的攻势，随即，便在他这边日月的反震下，那六十余片薄透异常的玉片随着朱聿恒的绚烂日月倒转旋转，反而为他所控，仿佛他这边日光骤然炽热，将对方的光华全部吸收尽为己用。

对方见无法自如操控自己的武器，顿时急怒交加，拼着玉片无法再用，也要硬生生牵扯天蚕丝，毁掉朱聿恒的日月。

朱聿恒自然不舍损毁阿南给他制作的武器，迅疾将日月回收，而对方趁此机会，跃上窗口向后一仰，没入了黑暗中。

遇到同样手持日月的人，朱聿恒岂能放过，一脚踏上窗台，随即追了上去。

见皇太孙的屋内居然窜出一个蒙面人，值夜的侍卫们顿时大惊，纷纷追了上去。

但他们又岂能赶上朱聿恒，只听得"沙沙"声响，前面两条身影已经掠过小径，扑入了密林。

刺客的身形并不快，但他对这处山林似乎十分熟悉，始终在朱聿恒面前，追不上也丢不掉，东转西拐间，朱聿恒已远离了寨子。

朱聿恒停下了脚步，明白这可能是诱敌深入之计，当即转身折返。

他记性极好，这山林之中也未见岔道，可这么简单的追击路线，他沿着原路回转之际，却觉景象陌生。

他的心沉了一沉，想起了那日在榆木川上，莫名其妙的迷失。

埋藏于他身上的天雷无妄之阵，难道竟在这一刻，再度发作了？

面前是无星无月的黑暗山林，整个世界沉沉如墨，他被淹没其中，分不清东西南北、上下左右。

他竭力让自己冷静下来，按照对寨子方向的记忆，以日月的夜明珠照亮面前朦胧的小道。

小道在树后拐了个弯，朱聿恒记得来时见过，这棵大树长在拐弯之处，暗暗松了口气，向着树后拐去。

下一刻，他的身体陡然失重，失足前扑，整个人跌了下去。

他立即抓住身旁树杈，想要稳住身体。

然而脚下一空，他竟然已经悬挂在了树枝之上。原来小道的尽头竟是个悬崖。

他来的时候，并未发现过任何山崖，这棵树的旁边，也确实是拐弯山道，可黑暗之中的唯一一条小道上，为什么突然会出现一个悬崖？

是因为，面前的山道，消失了吗？

未容他仔细思索，耳边风声忽起，一缕劲风向着他突袭而来。

朱聿恒下意识地一偏手，日月忽散，身体借力向上跃起。

在空中踩住树枝的一瞬间，他双手立即操控天蚕丝，散开夜明珠所制的"日"，依稀照亮来袭的敌人。

暗林之中，对方一身白衣，翩然如朝岚云雾，飘忽的身影借着树枝的反弹之力，早已穿出了日月的攻击范围，向他袭来。

他手中的春风，在夜明珠的光华下，淡淡生辉，如彗星袭月，迅疾向他而来。

竺星河。

周围枝叶繁盛，不可能有日月施展空间。朱聿恒足尖在树枝上一荡，迅疾向下扑去，脱开了春风的攻击范围，仓促落地。

黑暗中，瞬息间，迟疑是世间最危险的事情。电光石火间他立即回身，在他来袭之际，瞬间发出致命还击。

骤然开放的日月光芒如万千星光，照亮树下仅有的空地。

而春风的破空声如笛如箫，穿透夜空，随着竺星河白色的身影袭来。

春风挥舞，搅动气流。通透镂空的不规则状小孔就如天籁洞穴，气流从中贯入，呜咽声带动薄刃骤然偏斜，原本应声而动的日月失去了互相振动、互为依凭的力量。

如上次在榆木川一般，朱聿恒的控制顿时乱了，无法再通过操控气旋而让利刃迭递进击。

控不住，便干脆不控了。

那次失利之后，他痛定思痛，曾在心中将那次交锋重演了千百次。

如今日月再度错乱，他干脆以乱打乱，收拢最外围的薄刃，急遽飞旋着，向着竺星河聚拢，来势混乱且极为凶猛。

竺星河全身笼罩于日月光华下，身形虽然飘忽不定，可这混乱进击连朱聿恒都无法掌控，他又如何能脱出攻击范围？

无论他的身形如何变化，日月的追击总是混乱交织于他的面前，迫使他不得不中途改变身形避开攻击，那原本潇洒飘忽的身影，也显左支右绌。

而朱聿恒的日月，封住了他所有的去路，只给他留了唯一一条可以脱出的道路。

他再怎么闪避，最终依旧被迫落在了朱聿恒最初所落的那棵树上。

只是，朱聿恒的日月因为混乱穿插，所有天蚕丝也缠绕在了一起，已经失去了分散攻击的能力。

眼看他日月已废，竺星河一声冷笑，春风斜刺，居高临下迅猛扑向了朱聿恒。

就在艳丽六瓣血花即将绽放之际，却听得"叮"一声轻响，雪亮的刀尖已经递上了春风的尖端，将其牢牢抵住。

日月无用，朱聿恒早已决定放弃，转而拔出了凤鸁对敌。

虽然失了武器，但他以棋九步之力，对一切事物的轨迹与走向都计算得清楚无比。

计算着竺星河手肘的挥动幅度、来袭的速度与身形的变化，他以分毫不差的距离，抵住了对方那几乎必中的一刺，二者堪堪相对。

只一瞬间，他们的手腕便立即一抖，两柄利器交叉而过，两人擦肩而过，跃出两三丈的距离，在幽暗的月下林中，回头遥遥对峙。

最终，是朱聿恒先开了口："上次一别，我一直在想，五行诀的厉害之处到底是什么，是令数万人迷失于熟悉的路径，还是令荒野山脊改变，抑或是，你真的挪移了驻军数万的宣府镇？"

竺星河立于林下，冷冷看着逼近的他，一言不发。

"从榆木川再到这里，消失的路径与迷失的方向，都是你所为吧？"朱聿恒逼视着他，凛然开口，"你是如何借助当年阵法，在我身边布设天雷无妄之阵，令一切消亡的？"

竺星河的白衣在月下迎风微动，与他脸上神情一般冷肃："等你死了，在地底下便知道了。"

"五行诀之力，确是惊世骇俗。可你有这般能力，却不为百姓谋福，只想着引动灾祸、戕害黎民，难怪阿南会义无反顾地离开你，不愿再与你在一起！"

竺星河并不反驳，只冷冷道："鹿死谁手，尚未可知。"

朱聿恒厉声道："阿南不是鹿，天下百姓也不是鹿！天下万民即将生灵涂炭，可你，心里却只有二十年前的仇恨，只想着搅动乱世，让你获得谋夺天下的机会！"

"谋夺天下的，是你祖父！若不是他大逆不道，篡夺皇位，我父皇母后怎会郁郁终老于海上，我的幼弟幼妹怎会死于变乱，我何须搅动天下，为我父母家人报仇雪恨！"竺星河一挥手中春风，身子如鹰隼般扑击向他，厉声道，"朱聿恒，今日不是你死，便是我亡，我们之间只有死一个，才能了却这段仇怨！"

春风疾厉，银光在林中一掠而过，角度诡谲已极。

迎着他的来势，朱聿恒在他近身的一瞬间，凭借自己惊人的计算能力，算准了他来袭的角度与力道，侧身疾退。

细碎的血花在暗夜中溅起，朱聿恒虽及时地避开了要害，但春风还是擦过了他的胳膊，擦破了他的皮肉。

但，朱聿恒的手中还有日月。

就在春风擦过的刹那，朱聿恒手中纠结飞舞的日月已再度绽放。

天蚕丝纠缠导致它们无法飞散攻击，幽微夜光下只如一条夭矫灵蛇，向着竺星河的身躯缠缚。

竺星河面前所有的去路，都被六十四条天蚕丝缠成的乱网罩住，而身后又被逼到崖底，抵在黑暗之中。

就在这绝无退路的一刻，眼看日月便要将他捆缚，竺星河却任凭面前日月乱转，足尖在树身上借力，身躯向后一撞，竟硬生生落入了悬崖。

这遁地消失的一幕出现在朱聿恒的面前，让他顿时错愕。

传说中能排山倒海的五行诀，居然还能飞天遁地？

他下意识疾速向前，想要追击竺星河。

却听得"轰"声响起，面前的悬崖忽然坍塌下来，连同折断的树木与荆棘草木，向着他重重压了下来。

朱聿恒立即撤身回退，但悬崖塌陷的轰鸣声中，有极为尖锐的风声骤然响起，他的周遭万箭齐发，无数利箭形成巨大的网，密密匝匝将他周身困住。

瞬间，朱聿恒的脊背之上，冷汗顿时冒出。

他的思维从未如这一刻般如此快速。

与他前后脚进入黑暗的竺星河，既然设下了这个机关，那么他必定留下了一条供自己逃出去的安全路线。

眼前如电光般，迅速闪过竺星河扑进黑暗的身影。

他转身的幅度、身体的倾斜角度、微侧的发力角度……刹那间在他的脑海中重演。

不假思索，他的身体下意识地硬生生改变角度，以与竺星河一模一样的角度与姿势，冲向那万箭之中唯一的死角。

雨点般密集的箭矢，从他的身旁以毫厘之差迅疾穿过，射穿了密林黑暗。

死亡只在瞬息之间，但他毕竟在这瞬息之间避开了密集交错的那一波致命攻击。

与此同时，面前的悬崖连同高大树木，一起轰然坍塌。

他顾不得砸在身上的断木，抓住旁边树梢飞弹，竭力脱离险境。

直到剧震过去，坍塌声停息，他在起伏晃荡的树梢上看向面前的一片狼藉，才发现悬崖已经彻底消失。

而在乱埋堆积的林木之中，竺星河的身影也已彻底消失。

他抬头看到，密林的羊肠小道上，远远出现了灯火。夜风将声音远远送到他的耳边，他听到他们在呼叫"殿下"。

是诸葛嘉率领侍卫在林中搜索，并在听到坍塌的声音之后，率众往这边而来。

他跃上羊肠道，向着他们而去。

竺星河设下的迷阵已破，黑暗之中，有人提着气死风灯向着他奔来。

是阿南。她显然是睡梦中被惊动，只草草绾了一下头发，便带着众人一起到山中寻来了。

灯火明亮，映照着她乍然望见他的惊喜笑容，也映照着他脚下的路。

而她扑向他，将他紧紧抱住。

温热的身躯，明亮的双眼，灿烂的笑颜。刚刚黑暗中那场生死之战仿佛只是噩梦，转眼醒来，不留任何踪迹。

他拉着阿南，在那坍塌之处驻足。

阿南蹲下来，查看那些断裂的树木，压低声音若有所思地问："是他？"

朱聿恒点了一下头："差点置我于死地。"

"目前看来，这里并无其他东西，只有断裂的树木与藤萝荆棘……"阿南举着灯照亮四下，微皱眉头，"山林之中出现这些东西，本不奇怪。但奇怪的是，为什么在榆木川的荒野之上，也留下了断木。是他备的后手吗？所以在每一次路径消失之时，伴随而来的，都会是一个陷阱？"

"原本存在的东西消失了，随之出现了原本不存在的东西……"朱聿恒沉吟道，同时查看这些新近断裂的树木，与她探讨着，"一隐一现，是要痛下杀手呢，还是因为布置阵法需要维持平衡的规则？抑或是，这是设置天雷无妄之阵的必备条件？"

"说到天雷无妄之阵……"阿南看了看身后还在搜索刺客的众人，蹲在他身旁，压低声音，"你说，傅准的猜测，为何会与竺星河布的阵一致？是他们两人早已勾结合作，还是……因为傅灵焰这个阵法的操作本就如此，只是他们的阵法相隔六十年却不谋而合？"

火光照耀在他们之间，也隐约照出周围幢幢黑影。世间一切仿佛都蒙上了一层迷雾阴影，无法看清。

"可我认为，这些消失的阵法，并不是竺星河可以一力布置的。"朱聿恒提过阿南手中的灯笼，缓缓举高照亮周围，道，"毕竟，菩提子中的天雷无妄之阵，早在二十年前便已被标记。那时候他正值年幼，逃亡出海，怕是没有时间、也没有能力与我的'山河社稷图'扯上关系。"

但就算竺星河无法与天雷无妄之阵扯上关系，这诡异无比的天雷无妄之阵，消亡了方向路径、重要人物后，却依旧静静蛰伏在他的体内——

而他们，却一无所知。

在这仿佛消融了一切的黑夜中，他们满怀疑虑，只有手中一盏幽暗的孤灯，依稀照亮脚下崎岖的道路。

在一片死寂中，朱聿恒忽然低低地、声音微颤地问："若一切都可以消亡，那么，我身上的血线，是不是也会消失？"

阿南心下一怔，一把握住了他的手。

夜风阵阵，山峦回转，无星无月的暗夜中，他们都呼吸急促。

是。既然世间万物都能消失，那么，大如荒原密林，小到经脉骨血，又有什么不可能？

所以，菩提子上的应天阵法，二十年前便被标记。

而他的亲人们，都知道他只剩下了最后一条血脉，两个月时间。

可若答案真的如此，这天雷无妄之阵也因此埋线深远，牵扯到的人，可能更令他们不敢想、不愿想、不能想。

回到居处，阿南帮他将肩上的伤口包扎好，起身查看屋内情况。

"深更半夜，又初来乍到，你怎能孤身出去追击？"

"我刚要睡下，有刺客来袭，他用的武器……"朱聿恒顿了顿，压低声音，"是日月。"

正在查看打斗痕迹的阿南霍然抬头，错愕地看向他，见他目光肯定，低头再看地板与四壁的日月划痕，顿时想起了司鹭所受的伤。

这么说，这世上确实存在着，另一个使用日月的、隐藏在暗处的凶手。

朱聿恒拆解着纠缠的日月天蚕丝，将刚刚发生的一切对阿南讲了一遍。

二人就潜入的刺客身份以及武器探讨了一番，但终究没有头绪。

"不过，既然对方使用的也是日月，而且你说比我做的更为精良，那么他与九玄门，或者说与傅灵焰，肯定有莫大的关系。"阿南说着，又不服气地看看自己的手，愤愤地紧握成拳，"要不是傅准那个浑蛋，我做的日月……绝不比任何人的差！"

朱聿恒安抚她，她却问起了对方操控日月探索屋内动静的情形。

"这个用法倒是可以学一学，日月为探、棋九步为引，你分析的能力肯定远胜于他。"阿南说着，又走到窗边细致查看窗口的情况。

"咦……"她看到窗边一点微黑的粉迹，便抬手在窗边轻擦了一下，然后将手指凑到鼻下嗅了嗅。

朱聿恒走到她身旁，问："什么东西？"

阿南将手指递到他的鼻下，朝他微微一笑："你闻闻。"

朱聿恒闻到了她手指上的淡淡气息，一时分辨不出那是什么，迟疑地问："是……火炮燃放后的气味？"

"你没闻过吧，但这东西，我在海岛密林中可经常用到。"阿南十分确定地道，"这是硫黄焚烧后的余烬，应该是熏蒸时沾染到了对方的身上。你猜猜，在这种深山之中，为什么要烧硫黄并且熏蒸呢？"

朱聿恒看向面前黑暗的丛林，听着林中似乎永不止息的虫鸣声，脱口而出："山间蛇虫鼠蚁太多，而硫黄可以驱虫。"

"对，而且一般来说，如果是蛇蝎之类的，熏的都会是雄黄。而用硫黄的话，看来对付的是马蜂。"阿南提起水壶将手冲洗干净，朝他一笑道，"看来，咱们可以凭借这个线索，顺藤摸瓜把那个人揪出来！"

第七章

树犹如此

鸟鸣声将阿南从睡梦中唤醒。

她醒来后看见窗外瓦蓝瓦蓝的天，西南的天空比江南江北的都更为高远，蓝得比琉璃还通透。

吊脚楼下方已经传来了声响，她披衣起身，走到窗前向下一看。

寨子里空地上，男人们正围着昨夜聚宴剩下的牛骨架，削刮上面的碎肉。

她立即朝下面叫了一声"给我留点生肉"，然后匆匆梳洗，跑了下去。

用芭蕉叶包了一堆碎肉末，她兴冲冲地起身，身后传来朱聿恒的询问声："阿南，你要这些干什么？"

"当然是要派上大用场啦。"阿南笑着示意他跟自己来。

翻过一座山岭，顺着弯弯曲曲的羊肠小道，他们上到了高处向阳的地方。

西南地势高，日头滚烫。阿南将碎肉或铺或挂在地上树上，很快，那些肉的气息便被日光催发，顺着风四处飘散。

几只马蜂很快闻到肉香而来，落在肉片上大快朵颐起来。

朱聿恒这才知道，原来她是要引马蜂来。

而阿南按手在唇边，示意别出声，她拔下一根头发，绑上一根手指长的红绸，然后将头发打了个活结，轻手轻脚地将它套上马蜂的窄腰，一拉头发，立即便系紧了。

专心吃肉的马蜂毫无察觉，顾自大嚼肉末。

朱聿恒如法炮制，给其他几只马蜂也系了标识，静待它们回去。

不多久，碎肉被吃完，一群蜂各自飞回巢中。

寨子里几个身手最好的猎人立即跟了上去。小小的红绸在青翠山野中格外醒目，他们可以轻松循着那抹红色向着深山寻去。

阿南笑着朝朱聿恒一挥手："走吧，我们回去等着消息就行。"

两人带着侍从，沿着羊肠小道往下走，很快接近了寨子边缘。

错落而建的寨子除了吊脚楼，大部分是土掌屋，夯黄土为墙，捶茅茨混土为瓦，男女老幼在其间忙碌。

在人群之中，阿南一眼便看到了正在与妇人们一起制作漆器的土司夫人。

彝寨的漆器色彩明丽，在西南地区远近闻名。寨中割漆、制胎、髹饰分工合作，人人都是好手，就连土司夫人也不在话下。

她熟练地蘸漆在杜鹃木盆上绘画纹样，朵朵茶花跃然而上，古朴雅致，令阿南不由得叫绝："夫人画的茶花可真美！"

"我们寨子又叫茶花寨，我们姑娘的银饰啊，绣的花样啊，绘的漆画啊，都爱茶花纹样。毕竟，我们寨子有一株远近闻名的百年茶花王呢。"土司夫人说着，见阿南颇有兴趣的样子，便解下围裙，笑道，"就在不远的溪边，正是开花时节，走，我带你去瞧瞧。"

她带着阿南出了寨子聚落，正向溪边走去时，却有个妇人红肿着眼睛，急急忙忙地冲过来对土司夫人哑声说了什么。

虽然听不懂这边的土话，但阿南一下便可以看出，那妇人焦急恐惧已极。

土司夫人也是脸色大变，忙对阿南道了歉，指明了茶花的方向，便立即跟着那妇人去了。

阿南是个爱管闲事的人，看见寨子里或许是出事了，哪还有心思去看花，当即一拉朱聿恒的手，给他使了个眼色。

朱聿恒心领神会，与阿南一起悄悄跟着那几人，往寨子后方的林中走去。

只见林中有两个男人正在土坑中架设柴火，坐在坑旁的一个女人悲恸欲绝放声大哭，要不是旁边人将她死死拉住，她差点便要跳入坑中。

阿南悄悄站到旁边的石头上，朝坑里面一看。

里面柴火堆上放置的，赫然是一具尸体。

她"咦"了一声，跳下石头朝她们走去，开口问："原来你们寨子的人故去了，是要焚烧掩埋的吗？"

土司夫人回头看见她，不由得苦笑："是啊，南姑娘，我们这边的人，确是火葬习俗。"

阿南朝坑中被柴火堆叠的尸身看了看，又问："那怎么不曾举哀，就这么仓促烧掉了？"

土司夫人显然不愿多讲，只摇摇头道："贵客远来，何必看这种不吉利的事情呢？请赶紧离开吧。"

阿南却抬眼看向林子后方，看见那边一座废弃的土掌屋内，似乎有人在里面探头探脑，便几步走到屋前，见门上了锁，又想去窗口看看。

土司夫人立即将她拉回，示意她不要接近。

但阿南已经瞥到了里面那几人的模样，见他们脸上手上全都溃烂发黑，这下哪还有不知道的，立即退离了窗口，侧过头又看了看那坑内的死者，问："这是……染疫病了？"

"唉，也不知道是病，还是造了孽，被鬼怪给缠上了！"土司夫人见他们已经察觉，便也不再遮掩了，干脆带他们到那个痛哭的女人身边，说道，"村里第一个出现异样的，就是她的男人，如今不过十来日，也是第一个死掉的。"

说着，她又用寨中的土话询问，那女人含着泪，掩面一边哭一边哭诉。

土司夫人逐句翻译，道："她男人十天前进山采药，在靠近神女山的地方，发现了一处山崖滑坡，冲出了一堆骷髅白骨，上面还戴着些白银首饰。他就把那些东西从骨头上扒下来，洗洗干净带回家了……谁知道，回家当晚他就全身肿痛，抓破的地方溃烂流脓。很快，他回寨后凑在一起吃饭谈天的人也犯病了，那些人的家里人也全身都烂了……"

说着，那个女人抬起手，拉下粗布衣袖，展示手上的一个银镯子。

阿南见那上面的花纹古拙，看着像是挺久之前流行的纹样，正想凑上前研究一番，却在看到女人手腕的同时，硬生生止住了脚步。

女人戴着镯子的手臂上，已经显露出细微的黑色溃烂痕迹。

土司夫人及其他女人显然也注意到了这一点，所有人都下意识地往后急退。

那女人举着自己的手臂，看到大家的反应，迟疑了一下，忙查看自己的手腕。

土司夫人掩鼻抬手，身后两个身材粗壮的婆子立即将那女人连推带搡，拉到了旁边另一座关闭女人的废弃木屋内。

那女人嗓子嘶哑，绝望地哭喊着，撞着门，却没有任何人敢理会她。

与她接触过的众人都奔到河边，急急忙忙地洗手洗脸，恨不得跳下去把全身都清洗干净。

阿南问："寨子里出了这怪病，大夫怎么说？"

土司夫人抹着脸上水珠，叹了口气，朝着那屋内一抬下巴："寨子里两个大夫都染上了。前几日听说朝廷的人要来，是以我们赶紧将发病的人都关在这废弃木屋内，免得他们全身溃烂的模样惊扰了贵客。谁知……谁知刚刚听说有人死了，我过来一看，才知道她男人竟死得如此之惨！"

就在此时，关押男人们的屋内又传来一阵捶门与号叫声。

阿南取出帕子将自己的面蒙起来，靠近窗口朝内一看，屋内一个人扭曲地躺在地上，显然已经断了气。只是死者那腐溃的面容上眼睛圆睁，显然死得极为痛苦，死不瞑目。

土司夫人惊惶喃喃："这……这岂不就是冤鬼索命吗？好好的大活人，干吗要贪图死人的东西！"

阿南道："依我看，鬼怪之说不太可信，采药人应当是捡到了多年前染疫身亡死者的首饰，上面尚带着病疫，才传染开的。"

土司夫人慌了手足："这可如何是好？"

"与病患死者接触过的人，都要单独隔离起来，送饭时最好也要蒙上布巾，捂住口鼻。"阿南说着，又猛然想起什么，赶紧问土司夫人，"不知道那戴着首饰的尸身是在哪里发现的？"

"这可说不好，采药的人往往要翻许多座山，去悬崖峭壁和人迹罕至的地方，才能采到最好的草药。"

阿南提示道："刚刚他女人不是说，是在接近神女山的地方吗？神女山在哪里？"

"那是我们这里最高的山峰，往西再行百余里便可看见。"土司夫人立即朝着西方一指，道，"神女山传说是天上的神女所化，常年积雪不化，没人能爬得上去。"

"天上神女……"阿南向着西面看去，若有所思。

朱聿恒与她心意相通，拉着她去溪边洗手，压低声音问："或许，神女山就是我们要找的那座山，而压在雪山上的那团狰狞黑气，就是疫病？"

"嗯，其实我之前一直在想，西南山区闭塞，并没有什么能影响中原的地势，就算发生了什么动乱，也不可能影响到大局。那么，为什么傅灵焰在设置颠覆北漠政权的大阵时，会选择此处呢？"

朱聿恒缓缓道："因为常年不化的冰雪，可以封存其中的疫病，一旦开启阵法，便能融于汩汩雪水中，流过下方丛林……"

六条奔腾如怒的江河，会将这可怕的疫病带到下游所有的聚居地，再从聚居地向四周扩散，一传十，十传百，从人烟稀疏的茶马古道到都市繁盛的云南府，届时再南到广州府，中至应天城，北上顺天，西往江城，只要有人，甚至有活物的地方，便能将瘟疫带往九州各地。

届时，这可怕的疫病将迅速蔓延。此病发作如此迅速，只要接触便能置人于死地，死相又如此恐怖，大夫也束手无策，怕是会成为灭绝大祸。

"难怪……"阿南望着面前奔流的江水，想起昨夜她去探望司鸳之时，竺星河对她所说的话。

他说，这次的阵法，就算来亿万人，也只能是来得越多，局面越可怕。

越多的人，便能携带越多的疫病，传染的范围就会越大。

朱聿恒显然也与她一样想到了此事，两人的目光交会，都从彼此眼中看到了恐惧。

毕竟，这与以往面对的危机都不同。

以前他们面对的，是具体的、肉眼可见的，可这一次他们要面对的，却是虚无缥缈、看不见也抓不住的病魔。

无从着力，无法下手。

但，阿南望向西面，苍莽丛林挡住了她的视线，却挡不住她一往无前的目光："既然这疫病是在滑坡后出现的，我怀疑，是不是因为地动滑坡，所以让阵法中存在的东西提前泄漏了。"

朱聿恒赞同，又道："此病发作如此迅猛、传染如此厉害，看来，我们必须尽快行动，赶在阵法发作之前，将其彻底摧毁！"

两人在溪边洗净了手，正要回身上岸时，忽有一阵风吹过，阿南见水面上大片娇艳的红色花瓣浮动，就如大片晚霞在水面涌动。

她惊讶地一抬头，看见了前方溪边的一棵茶花树，茶花灼灼。

那棵茶花斜斜长在溪水边，枝干粗大横斜，上面开出千万朵灿烂的殷红花朵，在日光与波光的相映下如一树红玛瑙，光彩照人，娇艳欲滴。

茶花枝干遒劲，主干上遍布蛀虫痕迹，而分支则多有膨胀，显然是一棵百年老山茶了，下方有三根巨大的杉木搭成架子支撑。

见她打量着这棵茶花树，土司夫人便从岸上向她招手示意，道："南姑娘，这便是我们寨子的百年茶花王了。"

这茶花如此美艳，却因寨子中诡异的疫病，令阿南心情有些沉重。

阿南与朱聿恒正回身往岸上走时，却见土司夫人的目光落在身后一个男人的身上。

这男人就是刚刚掘墓的人之一，此时他正抓自己的手掌，就连众人的目光落在身上都顾不上了，只拼命地抓挠着，手掌眼看便血迹淋漓。

身后土司闻讯，带人匆匆赶来，一过来便看到了这人的异状，立即喝问："你的手怎么了？"

那男人如梦初醒，看看自己的手掌，又看看那具尸体，顿时体若筛糠，明白自己也将面临被送到废屋的命运，吓得步步后退。

土司一挥手，众人便要上去将他抓住，谁知他忽然往旁边一窜，抓过土司夫人挡在面前，狠命一推。

土司夫人猝不及防，被他推得向前摔倒，顿时脸颊擦得红肿一片。

而那人跑了两步便到了岸边，眼看前头无路，不管下方是湍急滂沱的江水，纵身便跳了下去。

横断山中，山峦如聚，波涛如怒，转眼便将他卷走，失去了踪迹。

看到病人逃跑，众人忙将土司夫人扶起，她捂着脸颊伤处气愤不已。

阿南立即对土司道："赶紧向下方寨子发警告，不要接触陌生人，不要捞尸体，这段时间人畜都要注意！"

土司自然知道事态严重，那人明显已经染疫，无论跳下去后是死是活，这病情都将扩散开去，影响到下游所有寨子。

寨中几个汉子匆匆骑马出发，沿着河流向下游奔去，紧急向各个寨子发警告去了。

朱聿恒也抽拨了身边侍卫，让他们立即返回云南府求助，并提醒及时防护，控制疫病。

下游的寨子听说此事，都是大惊。不到半日，邻寨纷纷派人到来，查看情况。

土司夫人此时终于缓过一口气来，与土司一起接待了他们，将来龙去脉详细说了，又说如今寨子中的大夫也都染上了病，请他们带来的郎中小心查看废屋中的人，以免再出事。

说着，土司转头看向夫人，正要商量什么，却见她一直在抓挠自己在地上摔肿的面颊。

旁边人都感觉异样，连土司夫人自己也知道不对劲，但她奇痒难耐，实在难以控制，一时越抓越重，脸上顿时挠出道道血痕。

正在众人错愕之际，阿南一个箭步上前，将她的双手紧攥住，让她无法动弹。

虽然制止住了她，可土司夫人的脸已被抓破了，脸上的皮肤比手上更薄，红紫肿胀，显得格外可怖。

事到如今，她自然知道自己也染疫了，饶是半生风雨心志坚定，此时身子也不由得瘫软了下来。

朱聿恒急忙走到阿南身边，见她的手上戴着软皮手套，显然是做好了防护才去碰触对方，略微松了口气。

土司夫人下意识地挣扎了一下，但见无法脱出阿南的桎梏，神志才清明过来。

她苦笑着对阿南道："没事的，姑娘，你们先把我手绑上，我……我若真的发病了，可以自行了断。"

她病发已经是确凿无疑的事情，虽然众人都不忍，但总算她自己比较坦然，让他们将她绑在废屋内，免得自己把脸抓挠溃烂。

如今情势危急，自然无法再拖延下去，寨中立即撒石灰，蒸衣物，燎房屋，以免疫情扩散。

土司夫人被绑在屋内柱子上，虽知自己惨死在即，但她毕竟是五十多岁知天命的人，心境也算平和，此时正怔怔隔着窗户看着外面小溪。

阿南去探望她，在窗外顺着她的视线看去，原来夫人看着的，正是那棵开得气势非凡的百年茶花树。

她心下微动，转头看向土司夫人，却听她低低开了口，哑声道："这棵百年茶花树，听我阿姥说，她当小姑娘的时候，便已经开得这么好了……"

阿姥就是奶奶，阿南算了算，心想，土司夫人的奶奶若是还在，应当也是百来岁的人了。

"阿姥跟我说，她当年送阿公去神女山挖冰川时，就是在这棵茶花树下告别的。阿公给她折了一朵茶花戴上，说，等赚了钱回来，给你买一朵绢花，不会枯萎不会谢，永远在你鬓边红艳艳……"

阿南诧异问："神女山？夫人的爷爷去那里挖冰川？"

"是，六十多年前，外头来了一群人，说是奉朝廷之命，要去冰川上挖东西。因为他们出的酬劳高，虽然不知道挖什么，但村里大部分男人都心动了。阿姥和其他女人一样，送别了自己的丈夫……可再也没有等到他们回来。"

阿南立即追问："夫人，您能详细说说吗？当年他们在雪山上做什么，那边情况如何，这对我们而言很重要！"

土司夫人恍惚回忆着，说道："阿公去了不久，便死在了那里，只有骨灰送了回来……听说，他是在雪山上干活时染病了。同去的寨里的人医治及时活了下来，可他却没了，连随身的东西都被烧了。对方虽然给了一笔安家费，但阿姥一个人要拉扯大我阿妈我舅几个孩子，生活自然会十分艰难，于是她带上我阿妈，去了雪山脚下，找那群人的头头……"

阿南不由得脱口而出："这么说，她见到傅灵焰了？"

"傅灵焰？"土司夫人麻木的脸上露出一丝诧异，"原来那位女头领是叫傅灵焰？"

阿南听到领头的果然是个女子，忙道："可能是。您继续说，夫人的奶奶当时去了那里，情形如何？"

"当时为了赶工，所有人都住在雪山上临时开凿的冰洞中。阿姥辛辛苦苦爬上去，却被人阻拦在外，我阿妈更是摔倒在雪地中，放声大哭。正在此时，我阿妈看见上方的雪峰中，有一个穿着黑狐裘的小孩子手脚灵活地爬了下来……"

那男孩清俊可爱，年纪不过六七岁，却一个人在雪峰上来去自如，周围的人看见了也并不在意。

他走到摔倒的小姑娘面前，见她哭得难看，便抬手刮了刮自己的脸，笑嘻嘻地道："羞羞，好大的人了还这么哭！"

土司夫人的娘亲当时不过十来岁，见一个比自己还小的孩子过来嘲笑自己，想起自己的爹，不由得更加伤心，放声号啕。

后面有人抬手轻拍小男孩，斥道："别闹，小姐姐的爹没了，她一家人以后没法生活，咱们得给想想法子。"

那声音有些疲惫，但入耳十分温柔。

娘俩抬头一看，才发现这群人的头领居然是个女人，而且长得极为美貌，跟传说中的雪山天女似的，光艳无匹。

横断山脉中零零散散的寨子颇多，她们也不是没见过女人当家的寨子，因此赶紧上来，磕磕巴巴地将自己一家人的境况说了。

那女子仔细听了，说道："阿姐，不是我不体恤你。只是如今疫情传开，死伤的兄弟也不止你家男人一个。若每个人找上门来我们都要额外体恤补贴，一则是对不住家中无人闹事的，二来定会延误进程，开支也会剧增。这样吧，我过几天去看看你家的情况，可以吗？"

听到此处，阿南"啊"了出来，追问："这么说，因为疫病而死了不少人？"

夫人点点头，确定道："阿姥与阿妈都跟我说过，我阿公就是染病而死的人之一，没错的。"

"这么说，这是会传染的病，而且，夫人你说你爷爷的东西都烧毁了，"阿南的目光，落在她已经开始溃烂的脸颊上，"而如今寨子里这场病，又是从神女山不远处滑坡的地方蔓延出来的……"

土司夫人"啊"了一声，想到了什么，又更显绝望："这么说，我与阿公命中注定，祖孙二人都要死在这种诡异的病上？"

"未必，你不是说，当时也有许多人治好了吗？"阿南忙示意她继续说下去，以便找到更多线索。

没过几日，那女子——应该就是傅灵焰，果然带着那个小男孩，到寨子里来了。

夫人母亲带着他们往家中走，沿着小溪来到山茶树下时，小男孩看见茶花开得如此繁盛，欢呼一声跑到树下，说："阿娘，我给你采一朵最漂亮的！"

傅灵焰微微而笑，站在小径上等待着他。但此时茶花已经开到尽头了，一朵朵不是坠落了，就是花瓣有些枯萎卷翘。

小男孩踮脚去摘高处树梢的花，不料领口被树枝钩住，脚下又一打滑，虽然及时抱住了树干没摔到河里去，但衣襟已被扯开，整个人晃晃悠悠地挂在了树上。

站在花树下的夫人母亲眼尖，一下子便看到了他身上的痕迹，好奇地叫了出来："咦，青龙！"

原来，那小男孩的身上好几条青色痕迹，在他的周身盘绕，和寨子里男人们身上文的青龙看起来有点像，只不过细细长长的，也没有龙爪。

听她这般说，小男孩倒不急着穿衣服了，他一挺胸膛，说："对呀，有八条哦！"

小女孩不由得问："这么多啊，疼不疼？"

"我从小就有，不怕疼的！"小男孩一副勇敢的模样。

看着自己孩子那骄傲的神情，傅灵焰却是神情暗淡。她默然转过了眼，甚至脸上，还涌起了悲哀绝望的难过神情。

站在屋外听着土司夫人讲述的阿南与朱聿恒，听到这里时，不由得互相对望了一眼。

淡淡的青龙，八条……

朱聿恒垂眼看向自己的身体。而阿南的手，则隔着他的衣服，触了触他的身躯。

可他身上的"山河社稷图"是赤红色的，魏先生讲述记忆中傅灵焰的孩子时，身上也是血线纠缠，怎么后来变成了青色呢？

按照常理，那小男孩既然在那时出现在傅灵焰的身边，那么必定该是傅灵焰的儿子韩广霆无疑。

阿南忍不住问："那几条青龙刺青都是什么模样？盘绕在一起还是分散开的？"

"这个，我可真不知道了，我阿妈也只是看了一眼，没跟我详细说过，只提到跟寨子里男人们的青龙文身相似，但其实颜色很淡，跟青筋似的，看着有横有竖，其他的……我阿妈生前都未提过了。"土司夫人不知内情，也并未详细询问过母亲，只继续道，"后来，他们到家中看了一圈，可女首领只看看那几个光屁股的孩子，什么也没说。小男孩见家里没什么好玩的，便让我阿妈带他出去玩。"

两人在屋外转了一圈，又走到茶花树下时，那个小男孩忽然停下脚步，指了指茶花树根，低声叫了出来："你看，那是什么？"

女孩定睛一看，茶花树下有一块白得发亮的东西。

寨子里的小孩从没见过这东西，她捡起来看了看，也不知道是什么。

小男孩对她眨了眨眼，说："我娘说，好孩子捡到东西要交给大人哦。"

"嗯。"她也认真地点头，把东西握在手里。

傅灵焰此时已从屋内出来，揉了揉她的头发后，便抱着男孩上了马。

母子二人骑着马向神女山的方向而去，再也没有回头。

而他们一家人靠着那块茶花树下捡来的银子，熬过了最艰难的年月。女孩顺利长大，嫁了人，还生下了十里八乡最漂亮的女孩子，便是如今的土司夫人。

最漂亮的姑娘嫁给了寨子里最强壮的后生，过了几年，寨子里的人因为取水与邻寨起了冲突，她的丈夫将水田一力护住，得到了寨子里的人一致拥戴，接任了寨主。

又过了些年，他们听闻外面换了皇帝，如今的皇帝推行改土归流，原来的土司因为不服管制而丧生。在她的丈夫被推举为新的土司之后，她劝解他接受朝廷官职，夫妻两人一起学汉话，带着族人与外界交流，最终统领了横断山脉中的大小彝寨，让这一片安定了下来。

"我这一辈子已经过得很好了，就算如今死了，也没什么遗憾。"土司夫人叹道，"人哪有不死的呢，就连那株茶花，前些年树根底下生了一窝蚂蚁，把树干都蛀烂了，我还以为它会死呢……"

阿南低头一看，果然，这棵茶花原来的根已经烂得差不多了。

但，腐烂的地方已经被截去，嫁接上了一根新的树干，这棵茶花树竟因此奇迹般地生还了，重新开出了灿烂的花朵。

"这嫁接手艺，很好啊……"阿南蹲下来查看，啧啧赞叹，"是寨子里哪位老手艺人弄的吗？"

土司夫人摇头："不是，我们寨子的人不懂这手法。这茶花长在这儿，逐渐衰败，本该是自生自灭的，不知怎么却有人照料它，这两年越长越旺了。"

一甲子风云巨变，人事已非。而茶花依旧一年年开得如此繁盛，最是无情。

阿南抚摸那条新接的树根，正在感叹之时，指尖忽然触到了几道细细的刻痕。

她摸着这痕迹，感觉似乎是个标识，但因为有标识的地方朝向根权内侧，因此若不伸手去摸，就绝不可能有人发觉。

朱聿恒问她："怎么了？"

她抚摸着里面的痕迹，抬眼看他："这里，刻着一只鸟，展翅飞翔，尾羽长卷……是青鸾。"

青鸾。

照料这株茶花的人，与傅灵焰定有关系。

可是，傅灵焰已经在海外仙去了，那么……这个在近年还回阵法看过的人，会是谁呢？

或者说，那个手持当年傅灵焰的日月，重新出现在九州天下的人，又是谁？

他们二人心中不由得都想起一个名字。

"难怪……"朱聿恒回忆昨晚那条矫如苍松的身影，低声道，"难怪傅准会将拙巧阁交予他手中，难怪他对拙巧阁的机关布置，会比任何人都熟悉。"

当年与母亲来过这里的孩子，韩广霆，他回来了。

回到寨子，这里迎来了一批其他寨子的人。

数十年老夫老妻，夫人染病对土司的打击显然相当大，在解释病情时，他那一向硬朗的身板也显出了伛偻。

阿南请土司帮他们询问众人，道："请各位回去帮忙打听一下，各家寨子里有没有六十年前去神女山挖过冰川的老人，朝廷有急事要询问。"

不等土司把话转给他们，一个精神矍铄的老人开口道："我当年就去过，而且，你们寨子这个病，我也见过。"

老人年轻时去外面闯荡过，懂一些汉话，当下便道："当年我十三岁，已经长得挺高了，因为对方给钱多，所以谎称自己十六，与我爹一起被雇佣上山干活。有一次往冰川内抬条石时，我爹一个不留神，在冰川上摔了一跤，直接滑到了洞底。几个同寨子的人赶紧和我一起爬下去，将我爹从洞底救了上来……"

上来后他们还庆幸没有缺胳膊断腿，谁知当夜父子俩便全身肿痒难耐，抓得皮肤溃烂，下去救人的寨民也全都是如此。不多久，其他寨子的人也染上了，有几个严重的甚至咽了气，死状极惨。

那个领队的女子外出回来，听说了此事后，立即将染病的人全部转移到一个大冰洞内，并给所有人分发药物，让他们煎了外敷内服。那药有奇效，过了没几天，疫病就消失了，就连冰洞中皮肤溃烂的人也都逐渐好转，身体痊愈。

说到这里，老人将自己的手臂伸出，捋起衣袖展示给他们看。

只见老人黧黑的手臂上，有一块块因为日久年深已经不易察觉的斑纹，但仔细看来，那斑纹与如今染疫寨民身上的痕迹，几乎一模一样。

显然，当时他的病虽被治好了，但身上留下了这些伤疤，至今未曾褪去。

"这么说，当时她给你们的药方，确是药到病除？"阿南立即问。

"对，那药，灵得很！"老头点头，但随即又皱眉道，"不过，我们都不知道那些是啥药，更没见过药方。"

刚现了一丝曙光，又迅速被乌云吞没。

听着废屋内寨民们的哀号声，众人都陷入沉默。

唯有阿南的脸上，现出了一丝笑意。

她问老人："那么，当时你们被分隔在大冰洞内，拿到的药熬完喝完后，药渣丢弃在何处？"

老头听到她的话，呆了一呆后，重重一拍大腿，道："自然是倒在冰洞中了！大家痊愈后，随身东西上怕沾了病气，就都没带走，他们在洞口塞了些稻草，直接放了一把火，冰洞烧融又重新封冻上，就再也进不去了。那些药渣，肯定还冻在冰洞里面！"

只要找到药渣，让精通药理的大夫查看重配，便能大致复原药方，挽救寨子中这些染疫的病人了！

阿南见自己所料不错，便对土司一点头，说道："看来，只要尽快上山，寨中病人未必没有希望。"

土司眼中也燃起了希望，当即下令："清点人手，上神女山，把当年的冰洞挖开！"

横断山脉太过广阔，寨子里已经闹得沸沸扬扬，可派出去追踪马蜂的人，却直到第二天才回转，报告马蜂的消息。

在离神女山不远的山谷中，他们追踪到巨大的马蜂窝，而山谷中一个隐蔽的洞窟里，也发现了有人最近临时居住的痕迹。

追踪探查到对方的路线，他已经前往神女山。

若昨夜手持日月入侵的人确是韩广霆的话，看来，他应该也要故地重游，前往母亲当年设下的阵法了。

事不宜迟，附近寨子中经验丰富的老猎人、身手最好的年轻人被挑选出来，加入他们的队列，一队人立即收拾行装，向西面进发。

出寨之时，焚烧尸身的火光再度亮起，又一个寨民染疫暴亡。

风送来呜咽哀歌。这是寨子里的人唱起了歌曲，送亲人离去。

前日围着篝火的欢歌，转眼化成了悲声，在四周的山谷深壑之中远远回响，催人泪下。

西南大山，草木遮天蔽日，铺陈在大地上的茫茫苍绿仿佛没有起点也没有尽头。

幽暗林下，他们劈开及胸的草丛荆棘，艰难穿行。除了盘曲湍急的河流，仿佛没有任何辨认方向的标志。

快到黄昏时，重重密林渐转稀疏，他们开始进入广袤的高山草甸。

老向导手指前方，示意他们抬头远望。

逶迤草原的尽头，是一座积雪覆盖的高大雪山。此时四野俱已昏黄，唯有最高的雪山顶被日光照彻，镀上一层耀眼夺目的金色，照耀四方。

昏黑的天色之中，这座雪山仿佛传说中的神山，庄严神圣放射光芒，普照万民。

望着这神迹一般的景象，众人都是心灵震颤。寨民们跪伏于地，向着金山深深叩首，五体投地。

朱聿恒也向着金山凝望了许久，才从怀中取出傅灵焰的手札，看着那上面的地图，对照面前的雪山。

阿南拨马贴近，与他一起看着上面的图样。

只见雄浑壮阔的山脉之中，六条自北向南的怒涛切开七座大山，山峰横阻，水势竖劈，在一片激湍冲撞中，上方岿然不动的，赫然便是黑气盘绕的巍峨雪山。

"那是傅灵焰所设阵法之处，应是无误了。"阿南掰着手指，数了数离开云南府后一路走过的河流山川，道，"第三和第四条河流之间，高山上千年积雪的山顶，即黑气盘踞之地。"

"嗯，万年冰封之处，深藏着吞噬万物的邪灵……"朱聿恒说着，转头看着她，轻声道，"这般高山险峰，上面必定寒风呼啸。咱们避开了昆仑山，终究避不开这里的亘古冰雪。"

阿南仰头朝他一笑："说起来，我自小在南海长大，还从未见过这般巍峨的雪山。不知这冰川雪顶要如何才能攀爬上去，我这特别怕冷的人，对这严寒又有没有办法呢。"

朱聿恒轻声道："别担心，我还不太怕冷。"

阿南尚未明白他的意思，蓦地手掌一暖，是朱聿恒握住了她的手。

他的手，确实比她的要暖和许多，足以热烫人心。

他们紧握着彼此的手，仰望夕阳反照中灿然生辉的雪山之巅，仿佛被那亘古以来便矗立于天穹之下的神女山震慑了心神，久久无法出声。

在连绵险峻的横断大山之前，中原所有号称陡峭的山都似低了一头。而在这些险之又险的山峦之中，他们的目标神女山，又是最为艰难的一座。

雪山看起来明明就在眼前，但他们翻越了无数峡谷，又绕过了无数林地，它依旧遥遥在望，难以接近。

又行了一日，眼看暮色四合，已近黄昏。到达山腰一块平地后，向导说这里地势平缓且上临绝壁、下临溪谷，猎人们常在此休息过夜，是驻营的好地方。

诸葛嘉到河谷看了一圈地势，认为这里只要两堆篝火便能对抗落单的野兽，但若有群兽包抄，则会陷入绝境。

"不过横断山脉中没听说有成群结队的狼群猛兽，更何况，后方山壁还有一处凹陷山洞，虽然潮湿积水，但发生危险时可临时退避。"

周围的确没有更好的驻扎地点了，于是众人选择在此安营扎寨。

安排好轮岗守夜的人手后，整日的跋涉奔波让众人纷纷进入梦乡。

就在半夜沉睡之时，耳边忽然传来震天的声响。

值夜的士兵慌忙抬头朝声音来处看去，但黑暗中难以辨认，只能依稀感觉是有巨木滚落，挟万钧之势向下方的营帐压下来。

急促的呼警声立即响起，暗夜中外围营帐已被压塌。

朱聿恒自小经历战阵，虽然事起仓促，但他瞬间反应，带着廖素亭冲出营帐，向着后方山壁疾退。

山顶木石滚落时有弹跳之力，所以紧贴山壁是最安全的避险方法。混乱的黑暗中，他大声疾呼："阿南！"

"在这儿，我跑得比你快。"阿南的声音在不远处传来，随即，一个温热身躯向他贴来，与他紧靠在一起。

"敌暗我明，又遭突袭，如今无法对敌应战，所有人先撤到山洞去。"

命令下达，众人立即响应，队伍撤向洞内。

山洞不算太大，但上方便是山崖突起处，即使站在洞口，也足可保证没有断木落石之虞。

诸葛嘉带人护在山洞之外，警戒周围。

上头坠落声停止，洞外传来喊杀声。在一波落木坠下后，躲在暗处的敌人趁他们慌乱之际，现身来袭。

月黑风高，山林中只见隐约晃动的人影。

诸葛嘉冷静地下令开弓，不辨方向不认身份。毕竟，这莽莽大山之中，对方肯定无法组织起比朝廷人数更多、装备更精良的队伍。

果然，对面惨呼声响起，口音混杂，听来并非西南人。

阿南抱臂抵在洞壁上，低声对朱聿恒道："青莲宗的人。"

朱聿恒点了一下头，侧耳倾听后方呼喝着调配攻势的声音，分辨领头的人："唐月娘和梁辉。"

看来，他们从西北沙漠遁逃，也是南下来此，要借助这边的疫病阵法，再度兴风作浪。

青莲宗残部从山东撤退到西北，又从西北零散溃逃，能在此处集结的人数虽然不多，但个个都是悍不畏死的狂热宗众。朝廷军虽然箭如飞蝗，但仓促应战，又受限于山林地形阻碍，一时也无法反败为胜。

见难以突破箭矢，为减免伤害，对方停歇了一阵，随即，洞外有火光青烟冒起，借着风势，向洞中灌来。

山林湿柴烟雾浓重，洞中众人顿时呛咳一片。

"来得正好！"阿南捂住口鼻，转向楚元知狠狠道，"楚先生，咱们之前弄的东西，可以拿出来了。"

楚元知剧烈咳嗽着，示意身旁的神机营士卒将几袋东西递给她。

诸葛嘉这个神机营提督在旁边看着，郁闷地问："你们又瞒着我捣鼓什么东西？"

"待会儿你就知道了。"阿南说着，顶着烟出了洞口，打开袋子抓起里面一个东西，在地上抓起几把碎石塞在里面，便朝着面前黑暗的山林扔了过去。

第八章

春水碧天

昏暗山林中，唐月娘站在避风处看着整座山火势蔓延，回头问竺星河："纵火的方向与角度，公子可都算好了？确定四面的火能围住他们所躲藏的那处山崖？"

竺星河没有回答，身旁方碧眠抿嘴笑道："宗主放心，天下山川走势竺公子无不精熟于胸，那群人定然插翅难逃。"

"好，弓箭手准备好了吗？"

梁辉道："万事俱备，都埋伏于高处了，现下所有箭头都已对准洞口，只要逃出一个，他们就射一个；逃出一对，他们就杀一双！"

唐月娘满意地道："甚好，就看他们是愿意熏死在浓烟里，还是我们的箭下了！"

话音未落，崖下山洞前方，忽有火光喷射而出。

"怎么了？"梁辉立即赶上两步，查看那边情形，"是神机营携带的火药，被山火点燃了？"

"不像，大团火药爆炸绝不是这般情况。"唐月娘正说着，抬眼看见那火药之中又飞出无数道黑影，向着四面散去。

正当他们猜测那是什么东西之时，后方竺星河已是脸色大变，一把将方碧眠拉倒，自己也扑倒在地："趴下！"

转眼间，黑影已到了他们面前，众人刚看清那是几团正在燃烧的东西，无数碎石已在火药的催动下猛然迸射，向着四面八方炸开。

众人仓促趴倒，但还是不免被石子如刀划过，个个都是血痕淋漓、遍体鳞伤。

等到爆炸过去，众人还是将整个身子紧紧贴伏在地上，不敢抬头。

方碧眠惊骇地问竺星河："这是……什么？"

"这是阿南研制的一种药雷，名为'散花'。是将锐物以火药送入空中，再一举炸开，半空中四射乱炸，攻击敌人。"竺星河望着倒地呻吟的伤者，心有余悸，道，"幸好如今在山林中，她手头只有碎石，没有其他的尖锐物品，不然的话，里面放的若是钢钉、铁蒺藜之类的，咱们怕是全都逃不过。"

方碧眠道："还好它是在半空中炸开的，只要咱们立即贴地藏好，我看杀伤力也不至于太过可怕……"

竺星河却一言不发，只将目光移向旁边树冠之上。

唐月娘心中掠过一阵不祥的预感，急道："不好！咱们持弓弩的兄弟们还在树上……"

话音未落，只听得又是砰砰几阵炸响，从烟火萦绕的山崖下又抛出几个"散花"来。

这一次，弹药升得更高了些，在半空猛然炸开。

周围树上顿时全是惨叫声，随即，树上的几个弓箭手重重坠地。

碎石在火药加持之下极为劲疾强悍，弓弩手在树上无法躲避，个个筋骨折断，从高树上坠落，非死即伤。

见兄弟们伤残，唐月娘顿时急了，问竺星河："竺公子，你应是这世上最了解司南之人，不知如果遇到被围困之时，司南会如何应对？"

竺星河略一思索，道："'散花'过后，便可试探前冲了。下一刻要小心他们突围，冲破防线。"

"好，刀出鞘，弓上弦，该给他们点颜色瞧瞧了。"唐月娘一挥手，示意后面的人跟上。

天近黎明，天边已显出鱼肚白。

青莲宗众踩踏着尚在冒着青烟的大地，谨慎地手持武器，向着崖下包围。

将摔伤的同伴救出火圈，其余的精锐则踏着山火余烬，步步向前。

方碧眠望着冒火前进、不顾头发眉毛被烧掉的宗众，心下忽然闪过一个念头——

公子他，真的愿意与青莲宗联手，将司南绞杀于火海之中吗？

她的目光不禁瞥向后方的竺星河，却见他静静地站在山火之前，目光一瞬不瞬地盯着山崖下方，不知道在想些什么，又似乎什么都没想。

一瞬间方碧眠忽然觉得心口堵得极为难受。

她缓缓退了一步，帮助同伴将退下来的伤患扶住，将伤口冲洗后抹药包扎。

正在忙碌之际，耳边又听得数声火药的尖锐声响。

方碧眠仓皇抬头看去，只见"散花"再度出现，这一次散出的，却不仅仅只是碎石了，里面有废铁钉、烂构件、缺榫卯、残扣钮……全部一股脑儿喷射出来，直射向包围而来的青莲宗众与树上的弓箭手。

只听得惨叫声连连，哀鸣声中，弓箭手几乎全部落地，而青莲宗众也个个捂着伤口倒下，哀叫不已。刚包扎好的伤员更是再度受伤，更为凄惨。

就连跟在竺星河身边的海客们，也难免受了波及，魏乐安因为年迈反应慢，大腿上被扎了一根铁钉，顿时血流如注。

他忍痛拔出铁钉，手法利落地给自己上药。

而竺星河看着那些铁钉榫卯，脸色大变："这些，似乎是军帐的构件？"

被落木压垮军帐后，朝廷军立即便撤入了山洞，哪有时间带走这些东西利用？

除非……他们已经反败为胜，控住了山崖平地。

尚未等他们反应，只听得喊杀声震天，身后冲出了一彪人马，为首的正是廖素亭。

他最会借助地势，此时在山林中纵马冲杀，势不可当，青莲宗的包围顿时溃不成军。

山洞外，阿南满意地听着山林中交战的声音，示意楚元知将"散花"收好："不能再丢了，廖素亭他们已经反包围了，别误伤自己人。"

诸葛嘉冷哼一声，道："年轻人还是不牢靠，殿下说这个地势只怕包抄，让他昨夜早早去山顶巡逻了，他居然还让对方的木石滚落了！"

墨长泽用手扇着面前烟雾，道："无妨，无妨，反正外面被压的营帐都是空的，我们并无死伤。"

"可是粮草辎重难免受到了损失，如今被压在了杂乱的土木下面，清理起来肯定麻烦！"诸葛嘉最心疼神机营财产，一身戾气，越想越气，带着一群人便赶了出去，"先杀几个乱贼出出气！"

厮杀声立刻响起又很快结束。早已被"散花"弄得非死即残的青莲宗众，前有廖素亭堵截，后有诸葛嘉来袭，当即被杀得落花流水，四下退散。

唐月娘见势不妙，只能咬牙率众撤退，等候下一波战机。

这一役青莲宗死伤惨重，等逃过河谷清点残兵，死的死，散的散，只剩了百十来人，其中还有一部分受了重伤，丧失了战斗力。

唐月娘痛悔不已，见魏乐安过来查看伤残情况，便问："你们不是对司南了如指掌，认为今日此战万无一失吗？"

"世事如棋，谁胜谁负都不好说。"魏乐安自己也有伤在身，无心劝慰他们，口气冷淡，"而且，阿南的手段宗主难道不知？她一贯神机妙算，智计百出，我们虽然了解她，但究竟她会用什么手段，我们亦难以具体测算。"

唐月娘迁怒道："这样的人才，你们当家的不好好拘束收拢，怎么叫她跑去了朝廷那边？"

魏乐安一声叹息，而方碧眠默然张了张唇，未能出声。

唐月娘回看寥落的兄弟们，不觉悲怆难抑。她示意方碧眠与自己走到一旁，低声问："碧眠，今日局势如此，你觉得……咱们青莲宗，可还有东山再起的机会？"

方碧眠眼圈微红，却坚定道："宗主，您是我们的主心骨、顶梁柱，只要有您支撑着，我们青莲宗便不会散！"

唐月娘摇了摇头，道："咱们只剩了这点残余之力，如今又被击溃，困于这个河谷，绝难逃脱，不如……你先带着兄弟们撤走，好歹，一定要保住青莲宗的根，将青莲老母的光辉遍洒四方！"

方碧眠大惊，从她的怀中抬起头，"扑通"一声重重跪下："阿娘，我娘去世后，您就是我的引路明灯，您……何苦说这般话！我们定能杀出一个天地，重振青莲宗！"

"傻孩子，那也得能突破出去啊。"唐月娘轻抚她的面容，低声嘱咐道，"兄弟们危在旦夕，但，我知道海客们定有能力出去。"

她面容沉静，山间阴雨乍过，这一刻晦暗阴霾中，她面容如雕刻般冷硬，直面死亡，没有任何畏惧。

"碧眠，我会带一小股兵力，率人向反方向突围，而你一定要带领主力，跟着海客们逃出去。若有机会，咱们在牯牛寨重逢，若再难重逢的话……青莲宗，就交托给你了！"

唐月娘率二三十众向南突击。河谷南岸乱石嶙峋，山火未烧到这里，对方也不曾重视，正是薄弱点之一。

方碧眠擦干眼泪，吩咐主力集结，等唐月娘撕开包围口子后，主力借机突围。

然而，他们已经察觉到的薄弱处，朝廷军怎会察觉不到？就在她突围之时，前方人马涌动，阿南早已率众拦住了去路。

明知自己绝非阿南的对手，甚至上次因为阿南而受的伤至今未曾调理好，但唐月娘还是迎着对方冲了上去，以必死的决心，要为青莲宗众辟出一条生路。

望着她决绝坚定的身影，方碧眠喃喃地叫了一声"阿娘"，愤恨咬牙，死死盯着阿南。

阿南的流光无比迅疾，只一照面之际，便要在唐月娘的咽喉上开一个血口子。

极险之刻，身后梁辉将唐月娘一把撞开，她才得以堪堪避过流光利刃，但下巴上早已被割出了一道深深的口子，眼看着血流了半个脖子，看着极为可怖。

而将她撞开的梁辉则被流光削过眼睛，无法视物，顿时扑倒在地。

眼看阿南的下一击便要来临，唐月娘不退反进，连舍身救她的丈夫都顾不上，只为豁命牵引住敌人。

方碧眠知道，自己该带着宗众立即与海客会合，破围逃离。

但就在这至关重要的一刻，方碧眠却不顾一切地冲了上去，将唐月娘紧紧拉住，往后疾退。

她死死坠在唐月娘身上，令唐月娘根本无法再自寻死路般扑上去与阿南拼命。

地上的梁辉也捂着流血的左眼爬起来，拉住唐月娘就往回疾奔。

方碧眠向梁辉打了个手势，示意他带着唐月娘快走，自己则直冲向了崖边河谷。

那里，正是海客们驻扎之处。

横断山脉峰高谷深，下方是滚滚波涛，激流飞湍。劈开大山的激流就在眼前，道路被分成东西两条，相背而行。

山高林密，杂草丛生，随时会迷失的深山中，即使对方只剩散兵游勇，朝廷军队亦无把握分头追击。

阿南瞥了方碧眠与海客们方向一眼，指示众人向西追击唐月娘及一众青莲宗残兵。

而在东路之上，仓促扑入海客中的方碧眠被司霖一把扶住，他急问："方姑娘，你没事吧？"

方碧眠摇头，回头看向唐月娘处。

西路追击更急，青莲宗沿着峡谷撤退，可前方无路可逃，只能仗着荒草丛生遮蔽行踪，令后方追兵一时难以搜捕。

可一旦朝廷军队展开搜查，他们势必会被堵在崖壁之上，全军覆没。

她含泪扑向竺星河，"扑通"一声跪下，揪着他的衣襟嘶哑泣道："公子，求您救救青莲宗的兄弟们吧，我……只要有办法救下阿娘，救下兄弟们，我愿豁出性命，粉身碎骨在所不惜！"

"方姑娘，我知道你的心情，但如今局势危急，我总得以这里的安危为重。"竺星河声音平淡得近乎冷漠，"如今朝廷主力放在那边，我们这里地势隐蔽，他们一时难以追踪，你放心跟我们一路走吧，我会护你性命周全。"

方碧眠怔怔地望着他，泪眼模糊中，他依旧淡定从容，翩翩公子温润如玉。

他许诺保全她，那便一定能保全，因为她知道，他有这样的能力。

她只要接受，就可以苟全性命，从这必死的绝境中安全脱身。

可……海客们从容逃离的代价，是青莲宗残存力量全部覆灭，是待她如师如母的唐月娘的死亡。

她抬起颤抖的手，捂着自己的脸，无声的呜咽从她的唇间溢出，模糊而短促，却很快便将她的眼泪堵了回去。

她抬起头擦干眼泪，看见竺星河向她微微点头，问："走吧？"

方碧眠凝望着他，眼中尽是不舍，却又微不可见地摇头，说道："不，公子，碧眠……告辞了。"

竺星河微微挑眉，司霖则急问："方姑娘，你要跟着青莲宗走？"

"是，青莲宗养我育我，救我于水火之中。若是没有宗主，当年我怕是早已死在了教坊中……"方碧眠眼中含泪，满是不舍与绝望，"公子，人活在这世上，不能不知恩图报，我……对不住您！"

见她如此，竺星河也不阻拦，只道："一路相随亦是缘分，你一向对我们照顾周到，没有什么对不住我们的地方。"

方碧眠默然跪在荒草中，向着他端端正正磕了三个响头。

见她如此郑重决绝，竺星河略觉诧异，正要扶起她，却见她已迅速站起身。

她纵身冲出海客们隐蔽之处，向着山崖奔去，手中忽然炸开巨大的响声，随即青烟袅袅，直冲天际。

她手中所持的烟火，在莽莽大山之中成为最鲜明的指引，如今海客们聚集隐藏之处顿时暴露。

几声呼哨在林间久久回荡，指引着大部分兵力向着海客们聚集而来。

坐在外围警戒的庄叔大怒，气得胡子乱颤："方姑娘！你这是……为了掩护青莲宗，要祸水东引，将朝廷军队引到我们这边来？"

方碧眠扬手站在断崖边，手中的浓烟烈焰照亮了她决绝又悲怆的面容。

竺星河已经率人追出林地，众人的目光都逼视着她。

毕竟，自她与竺星河相伴以来，她对众人一贯体贴有加，温言软语，而且心细如发，妥帖地照顾每个人的生活起居。

北上的冬衣是她准备的，行路的渴水是她熬制的，伤风感冒是她在嘘寒问暖，甚至庄叔孙子的襁褓都是她帮忙缝的……她体贴入微，将他们的生活打点得妥妥帖帖。

海客们早已将她当作自己人，没想到这个自己人，在关键时刻，却亲手出卖了他们。

而方碧眠一动不动，就连手被烟火灼伤，似乎也毫无感觉。她只是含泪望着竺星河，哑声道："抱歉，公子，兄弟们……碧眠没有办法，只能出此下策。"

司霖不敢相信，瞪着她目眦欲裂："你怎可如此？"

方碧眠惨然一笑："别担心，南姑娘是个念旧的人，她对我们青莲宗会赶尽杀绝，可是对你们，她一定会手下留情的，她会放过你们的！"

"你！"司霖扑上去就要和她拼命。

竺星河却拦住了他，冷冷地看了方碧眠一眼，道："事已至此，别浪费时间了，走吧。"

朝廷军队训练有素，早已舍了分散的青莲宗，以烟火为标记，敲击梆子，击打之声在深山之中远远回荡。

周围士兵迅速响应，以此处为圆心，如潮水向中间奔涌而来。

海客们此时俨然已是笼中之鸟，无法逃脱。

竺星河脸色难看地审视地形，捕捉山中对方兵力被割裂之处，对众人分派突围任务，约定好破网后的相会路径。

五行诀的威力，在崇山峻岭之中显露无遗，他选择的薄弱处，对方兵力果然一击即溃。

山间地势复杂，左绕右转，就在他们突围之际，忽然前方山头有一彪人马从山涧突出，如自天而降般出现在他们面前。

正是朱聿恒与诸葛嘉。

棋九步料敌机先，八阵图依山设阵，还有个廖素亭专门钻空子，五行诀纵然借助山海之势天下无匹，可遇上他们也依旧被围堵于山坳，难以突破。

朱聿恒率先进击，日月齐放，向着竺星河袭去。

竺星河春风出手，绞向日月的天蚕丝，似乎要将它们全部绞缠于春风之上，利用它们自身的利刃使其相互碰撞割裂。

两人上次交手后，都对彼此的能力心中有数，也都曾在心里无数次推敲与对方再度交手时如何应对取胜。

山林风声缭乱呼啸，日月空灵的撞击声在风中如钟如磬，春风的呼啸声却如琴如笛，一时连风声都被压了下来。

就在竺星河的春风要借应声之力反控日月之际，猛听得周围梆子声催促，节奏既急又乱，彻底盖过了春风的呜咽。

在混乱的声响中，春风的应声之力顿时微弱到几可忽视。

薄刃划过空中，在朱聿恒手指的操控下，嘤嘤铮铮间如灵蛇吐芯，乍吐还收，极为迅捷，六十四点光辉照得山林间如升起日晕辉光。

梆子声中，竺星河的春风每每与日月擦过，想要抓紧它的轨迹却无从分析，反而是朱聿恒能精准地测算出他的每一步后路与动作，毫不留情将他彻底截断，不让他有丝毫变招的可能。

日月照临之下，春风轨迹散乱，竺星河显然已经落了下风。

阿南没有上前，她心头微乱，只站在山间凸起的大石块上，静观这边的战况。

耳边忽然传来火铳声，阿南心下"咯噔"一声，举起手中千里望，目光转向旁边山林。

突围而出的海客们，有几个人误入了诸葛嘉的八阵图。以树木为凭、以山岭为势，诸葛嘉借着地势设下的阵法难寻纰漏，手下的神机营士兵们火铳连开，毫不留情。

她的手略略一颤，赶紧调整千里望，仔细观察。

一般的火铳准头很差，因此海客们会在对方射完一轮后迎上去，借着对方装填弹药的机会，阻断其攻势。

可神机营训练有素，与海上那些乌合之众完全不同，一批人射完后，清理枪膛，装填弹药，后方接续上，立即开始另一批轮射。海客们在一轮后赶上，相当于正好撞到了他们的枪眼上，顿时死伤无数，后方的人个个都震惊地停下了脚步。

眼看昔日的兄弟死于非命，阿南心下绞痛，她将手中千里望一丢，跳下石头向着那边飞奔而去。

但未到战阵，她便看到前方不远处，一条人影在包围中一脚踩空，眼看就要掉下悬崖。

是魏乐安，他年纪大了，又腿上有伤，眼看要遭遇不测。

危急中，他揪住了崖边一棵荆棘，即使手掌被刺得血肉模糊也不敢放开。

但荆棘毕竟根浅枝细，哪能承受得住一个人的体重，眼看被魏乐安下坠的力量连根拔起。

他下意识紧闭起双眼，没想到自己在海上纵横多年，最终居然要在这深山老林中跌个粉身碎骨。

就在此时，一只手忽然伸来，紧紧抓住了他的手臂，将他下坠的身子捞住。

魏乐安抬眼一看，千钧一发之际抓住他的人，正是阿南。

"你……"他不知如何说才好。

而阿南已经伸出另一只手，拼尽全力将他拉了上来，带着他跌坐在悬崖边。

原本正在发号施令的诸葛嘉，看见阿南不仅冲入了战阵边缘，还救起了一个海客，不禁大为皱眉。但为了防止误伤阿南，也只能无奈地示意士兵们将枪口移开，不要对准她。

海客们面面相觑之际，也抓住机会立即转身，在枪弹稀疏之际，立即逃出射程。

魏乐安喘息未定，望着阿南神情复杂："南姑娘，你……你现在已经是那边的人了，我不妨碍你的前程，你何必为我……"

"别说了，我做事从来只顾自己的喜好。"阿南毫不迟疑地拉起他，示意他和自己站在一起，免得被误伤。

刚一起身，魏乐安发出一声痛苦呻吟。阿南低头一看，他之前的腿伤迸裂，殷红鲜血狂涌出来，湿了半边衣物。

"别动，我给你包扎一下。"

前方海客已经退散，山路崎岖，魏乐安的伤势如此之重，显然已经无法赶上他们，更不可能在这个密林之中存活。

阿南略一犹豫，俯身道："上来，我背你走！"

"不，南姑娘，你别管我了……"魏乐安正在迟疑之际，阿南不由分说，已经将他扛在了背上。

魏乐安伏在她的肩上，拍着她的背感慨万千："南姑娘……你十四岁时忽然降落到我们船头，说自己来报答当年公子的恩情了，那时候你还没有司鸶高呢，这几年来……我们眼看着你风里来雨里去，一天天长大……"

说到这，魏乐安不由得苦笑。

其实海客们还开过玩笑，说阿南长得这么高，可能一般的男人都不会喜欢吧。

毕竟谁都知道，公子喜欢的江南佳丽，是方碧眠那种小鸟依人的模样。而阿南却显得太硬朗了，一般的男人，谁能接受呢……

他这样想着，目光不自觉地越过树林，越过人群，落在那边朱聿恒的身上。

宽阔的肩膀，颀长的身躯，坚定的身影与手中一往无前的日月——这样的人，可能才是阿南真正的归宿，才是能够与她一起在这天下纵横的鹰隼吧。

他的目光又转向崖边的方碧眠。

她手上的烟火已经熄灭，此时正呆呆地站在悬崖边，攥紧她被烫伤的手。

旁边的士兵冲上来，火铳对准了她，有人大喊："她是青莲宗的余孽，绝不可放过！"

阿南没有理会方碧眠，见朱聿恒与竺星河缠斗，海客们已经散入山林，便朝着诸葛嘉一挥手，问："还追得上青莲宗吗？"

诸葛嘉抬头向对面山上看去。山高林密，但青莲宗伤残甚多，依稀可见奔逃痕迹，比海客们可好追捕多了。

当下他向着神机营士卒们一挥手，示意他们分列队伍，准备搜山。

"南姑娘！"崖边的方碧眠忽然开口，狠狠地叫了阿南一声。

阿南没理她，安顿好魏乐安，径自指挥士卒分路包抄。

方碧眠见她看都不看自己一眼，又大声吼了出来，破音凄厉："司南，你这个不忠不孝不仁不义的女人，有什么资格对我们青莲宗动手！"

阿南冷冷一笑，头也不回："你今天才知道我不忠不孝不仁不义？我司南本来就是女海匪出身，天下尽人皆知！"

"哼，可你、你不仅出身土匪窝，还犯下了天理难容之罪！"方碧眠冷笑一声，抬起焚得焦黑的手指着她，厉声道，"司南，你想不到吧，你娘骗了你！"

阿南皱起眉，终于回头瞥了她一眼。

面前是神机营士兵黑洞洞的铳口，方碧眠却视若无睹，她转过目光看向阿南，脸上现出凶狠笑意，嘶哑的声音又带着一丝诡异："南姑娘，你别急着去追青莲宗啊，我今日难逃一死，但临死前，我最后替你做一件善事吧。"

阿南听她声音古怪，心下忽然有种怪异的恐惧生起。

她想起当初朱聿恒调查她的父母，最终却隐瞒了事实，反而拉了另一对夫妻来替代。

那时他告诉她说，是因为那对假夫妻还有亲人在世，便于控制她。

也因此，她与阿琰的心结，至今未曾打开。

可……阿琰真是这样的人吗？

愿意与她生死同命的阿琰，需要那点淡薄的血缘来牵绊她吗？

而方碧眠已经伸手入怀，掏出一份东西向她丢去："这个，是我偷偷从公子那边眷抄的，本想留作他用，如今，就送给你吧！"

阿南见她丢过来的似是一封书信，伸出手指夹住，却不拆开看，只冷冷问："什么东西？"

方碧眠微微一笑，用满是燎泡与灰烬的手撩开额前的乱发，站在悬崖上的身躯摇摇欲坠："南姑娘，你娘骗了你。她骗你说你是遗腹子，可其实……你是在她被掳之后才怀上的。"

阿南如遭雷殛，眼前的世界仿佛瞬间黑了下来，她连呼吸也透不过来，整个人似乎沉入了冰冷的深海。

"别找你爹了，你娘应该也不知道。一个年轻女人，被抓到海盗窝里，你猜猜她知不知道你是谁的种？"

阿南扑了上来，狠狠抓向方碧眠的肩膀："你胡说！无凭无据，你污蔑我娘，污蔑我爹，我要杀了你！"

"你杀了我，也掩盖不了事实！"方碧眠毫无惧色，高亢嘶哑的声音透着疯狂，"司南，你看看我抄的文档啊！看你娘出海后多久才生下你！那时候距离水华大发都三年了！"

二十年来板上钉钉、她从未想过有其他可能的身世，如今却被一朝掀翻，让阿南握着信封的手剧烈颤抖起来。

见此情状，方碧眠唇角扬起得意的狞笑，她甚至向着阿南逼近，如同恶魔般凑近了阿南："司南，你放心，虽然不知道你爹是谁，可你饱含血泪苦练多年，杀回岛上为你娘报仇时，被你杀掉的海盗里，肯定有一个是你爹！"

她一向是温婉柔弱的模样，可此时的笑声中却充满了凄厉扭曲之感，令人毛骨悚然。

"你娘是海匪窝的娼妓，你亲手杀了自己爹，这就是纵横四海无人能敌的司南，哈哈哈哈……"

周围所有人都听到了她声嘶力竭的叫喊，被她的疯狂震惊，也被她揭露的内幕所震慑，都是惊骇迟疑。

廖素亭不敢置信地瞪大了眼睛，楚元知面色惨白张皇无措，就连诸葛嘉这种一贯清冷淡漠的人，落在阿南身上的目光也变得莫可名状、复杂难言。

阿南紧紧抓着那封信，不敢撕开看证据，在众人异样的逼视下，她唯余全身冰凉、微微颤抖。

"你看啊！看看皇太孙殿下亲手给你调查的真相啊！"方碧眠直视着她惨白的面容，疯狂进逼。

"你不敢，因为你知道罪证确凿，是吗？"

胸口的冰凉与灼热交织，直冲她的大脑，让阿南再也忍耐不住，不顾一切地撕开了手中的信封。

山风猎猎横卷，信封只开了一个口子，便冒出了剧烈白烟，向她迎面喷来。

终日打雁的阿南，却因为此时神志大乱，中了诡计。

"小心！"一道天蚕丝缠上她的手腕，将她持信的手迅速扯开。

随即，周围日月光华如织，密集气流卷起白烟，在空中直转，硬生生地制造出一个白色气旋，让即将扑向她面部的剧毒烟雾飘散。

正是朱聿恒。

他不顾与竺星河正在激烈缠斗中，转身扑向了阿南。

春风在他的背上割开一道深深的口子，他没有理会，而竺星河也没有追击，只回头仓促望向悬崖边的阿南。

朱聿恒已一把抱住茫然的阿南，将她埋入自己的胸膛，侧身避开那弥漫的毒烟。

白烟从他的背上一卷而过，他背后划开的口子上，裸露的皮肤传来干灼的烧痛。

见朱聿恒将阿南紧护于怀，避开了自己的毒烟，方碧眠气急之下如同癫狂，直指着她大吼道："司南，你还有脸苟活于世？你这海盗与妓女所生、罪大恶极的弑父之人，还是赶紧自杀以谢天下吧，哈哈哈哈……"

就在她肆意释放心底的恨意之时，疯狂的笑声却忽然卡在了喉咙之中。

她的嗓子被腥甜的血液堵住，在无法控制的"嗬嗬"声中，看见自己的心口，开出了一朵绚烂夺目的六瓣花朵。

竺星河的春风，已经刺入了她的胸中，将她一切疯狂的话语，全都堵在了濒死的喘息中。

她抬眼看着竺星河，看着这向来温柔的熟悉眉眼中，遍布的肃杀狠戾。

春风再也遮掩不住深埋的凛冽。

她张了张嘴，艰难地，最后叫了一声："公子……"

他一向是光风霁月、云淡风轻的模样，原来是因为……

因为他不在意她，她不值得。

能牵动他心底那最深处、最隐秘情绪的，只有那一个人。

方碧眠的身体向悬崖下坠去，大睁的眼睛一直死死盯着上方的竺星河，直至冰冷的河水将她彻底淹没。

水上泛起几朵淡薄的血色涟漪，随即被激流迅速吞没。

竺星河回过头，目光在阿南的身上一扫而过，看到朱聿恒将她紧拥在怀的姿势，他握紧了手中的春风。

暴怒嗜血的欲望已经冲垮理智，让他几乎要不顾一切冲过去，与朱聿恒分个你死我活。

但，他如今已经不占上风，四散的兄弟们正在等待他，而他终于脱出战阵，已经没有可供浪费的时间。

他转身向后方撤去，飘忽的身形与凌厉的杀气，百人辟易，无人能挡。

春风上血珠滴落，旋转着收回他的扳指，一如既往安静蛰伏于温润银白扳指中，谁也看不出里面藏着骇人的杀机。

唯有他临去时扫向朱聿恒的一眼，带着淋漓的血腥意味，仿佛春风即将开在朱聿恒的胸口，将朱聿恒所有的一切全部夺走。

朱聿恒仿佛没看到竺星河与海客们的离去，只用力地抱紧了怀中的阿南，控制她绝望的挣扎。

"阿南，别动，冷静下来！"

他低头看向怀中的阿南，却见她全身冰冷，面色惨白，只用手死死揪住了他的衣襟。

一向坚定无比、暴风骤雨中都能放声而歌的阿南，从未曾出现过这般绝望的神情。

他只觉得心口剧烈颤抖起来，颤声道："别听她胡说八道，你是阿南，是福建闽江中国塔下的我朝百姓！"

"真的吗？告诉我，我娘是被冤枉的，我没有……没有……杀了……"她喘息沉重，语不成句，死死抓着他，仿佛溺水的人抓住了最后一根稻草。

但她心底其实也知道，这根稻草，自己抓住了也没用。

命运如滔天洪水，已经将她卷入其中。她唯一能做的，只能是眼睁睁看着黑暗灭顶。

"难怪你骗我，难怪你不肯告诉我父母的情况……"阿南喃喃着，脸上的神情比死还可怕，目光中尽是一片死灰，"因为，阿琰，你也发现了，是吗……"

发现了她十四岁那年一战成名、威震四海的壮举，其实是，她犯下的血罪。

"不是，方碧眠在污蔑你！"朱聿恒抱紧了她，厉声驳斥道，"你与你娘都是受害者，你没有任何错！"

"那么……你为什么要替我假造出身与籍贯，为什么这般……死死瞒着我？"阿南绝望地盯着他，喘息急促。

朱聿恒咬了一咬牙，终于大声地，对着她也对着旁边众人吼道："事已至此，阿南，我就把真相原原本本告诉你！你的父母，确实是普通的渔民！"

他的声音那么响亮，在苍莽山谷中隐隐回荡，可阿南沉在恍惚中，仿佛还听不清楚。

她茫然地睁大眼睛望着他，带着隐约的恐惧，又充满了绝望的希冀。

"你十四岁那年，清剿了海匪窝点后，有几个被你救出来的妇人回到我朝疆域。其中有一个是福州府人，为了寻访你的身世，朝廷已经找到了她！"他斩钉截铁道，"那妇人还记得与她一起被掳的你娘，岛上有个年轻海匪对她十分关照，后来你娘便有了你。但因那个年轻人也是被绑来被迫从匪的渔民，因此并无地位也救不了你娘，五六年后，更是在岛上一场火并中死于非命——阿南，我本来不愿告诉你这些，免得你徒增伤痛。但方碧眠借此含血喷人，逼你走上绝路，我只能将真相告诉你了！"

阿南攥紧了自己的五指，指甲掐着她的手心，尖锐的痛让她终于恢复过来一点意识："五六年后，他死于那场火并……所以，我娘才拼死都要带着我逃出去？"

"是，因为你娘知道，你们母女以后在匪窝中，连最微弱的保护力量都没有了。"朱聿恒紧握着她的手，用自己热烫的掌心，去熨帖她冰凉的手指，"所以阿南，你的生父早已死在你五岁那年，你的母亲也追随他而去了！九年后，十四岁的你白衣缟素，杀光了那座岛上所有的匪盗，是亲手为你的父母报仇雪恨，没有任何人可以借此污蔑你、攻击你！"

他俯下头，毫不顾忌身旁震撼的众人，热烫的唇贴在她冰凉的额上，一字一顿道："阿南，振作起来。等此间事了，我带你去闽江，去寻访岛上见过你母亲的那些人，让他们亲口告诉你，你爹娘当年的样子，填补你所有的遗憾！"

阿南呆呆地望着他，许久，她的喉间，终于发出一阵微颤的呜咽。

她紧紧地抱着他，将脸埋在他宽厚热烫的怀中，平生第一次，虚弱无力，泣不成声。

朱聿恒示意诸葛嘉率人全力追击青莲宗，务必要将唐月娘等残余势力彻底清剿。

等到一切布置完毕，众人追击而去，朱聿恒才将阿南拥住，带她到避风安全处坐下。

"没事，我……已经好多了。"阿南捂着流泪不止的眼睛，哽咽道，"阿琰，虽然真相不堪，可……毕竟不是方碧眠所说的那般残忍，我……没事的，只是我娘，真的太过可怜……"

朱聿恒没说话，只轻轻揽住了她的肩，默然与她望着面前苍苍青山，在山风中坐了一会儿。

"其实，我爹被迫从匪也没什么，我自己还在海上劫掠过呢……东西商船上，所有精妙的工艺品和书籍，我都要抢过来看看的，这难道……"山风掠过她的耳畔，将所有灼热的悲怆吹散，她从哀恸中艰难抽身，说话也恢复了些原来的语调，"就是所谓的'家学渊源'吗？"

朱聿恒抬手轻抚她的鬓发，而她将头轻轻搁在他的肩上，两人的呼吸都是轻轻的。

"阿南，其实我也曾想过很多次，为什么你会面临这般命运……我很担心你发现了真相之后，会承受不住打击，所以我不敢对任何人泄露此事，企图对你、对所有人隐瞒此事……抱歉，阿南，是我行事不够周密，也是我太过想当然了。我应该尽早与你商量，不该擅自觉得你会承受不住打击，以至于让你在毫无准备之时，被人将此事拿来攻击……"

"无论如何，我应该谢谢你，你为了保护我，在背地里为我做了很多……我没想到你竟会派人找到福州府去，更没想到居然这么快就找到了当年和我娘被掳到同一个海岛上、还互相了解的人……"

说到这里时，她的声音忽然卡住了。

她的目光，艰难地一寸一寸上移，看向朱聿恒。

而他不敢与她对望，垂下眼，望向了幽谷深壑处。

阿南的呼吸，重又冰冷沉重起来。她紧紧地抓住了朱聿恒的手，发现他们的手掌，一样冰凉。

"阿琰……"她颤声叫他。

他闭上眼，将她紧紧抱在怀中，低声说："别想了，我说是如此，就是如此。"

他声音坚定，毅然决然的口吻，仿佛在驳斥所有其他可能，断然否决不该存在的一切："阿南，十四年，刀口上舐血的海盗，其间又有激战、火并、剿匪、疾病、事故，能活到你去复仇的，肯定寥寥无几。而你母亲为何要在大火并后选择带着五岁的你逃跑，极大可能也是我猜测的那个原因，所以，信我，这个事情，只有这唯一的可能。"

是，如今一切已经再无追寻的可能，也没有追寻的必要。

毕竟，往事已矣，无论谁都不可能重新来一次。

阿南长长地深吸一口气，仰头看他，哽咽道："所以，你又对我说谎了……"

他默然垂眼，尚不知如何回答，却听她又道："可是阿琰，这次我知道了，有时候，你的谎言是在保护我，让我，可以在这世上，好好地活下去。"

是真实，还是谎言，一切都已不重要。

所有目睹耳闻的人，都已经承认了那个结局，信了他判定的来龙去脉。

阿南，也拥有了在世间立足生存的机会。

一切，便已经足够了。

第九章

冰川绝巅

诸葛嘉等人回来，神情有些凝重。

与朱聿恒深切相谈，阿南已大致恢复了，只是神情还黯淡低落。

朱聿恒知道她心神激荡，便让她先休息片刻，自己问诸葛嘉："情况如何？"

诸葛嘉郁闷道："未能全歼，唐月娘和一小股人跑了。"

朱聿恒打量他和身后人，沉吟问："遇到了什么阻碍？"

"在溪谷有人杀出来，掩护他们跑了！"诸葛嘉说着，目光落在朱聿恒腰间的"日月"上，欲言又止。

朱聿恒当即明白了，问："对方也是手持日月？"

"是。"

看来，韩广霆与青莲宗也已联系上，不知是否要继承他父母衣钵。

溪谷后山高林密，脱逃范围更大，眼看已经无法追击。朱聿恒示意众人整顿队伍，免得在山中再生差池。

朱聿恒回头看阿南神情尚有些恍惚，便抬手挽住她起身。

廖素亭忙送上披风，提醒朱聿恒道："殿下衣服破损了，山间风大，遮一遮吧。"

阿南这才看见阿琰的背部衣料被竺星河的春风割开了，又沾染了方碧眠撒来的毒粉。

"让我瞧瞧。"阿南抬手示意朱聿恒背转过去，将他破开的衣服拉开，查看他的伤处。

只见衣服破口处及里面裸露的肌肤上，沾了不少白色的粉末，阿南拿袖子帮他拭去，分辨帕子上的东西，松了一口气。

"没什么大碍，主要是生石灰，掺杂了一些毒药。要是入眼或者吸入的话，眼睛和喉咙会被立即灼烧导致失明、失声，沾到皮肤上，只要没破损的话，应该没什么大碍。"

说着，她俯头细细查看他的后背，却忽地愕然倒吸一口冷气。

朱聿恒察觉到她的异常，正要询问什么，她却迅速将披风罩在他的身上，仓促道："走，回去再说。"

阿南与朱聿恒互相搀扶着回到后方，在临时辟出的军帐中，脱去他的衣服，查看他身上的伤势。

在他的胸腹之上，"山河社稷图"如数条血红毒蛇，缠缚住了他的周身。

阿南拿来镜子，给朱聿恒照出背后情形。

只见他的肩背脊椎之上，石灰被阿南草草扫去后，隐约露出了一条深红狰狞的血线。

"这条督脉的血痕……是什么时候出现的？"阿南的手颤抖地抚过他背脊，低声询问。

朱聿恒扭头看着镜中脊背的血痕，也是震惊不已："不知道，我从未注意过，也没有任何感觉，它怎么无声无息出现了？"

督脉……

他清楚地记得傅准在失踪之前，跟他说过的话——

天雷无妄，六阳为至凶，关系的正是他的督脉。

难道说，是他在榆木川受伤时，这条血脉崩裂了，仓促中没有察觉到？

可，它发作于肩背，当时他后背受伤，身边人多次替他敷药换药，伤愈后无数次更衣沐浴，怎么可能都未曾注意到？

见肌肤上还有残存的石灰，阿南便抬手在他身上擦了擦，便道："先把石灰扫掉再说吧。"

生石灰不能碰水，碰水便会沸腾，因此阿南用了干布给他擦掉，等到看不到灰迹了，然后才换了干净的水，冲洗掉他身上残存的痕迹。

她帮他寻出更换的衣服，回身时朱聿恒已经擦干了身子。

胸腹间的猩红血线依旧刺目，阿南想到他这叵测的前路，喉口不觉哽住，默然帮他拉上衣服。

就在目光落在他后背时，她又忽然抓住了他的后衣领，颤声道："等等！"

肉眼可见地，他脊背上的血痕竟然在渐渐变淡，仿佛血迹干涸蒸腾，只剩下隐约的淡青筋络痕迹。

"怎么了？"朱聿恒扭头，看向镜中，才发现背脊督脉血痕已经消失了。

两人震惊不已，面面相觑。

难道，真如他所料，天雷无妄消亡的，不仅只是山河大势，也会有他身上的血脉？

"你等等。"阿南行李中便备有石灰，很快取了些捣碎的过来。拉好帐门，她将它撒在朱聿恒的肩背之上。

石灰沾染到皮肤之后，那条本来已经隐形的血痕，此时又逐渐显现出来。

仔细一看，其实这条血痕与其他的也不一样，显得略为模糊些，而且颜色偏紫，仿佛是年深日久的旧痕迹。

"你之前，注意过这个吗？"

朱聿恒摇头："我身上从未沾染过石灰。"

阿南一想也是，正常人的后背谁会碰到石灰，尤其阿琰还是这般尊贵的皇太孙殿下，从小到大怕是连灰土都未曾上过身。

等他们将石灰清理干净，阿南仔细查看，其实隐去之后，背上还是有一条青筋，只是因为正在脊椎凹处，而且淡淡一条青色也并不显目，所以从未有人注意过。

两人的心中，不约而同生起一个想法——

"记不记得，土司夫人曾经说过……"

两人异口同声，又同时止住。

土司夫人的母亲在年幼时，见过韩广霆身上的血脉痕迹，当时她下意识地脱口而出，说，"青龙"。

因为她看见的血脉模样，和寨子里男人们褪色的青龙文身相似。

听到韩广霆的文身是青色时，他们都觉得费解。然而如今朱聿恒的身上，也出现了青色的痕迹。

"没事，如今韩广霆已经出现在我们的眼皮底下，咱们一路向雪山追踪就行。只要抓住了他，我相信一切便能水落石出！"阿南说着，抬手按在朱聿恒的背上，又沉吟许久，声音渐渐变得低怆，"可是阿琰，我们之前的预想，好像成真了……"

消失的天雷无妄之阵。

梁垒说，阵法早已消失，你们还要如何寻找！

傅准说，你背后的力量遮天蔽日，你如今，已将我卷入阵中了。

而皇帝一力阻止他去探寻燕子矶阵法，理由是怕引动他身上潜伏的天雷无妄阵法，可其实……

其实，他早已知晓那是个二十年前已被启动的阵法，若是朱聿恒前往搜寻，必定会发现蛛丝马迹。

二十年前，他身上便已潜伏了"山河社稷图"，只是第一条爆裂的血脉，被人以韩广霆一样的手法隐藏了起来，成了无影无形的附骨之疽。

而他的亲人们，他背后遮天蔽日的力量，知晓这个事实，并且，一路竭力掩藏。

所以他们洞悉他已经没有时间从西南来回，极力阻拦他，要让他的最后两个月时间，陪在他们身边。

所以他两鬓斑白的祖父，带伤陪他南下，只为了与他共聚这最后的时光。

而他们知道得更多，因此，宁可断绝他南下可能抓住最后的一线希望，强忍悲痛着手为他营建陵阙。

——是因为，真的没有回天之力了吗？

"不，我不信！"

阿南抬起手，将朱聿恒紧紧拥入怀中。

这身体明明还这般炽热，仿佛可以灼烧她的心口。

这呼吸明明还如此急促，仿佛可以引领她所有的情绪。

这双臂明明还紧抱着她，仿佛要让两人合二为一般执着用力。

他怎么会离她而去，离这个世界而去！

她泪流满面，哽咽而急促地抚慰他："不要怕，阿琰，不要怕……"

可，连自己的身世都已成永世伤痕的她，又如何能帮他宽解亲人的背弃，抵挡这铺天盖地而来的死亡阴影？

纵然人人都知道那一日要到来，纵然他早已做好了千遍万遍的准备，又怎能真的无牵无挂、无惧无畏？

她只能紧紧抱着怀中的他，固执地说："阿琰，不许放弃，我以后，还要靠你呢……你说过，你以后就是我的手，我们要一起上三千阶，三万阶……你，不许食言！"

在这混乱中，等了许久许久，她才听到怀中的阿琰低低地，却仿如发誓般，回应了她："好。"

一夜休整，他们收拾行装，朝着神女山进发。

临上山之际，阿南询问魏乐安，商量他的去留。

"魏先生，我们准备进山了，你如今腿上受伤，雪山怕是难爬，准备如何呢？"

魏乐安转头看向后方，茫茫峰峦，雪地雾凇，海客们也不知散往了何处，他若是一个人离开，怕是只有迷失的可能。

因此他迟疑了片刻，说："我便在山下等你们吧，我一个人也无法回程。"

他们携带的辎重自然也无法背上雪山，便留了一部分人下来，与魏乐安一起在山下临时驻扎，而阿南与朱聿恒引领众人，向着雪山行去。

旭日跃出鱼肚白的天空，长久围在雪山上空的云雾在瞬间散开。

山脚小小的冰川湖泊倒映着天空与雪山，孔雀蓝的湖水就如一块被凝固在天地间千万年的蓝冰，格外鲜明夺目。

天空湛蓝澄澈，托出一轮耀眼的太阳，在雪山尖顶之上骄傲地照彻世间万物，也照射在他们的身上，为所有的东西镀上了一层温暖的金光。

"阿琰你看，太阳升起来了。"

阿南手指着遍洒大地的日光，扬头对他微微而笑。

所有的阴霾，都将被这万丈金光冲破，辉煌、温柔、灿烂，亘古不灭。

朱聿恒应了一声，抬手轻轻握住她的手，与她并肩面对这浩渺群峰，浩大世界。

雪山严寒，众人穿着棉衣狐裘埋头向上攀爬，却都觉得身上燥热，不多久便有些人敞开了怀散热。

朱聿恒抬头看上方还有不远距离，而身旁阿南喷出的气息已经是浓浓白气。寒风让她的眼睛有些睁不开，睫毛上结了晶莹的水汽，在日光中显得格外莹亮。

他示意她注意险峭处，轻声问："冷吗？"

阿南摇头朝他一笑，露在外面的脸颊被冻得红彤彤的，簇拥在红色赤狐毛中，越发显得娇艳动人。

朱聿恒忍不住抬手紧紧抱住了她，许久，才以灼热的双唇在她耳畔贴了贴，轻声道："走吧。"

继续埋头上爬，日光照在雪上，严寒让雪地变得坚硬，脚印踩在上面，只能留下些许浅浅的痕迹。

阿南的目光在雪地里扫来扫去，似在寻找什么。

朱聿恒正想询问，她已悄悄将他一拉，指给他看前方。

这终年平滑的雪地，反射着灿烂的日光，原本应当是绒毯般平整的一层光华中，却隐约透出些异样。

朱聿恒仔细看去，原来，雪地上有一串轻微凹痕。

浅浅凹痕在茫茫雪地上原本看不出来，但因为日光的斜照角度，漫射的光线不再平整，于是便呈现了出来。

他看向阿南，阿南朝他点了一下头。

能在此时此刻这样的绝巅之中，抢在他们前面率先上山的，必定是他们追踪马蜂寻到的、隐藏在山谷里的那个人。

也是手持日月来袭的，傅灵焰的儿子，韩广霆。

明知上头危机重重，阿南的脸上却现出了灿烂笑意："看来，我们走的路没问题，快走吧！"

越爬越高，日光被云雾遮蔽，风雪也越大。

寒风卷起雪片，如尖利的石屑擦过脸颊，几乎要割出血痕来。

众人以布蒙面，只露出双眼在外，艰难朝上跋涉，再无刚才的轻松。

雪片扑簌翻飞，上方的雪块向下滚落，似有越来越多的迹象。

向导抬头一看，脸色顿时变了，忙寻到朱聿恒身边，指着上方道："大人，雪山神女正在安睡中哩，咱们此时上山，怕是会惊扰神女，到时候她一翻身，山崩雪塌，咱们所有人会被一起埋掉哩！"

阿南向上望去，见上方果然有几堆积雪正从山顶滑落，想必是他们上山的人太多，脚步杂乱，引发了积雪振动。若是再靠近山峰，到时怕是会引发大雪崩，所有人都将被埋在积雪之下，难以逃脱。

旁边的诸葛嘉听到此言，露出心有余悸的神情。

显然，他想到了在魔鬼城中，他率队时遭遇的天塌地陷。

"可是寨子里的病情已经扩散，遇到青莲宗伏击又耽搁了一天，上山事不宜迟，咱们可没办法驻扎山脚等待啊。"

寨子里跟来的人都是焦急不已，毕竟他们亲人都面临着染疫惨死的可能，急盼能尽早上山。

阿南与朱聿恒对望一眼，问老向导："既然如此，咱们大部队不上去，只几个人悄悄地上山，是不是就不会惊动神女了？"

老向导迟疑："是倒是，但是……这雪山，你们准备几人上去？"

为稳妥起见，朱聿恒下令所有人原地休整，并找了当年在这边挖过冰的老人询问。

"老人家，不知你还记得上面的详细情况吗？"

老人虽然身体强健，但此间空气寒薄，他年事已高，跟他们走到这里已是喘息甚急，勉强在雪地中给他们描绘上面的情形。

"当日我们上雪山，是借着预先打入冰川的桩子爬上去的。山峰中部有个冰洞，从中可以穿过去，后面是冰川空洞，就是我们挖冰的地方……那时候我们哪知道他们要在冰川上面挖什么东西哦，去了之后才知道……"

说着，老人举手在空中比画着，做了一个巨大的手势："他们把冰川内部挖空了，冰面下被掏出一只鸟，一只特别大的鸟，做出展翅起飞的模样，似乎下一刻就要破冰而出奔向日头……"

阿南"咦"了一声，问："什么鸟？"

"我不认识，看着像凤凰，尾巴长长的，冰川又是淡蓝色的，像只蓝凤凰……"

阿南脱口而出："青鸾！"

听到她的话，老人久远的记忆似乎复苏了，喘着气点头道："对，就是青鸾，我听那队人口中吐出过这两个字！"

阿南下意识抬头向上看去，想从雪峰中看出青鸾痕迹。

可是上面云雾笼罩，雪峰如削，哪有任何鸟形痕迹？

老头忙道："在里面，在山峰的里面。"

经过他连比画带解释，众人才听懂，原来由于千万年来冰川的侵蚀，雪峰中间冰比土石多，再加上融化又复冻，有许多空洞藏在冰川中间，形成了瑰丽剔透的巨大冰世界。

而傅灵焰当年便是依照山势，将里面的大片冰洞或是凿通或是堆砌，形成了一只巨大的、隐藏在冰川之中的青鸾。

"那么，当时你们居住过、倒有药渣的冰洞，在哪个地方？"

老人努力回忆当年上山路径，手指着雪峰蜿蜒而行，指在山腹处："在青鸾尾部，这里有几个大空洞，屁股尖儿上便是当初病疫之人待过的地方。"

阿南点头记下，而朱聿恒则问："那么，山峰中部那个通往青鸾的冰洞，现在应该还在？"

"冰上的木桩撤了，那冰洞，应当也是上不去了！"

"为什么？"

"我记得，在冰川雕琢完毕、我们完工下山的途中，忽然听到背后有巨大的声响传来。"老头说到这里，眼中泛起久违的光彩，仿佛又看到了那日惊天动地的一幕，"我和大家回头望去，看到巨大的水流从冰洞中冲出，应该是他们放了大火，使洞中冰雪化水。但因为雪山严寒，那些水流冲出洞后在半空便冻成了坚冰，前面冻结，后面涌流，化成了一道巨大的冰瀑布悬挂在了洞口，把我们入山的那个洞堵了个严严实实，看着就跟一条天梯似的，无论谁也爬不上去！"

"唔……冰瀑布，这个可能有点难。"阿南没有在冰上的经验，有点犯愁。

旁边墨长泽道："这个不难，殿下与南姑娘先将道路规划好即可。"

墨长泽既然这样说，大家哪有不信任的，当下根据老人模糊的记忆，将基本路线理了出来，决定从当年那个山洞——也就是现在的冰瀑布——进入青鸾腹中，取出当年药渣，然后向上进发，消除雪峰之上的邪灵，断绝疫情扩散。

雪山冰川脆弱，为免引发雪崩，只能精简人数。

神机营与墨家、拙巧阁、彝寨各出三位精锐分子，再加上朱聿恒、阿南与廖素亭、楚元知，两位向导，一起攀登雪山，寻找傅灵焰当年留下的阵法。

十八人归置好装备，换上丁鞵[1]，向上攀登。

风雪卷走了表层的雪霰子，底下常年永冻的冰雪并不会留下脚印痕迹，韩广霆的踪迹变得更加难以辨认。

前方光芒渐渐炽烈，仿佛有什么巨大的东西在反射日光，笼罩住所有上山的人。

一路往前，反射日光的东西终于渐露真面目——是一条白练般的冰瀑布。

巨大的冰瀑从半山腰的洞中奔涌而出，在严寒中宛如自天而降的一座天桥，晶莹剔透又壮观宏伟。

与老人说的一样，上冰川的唯一一条道路，被这条冰瀑布截断了。

阿南看了一圈，周围全是崎岖的冰川与滑溜的雪岭，唯有此处是比较平缓的所在。但此时这条路彻底被冰瀑布覆盖，已无从通行。

"这般绝境，谁能上得去？"众人都在惊叹着。

"这么硬的冰壁，钉子都钉不进去吧，再者我们人身上又有热气，到时候冰壁微化更加滑溜，如何能爬上去？"阿南抬手摸了摸光滑坚硬的冰壁，一贯无所畏惧的脸上也挂了点迟疑，转头看向墨长泽。

1　丁鞵：底部安有钉齿防滑的雨天用鞋，即钉鞋。鞵，同"鞋"。

"南姑娘放心，我看地图上有雪山，因此带了这个东西上来。"墨长泽从随身的行囊中取出一对圆圆扁扁的东西，又拿出一副相同材质的手套，递到她面前，"我年轻时身手灵活，用它爬过冰崖，如今年老乏力，南姑娘你拿去试试。"

阿南接过手套捏了捏，不由得赞赏道："不愧是墨先生，能想到利用这木树胶。它既可吸水又可稳固贴附于光滑山壁上，用来攀爬光滑之处再好不过。"

"南姑娘真是见多识广，一看便知道这东西的来历。这是我们墨门先辈根据守宫爬壁制作的。它吸力颇好，越是光滑之处，越是吸得结实，在这冰川瀑布之上使用确实合适。"墨长泽朝她诚恳地说道，"只是如今还有一个问题，这冰瀑布毫无借力之处。就算手套可以暂时提供吸附之力，但你看瀑布上方还有石块突出，光靠一人之力怕是难以顺利爬上去，必须要有一个人互相拉一把。可咱们这群人练的多是刚猛路子，下盘坚实但轻身功夫着实差劲，也不知道谁能与你配合上去。"

说是这样说，但他与众人的目光，都不自觉落在了朱聿恒身上。

毕竟，在玉门关时众人便已深知，这世上与阿南配合最默契、身手也最为相近的人，只有皇太孙殿下。

果然，阿南正要试戴手套，朱聿恒已将它接了过去，十分自然便戴上了："若说相互配合的话，应当没有人比我们更适合了。"

墨长泽又拿出一双较小的手套，递给阿南，说道："山峰虽高，人力可穷，只要两人相互借力，攀爬到顶峰应当不是难事。"

诸葛嘉在后方欲言又止，但终究叹了口气，将要说的话都压了下去。

毕竟，就连皇帝陛下都无法阻拦殿下妄为，他说什么做什么都是无济于事。

阿南活动着手指，适应手套，抬手朝楚元知招了招："楚先生，我与你一起做的东西，你带着吗？"

楚元知打开随身箱笼，道："带着呢，只不过东西属实难做，我们又没有你这么好的手艺，就这几个能用。"

朱聿恒见他拿出的是几个圆圆扁扁的锡壶，大小刚好可以揣在怀中，正想问是什么，阿南拿了一个套上棉套，将外面的一个拉扣一扯，塞给了他："这个类似于汤婆子，只不过里面是细密封存的石灰，一共分为十份。拉一次，水流过一间小格，石灰遇水沸腾，便能提供一次热量，大概能维持大半个时辰。等变冷之后，你再扯一次拉扣，水便流向下一个小格，又能续供大半个时辰……等到十次用完，这东西便再无效用了。"

朱聿恒一听便明白了，这是在极冷的环境中，给人救急保暖用的。

他接过来，隔着棉布套感觉到里面已有了暖乎乎的感觉，便朝她点头，将这个锡壶揣入了怀中。

阿南与他一样揣了一个，怀中暖暖的，心口得了热气，全身的血液也通畅起来，感觉自己的关节灵活不少。

朱聿恒抬手，将手脚按在冰瀑布上试了试。

木树胶制过的手套与脚套，贴在光滑的壁上形成一种极强的吸附力，贴得十分牢固，只要控制好平衡，不将身体压在唯一一块接触面上，便能完美支撑全身，让他不会滑下去。

阿南将一条绳索抛给他："先把绳子系好，这毕竟是冰瀑布，若是我们的热气融化了冰面，木树胶遇水效果怕会大打折扣。为防万一，咱们得拴在一起，在一个人坠落时稍缓对方势头。"

朱聿恒抓住她丢来的绳索，但他戴着手套，已经不太方便给自己系上绳子。

阿南俯下身，抬手绕过他的腰间，帮他将绳索系好。

朱聿恒抬着手，望着她低垂的面容，忽然低低地唤了她一声："阿南……"

阿南抬眼看他，"嗯"了一声。

"我们现在……"他附在她的耳边，轻声说，"算不算是，生死同命？"

阿南笑了，帮他将绳索紧紧系好，用力扯了扯，仰头轻声道："对啊，拴在一条绳上的蚂蚱，跑不了你也跑不了我。"

朱聿恒握住她的手，在众人紧张的注视中，两人一起走向冰瀑布，将手脚贴在石壁上，试着向上爬了两步。

"哇，果然像守宫，这个好用！"阿南心下惊喜，加快速度"噌噌噌"往上爬去。

朱聿恒与她保持着合适的距离，两人选择较为和缓的角度，沿着如镜的冰瀑布攀爬向上。

下方的众人屏息静气，望着他们越过最为险峻光滑的一段，上方赫然便是那块突出的冰崖，向外暴突，横卡在冰瀑布中间，将巨大如缎的冰瀑布硬生生戳出了一个倒三角形的空洞。

阿南伸手向朱聿恒示意，道："阿琰，我手脚的伤在冰寒中无法自如，怕是上不去，这里，得靠你把我拉上去了。"

朱聿恒点头，抬眼打量上方的冰崖。它突出于光滑的冰壁上，挂满冰凌，显得格外险恶。

"还好，只要这手套和脚套撑得住。"朱聿恒仔细观察那突出的石崖，对阿南一点下巴，双脚夹住下方一块巨大的冰凌，身体往后一翻，借着腰部与膝盖的力量，硬生生往上倒仰而起，左手迅疾抓住了冰崖突出的前部。

在下方众人不自觉的惊呼声中，他悬空挂于结满冰凌的冰崖上，缓了一口气。

冰凌融化将无比滑溜，所以，只停了一瞬，他便双手抱住了这块突出的冰崖，双腿用力摆动侧甩，整个身子横着旋过冰瀑布，贴附上了冰崖顶端。

随即，他右手探到上方凸起处，手指与手臂骤然用力，以此为凭借，双脚在冰崖上一蹬，身体向上腾起，落在了上方。

这极险境地的极限操作，让下方所有人都惊出一身汗，因他这疯狂又骇人的动作而头皮发麻。

而与他一起挂在冰壁上的阿南见他已经翻上了顶端，自然不再迟疑，立即准备好向上腾跃。

她身形一动，上方朱聿恒便立即提起她腰间的绳索，带着她向上飞起。

阿南的双足在冰瀑布上一点，借着他提携的力量，正要凌空跃上石头之际，耳畔忽然传来一声闷响。

她仰头一看，立即大惊。

山顶雪峰不知何时已摇摇欲坠，看似坚不可摧的千年积雪，在那声闷响后，向着他们坍塌而下，眼看那滚滚雪流已经势不可当。

"阿琰，跳！"阿南说着，腰身一转便钻到了冰崖下方。

朱聿恒虽拉着她而未能回头，但听到她发出的指令，他毫不犹豫便从冰崖上一跃而下，随即，在下坠的途中翻转身躯，一把握住了冰崖下她伸出来的手。

阿南一手抱住冰崖下的巨大冰凌，右手险险将他拉住。

就在拉住他的刹那，上方的雪已经铺天盖地压了下来。

挡在他们上方的冰崖被压得往下一沉，阿南怀中抱住的巨大冰凌被压得"咔嚓"而断，眼看两人都要跌下去。

正在此时，阿南一眼瞥到冰崖后方是一个黑洞，心头闪念，朱聿恒已当机立断，在下坠之势缓了一缓之际，直指冰崖后的洞窟。

阿南不假思索向着洞内扑去，仓促抱住了里面的一块石头。

朱聿恒被牵着挂在洞口荡了一荡，避开了坍塌下来的冰崖，却躲不开劈头盖脸砸下的坚硬冰块。

冰瀑布被上方的雪崩击得粉碎，冰块锋利且沉重，他无法睁眼，只能尽量蜷缩身体贴附壁上，减少受击面。

在下落的雪块中，他的身体一寸寸上移，是阿南钩着洞内石头，将他奋力拉了上来。

冲破冰雪，他们终于爬入了冰瀑布后的洞口。

外面声势震天，透过逐渐稀疏的坠落雪块，阿南看到众人躲入了下方冰盖裂缝，才松了一口气。

"你觉得那声闷响，是不是有问题？"

朱聿恒肯定道："这些冰雪在山头已逾千百年，我们刚刚的动静并不大，怎会引发如此巨大的雪崩？"

"那声闷响可能就是有人在山头引爆的，选择了我们最为紧要的关头，就是要将我们活埋在这座雪山之上！"阿南一身戾气，怒道，"那个浑蛋，被我揪住后，非把他大卸八块、千刀万剐不可！"

话音未落，洞内忽然响起了一阵怪笑声："口气不小，你们过来试试？"

他们当即惊起，警觉地寻找声音的来处。

在冰洞中回荡的声音，飘忽中带着一丝嘲讽之意："无知小儿女，雪崩是老夫为你们准备的第一份大礼，而第二份礼物，就是这个山洞，当作你们的葬身之地！"

话音未落，洞中陡然一亮，是日月的光华铺天盖地而来。

正是那一晚，曾经在山林中与朱聿恒相斗的日月。比他的更薄更透，光华绚烂，瞬间便照亮了整个山洞。

朱聿恒夷然不惧，大步向前挡在阿南面前，手中日月应声而出，与之相抗。

两方日月在这狭窄昏暗的洞中相遇，如烟火骤然相射炸开，彼此穿插又互相纠缠，眼看所有薄刃便要缠在一处。

阿南睁大眼，紧盯着面前这万千流光的碰撞。

她是第一次看到日月相斗的奇景。傅灵焰所制的武器，比从三千阶坠落的她所制的，自然更为绚丽夺目。但朱聿恒的控制力却比对方强出了一截，毕竟这世上，天赋绝顶的棋九步只有寥寥可数的那几人，对方显然不是。

于是对方干脆将日月作为一个多点散射攻击的武器，近乎蛮不讲理地仗着武器之利，步步进逼，要废掉朱聿恒的日月。

他可以拼舍武器，朱聿恒却不愿让阿南亲手所制的武器受损，因此只能竭力避免相撞。

一个胡乱打击、一个谨慎避让，一时间朱聿恒束手束脚。

阿南在旁边看得又气又急，大喊一声："阿琰，打他！弄坏了日月我再给你做！"

话音未落，朱聿恒手下已是一紧，日月尽数浮于空中，骤然发出嘤嘤嗡嗡的声响。

对方的日月虽更为薄透，但也因此更容易受应声与风势的带动，反而被朱聿恒较重的日月反控。

而朱聿恒更仗着棋九步之力，以一己之力操控两方日月，如万千雨点瞬间反转飒沓，将他的武器也化为己用，卷袭回刺客之身。

在百余片利刃的清空振响中，对方被朱聿恒惊世骇俗的控制力震慑，竭尽全力将纠缠的日月收回，转身便向后闪去，迅速消失于山洞之中。

知道他与傅灵焰、"山河社稷图"关系极大，朱聿恒立即加快脚步，向内追了过去。

阿南奔到洞口，正要示意诸葛嘉等人上来，心下却"咯噔"一下。

冰盖下黑影幢幢，正有潜伏的人跃出，攻击向下面的人。

而那些人虽然蒙面来袭，但阿南无比熟悉——毕竟，那曾是与她在海上纵横三年、出生入死的兄弟们。

诸葛嘉等人虽然身手出众，但十八人中有向导有寨民，要护住他们的同时还要抵抗刺客的攻击，殊为不易。

阿南心下一凛，在刺客中寻找公子的身影，却并未找到。

这可能是最后的一个阵法了，公子这一路布局，自然不可能放过这最后的机会。

她呼吸急促，看着下面的厮杀，口中白气如雾。

但最终，她选择了狠狠转身，向着洞内奔去。

毕竟，如今的当务之急，是与她一起深入危境的阿琰，是阻止疫病扩散，是西南乃至天下的万千生灵。

山洞横贯山腰，他们从冰块脱落的空隙中穿过，看出确是当年修筑青鸾的通道无疑。

阿南追上朱聿恒，低声对他道："小心，诸葛嘉他们中了埋伏，怕是无法跟来接应了。"

朱聿恒脚步一顿，正想说什么，阿南又道："雪峰上那个制造雪崩的人，若就是韩广霆的话，估计正要提前引发机关，到时一切局势不可挽回。当务之急，我们得立刻找到机关，阻止最严重的后果。"

孰重孰轻，朱聿恒自然知晓。他毫不犹豫，便与阿南一起向冰洞出口奔去。

寨中老人记忆无误，冰洞并不曲折，很快便到了对面出口。

亮光扑面而来，冲破昏暗洞穴，面前一片幽蓝。

山峰果然是中空的，中间冰崖上全是冰川裂隙，一条条延伸向上方。

那亘古的坚冰与雪峰外面截然不同，呈现出一种深邃的青蓝色。它们向上延伸着，一条条壮美而整齐的冰裂就如无数舒卷的凤羽，齐齐向上簇拥着。

而雪峰上端，则是白雪皑皑的峰峦，峰尖斜斜向着上方突出，整座山峰俨然如一只庄严的青鸾，正垂着长长的尾羽，自雪谷之中振翅欲飞，直指青空。

青鸾乘风一朝起，凤羽翠冠日光里。

在这只壮美的青鸾之下，两人都感到无上震撼，久久无法言语。

"按照傅灵焰设阵的习惯，这应该便是她的阵法所在了。"

"嗯，凤羽翠冠，这么说我们要破解阵法，应该前往青鸾的头顶，而……当务之急，要先找到青鸾腹中冻着药渣的冰洞。"阿南迅速查看路线，抬手一指，"这边。"

顺着青鸾尾羽往上看，从鸟喙到肚腹，有一条长长曲折的蓝线，在冰川中一直延伸下来。

"你看，这条青蓝色的线，游走于青鸾全身，正如血脉相通，我想应该就是青鸾腹中的道路了。"

破解过傅灵焰四五个阵法，两人对她的行事风格已十分熟悉。毫不犹豫地，他们从怀中掏出墨家的手套和脚套，穿戴好后顺着凤羽向上攀爬。

爬上冰川他们才发现，原来凤羽上的花纹，是一条条深不见底的裂痕，那里面，仿佛随时会有恐怖的东西钻出来，将他们攀爬的手脚紧紧抓住。

所幸他们的怀中揣着锡壶，手脚不至于僵木。而木树胶在越光滑的地方吸得越牢固，每每在危险至极之时，将他们的身体托住，免于坠落。

但即使如此，两人也不敢大意，攀爬之时都要以日月或流光先钩住上方的裂隙，再向上爬去，免得万一坠落，不堪设想。

不多时，他们已爬上鸾凤尾羽，接近腹部。

日头已近中午，直射下方青蓝色的坚冰，令青鸾更为晶莹剔透，金色的日光在冰中反复折射，如同堆叠了无数熠熠生辉的金刚石，神圣而庄严。

阿南与朱聿恒都不由得停了一停，对这个绝美的场景而起了敬畏之心。

"不知道那个刺客，如今是否还躲藏在暗处。"阿南低声与朱聿恒商讨，摸了摸怀中的锡壶，见它已经微冷，便又拉开了一格，"得速战速决才行，不然的话，我们可能撑不到出去。"

朱聿恒点头，寒冷格外消耗体力，他们都感觉到疲惫，靠在一条大裂隙中休息了一会儿，喘了几口气。

阿南在袖中摸到了两颗松子糖，拿出来和朱聿恒一人一颗，放入口中，缓一缓疲惫。

松子糖香甜，混合了果仁油脂与麦芽糖，虽只小小一颗，却也令他们精神略为恢复。

"上山之时咱们归置行李，我看见楚元知偷偷藏了一把糖，于是我也顺手摸了两颗过来。"阿南说着，舔了舔自己的手指，兀自还有些不舍，"哎呀，早知道我应该从他那儿多偷几颗过来。"

朱聿恒不由得笑了："等出去了，我们把楚元知的糖都抢过来。"

阿南斜他一眼："堂堂皇太孙殿下，怎么可以做这些偷鸡摸狗的事情？"

"没办法，近朱者赤，近墨者黑。"

"罪过罪过，原来阿琰被我这个女匪拐入歧途了。"

面前是极险境地，等待他们的定是血雨腥风，两人说笑着，却始终紧盯着前方，不敢松懈。

最下方的大冰洞已呈现在眼前，隐约可以看见里面影影绰绰，应该便是当年被封在里面的病人用品。

"戴上。"阿南将带来的蒙面布系上，又递了一个给朱聿恒。

朱聿恒见它缝得十分厚实，捏了捏又觉得夹层里面有些东西在沙沙作响，便问："是什么？"

"是煨果核炭，我师父当年冶炼金银时用的。我太师父就是汞齐熏多了，头痛了半辈子，口鼻都烂了，而我师父用了这个后，一辈子平平安安。你戴严实点，毕竟这里边有六十年前的病气呢。"

说着，阿南示意他系紧口鼻，然后抬手敲向冰壁。

当年烧融后仓促冻结的冰壁，自然有厚薄不均之处，等寻到了薄弱处，她双手按在朱聿恒肩上，飞身抬脚狠狠踹向冰壁。

"哗啦"一声，冰壁薄弱处被踹个正着，冰面顿时崩裂，出现了一个口子。

两人连踢带踹，在冰壁上开出一个容人进入的洞口。

洞中不但寒冷，而且空气稀薄，再加上他们还蒙着口鼻，剧烈活动后一时呼吸艰难，都有些脱力。

阿南靠着冰壁喘息之际，却见冰裂之中隐约有个人影闪过。

她向着朱聿恒使了个眼色，朱聿恒自然会意，凝神一看，黑影无声无息翻飞而下，隐藏进了距离他们不远的一条冰裂之内。

两人一时倒不急着进洞内寻找药渣了，免得被堵截于洞内，到时必定艰难被动。

阿南打了个手势，示意朱聿恒盯着黑影，自己则指着洞壁上闪耀的痕迹，扯起了无关话题："阿琰你看这些冰裂，应该是先在冰面上将巨大的青鸾描出来，再顺着描画线条凿开缝隙，以热胶冻灌入其中。胶冻渗入冰中，吸冰川融化的水而逐渐膨胀，直至深入冰块里面，将其挤压开裂。年深日久，冰裂越来越大，而里面的胶则被雨雪融化带走，只留下了这些深窄的冰裂，就像天造地设一般，硬生生塑造出了一只巨大的冰川青鸾。"

朱聿恒感叹道："想来傅灵焰真是旷世奇才，当时国力并不太强，但她总能以最小的力量，借助山川河流自然地貌，建造出蔚为壮观的奇景。"

"若她当年不曾为情所困，怕是如今天下究竟如何，尚未可知。"阿南瞭着外面的黑影，道，"可惜啊可惜，若她选择的不是龙凤帝，而是其他人，或许，她自己和很多人，都能活得更好些。"

阿南话音未落，那藏身于夹缝间的黑影果然忍耐不住，一声冷笑，怒斥道："哼，好大的口气，敢如此品评当年龙凤帝与姬贵妃！"

话音中夹杂风声，数道冰凌已向他们激射而来。

他对这洞中地势，自然比他们要熟悉许多，一击之后便改换身形隐没在了冰洞中。冰雪隐约透明，重叠破碎的冰壁使得光线散乱折射，别说寻找他的影踪，连他发来的冰凌也是难以捕捉。

在这不可视的情况下，阿南只能听声辨位，看到似有人影在冰壁后方一闪，当机立断，流光疾射而出。

清脆的撞击声传来，流光撞上了对面的冰面，隐约可见冰屑飞溅，而黑影则闪到了另一边。

看来，她因为冰面的反射而辨错了方向，只攻击到了他的影子。

郁闷地一甩手，她向朱聿恒使了个眼色，示意他去阻截对方，自己翻身跃进了被打开的冰洞内。

第十章

冰雪鸾冠

冰洞里面一片狼藉焦黑，无数杂物焚烧后冻在冰中，在昏暗光线下奇形怪状，透着诡异古怪。

他们从尾羽爬上来，这里是青鸾躯体尾部，正是藏污纳垢之处。

阿南知道这里是当年染了疫病的人生活过的地方，因此口鼻虽已蒙上，依旧不敢大口呼吸，屏息打开火折子，照亮面前的东西。

冰面火光散乱，冰下各种黑沉沉乱糟糟无法分辨的东西散乱堆积，仓促间哪里找得到药渣这种不起眼的东西？

她心下正在急躁之时，耳听得洞外日月之声响起，转头看去，朱聿恒已将那人逼出了藏身之处。

日月的天蚕丝本来只能直来直去，但朱聿恒以应声作为驱动，六十四道弧光互相响应、借力，以彼此呼啸的风声改变后方薄刃飞行角度，转瞬间便有十数点光芒倏忽转进了冰壁后方，一触即收。

随即，后方传来低低一声哀叫，日月飞速收回他的手中，上面一两点血色坠落于地，摔成了破碎的血色冰珠。

冰壁后的黑影，显然已经受了伤。

阿南赞赏地朝朱聿恒一点头，抓紧时间回头搜查洞内的一切，尽快在冰面下的一片狼藉中寻找到需要的东西。

朱聿恒追击黑影的声音逐渐远去，而阿南的手在冰壁上滑过，艰难地辨认下面的破布条、碎陶片、烂鱼骨……

冰面凹凸不平，光线晦暗不明，下面的东西，一团混乱。

眼看气息已经憋不住了，她狠狠按住自己的面罩，烦躁地一拳砸向眼前的冰壁，准备不顾一切，先将面罩掀掉，先狠狠呼吸几口空气再说。

但，就在她的拳砸向冰面的那一刻，她接触的地方，忽有微光闪烁，如同一连串的明亮指引，向着地下延伸而去。

她立即向下看去，冰壁冻结的狭窄角落中，亮光闪了几下，最终消失于浅坑中。

阿南的目光瞟向外面，却只看到空空如也的冰洞，一片寂静。

洞口传来脚步声，朱聿恒身影闪动，踏了进来，朝她摇了摇头，意思是洞中线路太过复杂，无法擒拿对方。

这也是阿南预料中的事情。她指了指冰壁之上，让朱聿恒看上面的痕迹。

朱聿恒贴近冰壁看去，只看到一连串小小的白点，比针孔还要细小，也不知如何能在坚硬的冰面上留下痕迹。

他的脑中，立即浮现出那日工部库房中，库吏虎口处的血珠。

朱聿恒的目光转向阿南，而她口唇微启，做了个"万象"的口型。

可，当时的他已经引着韩广霆往后而去，这指引她发现目标的万象，又是谁在操控？

阿南没说话，毫不迟疑地砸开自己的锡壶，将里面的石灰连水一起泼于万象最后消失的地方。

石灰遇水沸腾，坚硬的冰块虽然无法彻底融化，但燎去了一层冰面之后，在暂时未能冻结的瞬间，清楚透出了下方的情形——

被丢弃的垃圾之中，有几堆黑棕混杂的东西，就在浅坑的斜后方。

她立即伸手朝向朱聿恒："刀。"

朱聿恒将凤翥抛给她，自己则紧盯着面前的冰壁靠近，关注躲在后面的人。

凹凸破裂的冰面上人影闪动，冰壁折射出无数破碎的身影，火光之下，远远近近，大大小小，眼花缭乱。

影迹恍惚之时，朱聿恒却准确地穿透破碎之象，捕捉到了最为确实的痕迹，手中日月倏忽来去，转瞬间对方又是一声闷哼。

日月带着血迹飞回，朱聿恒也不去追击，只守在阿南身边。

冰块挖掘艰难，但凤鸶毕竟锋利无比，将冻在冰中的药渣整块挖了出来。

阿南将这坨冰块装入布包，紧紧扎好。

两人立即出洞，憋着的气息终于可以如常吐纳。

他们喘息着，一起向上看去。

他们已在青鸾的腹中，仰头只见冰晶冻结，剔透无比，闪耀的华光中一线青蓝左盘右旋隐没在冰洞中，根本无法追寻。

阿南道：“看来，上面通行的道路，应当是按心脏脾胃肾布置？”

“对。青鸾乘风一朝起，凤羽翠冠日光里。”朱聿恒斟酌道，“虽不知‘日光’指的是什么，但看这批注的意思，只要位于山峰最高处的凤羽翠冠被引动，那团黑气邪灵——也就是疫病，就会降临人间。”

而，他们已经走到这里，破开了当年染疫人群居住过的山洞。

谁也不知道，那恐怖的疫病是否已经侵染了他们。

“不怕，我们已经抓住了希望。”阿南将身负的药渣再系紧一些，道，“事不宜迟，我们走吧。”

大大小小的冰洞与冰川挤在一起，上面蔓延而下的蓝线已分岔为无数条微蓝的道路，盘旋纠结在青鸾体内，如一条条青筋纵横交错。

两人既然已经确定了要前往羽冠处，自然便是选择了向上的道路。

道路狭窄而漫长地盘旋向上，岔道与冰桥错落在冰洞裂隙之中，看来处处都差不多，又处处都是险境。

他们只能从坚冰缝隙中向上艰难跋涉，借用木树胶的手脚套，向上攀爬。

越是往上，视力越是受限。开阔的腹部收束成细长脖子，冰洞开始变成狭窄的竖井，弥漫着密密的雪雾烟岚，眼前能看到的不过两三尺距离。

在坚冰上爬了许久，又难以视物，阿南疲惫的手脚蓦地一滑。

幸好朱聿恒手疾眼快，一把将她抓住，拉着她抵在旁边的冰洞缝隙中，歇了一会儿。

朱聿恒将怀中的锡壶取出，塞进她的怀中，又将她背负的药渣解下来，系在了自己腰间。

阿南抱着他的锡壶，问：“还有几次？”

“只有两次了。”

阿南将它贴在掌心与心口间，身体感觉到温暖后，神经才如解冻般有了知觉，感觉到手脚的旧伤在冰寒中隐隐抽痛。

她喃喃道："这趟回去之后啊，我要吃热热的锅子，喝热热的甜汤，连汤带水我都要喝下去！"

朱聿恒抬手轻抚她结霜的鬓发，说："好，还要再去楚元知那儿偷一百斤糖。"

听他居然开玩笑，阿南不由得朝他莞尔一笑，振作精神挥拳道："走！按照我们爬行的速度与距离，离青鸾头冠应该不远了，我们一鼓作气，爬上去！"

纵横的冰洞互相穿插，在弥漫的雪雾之中，他们向上爬行，可是越爬越觉得，这道路不对劲。

喘息间，白气弥漫在阿南脸颊边，让她看上去更为模糊："我们一直在向上爬，没错吧？"

朱聿恒看了看上方雾岚，肯定道："我们就在冰川之中，只要一直向上，就不可能会爬到别的地方去，只会到达最高处。"

虽然说得肯定，但朱聿恒越向上，心中越是生起不祥的预感。

望着上下雪雾弥漫的冰洞，他的脑海中忽然呈现出当日在榆木川，数万大军转来转去无法走出的那条道路；还有彝寨之外的黑暗山林中，他一回头便变化的路径。

究竟为什么，他和数万大军会迷失在唯一的那条、绝不可能迷失的道路上？

相同点是什么？是雨雪，是黑夜，只要视野受限——和这里的一样，就会发生不妙的事情，迷失前路，天雷无妄……

傅准的声音又恍惚在他的耳边响起——天雷无妄，消失的阵法。你所追寻的，你前面的道路，你身上的"山河社稷图"……

可是，这里是横断山脉，并不是那个天雷无妄之阵，为何也会出现这样的情况？

正在他思索之际，阿南已经停了下来，神情颇有些难看，声音也有些迟疑："阿琰，你看。"

朱聿恒抬头望去，不觉错愕不已。

原来，他们面前是一大块坚冰，深蓝色，亘古便已存在般冰冷。

"这是……"他记忆力如此之好，自然不可能认不出来，这便是阿南刚刚差点滑下的那块大冰壁。

明明他们已经翻过去的冰块，居然重新出现在他们面前，明明他们一直在向上攀爬，是在什么时候回到了刚才已经经过的地方？

两人对望一眼，阿南抬起手，弹出臂环中的小钩子，手腕悬提转折，在冰壁上勾画出一条小鱼，线条古怪，横扁竖细。

钩子回缩之际，她在小鱼头上一触即收，替它点上了眼睛，斜斜一条，如同笑眯眯的娃娃。

她取出怀中锡壶，再度拉下一格："走，咱们再上去瞧瞧。"

身体因为严寒而变得僵硬，他们这一次的攀爬，比上次要迟缓许多。

甚至有几次，阿南因为手脚不听使唤，差点滑下冰颈，幸好朱聿恒一直在身后关注着她，立即伸手将她拉住，才使她免于坠落风雪之中。

世界沉在一片雪雾里，唯有身旁一起在冰洞中攀爬的人，是唯一可以依靠的、温暖的躯体。

两人一路未再交流，只暗暗注意着路径，确定自己一直在向上而行。

顺着冰川、冰洞与冰桥，他们一直向上。偶尔会因为道路的分岔与弧度，不得不向下走一段，但可以确定的是，大致一直是向上而行的。

但就在他们估算着，应该已经爬完青鸾细长的脖子之际，眼前忽然又出现了一大块蓝冰。

冰壁之上，赫然刻着一条活泼古怪的小鱼。

鱼身线条横扁竖细，鱼眼睛斜斜点在头上，像是惬意地眯着眼在水中游弋。

阿南错愕地抬起手，在这块冰上摸了摸，仿佛怕是自己的幻觉。

触手冰冷且坚硬，这钩子的线条、她特有的笔触，根本无法仿制。

"唯一的可能，就是对方将那块冰面削下，赶在我们之前来到这里，将冰面贴在了这里来迷惑我们……"

虽然这样说，可冰面毫无粘贴痕迹，而且这般迷惑他们一时，根本毫无意义。

阿南转头见朱聿恒的脸色难看，迟疑片刻，问："咱们是坚持向上，还是先休息一下，将这个奇怪线索思路理一下？"

"怕是耽搁不起了，你身上的锡壶，还有热气吗？"

"还有一格。"阿南捏着锡壶，万般不舍地释放了最后一份热量。

朱聿恒望着周身弥漫雪雾，问："你说现在这样，与我在榆木川、山道中迷路时的情形，是否有相似之处？当时面临的也是唯一一条道路，可不可能出错的道路与方向，最终却将我们引入了不归路……"

"我倒觉得不一样，因为这里没有多出来的陷阱。而我们之前在那些消失的阵法之中都发现了额外设置的杀招。"阿南思索片刻，道，"而若没有置换手段，那么要将人困住，最简便也最可行的方法，应当便是误导。毕竟，设置庞大的机关很难，但要欺骗眼睛，则要简单多了。"

朱聿恒沉吟地问："你的意思是，我们的眼睛和感觉被误导了，所以才会感觉自己是在向上走，而实际却是在向下走？"

阿南点头，撕下一条带子，说道："这样吧，我蒙住眼睛，咱们再爬一次。"

朱聿恒将她手中的带子接过来，说道："我来吧，你手脚旧伤怕冷，蒙着眼在这样的冰壁上爬行太危险了。"

阿南朝他一笑，想说，我这个女匪怕危险，难道你这个皇太孙不会更怕危险吗？

但想到他的反应确实比自己要敏锐，而且她手脚本就有伤，到时候万一有意外，更难自救，她便也不多言，抬手给他蒙上眼睛。

他紧闭着眼睛，睫毛微微颤抖。

这个男人，心性如此坚定倔强，可不知为什么，眼睫毛却浓长乌黑，轻颤之际仿佛撩在了她的心口之上，让她的心痒痒的、酥酥的。

她忍不住难以自抑，俯头在他的眼睛上亲了一下。

柔软的感觉擦过他的眼皮，朱聿恒正在一怔之际，她已经将带子遮上了他的眼睛，然后将他的眼睛蒙住，在脑后结结实实打了个结。

她抬起他的手，说道："那，咱们走吧。"

朱聿恒握紧她的手，低低道："阿南，代替我视物，我们一起寻到正确的路。"

"你也要把握好心中的舵，摆正我们的方向哦。"阿南拉起他的手掌，带他贴在冰壁上，朱聿恒毫不犹豫，一个纵身已经向上爬去。

他身体核心力量极强，即使在这般寒冷的天气中，又跋涉了如此之久，已是疲惫交加，却依然保持着稳定。

而阿南屏气凝神，紧随着爬到他的身旁，出声指引："右边有凸起的冰壁。"

话音未落，却见朱聿恒早已经绕过了那块石头。阿南也不诧异，毕竟朱聿恒之前已经爬过两次了，他肯定记得。

两人一起向上爬去，只在比较危险的地方，阿南会出声提示他一下，以免他记岔。

雪雾之中，两人坚持向上攀爬着。

阿南怀中的锡壶已经失去了最后的温热，变成了冰冷而沉重的负担。

她将它从怀中掏出，丢弃在了身旁冰洞之中。

这一趟风雪迷航，他们已经没有退路，也没有任何倚仗。这一次若再寻不到正确路径，他们都将冻毙于青鸾腹内，更遑论冲破这冰川，到达他们必须要到达的地方。

两人一路向上，阿南抬头看去，上方已是一条大冰裂的旁边。

阿南本以为这么明显的裂隙他会记得的，因此并未提醒，谁知朱聿恒却仿佛根本不知道这里就是一条大裂口，手向上探去后，没有摸到可以搭手的地方，诧异地低低"咦"了一声。

阿南赶紧爬到他的身旁，问："怎么了？"

朱聿恒顿了顿，问："这里是空洞吗？"

阿南肯定了他的回答，并且拉起他的手，往空中摸了摸："是条大冰裂。"

"我们之前经过的时候，这里应该是一条斜向上的裂口。"朱聿恒说着，抬手顺着那条大冰裂摸过去，肯定道，"怎么这里变成了以微小幅度向下的一条大裂隙了？"

阿南诧异地打量那条裂口，说："不对呀，这就是斜向上的一条裂隙。"

朱聿恒语气肯定道："不可能，一定是向下。虽然幅度很小，但我的手和感觉不会骗我。"

阿南心口微震，抬眼看向面前这条裂口，在周围狭窄收紧的冰裂纹包围下，它确实在众多下垂的冰晶中呈现出向上的模样，但……他们身处雪雾之中，除了这些冰裂纹，没有其他可以拿来对照的东西了。

可，傅灵焰既然能制造这些冰裂，会不会也能用手段调整下垂的冰晶，来反衬这条斜向下的冰裂缝，将它变成一种虚假的、斜斜向上的模样呢？

而他们倒悬于冰壁之上，周身又是雪雾，视线与感觉都麻木受限。纵然感觉自己一直在向上攀爬，可事实上在攀登过程中，傅灵焰利用了收紧旋转的细长脖颈部，以冰裂纹为诱导，用雪雾为遮掩，让他们一直因为冰川纹路而侧着身子绕远路，并且由于冰裂的衬托对比，不知不觉根据假象，便在冰壁上兜起了圈子，从头至尾都在斜斜地转圈爬行。

谜团解开，阿南一巴掌拍在冰壁上，因为自己被困了这么久而气恼："阿琰，带我直上峰顶，咱们去踏平凤羽鸾冠！"

朱聿恒虽然蒙着眼睛，但面前的雪雾似乎已被视线穿透，再无阻碍。他也轻松下来："真没想到，司南居然要一个闭着眼睛的人指引道路。"

"谁让我名叫司南，却是个满心杂念的凡人呢？"阿南与他说笑着，心下却毫不松懈，谨慎地跟着他一起向上爬去。

既然干扰已突破，两人很快脱出了鸾颈，爬上峰顶，翻上了尖尖的雪顶。

青鸾顶上，是形如羽冠的一个小小冰平台。

阿南贴着冰面站定，将朱聿恒拉上来。

朱聿恒扯下蒙眼的布带，两人都轻舒了一口气，一起站在青鸾的羽冠之上，纵目遥望群山。

雾岚已被他们冲破，苍茫大地与云海尽在他们脚下。

"这世界，好像尽在我们脚下啊！"阿南抬起双臂，仿佛在拥抱这天地般，大口呼吸。

一路的艰难跋涉仿佛全都在瞬间退散殆尽，朱聿恒下意识地抬手抱了抱她。

日光给云层镀了一层金光，周身尽是灿烂辉光。他们在世界之巅、云海之上紧紧相拥，仿佛全天下只剩得他们二人。

使命在身，他们只相拥片刻，便放开了彼此，立即去查看顶上的机关设置。

面前便是雪峰最顶端，被雕刻成晶莹剔透的冰雪羽冠。

羽尖最高处，赫然是一条拇指粗的黑色细线，在冰川之中若隐若现，一直延伸入不可见的冰下。

阿南跪下来，小心地查看这条细线，发现它绵延扎入冰中，不知是何物构成。

她在冰面上呵了几口气，微融后的冰面更显透明，让她清楚看到了细线的尽头，是一根光滑莹润的玉刺。

她的心口微微一跳，立即查看玉刺的周边。

玉刺被装在一个灰色石块机栝之上，因为冻在冰中，所以黑线与灰石未曾相接。

但，阿南一下便认出了，那灰石便是当初在唐月娘家中见过的喷火石。

这石头见火则燃，遇水则沸，一旦周围的冰融化成水，它便会在雪中激发引燃。

只是，冰面透明度有限，再下方的布置，已难以分辨。

阿南抬手闻了闻自己刚刚摸过细线的指尖，发现有硫黄异味，顿时脱口而出："是引线……这座冰川就如蜡烛，下面应当是可以引燃的东西，甚至这地下可能就有黑水，一旦有了火星，这青鸾雪峰怕是会迅速融化，然后……"

被封印于雪峰之中的疫病，将随着化掉的雪水汩汩流向四面八方，经由地上、地下和活物，将疫情扩散到全天下，只要有人的地方，便无可避免。

阿南的脊背上冒出了细密的冷汗，摸了摸包中冻成冰坨的药渣，才稍感安心。

"看来，要消弭此次灾祸，必须做到两条，一是阻止这座冰川融化，二是截断雪山与外面河流的关联。"朱聿恒自然也知道，这雪峰中封印的邪祟无孔不入，随时可能将所有人害死，"事不宜迟，咱们先把阵法解除了吧。"

阿南点头，指着那条黑线道："黑线引燃，启动玉刺之际，恐怕就是青鸾燃烧之时。到时冰川融化，一切便都来不及了。当务之急，我们得尽快解决掉这源头……"

"解决？你们以为自己能解决得了吗？"猛然间后方有怪笑声传来，二人一听便知道，韩广霆阴魂不散，果然还埋伏在暗处。

他从下方纵身而上，厚重的黑巾蒙面，显然是在阻隔此间疫病。衣服上虽然被朱聿恒割开了几个大口子，并且沾染了几处鲜血，却因为没有伤到要害，他身姿依旧自如，攀上雪峰之际，直接便向着正中间的黑线扑去，似要启动这个阵法。

阿南手中的流光与朱聿恒的日月同时射出，企图阻拦住他。

谁知这只是个声东击西的动作，他看似向着黑线而去，却在他们阻拦之际，手中的日月猛然回击，向着朱聿恒的任脉而去。

朱聿恒立即回防，心下洞明，原来对方是要以他身上的"山河社稷图"来驱动玉刺，启动这个阵法。

多次交手，朱聿恒早已了然如何反控对方的日月，迅速化解了他的攻势，将他的身形逼了回去。

对方疾速后退，身形转向了羽冠，躲避于冰块后对抗他的攻势。

就在朱聿恒的日月笼罩住羽冠之际，对方的日月骤然一扯，引动了无数光点尽数缠住冰冠，打得冰屑乱飞。

眼见日月攻势被挡，朱聿恒自然操控它后撤。

耳边只听得"咔咔"声响起，那羽冠居然是活动的，在他往回拉扯之际，日光下它缓缓转动，竟如青鸾回头般，鸟喙转了过来。

冰雪羽冠在日光之下灿烂无比，汇聚了金色的日光，在冰川上投下斑驳的光彩，光点纵横。

阿南被这些刺目的光线迷了眼睛，正在眯眼侧头之际，忽然心中一闪念，脱口而出："不好！"

朱聿恒显然也想到了，他的动作立即停了下来。

但已经来不及了，日光被冰冠汇聚，灼热光斑直直射向了隐在冰中的那根黑线。

阿南立即飞身扑上，手中流光闪动，射向冰面，要将那条黑线截断。

然而她的流光再快，又怎么快得过日光照射，只听得"嗤"一声轻响，那根黑线也不知是何等易燃之物所制，已经燃烧了起来。

韩广霆手中日月旋转收回，戴着皮面具的脸僵硬未动，唯有嘿然冷笑的声音响起："一甲子前，这条火线便已经设在了冰川中。六十年来冰面侵蚀变化，它逐渐从冰川中冒出，呈现在天日之下。原本阵法会在下月初启动，那一日的阳光会穿透羽冠，正好照射在这个阵眼之上，然后将其点燃。如今——是你亲手开启了这个阵法，也引动了你自己身上的'山河社稷图'，一啄一饮，莫非天定，你们想必也能甘心承受！"

说罢，他袍袖一拂，清瘦颀长的身躯飞纵向下，显然要赶在阵法发动之前，尽快离开。

阿南手中流光疾挥，正要堵截对方去路，却忽然瞥到身旁朱聿恒的身躯倒了下来。

她心下大惊，手中的流光还未来得及触到对方，便只觉得天灵盖上一点灼热骤然炸开，随即，剧痛引发了全身旧伤，抽搐牵动，让她整个人倒了下去。

韩广霆落在下方，冷冷瞥了他们一眼，一声冷笑，身影迅速消失于冰峰之下。

眼前日光陡暗，阿南抱着尖锐刺痛的脑袋，想起了那一日在玉门关，傅准曾经对她说过的话——

"一个在心，一个在脑……而你身上六极雷总控的阵眼，在我的万象之中。

"你千万不要妄动，更不要尝试去解除，毕竟，我可舍不得看到一个瞬间惨死的你……"

只是她一向豁达，自小便在刀尖上行走，即使知道傅准在自己身上种下了六极雷，但因为他失踪后无法再控制自己身上的毒刺，因此也将其抛诸脑后，只等傅准再度出现之际，再行解决。

谁知，在这冰川绝巅之上，阵法发动之时，她所料竟然出错，身上的六极雷与朱聿恒的"山河社稷图"响应，而爆发之处，又是如此关键的要害之处。

难道，这就是自己的尽头了？

她脑海之中，骤然闪过下方山洞中指引她的万象，不由得心下狠狠骂了一声"浑蛋"。

手上传来微颤的力量，是朱聿恒茫然痛楚地摸索着，紧紧握住了她的手。

她颈椎僵直，脸颊艰难地一点一点挪移，终于侧向了他。

自他的脖颈延伸向下，纵贯胸口的任脉正在暴出青筋，如一条夭矫的诡异青龙就要冲体而出。

面前的冰层之下，黑线已经燃烧，火线蔓延入冰层，即将灼烧至玉刺。

冻在冰层中的玉刺，逐渐受热融化周围冰雪。玉刺在冰层中松动，向下方机栝坠去，眼看便要启动下方点火装置。

阿南看见朱聿恒抬起抽搐的手，竭力抬手抓向了自己的心口。

在那里，血脉中涌动的毒瘿，正剧烈抽搐。

阿南强忍头痛，将他的手一把抓住，喘息急促："别动，我……把冰层下毒刺挖出来，绝不能让它碎在阵法里，引动你身上的毒刺！"

"不……"朱聿恒却抬手紧抓住她的手腕，将她向前推去，"现在，立刻……击碎它，让黑线断下来，绝不可……让阵法启动！"

阿南头痛欲裂，只觉得自己头顶百会穴剧痛钻心。

她眼圈圈通红，神志紊乱，可心中还有最后一点清明，让她知晓这是阿琰生死存亡的时刻："可……这是你唯一的、最后的希望了！"

毕竟，他身上的"山河社稷图"，已经一条条爆裂。

就连一直无法追寻的督脉，也已经在他的身上显了形，烙刻在了他的脊背之上。

这是最后一个阵法，最后的希望。

若再被毁的话，阿琰的性命，怕是要就此彻底湮灭。

他们一路追寻至此，艰难跋涉，怎可功亏一篑，全盘皆输！

"阿南，你……听我说……"朱聿恒呼吸艰难，剧痛让他神志承受不住，已经濒临昏迷，但他抓着她的手如此坚定强硬，与他的话语一般撕心裂肺而坚定，"阿南，绝不可……你一定要让火线停下，我……"

血脉在呼啸涌动，他颤抖窒息，已经说不下去。

阿南知道，自己挖出他的毒瘿，可能会稍缓他的痛苦，但那又有什么用呢？在挖出的一刻，经脉早已受损，潜毒已散布到了他的奇经八脉之中，所以她之前剜取他的毒瘿，从未能成功阻止"山河社稷图"的出现。

而如今，她一定得保住他的任脉，纵然他全身经脉受损，但毕竟还留着最后的希望，让他不至于在这般大好年华永诀人世。

悲愤怨怒直冲头顶，沸腾的血液让阿南一时竟连头部剧痛都忘却了。

她不顾一切，嘶吼出来："可阿琰，你已经错过了所有机会……在敦煌的时候，你为了西北已经放弃了一次生存的机会，那次，咱们是身处危境确实无计可施，可这一次，我相信会有办法的！"

就算雪峰坍塌融化，就算致命的病毒会融化在河流中流出，只要……只要及时封锁下方，将一切好好控制住，只要她能将药渣带出去，那么，未必不能掌控住疫情。

毕竟，那都是以后的事情了，可如今，阿琰就要死了，就要死在她的面前了！

不等朱聿恒再说什么，阿南已经一把抽出他身边的凤翥，向着那条黑线冲了过去。

朱聿恒在濒临昏迷的痛苦中，看到她决绝的侧面，一瞬间知道了她要干什么。

她跪在冰层之上，将凤翥狠狠扎入冰层，要将黑线中的玉刺挑出来，将它完整地取出，保住他身上最后的一脉希望。

可，她和朱聿恒都看到，灼烧入冰层的火线引燃了喷火石，融化的冰水助长它沸腾燃烧，滚烫的玉刺顺着它烧出的通道缓慢下沉，马上便要启动下方的点火机栝。

来不及了。

她手中只有一柄凤翥，如何能劈开这千万年的坚冰，抢救阿琰最后一点残存的生机？

"阿南……"朱聿恒望着她的背影，喉口干涩哽咽。

意识已经逐渐模糊，他望着她疯狂地跪地挖掘冰层的背影，在这最后的时刻，内心却生起异样的平和幸福。

初次见面时，差点置他于死地的女海匪，如今与他一路走到这里，为了挽救他而不顾一切。

水流千里，终归浩瀚。

他来到这世间二十余年，成为祖父夺位的传世之孙，成为东宫的顶梁之柱，成为朝野人人称颂的他日太平天子……

可他的心里，属于自己的人生起点，却是在那一日，得知自己只剩下一年寿命的时候，紫禁城边、护城河畔，他看见她衣衫鲜明，鬓边一只幽光蓝紫的蜻蜓。

那是他既定的、至高无上的人生终结的一刻。

也是他全新的、从未设想过的人生开始的一刻。

"阿南……"

他喉口早已发不出声音，最后残存的意识，只够他清醒地凝望她最后一瞬。

或许，这也算圆满。

傅灵焰留下的阵法，已经基本破除。

阿南身上的六极雷，似乎并未危及她的性命。

这冰川，这疫病，这下游的、南方的、天下的生灵……只要阿南带着药逃出去，便都有了希望。

阿南，她一定不会让所有人失望……

阿南的手握紧凤翥，向着下方的黑线狠狠挖去。

冰层坚硬无比，凤翥的刀尖"啪"的一声折断于万年坚冰之上。

她泪流满面地无声哀号着，用断刃的凤翥狠狠插入冰中，即使会压迫机关，即使下面的烈火开关启动，会立即万焰升腾，将她连同整座冰川从内至外燃烧殆尽，她也在所不惜。

喷火石已经燃烧殆尽，但也替玉刺烧出了完整的一条通往点火装置的路径。

她喘息急促，浓浓的水汽围绕在她的脸颊，随即被严寒冻在她的睫毛上、鬓发上，形成一层雪白冰霜。

而她不管不顾，疯狂地砸开表面冰层，顺着冰雪融化的踪迹，竭力俯身，指尖碰到了喷火石灼烧的末端。

在刺骨的冰寒中，她碰到了最后一点还在沸腾的石头。

穿越灼烫与冰凉，她的指尖，抓向了雪水中的玉刺。

可，还没等她碰触到浮悬下沉的玉刺，它的尖端，已经碰触到了下方的装置。

细小的玉刺在冰水中下落很慢，但她只能眼睁睁看着，绝望地将脸贴在冰面上，意识到一切已经来不及了。

骤然间，贴在冰面的脸微微一震。

冰下传来"嗡"的一声，让她瞪大了眼睛，随即，便看到玉刺瞬间停顿在冰水之中，然后，轻微的"啪"的一声响，碎裂在了黑线之中。

阿南怔了一怔，巨大的悲恸涌上心头。

她转头，看向后方的朱聿恒。

朱聿恒的手中，是日月薄而锋利的刃口。

阿南看见了他心口淋漓的伤口，血脉中，粉色的毒瘿已经被他自己击碎。

他以她亲手打造的武器，用尽最后一丝意识，割开了心口最为疼痛之处，将里面那一枚生死攸关的毒刺，捏为齑粉。

她的阿琰，为了保住这座冰川，为了守护这天下，断绝了自己最后一线生机。

玉刺崩散，空空的点火装置在雪水之中静静等待。但不过些许时间，雪山严寒让它周围刚融化的水缓缓冻结，将它再度封印于透明坚冰之中。

只是引线已经燃尽，玉刺已经崩裂，它如同没有了灯芯的油盏，再也不可能有引燃雪山的一天。

阿南扑到朱聿恒身边，眼中的泪不断涌出，呆呆地看着瘫于冰雪之中的他。

最后的意识也已模糊，他无法再抬起手触碰面前的她。

他只用那双逐渐涣散的眼望着她，艰难地，无声地，双唇翕动。

疼痛已经让他发不出任何声音，阿南只看到他颤抖的双唇，依稀说的是："阿南，来世……"

但，他已经说不出后面的话。

那双动人的、绝世的手，再也没有任何力气，垂落于冰面之上，在晶莹灿烂的雪色天光之中，没有了动弹迹象。

阿南绝望哀恸，紧抱住朱聿恒的身躯，抬起颤抖的手，在他鼻下探了探。

他的气息已经极为微弱，所幸她扣住他的脖颈，摸到下方还有在缓慢流动的血脉。

冰川绝巅之上，阿南以颤抖的手扯开他的衣服，查看刚爆裂的任脉。

与其他血脉一般，无可挽回的崩裂残脉。

之前被她割开后吸去过瘀血的，或是被她剜掉了毒瘿的那两条血脉，如今亦是猩红刺眼，触目惊心。

唯有被石灰沾染时曾短暂出现过的督脉，如今依旧隐伏于他的脊背之上，维持着淡青颜色。

奇经八脉，已经转为七红一青，八条血脉全部异变。

她狠狠抹干眼泪，强迫自己大口喘息着，竭力冷静下来。

天雷无妄，寻不到的第八个阵法，在所有地方发现都模糊一片的地图……

八条血脉中，唯独一条青色的督脉……

梁垒临死前说，那阵法早已发动，你们还要如何寻找？

神秘失踪的傅准，他说随身而现、随时而化，但一旦追寻，便会迷失其中的阵法……

幼年韩广霆身上的八条青龙……

极度悲恸却又极力阻止他探索真相的亲人们……

她身上发动又消失、如今安然无恙的六极雷……

如同六月旱地里猛地霹雳殛击，一切谜团在她的心口如火花交织，终于连成一片灿烂火海，将她面前所有一切照彻洞明。

“原来……原来如此！”

她的手，重重地捶打在锋利冰面上，鲜血迸射，她却仿佛没有任何感觉。

她抱紧了怀中朱聿恒，臂环中小刀弹出，对准了自己的心口。

“傅准，你不是在我的身上埋下了六极雷吗？既然我脑中的那个雷，夺不走我的性命，那就让我心口的这一极，送我和阿琰一起走了吧！”

她状若疯狂，在空空的雪山之巅怒吼。

周围空无一人，她的声音被呼啸的寒风迅速卷走，消失于广袤的云海之中。

“我会与皇太孙死在一处，会在身边留下你们拙巧阁的印记。等朝廷的人上来，必能从我们的身上查到拙巧阁，届时，你们定被夷为平地！"

周围依旧一片安静，只有她的话如同呓语，飘散在空中。

"阿琰……你等我，手中的刀扎下去，你我共赴黄泉，我们……都不会再孤单了！"

阿南抱紧怀中的朱聿恒，而怀中的他，早已没有任何意识，一动不动。

她一口咬破手指，在冰上重重写下几个字，然后抓起小刀，送入了自己胸口。

只是瞬间，她与朱聿恒相拥着倒在了冰峰之上，再无声息。

凛冽的风卷起冰屑雪末，覆盖在他们身上。

而冰崖之下，终于传来了一声虚弱咳嗽声。

傅准清瘦的身影从崖下翻了上来。

他的动作并不快，但在这滑溜严寒的冰川上却显得十分沉稳。只是面容在雪风之中更显苍白，身上的狐腋裘也裹得紧紧的，像是生怕有一丝风漏进来，让他孱弱的身躯更加不堪重负。

他慢慢走到阿南的身边，低头看去。

冰雪之中，正是阿南临终时留下的几个血字——

凶手拙巧阁傅准。

"咝……"傅准倒吸一口冷气，目光转到阿南的身上，喃喃叹息，"真看不出来，南姑娘你居然这么狠。你自己殉情，为什么要扯上我们无辜的人？"

说着，他抬脚赶紧要将冰上的血迹擦去。

可严寒之中，血迹早已冻在了冰面之上，他擦了几下没有动静，皱眉叹了口气，目光又转到了阿南与朱聿恒的尸身上。

他知道朱聿恒如今病情发作，定然是好不了了，而阿南，居然会选择伴随朱聿恒而去，倒是让他想不到。

如今，静静偎依在冰雪中的这两人，都是容颜如生，尤其阿南，脸颊和双唇甚至还带着往日莹润鲜艳的模样，显得比寻常人更有生气。

"南姑娘啊南姑娘，你终究，也是个普通女人吗……"他喃喃低语着，蹲下来，下意识地抬手在她的鼻下探了探。

呼啸寒风中，他尚未探到鼻息，便已察觉到阿南的身躯依旧是温热的，肌肤温暖。

他心下一动，又猛然醒悟，正要起身逃脱之际，却觉得手腕一紧，同时指尖一疼，他的手指已经被阿南咬住。

傅准立即缩手，指尖万象微光一闪间，却阻不住鲜血已经滴落，在冰面上显得尤为刺目。

阿南冷哼一声，霍然坐起身，抬手擦去唇上血迹。

傅准握住自己的手指，不敢置信地盯着她："南姑娘，你是疯狗吗，怎么乱咬人？"

"哼，我比疯狗可怕多了。"阿南双眼红肿，凶狠地瞪着他，"今天你不把阿琰救回来，拙巧阁便完了！"

傅准捏着自己的手指，一脸苦笑："南姑娘，你别开玩笑了，能救我早就救了，何至于到现在的局面？你以为圣上没有以拙巧阁要挟过我吗？"

说着，他的目光落在朱聿恒的身上。

冰雪已经在他的身上凝结，他的体温显然正在一点一点失去，变得冰冷。

"没办法，就是没办法……"

"是吗？"阿南冷笑着抬手，向他摊开自己的掌心，"可是傅阁主，不瞒你说，我刚刚在下面的冰洞中，翻了很多被冻在冰中的、属于以前染疫寨民的东西。"

傅准看着她手上为了写血字而咬破的伤痕，再看看自己指尖的伤口，脸色顿时黑了下来："你……染疫了？你明知自己手上有病气，你还咬破自己手指，故意染上？"

"对啊，不然怎么把疫病过给你啊，傅阁主？"阿南冷冷地问，完全不在乎自己身上染疫的可能性比他更大。

傅准盯着手上她的齿印沉默了片刻，又将目光转向她："你什么时候发现，我也进入雪峰的？"

"就在我去冰洞挖取药渣的时候。毕竟，如果没有你的帮助，我怎么可能那么迅速地破冰而入，寻找到当年的东西呢？"阿南说着，拎起自己手中的药渣向他示意，"配置解药的法子在这里，如果你想要活命的话，就把阿琰救活！"

第十一章

生生不息

阿南捡起来时的绳索，将朱聿恒绑在自己的背上。

朱聿恒身材伟岸，而她虽然比寻常人要高一些，但要背负他下山，何况还是在这样的冰壁爬行，实在是险之又险。

但阿南咬着牙，将身上的绳子狠狠打了一个死结，然后背负着他，向下爬去。

木树胶虽然承受得住她一个人的力量，但背上多了一个人，显然就要艰难许多。

眼前风雪弥漫，她手脚僵硬，踉踉跄跄，半走半爬间无数次滑落，重重摔跌于下方冰洞中，又无数次爬起。

身上摔伤的地方疼痛难忍，她却仿佛毫无感觉。

只有朱聿恒的脸贴在她的脖颈边，给她唯一一点热气。

他的气息已经越来越微弱，偶尔他的脸颊擦过她的耳旁，她心口便会涌上一阵害怕——

他的身体，在冰川中已经越来越冷。

因为害怕他的离去，她不断抬手试探他的鼻息，同时也拼命加快脚步。

爬下青鸾身躯，拐入山腰山洞，她竭尽全力，背着朱聿恒趔趄奔向前方。

黑暗的对面传来喝问声："什么人？"

阿南听出对方的声音，强抑自己大放悲声的冲动，嘶哑道："素亭，快来！"

廖素亭听到阿南的声音，撒丫子向前奔来，将她扶住。

阿南带着朱聿恒倒在他们面前，喘息急促道："立即封锁雪峰，截断下游所有河流，别让……一滴水、一只虫子离开这座雪峰！"

诸葛嘉一听便知与疫情有极大关联，只仓促查看了朱聿恒一眼，便立即率人疾行而去，领命行事。

阿南解下朱聿恒，将自己的手脸蒙好。

一群人抬着昏迷的皇太孙，拼命加快脚步穿过山洞回到冰瀑布。

瀑布已经全部坍塌，而下方雪地中，朝廷的军队正在搭建梯架，以便接应他们。

阿南没有询问海客们的动向，事实摆在面前，已经无须她多问。

她脱力地从架子上爬下，跌坐在他们刚刚搭建好的营帐中。

见她神情枯槁，面如死灰，全身手脚都冻僵了，众人忙给她送上热茶和干粮点心，让她赶紧恢复过来。

可是在这样的情况下，她依旧将朱聿恒扛了下来，众人望着她那模样，无不心中惊骇，一时也不敢问冰川之上究竟发生了什么。

"别靠近我，殿下你们也要小心救护。"阿南将身上的药渣解下来交给廖素亭，哑声道，"交给魏先生，让他快点把药方配出来。"

廖素亭接过，下意识地看向她手上的伤口。

伤口不知是被冻伤了还是因为染疫，显出一种恐怖的青紫色来。

他一惊之下，连声音都不稳了："南姑娘，你这是……"

"没事，只要魏先生能将药方研制出来，我们便都无虞。"阿南困倦脱力，披上毡毯，抱紧了手中热茶，"让诸葛嘉一定要快，也要让所有士卒小心，这里的冰川带着疫病。一定要等药方出来后，将里面的东西彻底清理完毕才能恢复河道。"

"是！"

阿南略略休息了一会儿。火炉烘烤，热茶送食物下肚，热气内外一起涌入体内，身体仿佛逐渐化冻，温热的血液开始在体内行走。

雪山之上危机四伏，虽然韩广霆因为阵法即将发作而离开了，海客们也已被杀退，但深埋的疫病与机关并未清除。

稍微有了点精力，她便与众人立即启程下山。

在山脚下休养腿伤的魏乐安已经拿到了药渣。他医术精湛，翻检着药渣，推敲药性搭配，再填补几味解毒良药进去，一时已经有了七分雏形。

阿南示意他跟自己到朱聿恒的帐房中去，她因身上疫情，只站在帐外，请魏乐安查看他的伤势。

一看到朱聿恒身上纵横交错的"山河社稷图"，魏乐安立即便想起了年幼时见过的傅灵焰的孩子，神情大变："南姑娘，这……"

"之前，我向魏先生询问过朋友身上的'山河社稷图'，那个人，就是皇太孙殿下。"

魏乐安看着他身上破损的奇经八脉，沉吟皱眉。

"魏先生，这一年来，我与他一起奔波于各地，希望借着破解阵法的机会，挽救他的生命，可如今看来，却是功亏一篑……"阿南望着昏迷的朱聿恒，一贯坚定的她，此时声音也不由得微颤，"如今，我拿到了一个法子，或许可以救助他，只是，需要魏先生援手相助。"

魏乐安看着昏迷的朱聿恒，有些为难地道："南姑娘，你看，我是海客，而他是朝廷皇太孙……他查抄了咱们永泰行，还与公子生死相争，兄弟们若知道我救助了他，必定会不开心的……"

阿南自然知道这个道理，她默然跪了下来，在帐外深深叩拜魏乐安。

魏乐安吓了一跳，忙阻止道："南姑娘，你向来与我不是这般客气的，怎么……"

"魏先生，您知道阿琰为什么会变成这样吗？原本……他是可以自己活下去的。"

阿南将冰川上发生的事情原原本本与他说了一遍，泪水忍不住簌簌而下，打湿了蒙面的布巾："阿琰是为了我们，为了这横断山的所有人，为了天下百姓，才变成这样的。魏先生，我知道咱们各有立场，可是，您能否看在我们往昔情分上，救阿琰一次呢？哪怕……哪怕将我的命抵给你，我也毫无怨言！"

"南姑娘，折杀我了！"魏乐安叹了口气，走到门边想去扶她，见她避开了手，便道，"这样吧，虽然我不能忤逆公子的命令，也不敢背叛我的阵营，可南姑娘，当年你曾经在滚滚波涛中救过我，这次又将我从悬崖边拉回来，我欠你两条命了，那……老头子当尽力而为，还你的恩情！"

"多谢魏先生！"

阿南郑重谢了他，听他又说道："不过事先说好了，当年我和师父都对这怪病束手无策，如今我究竟能否救活他，亦是未知。"

"我这边有一个方子，可以清理他身上的残余瘀血，让他能暂时恢复。"阿南说着，抓起旁边的笔，在纸上写下了药方。

她的手已经奇痒难耐，颤抖不已，即使竭力控制，笔画也歪歪斜斜，只能勉强辨认。

她强忍着不去抓挠，等写完后，将那支笔投入火炉之中，抬起自己的手看了看。

咬破的手指上，已经出现了淡淡的黑色溃烂痕迹。

她一咬牙，将自己的双手套进袖管中，强迫自己紧捏着手肘，以疼痛来压制那种麻痒。

即使已经蒙了面，她还是迅速退出了帐房，远离他们。

魏乐安随身药箱虽已丢失，但随行的军医送来了各种药物，银针小刀也是应有尽有。他给阿南匆匆配了一包药粉，让她先涂在手上稍微止痒，又仔细净了手，脱去朱聿恒身上的衣服，查看他一条条破损的经脉，一边看一边摇头叹息。

直到七条看完，他才问站在营帐外的阿南："这么说，他身上已爆裂了七条血脉？只要还能剩下一条，就有机会？"

阿南示意魏乐安将朱聿恒的身体翻转过来，指向朱聿恒的后背脊椎处："魏先生，您看他的督脉。"

魏乐安仔细查看那淡青的痕迹，沉吟片刻，取出银针在其中试探，脸上露出震惊之色："南姑娘，这条血脉虽然外表看起来与其他血脉截然不同，并无瘀血情况，但我以银针试探，发现受损情况与其他七条一般无二。而且，这是陈年旧伤了，怕是他年幼之时便已遭毒手。只是你看，这里已被人暗埋下活血化瘀的虎狼之药——药性成分，好像就是你写给我的这个药方！"

阿南点了点头："是，这应该便是他第一条发作的血脉，只是早早被隐藏了起来。"

"此药可长期缓慢释放，强行驱散瘀血痕迹，使其不在脉中凝结而显露出如其他七条般的恐怖情形，但……"他抽出银针，看了看后摇头道，"治标不治本，只能稍延时间而已。"

阿南远远问："这药，能看出是何时埋进去的吗？"

"具体的看不出来，但老夫可以肯定，必定是在他十分年幼之时。所以埋药时的伤口疤痕已随着他身体的成长，彻底消失了。"

阿南心下也是了然，那时候阿琰怕还是未解世事的幼儿，不然的话，血脉发作时惨痛无比，即使在后背，他也不至于未曾察觉。

她在外面等待着，魏乐安已经着手帮朱聿恒清理破损经脉。

他用空心银针细致地吸去血脉中的瘀血余毒，又将调配好的药物一一灌注入他那七条经脉。

他年近古稀，虽然耳聪目明，下手又稳又快，但一个多时辰这般细致辛劳下来，额头全是汗珠，整个人也站立不住，坐在椅中直喘粗气。

灌了两大缸茶下去，他起身再度查看静静躺在床上的朱聿恒，才朝阿南点了点头，说："行了，若药真的有效，他应该能醒来。"

阿南长出了一口气，望着昏迷中的朱聿恒，久久说不出话来。

"不过，就算这个药可以清瘀血、解毒瘿，但他全身的奇经八脉毕竟受损严重，毒性早已渗入全身，就算醒来了，我看他经脉残破，至多能延三五个月至半年的寿命！"魏乐安老实不客气地道，"离真正要活下去，还远着呢。"

"我知道……"阿南哑声应着，"可如今，我们只能尽力做到如此了……"

魏乐安哼了一声，但看着床上如此年少卓绝的青年，也不由得一声叹息。

他洗了手，坐下来继续研究疫病的药渣，说道："把人移走吧，我得尽快将这药给研制出来。"

侍卫们抬了缚輂进去，阿南不敢近身，只踮着脚尖越过围着他的人，看向朱聿恒。

他身上那红紫骇人的"山河社稷图"，已经转成了淡青色，正如土司夫人转述，就如年深日久褪了色的青龙文身，纵横于他的周身，虽然略觉怪异，但总算，不再像之前那么骇人可怖了。

众人轻手轻脚地替殿下盖好厚被，遮好帘子，将他抬出营帐。

阿南没有跟去，依旧站在外面问魏乐安："魏先生，这些埋在阿琰体内的药，会有变化吗？"

魏乐安不明白她的意思，问："你指的是？"

"比如说，若他的身体遇上石灰，会不会重新变为殷红？"

魏乐安沉吟片刻，说道："此药中间有添加地衣用以消炎清热，老夫知道地衣汁液偏紫色，遇上石灰水会变成蓝色，但这东西毕竟藏在血脉之中，石灰水隔着肌肤，如何能让其变色？"

"有没有可能，生石灰会造成皮肤发热，太过灼热的话，会导致药物失效，使得原先的伤痕显现？"

"世间万物之理博大精深，或有可能吧。"魏乐安没空与她探讨此理，挥手打发她，"这很简单，你找点石灰，在他身上撒一下试试看不就行了？"

阿南苦笑，见他翻着药渣，已经埋头在推敲疫病方子，便不再打扰，闭上了嘴。

皇太孙昏迷不醒，周围寨子的情况堪忧。诸葛嘉心急如焚，恨不得立刻离开雪山，踏上归途。

可雪峰上海客来袭时，向导们非死即伤，如今只剩了一个，还不能如常走路，更何况天色已晚，哪有办法立即回程？

最终，他们只能在离雪山不远的荒原上住了下来，等待第二日回程。

阿南身上疫病已显现，即使用了止痒粉，还是忍不住抓挠的冲动，只能睡前将自己的手用布紧紧缠住，以免睡着后下意识抓破溃烂处。

她的帐房，也远远设在了雪山之下，在距离朱聿恒的中心营帐最远处。

这一路奔波，再加上今日疲惫脱力，阿南一沾到枕头，便立即陷入了沉睡。

只是梦中群魔乱舞，梦境混乱不堪。

她时而梦见自己全身溃烂，与寨子里发病的人一样全身抽搐惨死于密林；时而梦见阿琰身上青龙又变成殷红血线，紧紧箍住他的身躯，纵使她拼命撕打也无济于事；时而又梦见雪山崩塌，震天动地中黑色邪灵从天而降，以雪峰为中心迅速扩散，大地转眼间尽成灰黑色，而她抬头一看，就连湛蓝的大海也难以幸免，正被染成乌黑……

她从噩梦中猛然惊醒，感觉到周身隐隐震动，仿佛噩梦已真实降临。

侧耳一听，隆隆声似从后面雪峰而来。

她立即解开缚手的布条，跳下床向外奔去。

明月之下，皎洁的雪峰上正有弥漫的白气向下奔腾，如万千怒涛倾泻，要将他们吞没。

"雪崩了！"值夜的士兵们敲击竹柝铜锣，迅速示警。

阿南心下一凛，想到冰川中封存的疫病。

昨日阿琰已舍命将引线截断，她也确信当时的点火装置已重新封冻于雪峰之上，怎么一夜之间，它竟再度震动了？

难道是韩广霆不肯放弃，突破军队守卫，上去发动了阵法？

阿南立即拔腿向周围河道奔去，路上见诸葛嘉正向营帐而来，立即掩上面容，问："诸葛提督，河道那边如何了？"

诸葛嘉仓促答道："我们连夜在赶工，但河流湍急，尚未截断，如今雪浪又奔涌而来，这……"

"把楚元知喊上，带上所有炸药，去下游开阔河谷之前——就是当日青莲宗伏击咱们的那个咽喉处，把两边山崖炸掉堵住，一定要把所有雪水一滴不漏地挡住！"

诸葛嘉看向大帐，略一迟疑："那殿下……"

"有我在，你怕什么！"

诸葛嘉立即向众人示意，一群人奔赴下游。

阿南转过身，扯过面罩遮住自己的脸，向朱聿恒的营帐奔去。

营帐外灯火通明，东宫护卫谨慎巡防。阿南朝里面一望，廖素亭率人围在朱聿恒床榻之前，持刀向外，正严阵以待。

见这边安然无恙，阿南略松了口气，暗道难道是自己想多了，雪崩只是凑巧，并非人为？

但，忽然之间，她脑中一个闪念划过，顿时背后尽是冷汗。

她立即转身，朝着魏乐安的帐房狂奔而去。

魏乐安研究药方，如今尚未安歇，营帐内一灯如豆，映出他的影子。

外边纷扰叫喊，但他不是朝廷中人，根本不为所动，观察了下雪崩不会影响到自己营帐，便依旧回来埋头推敲方子。

阿南轻出了口气，因为不敢接近而停下了脚步，站在外面想着要不要去询问一下进度。

就在此时，她看到一条身影欺身接近了魏先生的帐房。

那身影的腾跃极为飘忽，利落翻越障碍之际，又从容避开穿插来往的巡逻士兵，闪进了魏先生的帐房之中。

这身法，让阿南迟疑了一刻，才慢慢走近营帐。

灯光映照在营帐的布幔上，阿南可以隐约看到，魏先生看见有人潜入帐中，惊得立时站起了身，抓过镇纸压在了桌面上，摆开防卫姿势。

但随即，他看清了来人模样，又松懈了下来，甚至与他拱手见礼。

阿南哪还不知来人是谁。

她将耳朵贴在帐上，听到竺星河压低的声音："魏先生，时疫的方子可研制出来了？"

魏乐安摊开桌上的方子，从容笑道："公子放心，老朽殚精竭虑，已推敲出了最完美的方子。此方有疫祛疫、无疫预防，愈后不留痕迹，定能消灾解难，拯救天下万千百姓。"

竺星河来得仓促，也无暇多说，扯过桌上的方子，便示意他跟自己离开。

魏乐安却赶紧拦住他，将药方抽回，又压在了桌上，说："公子恕罪，这药方我得留给朝廷。下游及西南如此多的百姓，还要靠这个续命。"

竺星河没想到他居然如此说，嗓音沉了下来："魏先生，朝廷无法救百姓，只有我们才能救，这或许是咱们最后的、也是最好的机会了。"

"虽然如此，但公子你想，这疫病如此猛烈，我虽有完美之方，可咱们毕竟人少，就算日夜赈济，又能救得多少人？难道真的眼睁睁看着无数人因此惨死？而朝廷要发药救济，一夜之间便能广布天下，这才是挽救万民、免得生灵涂炭的大势啊！"

阿南听着魏先生苍老诚挚的话，心下却只涌过一阵悲凉，心道，魏先生，你这一番心意，怕是要被辜负了。

差点焚毁整座顺天的地火，还有之前开封水灾……幕后推波助澜的人，全都是他面前的公子。

生灵涂炭，天下大乱，正是他的目的，不然，他如何有机会翻覆政权，报当年血海深仇？

果然，竺星河冷冷道："魏先生，你这是助纣为虐，也和阿南一样，与兄弟们作对了？！"

"不会不会，等回去后公子就知道老朽一片心了。"魏乐安说着，将药方在桌上安放妥当，起身表示这就跟他回去，"更何况，南姑娘如今也染了疫病，公子难道忍心让她疫病发作，惨死于此地吗？"

竺星河毫不迟疑，道："既然如此，她想要活下去，就得回来找我，重新做我麾下人。"

"唉，这怕是……"魏乐安目睹那两人生死相依的样子，摇头叹了口气，说，"南姑娘是不会再回来了。公子，咱们走吧。"

竺星河回头看那张药方，尚在沉默，魏乐安又忽然想起一事，道："公子稍等，老朽想最后再去看一看皇太孙的病情。"

竺星河声音冰冷，问："他不是已经八脉全毁了吗，怎么还没死？"

魏乐安抬手去拿桌上的药箱，道："快了，但是南姑娘弄了个法子来，求老朽替他续着命呢，如今他还在濒死昏迷中，我看活转过来的机会微乎其微……"

正在他提起药箱之际，身后忽然传来轻微的风声，寒光在他身后猛然闪动。

血光骤然迸射，手中的药箱猛然坠地。

魏乐安的手紧紧捂住了腹部，倒在了桌案之上。

他艰难转头，看向后方的竺星河，盯着他手中滴血的春风，不敢置信地挤出两个字："公子……"

竺星河缓缓垂手，任由春风的血滴在地上："魏先生，你是当年随我父皇出海的老人，你明知我与朝廷的血仇，也知道我此生最恨的人就是朱聿恒！你为何要背叛我，为何要去救朱聿恒，为何要替篡位谋逆的这家人施恩德，把你的药方送出去收拢天下人心？！"

魏乐安按着自己腹部的伤，疼痛让他再也说不出任何话，只呼哧呼哧地拼命喘息着，趴倒在了桌上。

阿南倒吸一口冷气，顾不上自己的疫病，一把扯开营帐门帘，扑了进去。

竺星河正扳住魏先生的肩，将他从桌子上一把推开。

"扑通"一声，魏先生重伤的身躯倒在地上，血流了一地。

他却看也不看，只抬手抓向桌上染血的药方。

就在他的手堪堪触到药方之际，阿南的流光早已射出，钩住他的手腕拼命一拉，将他的手掌停在了半空。

他挥手卸掉她的拉扯之力，旋身回头，看见她的刹那愣了一下，随即左手抓起桌上镇纸，一旋一转间早已缠住流光的精钢丝，反手一拉。

有镇纸挡着，流光纵然再锋利也无法割人，反而是阿南力气不如他，被他扯得往前趔趄一步，差点失去平衡。

她立即松脱流光，白瓷镇纸被甩在地上，"啪"的一声摔了个粉碎。

巡逻防卫的士兵注意到这边动静，立即有人用长矛挑起帐门，查看里面情况。

"别进来，我染了疫病。"阿南紧盯着面前的竺星河，道。

士卒们一听她的话，立即放下了门帘，并且退得远远的。

竺星河的目光在她身上顿了顿，抬手抓起桌上药方，转身便要走。

阿南厉声叫道："公子，别再执迷不悟了，迷途知返吧！"

"哼，执迷不悟的人是你！"竺星河沉声呵斥，将药方塞入怀中，冷冷道，"如今朱聿恒将死，你也身染疫病，该死心了！想活命的话，就乖乖跟我回去吧。"

阿南悲愤欲绝，仿佛未听到他的话，流光纵横翻飞，封住了他的去路。

竺星河身影晃动，凭着自己灵动无比的身姿，在她的流光中腾挪闪避，毫发无损。

而阿南见他只是避让，手下一变，流光竖劈横切，攻势顿时凌厉无比。

"为什么只闪避？为什么不用你的春风反击？你说啊！为什么不用我给你做的武器，将我杀掉，替你扫清一切障碍？"

怒火焚烧了阿南的理智，她泣不成声，只知道疯狂进击。

下手无比狠厉，可她口中的声音却从凄厉渐转为喑哑，脸上滚落的泪珠让她哽咽到崩溃。

"你为了遮掩韩广霆的行踪，放任他杀害司鹭，甚至帮他将罪名推到阿琰身上……你为了复仇篡位，不惜引动傅灵焰留下的各方死阵，置万千人性命于不顾……你为了不让朝廷拿到药方，偷潜进来杀害魏先生，夺取药方！你……你是不是还要拿着这张药方去救济百姓，为你赢得天下民心？竺星河，你……我为什么要认识你，你当年为什么要救我？！"

她疯了一般的攻势与崩溃的叱问，如同暴风骤雨，直袭面前的竺星河。

流光飒沓，只听到"嚓嚓"声响，他身上的黑缎锦衣转眼便多了两道口子。

他身形迅捷，激愤中的阿南虽然割破了他的衣服，却并未能伤到他的身体。

但，她一眼便看到了，他衣服底下初显青紫肿胀的伤口。

她一瞬间明白了过来，目眦欲裂，不敢置信："你……你上了神女山，刚染的疫病？这么说，重启我们封闭的雪山机关的人是你！炸雪山的人也是你！你丧心病狂，为了复仇，你要扩散疫病毁了整个天下！"

而他的眼神终于开始冰冷，见她疯狂攻击并未有半点停息的意思，那一直后退的身躯抵上了营帐厚硬的帆布，在上面一撞反弹后，迅速前冲，穿透她密密匝匝的攻击，"嚓"的轻微响声中，他手中的春风终于现身。

"阿南，你刚死里逃生，气力不济，还是好好休养吧。"春风骤急，他穿破流光密网，冷冷地自她身旁擦过，"别挡在我面前，我不会为任何人留手。"

仿佛为了验证他的话，阿南的右臂上，六瓣血花灿然绽放，在灯光下殷红透亮，如散落的鸽血宝石，刺目惊心。

鸽血宝石……

那年她十六岁，与公子行船于锡兰[1]，看到当地的少女身披重重刺绣的彩衣，额间缀满鸽血宝石，嫁给自己心上的少年郎。

那之后有一段时间，她存了许多鸽血宝石，也试着做一串串鲜红的链子挂在额间胸前，幻想某一日能拿来映衬艳红的欢喜。

甚至，连公子说她穿红衣好看，她也欢欢喜喜记在心里，一直固执地喜欢艳红的颜色。

然而，她却忽略了，那般艳丽夺目的红，同样也是鲜血的颜色。

1　锡兰：斯里兰卡。

"想活命的话，来找我拿解药吧。"

阿南的身躯倒了下去，而竺星河头也不回地丢下最后一句话，揣好那张药方，越过她的身畔，在冲入帐内士兵们的刀尖与枪头上纵身而起，鬼魅般消失不见。

阿南的右臂剧痛无比，但她也知道，能让她清楚感知到伤痛的，就并非要害。

她不让人接近自己，咬牙自行坐起，爬到药箱边抓了一扎绷带，竭尽全身的力气给自己右臂绑上，然后去查看魏乐安的情况。

他躺在地上，身下是大摊刺目血液，兀自睁着眼睛。

望着死不瞑目的魏先生，她悲怆不已，抬起颤抖的手，默然合上他的眼。

然而，她的手碰触到了魏先生颤抖不已的面颊，听到了微不可闻的"嗬嗬"低声。

阿南俯下身，听到魏乐安无比艰难地从嗓子里挤出几个字："南……南姑娘，药方在……在我怀……怀……"

阿南抬手一摸，果然，在他的怀中，是折得整整齐齐的一张药方，已经被血水浸透。

她紧捏着这张染血药方，颤声问："那，公子抢走的是……"

"那张方子，我换了……换了两味药物……可延命……阻传染……但代价是全身溃烂奇痒，一辈……"

"子"字尚未出口，魏乐安的身体一阵抽搐，已经咽下了最后一口气。

阿南将这张被血水洇透的药方打开来，看着上面整整齐齐的字迹，忽然明白了一切，眼泪又忍不住涌了出来。

公子抢走的，是魏乐安想留给朝廷的药方。可以救人，但全身遍布那般溃烂又奇痒难耐的伤口过一生，一世痛苦，无法见人。

而这份完美的药方，魏乐安暗藏在了身边，想要带回去给公子，收服疫情侵害之地的民心，或拿来与朝廷交换，为他的大业助一臂之力。

可谁知道，他一心为公子谋算，公子却认为他已背叛自己。为了抢夺这份药方，更为了灾疫传播、天下大乱，毫不留情便杀害了他。

阿南手捧着染血的药方，从军帐中走出，将它交给军医，让他们立即抄备配药。

眼望着神女山上滔滔滚落的雪浪，她又想起竺星河被她割破的衣服下，那青紫脓肿的伤口。

如此迫不及待抢夺走的药方，他拿回去后必定会立刻用来救自己。

若真的如此的话……

这世间阴错阳差，一啄一饮莫非天定。

若他不是一意想要释放雪峰疫病，要祸乱百姓令天下大乱；若他没有遮掩行踪来抢夺药方；若他肯放过魏乐安……

　　想着遍体鳞伤濒临死亡的司鹭，想着一心为公子谋划却死于非命的魏乐安，想着碧海之上白衣如雪浑然脱俗的竺星河，阿南不由得悲从中来，站立在飒飒雪风中，眼泪又夺眶而出。

　　魏乐安从傅灵焰的药渣中研制出的方子，果然有奇效。

　　阿南遵照剂量，外敷内服，第二日手上溃烂处便不再发黑淌脓，开始结痂。

　　她也遵照自己在雪峰顶上对傅准的承诺，将一份药放在营帐外，任由他取走。

　　他们沿着密林回程，白天在林中跋涉，夜晚在山间安营，竭力快速往回赶路，希望能尽快清除下游的疫病。

　　诸葛嘉等人已经成功堵住了水道咽喉，只等征召工匠赶到，就近开采石灰矿，投入被围堵于堤坝中的雪水。带着疫病的雪水经多次沸腾消杀后，再彻底填埋。

　　江水暂时断流，他们直接从干涸河道上越过，回程中少绕了很多弯路。

　　只是朱聿恒，始终没有醒来。

　　阿南身上疫病祛除，身体恢复之后，不顾被春风所伤的手臂，重新担负起了照顾朱聿恒的责任。

　　毕竟，她是对他身体了解最多的人。

　　夜色渐暗，守着朱聿恒的阿南在昏黄的灯光下打了个盹。

　　迷迷糊糊间，她看到灯光渐渐淡去，外面的天色已经亮了。

　　耳畔有人在低声轻唤："阿南，阿南……"

　　是朱聿恒的声音，一如既往低沉而动人心弦。

　　阿南在迷蒙中抬起头，看到朱聿恒不知何时已经下了床，站在了她的面前，正俯身含笑看着她。

　　阿南又惊又喜，抬手攀住他的脖颈，将他在灯下拉得更近一些，让她将他仔仔细细地看清楚。

　　"阿琰，你……你没事了？"

　　朱聿恒微笑着点头，他的面容蒙在烛光中，恬淡而温柔，镀着一层辉光，依然是当初那矜贵脱俗的模样。

　　但她还是不信，抬起颤抖的手扯开他的衣襟，查看他身上的情况。

　　那原本如条条毒蛇纠缠他全身的"山河社稷图"，真的已经退却了，只剩了淡淡的几条青色痕迹。

她将脸贴在他的心口，伏在他温热的身躯之上，听着他低沉而有节奏的心跳声，终于放心而笑。

她笑着从睡梦中醒来，面前是依旧沉睡的朱聿恒，在灯火之下安静地躺着，一动不动。

她心下忽然觉得害怕极了，抬手轻轻贴在他的鼻下。

他气息轻微，但总算还平稳，甚至好像有了逐渐强起来的感觉。

她心下一动，扯开他的衣襟一看，心不由得怦怦跳起来。

和梦中一样，他身上的"山河社稷图"，已经只是淡淡青痕。就连吸瘀血和埋药时的伤口，也已经愈合结痂了。

她缓缓出了一口气，轻轻地将他的衣襟掩好，正准备起身之时，却觉得手腕一动，被人拉住了。

她垂眼看去，正是阿琰。

灯光下，他拉着她的手尚且虚软，望着她的目光尚且朦胧，从昏迷中醒来，他还是混沌而迷惘的。

但他执着地、一动不动地望着她，耐心地等她的面容渐渐清晰呈现在他的眼中。

她与往日迥异的疲倦面容，她目光中的惶惑与喜悦、茫然与失措，都是他未曾见过的，在这一刻，清清楚楚为他呈现。

他的脸上，露出了艰难而无比欣慰的笑容："阿南……我还活着，你……还在我身边……"

"是，我们都好好的，现在，以后，一直，永远……"

她欢喜落泪，抬手轻抚他的面颊，仿如摩挲失而复得的珍宝。

他昏迷太久不进食水，双唇微有干裂，不复亲吻她时那柔软模样。

阿南帮他垫好软枕，端过旁边的汤药，坐在他的身旁，喂他慢慢地喝下去。

他靠在枕上望着她，掩不住脸上艰难但欢愉的笑意："你终于……把我救回来了。"

她摇了摇头，捏着勺子的手微微颤抖："情势危急，我也只能拼死一试，没想到居然成功了。我想，可能是上天也舍不得你走，所以对你发了慈悲吧……"

"不，我知道的……若没有你，我已不在这人间了。"

阿南一边慢慢地喂他喝汤，一边轻声说："不过，魏先生认为，这个法子虽可暂时让你渡过难关，可与我当初吸走你的瘀血一样，终究只是治标不治本的方法。因此，傅灵焰肯定还有其他的手法，才能让韩广霆如常人般一直活到现在，而且身手矫健过于常人……”

虽然，他们还得继续探寻。但至少，如今他已经苏醒，一切希望便都还握在手中。

“怎么……救回我的？”

阿南将手中的碗放在几上，想起当时的情形，脸上尤带郁闷：“是傅准，他在冰川中露了形迹，被我抓住了。我要挟他以命换命，他只能答应了。”

朱聿恒一动不动地望着她：“他？”

“嗯，那时候在冰洞中他用万象指引我们找到药渣，我就知道他也跟来了。所以在峰顶上，我赌了一把，赌傅准的失踪是迫不得已，赌他也想从韩广霆和玄霜的控制下脱离，赌他不愿让拙巧阁覆灭……总之，幸好我赌对了。”

不然，此时她与朱聿恒，已是青鸾羽冠上两具覆雪的尸体。

“他在多年前，曾见过韩广霆配置药物疏通经脉，可以清除掉‘山河社稷图’造成的瘀血，并且用药性迫使经脉继续运转。”阿南将炉子拨亮一点，让火光更暖和一些，抬手解开朱聿恒的衣襟查看“山河社稷图”的残迹，“我便想到了土司夫人故事里，韩广霆身上的青龙。我想，那会不会就是傅灵焰想出的替儿子续命的法子，于是便死马当成活马医，带你回来试了试。”

贴在他胸前的指尖微颤，她的臂上，春风之伤未愈，而手上，又增添了疫病带来的新伤痕。

朱聿恒艰难抬手，握住她伤痕累累的手掌，在唇边轻轻贴了贴。

两人如今也没有心力去关心别人，便也不再多说什么。

暖融融的晕黄灯光照在他们的周身，他笼罩于她的光影之中，感到温暖而舒缓。

所以，即使全身无力，所有骨骼仿佛都在隐隐抽痛，他亲着她的手，望着近在咫尺的她，还是微微笑了出来。

“好像啊……”

阿南帮他擦拭唇角，回应他喃喃的呓语：“什么好像？”

“现在，好像顺天地下，我靠在你身上，听你唱那首曲子……”他的声音，低得几乎听不见。

阿南不由得笑了，轻声道：“那时候咱们两人都脏兮兮的，可难看了。”

他望着她摇曳灯火下明暗不定的面容，心想，但，我就是从那一刻开始，知道了倾心迷恋一个人，是什么滋味。

神志迷蒙，可心口沸热，他缠住她的手指，声音模糊低喑：“阿南，我还想听……”

阿南俯下身，紧紧将他拥抱住，与他一起靠在枕上。

守了他这么久，她的声音微显干涩，甚至带着一丝哽咽，但，在他耳边轻轻响起的声音，却比以往每一次，都更为缠绵悱恻。

"我事事村，你般般丑。丑则丑，村则村，意相投……"

这一刻，世间再无任何东西比对方更为重要。

即使，他们都知道回去之后，便要面临这世间最激烈的风雨，等待他们的，会是最为诡谲恐怖的局面。

但，他们偎依在一起的身躯无比温热，握在一起的手无比牢固。

无论面对何种境况，他们再也不会放开彼此的手。

一路回程，疫病比他们想得更可怕。短短数日，因为茶花寨中逃脱的那个病人，疫情已经在下游扩散。

一行人沿路救治，分发药物，教导郎中，将疫病逐渐平息下来。

被召集的众多工匠也已紧急赶往神女山下，开凿石灰矿，消弭疫病，一切都有条不紊开展。

告别了那棵临水盛开的百年茶花树，他们踏上回京之路。

重新回到应天，已是二月末，理应是春回大地之时了，可今年时令古怪，不知为何，天气依旧阴沉寒冷。

随同朱聿恒前往横断山脉的队伍刚下了船，距离应天城尚有十数里之遥，太子与太子妃亲率的队伍已经迎了上来。

看见安然无恙归来的儿子，饶是两人在朝廷中打滚多年，都是心坚如铁之人，此时也是泪流满面，情不自禁地紧紧抱住了儿子。

等初见的激动过去，太子询问起横断山脉这个阵法，得知疫病已彻底控制后，才放心点头，欣慰不已。

而太子妃见儿子神情如常，虽然面容略显苍白瘦削，但还是自己那个出类拔萃无人可比的孩子，不由得目光转向旁边的阿南。

阿南笑吟吟地站在一旁，拈着手中马鞭，见太子妃回头看自己，便向她点头为礼。

太子妃走到她跟前，执起她的手道："好孩子，这一路上，辛苦你照料皇太孙了。"

阿南微笑道："殿下也照顾我了，不然，我们此次是否能顺利解开阵法、逃出生天，还是未知数。"

她虽神情轻松，但太子妃自然知道必定有着自己难以想象的艰辛。只是人多眼杂，她也没有多问，只紧紧又握了握阿南的手。

后方众人纷纷上前，都是笑逐颜开，满口恭贺之词。

阿南哪里受得了这些，一路疲惫跋涉，还要站在人群中满脸堆笑，简直是要了她的命。

她对朱聿恒飞了个眼神，正准备逃之夭夭。只可惜一双手伸来，将她留住了。

她无奈地在太子妃示意下上了马车，跟着他们一路往城内而去。

马车抵达应天皇城，皇帝亲自等待在宫内，屏退了所有人，只留他们五人在殿内说话。

皇帝三月前在榆木川遇刺，大伤元气，但见到孙儿安然无恙回来，他难得显出神采奕奕的模样，招手让朱聿恒过来，亲自查看朱聿恒身上的痕迹。

见他身上又添新伤痕，皇帝心疼之余，又欣慰于他身上"山河社稷图"的淡去。

他示意阿南近前，亲自询问她："司南姑娘，朕对此事尚有不解之处，不知聿儿身上的'山河社稷图'，这下可算是解开了吗？"

皇帝之前十分不喜她的海客身份，甚至多次对她动过杀心，但此时因为欢喜于孙儿的病情好转，对她着实和颜悦色。

阿南便详细将魏乐安的结论说了一遍，当知道朱聿恒的经脉受损太过严重，只能再维持数月至半年后，殿内气氛又再度沉重起来。

太子妃含泪问道："可，当年傅灵焰不是也救治好了她儿子吗？"

"是，但傅灵焰已逝世多年，我们已无从得知她用的是何法子。"阿南终于将自己一路上反复思量的事情提出来，说道，"幸好我们如今终于有了韩广霆的下落。既然他能顺利活下来，那么只要追踪到他，相信阿琰也定能安然度过劫难，获得新生。"

"哦？韩广霆出现了？"听到这个讯息，大家都是精神一振。

朱聿恒将横断山脉发生之事一五一十说了一遍，皇帝与太子沉吟点头，认可她的看法。

太子妃则问："此人既已踪迹全无，我们又该如何寻找？"

"他既然回到了陆上，那便不可能几十年藏头露尾，一直避世而居。朝廷可详加追查这些年来回归的海客，尤其是——二十年前曾接近过蓟承明与刘氏等人、后来或许也与青莲宗等有交往的人。"

殿内都是久历世事之人，立即便理解了她的意思。

"你的意思是，二十年前，应该就是韩广霆在皇太孙的身上种下了'山河社稷图'？"

"是，而且当时阿琰身上的血脉便已经发动了一条。"

朱聿恒默然拉下自己的后领，让他们看了看从腰脊而起、经脊背隐入发间的那条青痕，说道："这条督脉，其实便是我身上第一条发作的。只是因为它一直呈不易察觉的淡青色，而且在我后背，因此未曾引起过注意。"

太子与太子妃对望一眼，黯然神伤。

皇帝问："你们是聿儿父母，小时候他一直在你们身边，这条痕迹是何时出现的，你们可有印象？"

太子叹道："应当是聿儿两三岁时。儿臣夫妻二人昼夜守城不曾回府，聿儿交由乳娘刘氏看护，因此被人乘虚而入，酿成灾祸。"

"那战事结束，朕登基之后，你们就不曾好生看过自己的孩子？这可是你们的亲生儿子、朕的长孙！"皇帝狠狠一拍书案，怒吼出声之后，又想起登基之后，太子镇守南京，而他带着朱聿恒长住顺天，他们夫妻与孩子相处的时日也是少之又少，哪有机会细查淡如青筋又毫无异样的一条背后痕迹？

怒火无从发泄，他唯有又迁怒他人："伺候聿儿的那群太监嬷嬷宫女，有一个算一个，大都可杀！怎么从来无人注意过太孙身上的血痕！"

龙颜震怒，太子率先深深垂头，知道已无法再商讨下去了。

皇帝的咆哮宣泄，最终在朱聿恒的劝解中结束。

他龙体尚虚，朱聿恒搀扶着他入殿安歇。而阿南与太子、太子妃心事重重地在外面等了许久，才等到他出来。

四人往外走去，太子低声问朱聿恒："圣上对你可有什么嘱咐？"

朱聿恒道："没什么，圣上说宫中忙于筹备顺陵大祭，过两日设个小宴替我庆功，让我这两天好生休息，多陪陪父王母妃。"

见他云淡风轻，太子太子妃便也放下了心，一家三口难得重逢，将一切艰难先抛诸脑后，一起回了东宫。

东宫不远处，朱聿恒替阿南准备的小院早已清扫得干干净净，里面的仆妇也都收拾得妥妥当当，迎接她的归来。

这一路奔波，终于回到了安心的居所，阿南稍微吃了点东西，倒下便睡了个昏天黑地。

醒来外面已是大亮，鸟雀在梅花上蹦跳，高声鸣叫。

她草草洗漱，打着哈欠转到前厅，喝过了温热的米粥，吃了两个米糕，一时竟不知该干什么。

　　韩广霆的下落尚未查到，本朝建立六十年，回归的海客数不胜数，就算再焦急，也不是一时半刻可以调档查阅的。

　　"呼，有点冷，好想回西洋晒太阳啊。"阿南搓着手，给自己又裹了一件袄子，坐在熹微日光下保养自己的臂环，调试完机栝后，将它又戴回腕上。

　　金属冰凉的感觉让她忍不住"嘶"地吸了一口冷气。

　　越蜷缩越冷，阿南索性便起身抓过马鞭，骑马出门活动去了。

　　到了东宫一问，朱聿恒这个"工作狂"，一早便去三大营处理这段时间堆积的事务了。

　　阿南琢磨着，提督大人亲临，诸葛嘉楚元知廖素亭他们肯定也得过去点卯应差，不可能有人陪她游逛了。

　　寒风萧瑟，行人稀少，她想起自己的那颗白玉菩提子，便买了根钓竿，打马向着燕子矶而去。

第十二章

昔时兵戈

长风荡荡，波光浩渺，凛冽寒风让长江边人迹罕见。鱼儿躲在江底石洞，渔夫们也懒得出船。

唯有燕子矶旁大青石上，有个老头披着厚厚的玄狐披风，戴着皮帽子，围着毛领子，端坐在石头上钓鱼。

阿南瞥了他一眼，心下不由得乐了。这个人她认得啊，这不就是当年背弃竺星河的父皇、被海客们唾骂了二十年的李景龙嘛！

真是踏破铁鞋无觅处，得来全不费工夫。

她不动声色，找了个离他不远不近的距离坐下，丢点酒糟米打了个窝，鱼钩一甩架设好，就捡了几抱树枝过来，一边烤火一边注意鱼漂动静。

她当年在海上有个凶名叫水族浩劫，绝非浪得虚名。差不多的饵料同样的地点，李景龙那边毫无动静，而她一边烘手一边随便拉拉鱼竿，大鱼小鱼就忙忙上钩，被她拿草茎串了嘴养在岸边水坑，一时间众鱼扑腾，热闹非凡。

李景龙虽然钓鱼技艺不差，但这寒天冻水中哪有收获，老半天上了一根手指长的麦穗儿，气得他胡子乱颤，解下来狠狠丢回水里。

实在忍耐不住，他弃了鱼竿，背着手站在阿南身后看着，觍着老脸搭话："姑娘，你这收获可不少啊。"

阿南仰头朝他一笑："还行，就是个头不如以往。"

李景龙眼见她又上了一条尺把长的鳙鱼，眼馋得不行："这个头还嫌弃，以往都钓什么大鱼？"

阿南抬手一指旁边那块大石头："你看，最长那条就是我几个月前钓的。"

李景龙回头一看，当即跳了起来："什么？红漆画的那条，是你钓的？"

"是呀，我和神机营一群人来这边钓鱼，结果一不小心，钓了条四尺多长的青鱼。"阿南伸臂比画了一下，笑眯眯道，"所以李太师当年刻在石头上的那条金漆刻痕，被我压下去啦。"

"那可是四尺的大鱼！你这小胳膊小腿的女娃儿，怎么没被四尺的大青鱼拉水里去？"李景龙不敢置信，吹胡子瞪眼中瞥到红漆刻痕边押的那个"南"字，又察觉到了一件事，"咦？这么说，你就是那个司南？这回与皇太孙殿下一起去西南立下大功的那个、那个……女海客？"

"是呀，见过李太师。"阿南也不隐瞒，笑吟吟朝他一拱手，"再说四尺长的鱼也不算什么，我当年在海上，比人还长的鱼也钓过，能吞舟的鲸鲵也捕过，都是小事一桩。"

李景龙上下端详着她，啧啧称奇。

阿南随意甩钩，往火边凑了凑，搓着手抱怨道："江南这个季节也太冷了，这天气，我手都僵了。"

"来，喝点酒暖暖。"李景龙大方地示意身旁老仆送酒上来，就着火堆温了酒。阿南也给他分了饵料和窝料，指点他换了个窝点。

一老一少在江边喝着热酒，钓着鱼，谈笑风生。

朱聿恒过来时，看见这副热络模样，不由得摇头而笑，上来在他们中间坐下，问："寒江钓孤风，能饮一杯无？"

"什么钓孤风，我钓了几十条大鱼了。"阿南笑嘻嘻地给他倒酒，指着自己的战绩让他开眼。

她的双颊在寒风中冻得红扑扑的，呼吸间喷出的白气萦绕在笑靥之上，如同一朵艳丽无匹的芍药笼于烟雾之中，令他怦然心动。

他忍不住抬手抚了抚她的鬓边，帮她拍去水汽，才接过她递来的酒杯。

啜着温酒，朱聿恒与李景龙打过招呼，目光落在对面的草鞋洲上，若有所思："老太师喜欢这个地方？"

李景龙道："此处江风浩荡，气势非凡，景致绝佳，鱼也挺多。"

"但这里突出江面，水流湍急，对钓鱼者来说，可不算个好位置。"阿南这个钓鱼老手，一下便戳穿了他。

李景龙在她揶揄的目光中，也只能讪笑道："在意不在鱼，老夫只是常往这边坐一坐，感怀一下当年往事。"

阿南瞧着浩荡江面，笑道："这倒是，后人哪会记得李太师钓过几条大鱼小鱼、钓技高不高超，只会争相评说您在圣上南下时的功过，是吧？"

一句话就戳心窝子，李景龙瞪了她一眼，脸上顿显憋屈之色："老夫倒宁愿后人记得我钓过大鱼，毕竟这辈子老夫也没打过几场露脸的仗，嘻！"

朱聿恒安慰道："老太师何出此言，天下人皆知晓你当年是心忧百姓，审时度势之举。"

"唉，老夫惶恐！圣上才是真命天子，殿下您才是天定的社稷之主啊！"李景龙遥望远远沙洲，神情沉痛道，"太子殿下当年于大战之前来营中找我相商，以天命示警于我。可惜我执迷不悟，直到惨败后痛定思痛，再回顾当日一切，才知晓真龙出世，天命难违！"

阿南不耐烦听他们这文绉绉的对话，单刀直入道："老太师，我生得太晚了，对于当年那场大战一无所知，要不，您给我讲一讲？特别是战事最要紧的时刻，听说当今圣上得上天相助，风断帅旗？"

李景龙抬眼打量朱聿恒，见他只对阿南微微而笑，一脸纵容的模样，心下明白这两人分明就是一伙的，她问的就是他所想的。

"殿下若有所询，老夫自当知无不言，言无不尽。不过风折帅旗之事已写入史录，此事尽人皆知，何须老夫多言？"

朱聿恒道："纸上得来终觉浅，哪有身临其境的详细？太师便为我们讲上一讲吧。"

既然皇太孙殿下亲自过来询问，李景龙倒也干脆，转头命老仆去烤鱼，温了酒拿到旁边亭子中。

三人在亭中石桌边坐下，李景龙倒了点茶水，在桌上以茶水绘出长江、草鞋洲与燕子矶，替代行军战图。

"说到旗子，当年我率五十万大军沿江驻扎，军中发号施令，全靠各路旗帜。我记得大战之时，阵中有我的中军司命旗，旗高一丈九尺，旗长三尺宽一尺，缀有五五二十五条尾带，用以指挥我麾下五方旗进退来去；中军以下部署有金鼓旗、五行旗、六丁六甲旗、星宿旗、角旗、八卦旗；手下各营将、把总、哨官、旗总又各有自己的认旗，旗高多在一丈八到一丈五之间，五十万人各受旗帜所率，列阵排兵整整齐齐，想起当日情形，真叫旌旗蔽日，投鞭断流……"

阿南心下暗暗叫苦，心想，不就扯了一句风折帅旗吗？这老头是不是寂寞太久了，逮着人就碎碎念一大堆，浑不管别人只想听帅旗折断的事是真是假，对调兵遣将和排兵布阵并无任何兴趣。

正在兴味索然之际，听得李景龙抬手指着亭外江面，道："可就在那日那刻，这燕子矶畔，忽有赤龙现世！圣上挟匝地狂风，率兵马登陆来袭，一瞬间地动山摇。我当时手持三军司命旗，还妄图负隅顽抗，谁知耳畔传来数十万士兵的惊呼，连长江的波涛都被压过了！我抬头一看，只见麾下如林旗杆于一瞬间全部折断，大小长短无一幸免。当时我尚未回过神，手中腰旗已断，眼前又忽然一黑，头顶那杆三军司命旗向着我劈头盖脸倒下。我站立不稳，被砸倒在地之际，耳畔已经只有厮杀与惨叫声……"

阿南没料到当时竟是这样的场景，顿时张大了嘴，望着李景龙的眼睛都亮了。

朱聿恒也专注地盯着李景龙，等待他的下文。

而李景龙早已沉浸在往日的记忆中，手蘸茶水定在桌上，死死盯着对岸沙洲，声音也有些恍惚起来。

"我一把掀开盖在脸上的旗子，心道只要召集我这五十万大军，便是碾压之势，何惧对面区区数万之众？可等我要发号施令之时，才发现大小旗杆已折，将士进退失据，别说发号施令了，周围全是喊杀声和惊呼声。我拼命喊叫副将营官，想要重整队列，可喊破了喉咙也只召集了十余人，在这山崩海啸般的数十万大军溃乱中，又有何用？"

就如老农眼睁睁看着暴风雨侵袭初春麦浪，那巨大的力量由远及近奔袭而来，最前列的士兵迅速被一波汹涌来势碾压，在铁蹄下化为肉泥。

前排士兵惊慌失措，可如今所有指挥号令都已失效，一贯认旗为号的他们只能如无头苍蝇般乱舞兵器，根本无法组织起有效的抵抗，随即便溃不成军。

再后方的士兵则回过神来，丢盔卸甲转身便跑。还未等敌军近身，已经有大半的人在互相推搡践踏中倒下。

"我当时大喊，擂鼓！结阵！前冲！可金鼓旗已经折了，五方旗已经断了，连我的三军司命旗也被乱军踩踏进了泥地。五十万大军哪，兵败如山倒，兵士越多，这山一旦垮塌就越可怕啊！"

时隔二十年，讲起那一幕，他声音颤抖，目光惊惧茫然，仿佛眼前又出现了那一日的场景。

燕子矶旁碧草树木早已被夷平，天底下只见黑压压的人影和红通通的血，像海浪般一波波向后汹涌退散。

所有人都是惊恐失措，脑中除了逃跑，其余一片空白。

就连三军主帅李景龙，也在嘶吼无效后，绝望地在十数个忠心护主的将士保护下，慌乱往后撤退。

然而后方败军堵住了道路，而敌方刀枪箭矢已到眼前。他无路可逃，也不愿再逃，绝望中举起佩刀，就要自刎。

正在此时，前将军一把拉住了他，吼道："将军，事已至此，这是天命，咱们不若倒戈相向，顺应天意吧！"

李景龙怔怔地看着前方袭来的王军，喃喃地问："天命？"

"若不是天命，怎么会突然如此？而且将军没看到对方反攻时的异象吗？"

"你也……看到了？"李景龙紧抓住他的手。这不是幻觉，站在他身旁的前将军，也看到了神风中赤龙腾空的幻象。

"是！将军，咱们降了吧！"

御封的征虏大将军，与他身边的十余位部将在乱军中丢下了武器，束手就擒。

他们被带到了王军中。起兵三年戎马倥偬的王爷，在一举击溃朝廷最强战力后，终于露出了志得意满的神情，在营帐内接见降虏之时，也显得十分随意。

他的怀中抱着一个粉妆玉琢的可爱孩子，左首边坐着庄重沉稳的世子，右首边则是正在擦拭剑锋血迹的次子。

王爷抱着孩子逗弄，这一刻仿佛只是个慈爱的祖父，与他们笑语家常："景龙，阿岫，咱三人的爹当年一起打天下，咱也是在军中一起长大的，自有兄弟之谊。如今你们弃暗投明，愿意站在本王这边，本王真是喜不自胜！"

二人赶紧跪伏于地，重重叩头，回答道："王爷天命所归，我二人愿效犬马之劳！"

这至关重要的一役，二十年来被传为神迹，朝野无不津津乐道，因此朱聿恒早已熟悉其中经过。

而阿南身在海外，竺星河及身边老人都对当年之事讳莫如深，因此是初次听说。

她连手中茶都忘记喝了，紧盯着李景龙，问："当时被抱着的那个孩子是……"

李景龙没回答，只将目光看向朱聿恒。

朱聿恒道："我自幼得圣上疼爱，哪怕战事频繁，也总会遣人北上问询探望。燕子矶之战前夕，圣上晚晚梦见我，忧心牵挂，因此连续三日写信询问。父王见信后担心影响战局，便亲自携我押送辎重南下，以慰圣上心怀。"

"是，圣上对殿下的拳拳之心，朝野尽人皆知。"李景龙附和道，"我还记得陪圣上第一次查看国库时，其余东西圣上都没在意，单从里面拿了一对金娃娃，亲手带给了殿下。"

有如此优秀的孙儿，谁不会悉心爱护培养呢。阿南瞄着朱聿恒，心道这天底下比得上阿琰的人，毕竟很少。

她又追问："那，太师刚刚所说战场上出现的赤龙，又是什么？"

"就是赤龙啊！在圣上率众渡江的那一刻，我清清楚楚地看到了火红巨龙乍现于江面！赤红的火龙，足有百十丈长，腾起于长江之上！不单单我，我左右的人也都看到了，它光芒四射，在来袭的敌军头顶空中一闪即逝，随即就是狂风大作地动山摇！我老头记了一辈子，怎么可能出错！"

听着惊心动魄的描述，阿南看向朱聿恒。而朱聿恒也正向她望来，两人在彼此目光中都看到了若有所思的神情。

回转过目光，阿南笑嘻嘻地托着下巴，对李景龙道："李太师，这事太过古怪诡异，我看……该不会是当时战局太过紧张混乱，你眼睛看花或记错了吧？"

李景龙顿时急了，道："此事千真万确，当时我任征……那个大将军，荣国公是前将军，他当时就在我前方不远。事后我们两人商讨此事，都看得也记得清清楚楚，绝不会出错的！"

朱聿恒知道他当时是"征虏大将军"，现在自然不敢提这个名了。而阿南则注意到另一事，问："这个前将军，就是袁才人的父亲荣国公？"

李景龙道："正是啊！阿岫与我穿一条裤子长大的，当年在战场上见机行事比我快，看见天降异象，当时就拉我倒戈投诚了！后来他老婆还给他生了两个如花似玉的丫头，一个入了东宫，一个是邯王妃，正经的皇亲国戚了！"

朱聿恒道："当日大战实录本王亦见过，天降异象、风折帅旗的记录确实在列，只是不知寥寥数笔，背后居然如此惊心动魄。"

"嗐，他们眼神不行！钓鱼的人耳聪目明反应快，再说当时我们站在燕子矶最高处，能完整俯瞰全局的人，唯有我们几人。"李景龙一挥手道，"后来我曾问过左右翼的人马，他们都说只看到江面上似有火光，但一闪即逝，根本都看不清，什么眼力！"

身后的老仆送了烤好的鱼过来，听着他滔滔不绝的话，忍了忍没忍住，叹了一口气，埋头把鱼放在盘中。

李景龙一眼看到他，立即便指着他道："你看，这个老鲁，从小跟着我长大的，无论上阵入朝，除了他成亲那几日，就没有不在我身边的！你说说看，那日决战，你是不是也看见那番异象了？"

"回老爷话，看到了。"老仆忙应道，"我当日随太师出征，就站在帅旗底下，记得江上狂风骤起，那柄帅旗向太师砸下去的时候，我赶紧把旗杆顶住推往旁边，结果……"

"结果那断杆力量太大，他手骨被压断，骨头都穿出来了。"李景龙说着，把他袖子往上一捋，让他们看上面的疤痕。

果然，他的右臂有一道触目惊心的大疤，经缝合后依旧狰狞扭曲，显然当初受伤极重。

"后来骨头虽然接好，但别说当兵了，十斤重的东西也提不起来，也就能陪我钓钓鱼。"李景龙拍拍老仆，道，"说说，你当日在战场上的熊样儿！"

老仆揉着鼻子，回望燕子矶苦笑道："老奴当时吓得魂不附体，一边哭喊一边挣扎着爬起来，还以为自己要死在这儿了。那时身边全是鬼哭狼嚎，大家都被震得站立不稳，踩踏之中死伤无数，因此老奴的哭叫淹没在其中，也并不显眼……不过老奴当时确实看见江面上骤然一红，一团红云闪过，然后所有旗杆齐齐折断，燕子矶这边溃不成军之际，那边江上波涛大作，圣上就如神灵降世，率人杀过来了……"

李景龙拍拍他的肩，笑道："圣上南下，有神风相助，天下皆知，咱这也不算丢脸。"

朱聿恒则沿着燕子矶望向前方沙洲，问老仆："你当时看到的红云，是什么形状？"

老仆仔细想了半天，才迟疑道："有点弓着背的，长长的……"

"我就说吧，这不像龙像什么？"李景龙恨铁不成钢地指着他道，"可他居然跟我说，像只猫儿翘着尾巴！"

"老奴瞧着……确实没有龙那么细。"老仆心虚地看着他，吞吞吐吐道，"大将军见龙见虎，咱们小兵卒，可不就看个猫儿狗儿的……"

"老小子又油又滑！"李景龙笑骂他，一阵江风袭来，他刚脱了衣服散酒，不由得打了好几个喷嚏。

"起风了，老爷小心。"老仆忙给他拢好衣服，说道，"要不，老爷先回去吧？"

"走吧走吧，你家太师颐养天年，伤了风可不好。"阿南笑着，见今天钓的鱼太多，挑了几条大的带走。

几人骑马从燕子矶折返，经过一道山坡时，阿南抬头看见村落中一座荒废的木屋，想起什么，问："对了太师，听说您之前常跟道一法师钓鱼喝酒，不知道那酒肆在哪里？"

李景龙抬手一指那荒废的屋子，道："就是那儿了。唉，那边也是法师圆寂之处，到现在主人跑了，我也再未去过了。"

"我去看看，听说有个很大的酒窖对吗？"阿南最是好事，当即拨马就向那边行去。

见殿下毫不犹豫便随她过去了，李景龙只能也跟了过去。

当年酒肆出事，主人逃跑后，如今店内桌椅柜子等能用的家具早已被附近村民搬光了，连窗户都被拆走了，遑论地窖里那些美酒了。

经李景龙引路，他们穿过酒肆，便看到在后方山坡开挖的酒窖。

与他们设想的差不多，酒肆通往酒窖的那道斜坡也就两三丈长、五六尺高，黄土铺在酒窖的台阶之上然后夯实，便利独轮车把东西运上去。

三人去酒窖内走了走，果然与李景龙说的一样，酒窖墙壁厚实，只在最高处有几个风眼，根本不可能有人进出。

窖内大大小小酒坛排列的痕迹还在，但如今只剩几个打破的空坛子，完好的全都已被搬走，只剩发霉的墙脚上，还有一层白色的东西涂在上面。

阿南蹲下去抹了一把，看了看指尖，说道："熟石灰。大概是因为酒窖内湿霉，所以之前在这里放了生石灰吸湿，如今两三年过去，早已吸饱水变成熟石灰了。"

见其余一无所见，三人便又出了酒窖，向外查看。

斜坡平缓，上面还有车轮轧出的痕迹。

前来搜刮偷窃的地痞流氓把东西洗劫一空，却不可能帮助主人收拾，斜坡之下，还有破陶片堆着，无人收拾。

李景龙走到碎陶片旁，指着它叹道："这就是当日法师推下来的酒坛，我就醉倒在此处打瞌睡，差点被坛子压住。"

说着，他又走到斜坡侧面，指着最高处道："法师便是从此处失足跌下，摔到了要害。"

阿南从酒窖内捡了个大致完好的空酒坛，将其翻倒，顺着斜坡滚了下去。

不过三个呼吸的时间，酒坛便滚到了斜坡最下方，被碎片卡住后才不动了。

阿南拍拍手上的灰尘，若有所思。

朱聿恒看着那个斜坡及酒坛，眼前忽然出现了工部库房内顺着窗板滚过来的那个卷轴。

在这瞬息之间，有人消失，有人殒命。这小小几轮滚动，却如万乘巨驾碾来，无人能当。

阿南走下斜坡，将空酒坛子拎起，思忖道："按照太师所说，当日的酒坛内还盛满了美酒，只是后来被打碎了。而按照常理来说，坛子越重的话，只会滚得越快……"

"是，就这么一瞬间的工夫，法师便去了。"李景龙抚着心口，叹息道，"唉，老夫至今想来，依旧心里难受……"

阿南蹲下身去，查看坛子下的碎片，似是察觉到不对劲，捡起来在眼前看着。

朱聿恒走到她身边，问："怎么？"

阿南没回答他，只抬头看向李景龙，问："太师，你看这个坛子，是当初滚下来那个吗？"

"当时斜坡干干净净的，如今也就这一个破坛子，法师圆寂后老板便跑了，谁还来收拾呢？"李景龙说着，过来又看了破缸沿一眼，肯定道，"是这个没错，大口圆肚缸，封口挺严实的。"

阿南将碎片翻了翻，向朱聿恒使了个眼色。

朱聿恒与她眼神交会，心领神会。

三人出了酒肆，上马刚走两步，阿南忽然道："哎呀，我钓鱼时把香盒忘在河边了，我得去拿回去。"

"我陪你。"朱聿恒便与李景龙告了别，打马追上阿南。

两人心照不宣地纵马朝河边驰去，朱聿恒贴近她，低声问："那酒坛的碎片，不是出于同一个？"

"对，那些酒坛子的碎片弧度完全不同，明显来自两个酒坛。所以，从斜坡上滚下来的不是一个酒坛子，而是两个。一个大，一个小。"

"而且，我看有些小酒坛的碎片，还被压在大酒坛碎片的下方。既然呈现这种包围的结构，它们绝对是一起摔破的。"朱聿恒道，"另外，从案发的情况来看，道一法师之死，与傅准的神秘失踪，颇有些共同之处。"

阿南抬手做了个滚动的手势："嗯，两人都是在别人的注视下，瞬间便消失或者死亡……而关键的是，又都有一个翻滚的重要东西。"

"而且，所有的变化都发生在一瞬间。李景龙眼看着酒坛子从斜坡上滚下来，就算他喝醉了意识模糊，可一条斜坡不过两三丈长，一个酒坛子滚下来只是几弹指的时间，所以绝不会看错。而工部库房那窗板我曾试过，需要的时间更短。"

阿南想了想，问："对了，当时在工部库房，傅准滚过来的那个卷轴，有什么异常吗？"

朱聿恒摇头道："没有，当时我父王拿到了卷轴，是我拆开来看的。里面只有一卷普通的西南地图，就是咱们一起去横断山脉时，经常拿出来看的那卷，你有发现什么不对吗？"

阿南沉吟片刻，道："没有。"

"此外，我还有一点想不通。若说傅准的失踪，是挟持他的青衣人下的手，那法师呢？那酒窖是开挖在山崖中的，当时那个凶手是如何潜入下手，又是如何不动声色杀完人离开的？"

两人讨论一番，毫无头绪，阿南嘘了一口气，道："不想了，只要找到傅准，一切便可迎刃而解。现在咱们还是先回去看看草鞋洲吧。"

正值午后，江面烟雾一空。冬日照在大地上，对面的沙洲清清楚楚呈现于眼前。

阿南将白玉菩提子放在眼前，对着面前的沙洲照了照。

椭圆的沙洲正好被遮住，只隐约透出里面镂空的线条。

而朱聿恒则拿出二十年前的地图，对照面前这座沙洲。

"怎么样，变化大吗？"

阿南凑过去，仔细看旧地图上椭圆的草鞋洲。

朱聿恒将地图往她这边挪了挪："你看，当时的沙洲，大致还是草鞋的模样，看来，二十年前那场大战，那条赤龙对这江流的影响很大啊。"

"说不准，也许是赤猫呢？"阿南开着玩笑，走到燕子矶最前端，抬手指向对面，"你皇爷爷当年，是在哪里设阵来着？"

"就在燕子矶正对面，沙洲之后。"朱聿恒与她并肩而立，在浩荡江风中望向面前。

阿南举起手指，测量面前的方位："咱们来测算一下。首当其冲在燕子矶最前端的李景龙，说当时江面上出现赤龙，随即，龙气卷起狂风，将所有旗杆全部折断。这说明，他这个角度看到的异象，十分细长，长得像一条龙。但当时在中军旗杆下的老鲁看来——"

她回头看朱聿恒，问："最大的旗杆多高来着？"

朱聿恒不假思索道："如果是三军司命旗的话，一丈九尺高。"

"所以，不到二丈开外的人看来，那异象便已经因为倾斜而拉扁，显得不那么细长了。"阿南将旧地图铺开，对着面前已经不复当年模样的沙洲，转头看他，"所以，异象出现的那个点，能算出来吗？"

"试试看吧。"朱聿恒走到燕子矶最突出的地方，见最前沿还有块突出的石头，便站了上去看向对面，在心中计算着。

阿南见他略微皱眉，似乎是觉得不对，便提醒道："阿琰，你比李太师要高半个头呢。"

朱聿恒便将身子压得矮了些，看向沙洲那边。

果然，正是沙洲正中心。

沙洲上全是密密匝匝的芦苇，此时蒹葭未生，只见一片灰黄。

他抬手，张开拇指与食指，以虎口粗测距离。而廖素亭早已取出算筹，身后更有人将工部的资料送来。

二十年来，长江在燕子矶一带的流速与深度、每年的山洪、各河道汇聚的水流、河堤测量的数据……一时齐备。

测算出当年沙洲的面积与水文后，根据当年燕子矶上驻兵的资料，再对照江水流速与沙洲每年的淤积情况，从面前这个已经渐渐显得圆润的沙洲，确定当年出现异象那一点。

江心风大，日头渐高。

阿南见朱聿恒一直在埋头计算，便将他的数据取过来，将他计算出来的数据给验算了一遍。

如此庞大的计算，如此精妙的算法，只要一步出错，便会全盘坍塌。

而她验算也赶不上他的速度，眼看着一沓纸用完，朱聿恒抬手又抓过一沓，不假思索，迅速写就。

等阿南终于将他的计算理顺之后，他才将笔和算筹放下，轻舒了一口气，抬眼看向她。

阿南取过尚且墨迹淋漓的最后一张纸，见上面因为写得太过简略潦草而只能看清东二百一十八丈、南一百七十二丈几个数据。

她略一沉吟，看向沙洲正中心，问："确定吗？"

朱聿恒朝她点了一下头，这才感觉有些疲惫："其实与你当初让我计算的西湖放生池差不多，同样都是经受四面水波的冲击，算过一次之后，我对沙洲波泓也算熟悉了，应该不会出错。”

他是棋九步，数算天资独步天下，哪有出错的道理？

回到城内，户部工部临时调集了几个资深账房联合计算，但因为众人都看不懂他的运算逻辑，最终只能帮他验算了数据，其余的计算方法与最终结论，都不敢有任何疑义。

阿南将朱聿恒确定的方位记在心中，道：“是与不是，我去实地看看便知。”

朱聿恒却对这个自己亲手算出来的结果不确定了，他的手按在最后的数字上，对她道：“之前，我也怀疑过天雷无妄之阵在草鞋洲。而圣上虽不许我接近，但曾经多次遣人搜索沙洲，但至今未见任何异常。”

“那些兵卒又不熟悉阵法，再说沙洲滩涂查起来绝非易事，他们一时半会儿能查出个什么来？”阿南用金环将头发紧束，说道，“给我调艘尖底小船，拿一份沙洲地图，趁天色还早，我吃过饭就去。我倒要看看，这明明已经消失的阵法，二十年后还纠缠着你的缘由是什么？”

一顿饭时间，调集的船只便划到了江边。

阿南跳上船，朝着朱聿恒挥挥手：“我走啦，待会儿就回来。”

“我和你一起去。”朱聿恒抓起竹篙，说道，“我算出来的地方，到时候若有调整，自己过去会更有把握些。”

“你是答应过祖父的人，怎么能食言？还是做你该做的事情去吧。”阿南示意他把竹篙丢给自己，然后用竹篙敲了敲船沿，笑道，“别为难小船啦，它哪载得动咱们两个人？”

朱聿恒站在岸上望着她，抿唇许久，才点了一下头，挥手示意她多加小心。

沿长江横渡，她没入了枯黄的芦苇荡，按照之前探索的路线，向着草鞋洲而去。

沙洲外围全是河沙，中心部分却大都河泥淤积，芦苇盘根错节，只有几条蜿蜒水道可供小船勉强通行。

等稍近中心，便发现沙洲中心一片平坦，多年来水草与芦苇腐烂其中，水浸日晒，形成了一个巨大的青黑沼泽。

她的小船虽然尖底灵活，可在这样的沼泽之上，也只有搁浅的份，而中心一片沼泽，人又无法在上面行走。

幸好之前探路的士兵们已提过中心沼泽，因此阿南早已带好水上板。

她将水上板取下，丢向沼泽，轻身跃立其上。

所谓水上板，便是当初江白涟用以在水上弄潮的木板，在水上和沼泽淤泥之上都能提供托举之力，使得上面的人不至于沉没。

抓起竹枝，她轻点沼泽借力，向前划去。

木板带着阿南在沼泽上缓缓向前移动，便如一艘简易的小船般，驶向朱聿恒计算的地方。

然而，尚未划出多远，她便发现了不妥之处。

远未到当初出现赤龙之处，沼泽上便赫然出现了无数气泡。水波层层荡漾，交错分岔，在沼泽上互相干扰，形成了一道道交叉的圆弧形，仿佛同时绽开了成千上万朵黑沉沉的青莲。

那是沼泽中冒出的瘴疬之气推动水波构成的，想来是被她的动静所惊扰，一朵朵青莲水波又大又急。

水上板在它们的推动下，根本无法维持平衡，而青莲又仿佛在抗拒外人进入，就算阿南尽力点着竹枝向着中间划去，可因为青莲推斥的力量太大，进一步退两步，始终被屏蔽在沼泽的外层范围，进入不了中心。

明明面前一片平缓水面，似乎毫无障碍，可就是渡不过去，难怪进入这里的军队回去后都只说一无所见。

阿南凭着自己的精妙身法，在繁乱青莲中勉强稳住平衡，但也在青莲波纹的推移下，一直在外围打转。

眼看离朱聿恒算出的赤龙之地越来越远，离自己搁浅的船反倒越来越近，阿南一时气恼，狠狠一划水上板，就要压过那些青莲，向着目的地强行冲过去。

谁知刚进入几步之地，只见眼前光芒闪动，耀眼刺目，原来是波纹乱跳，冲击着她的水上板左旋右转，迷乱无序，朵朵青莲又反射着日光，在她的周围闪烁不定，乱旋之间，万千朵莲花迷了她的眼睛，竟完全分不清前后左右。

而她脚下的木板又被冒出的气泡带动，不断偏离她想要的方向，一时之间，她竟在这片沼泽之上转晕了头，整个人眼前发花，昏沉欲呕，差点跌下沼泽去。

心知不妙，她立即迷途知返，回头向着自己的小船疾速射出流光。

钩住船头，她的竹篙在水面急点，迅速逃离这片可怖水面。

等候在沙洲外的人，眼见她从芦苇丛中仓促撤出，都赶紧围上来。

日头西斜，阿南浑身泥浆，将竹篙丢给他们，勉强跃上大船甲板后，便疲惫地靠坐在了船舱。

看情形不对，廖素亭忙帮她送上热茶，打量她的模样，问："南姑娘，里面情形如何？"

"不行，这边的水波迷人眼目，无论如何追寻都会偏离路线，到不了目的地。"阿南身上又湿又冷，灌了两口热茶又吃了几个点心，抬头一看周围，问，"殿下呢？"

"你进去不久，圣上便遣人过来了，殿下如今去宫中了。"

阿南点头沉默，无论如何，希望阿琰能进展顺利吧，也希望……他的际遇能好一些，不至于如他们曾设想的那般惨淡。

朱聿恒正在宫中，将皇帝布置的一众事宜处理妥当。

皇帝自榆木川受伤后，一直在宫中安歇，以候太祖顺陵大祭。

只是今年气候苦寒，他又上了年纪，所以恢复缓慢，至今才有起色，政务也多交由太子、太孙来主持，只有机要大事才亲自决断。

等朱聿恒记下圣裁，要退下之时，皇帝又招手让他近前，问："朕怎么听说，你今日去找李景龙钓鱼了？"

"是，孙儿与阿南去查看沙洲地势，正遇到了李太师。他谈及当年燕子矶一战，说陛下进军之时，有赤龙异象。"

天下事都在皇帝的眼皮子底下，朱聿恒也不隐瞒，将今日发生的事情略略说了说。

皇帝若有所思地端详他，问："怎么，对当年的事情好奇？"

朱聿恒笑道："陛下得神风之助，一战定乾坤之举，孙儿自小便听人人称颂，只是不曾知道当年大战中还有赤龙现世，自然惊诧。"

"李景龙那小子，不是当日输得太惨产生了幻觉，就是当日五十万大军一败涂地，只能扯这点神神怪怪的东西遮羞。"皇帝却不以为意，抬手示意旁边的椅子，道，"既然你想知道，那么当日燕子矶一战，朕便与你详细说一说吧。"

朱聿恒依言在他面前坐下，皇帝屏退了所有人，却思忖了许久，似不知从何说起。

"便从你出生之日说起吧。那一夜，朕梦见太祖赐下大圭，说，传世之孙，永世其昌。等朕一睁眼，便是你诞世之时。可那一年啊，是朕这辈子最憋屈窝囊、最惨痛惊惧的一年。"

朱聿恒不料祖父竟会从那么久远的事情开始讲，不由得挺直脊背，静听他讲述当年旧事。

提到二十年前之事，皇帝眉宇间尽染凌厉肃杀之气："那年太祖皇帝尸骨未寒，继帝便迫不及待削藩，屠戮至亲，一口一句仁孝，一刀一个亲叔！朕五弟、十八弟被流放，七弟、十三弟被废为庶人，十二弟更是被逼举家投火而死。朕当时将所有儿子送到应天为质，又交出三卫，装疯卖傻以求自保，却没想到依旧躲不开朝廷诛戮！"

祖父当年起兵清君侧之事，朱聿恒所知甚多，却是第一次听他讲起当年困境，不觉随着他的讲述，心口揪紧。

而皇帝一把攥住了他的手，说道："聿儿，朝廷围困王府之时，朕万分绝望，心下想过是否要和十二弟一般，带着全家赴死。可这时，你祖母抱着你、带着儿子们站在我面前，我当时也是如此刻般紧紧抓着你的手，想起你出世那一刻，我做的那个梦……传世之孙，永世其昌！"

当了二十年皇帝，他在这一刻却忘了自称为"朕"，而朱聿恒也恍若未曾发觉。

"那一刻，我便下定决心，纵然古往今来罕闻王爷起兵能成功的，纵然我手上只有八百人马，那又如何？不反抗，便是死；反抗了，才有可能活下去！"皇帝霍然起身，挥袖道，"我二十岁就藩北平，沐雨栉风守疆卫土，我儿子、孙子、重孙子，就要世世代代在这块土地上活下去！敢削我的藩，把我逼上绝路，我就敢舍一身剐，把他从龙椅上踹下去！"

朱聿恒与祖父一起北伐，素知他暴烈之性，但也从未见他如此激愤过。

他默然起身，挽住祖父的手示意祖父安坐。

皇帝反握住他的手掌，那上面被缰绳磨出的粗粝茧子坚硬地印在他的掌心，他听到祖父磐石般坚定的声音："聿儿，祖父当年于万死之中，掌握住了天命，老天爷是站在咱们爷孙这边的！我除了八百侍卫一无所有，可我硬生生凭着八百步兵降获八千骑兵，又率八千骑兵俘了耿炳文九万人，把人马拉了起来。打了四年，我只据有北平、保定、永平三地，长久消磨下去必死无疑，我唯有孤军南下杀出一条路，不顾后路直抵应天，因为我没能力再耗下去！燕子矶一战，是皇爷爷我生死存亡之战，胜，则天下我有；输，则咱们全家和我手下所有将士，全部死无葬身之地！"

临江一决，不能反顾。二十年前这一场豪赌，至今想来仍令他心悸。

数万人对数十万，这场仗怎么打，他几日无法入睡。闭上眼则梦见太祖赐的玉圭摔于地上，等他慌忙去捡拾时，才发现是自己的孙儿摔在地上哇哇大哭，令他心疼不已。

一连三日，他日日写信去北平，询问阿琰是否康健，没想到身体素来孱弱的长子痛下决心，借着运送粮草之机，携幼孙跋山涉水、越刀山箭雨而来，与他共谋这生死存亡的最后一战。

　　年幼的朱聿恒尚是懵懂孩童，而道一法师一见他们到来，便大喜道："天降赤龙相助，此战必胜！"

　　再次听到"赤龙"二字，居然应在自己的身上，朱聿恒不觉愕然，下意识冲口而出："赤龙？"

　　"对，当时法师说，你身上龙气氤氲，正可助朕一举夺得天下。当时，朕亦不知'赤龙'是何用意，直等朕上阵决战之时，忽起怪风，地动山摇之际对面所有旗帜全部折断时，朕才想，难道真的是我聿儿助我成大事了？"皇帝的情绪终于渐渐和缓了下来，他抬手搭着朱聿恒的肩膀，紧紧按住他如今已经宽厚的肩膀，"对方阵脚大乱，溃兵互践，我方趁机一举歼灭继帝大部力量，攻入应天，一举定鼎。聿儿，赤者，朱也，你是我朱家龙子，你便是朕夺取天下的赤龙！"

　　朱聿恒没料到皇帝居然会认为，当年力定乾坤的那条赤龙就是他，一时望着祖父，说不出话来。

　　而皇帝重重拍着朱聿恒的肩，道："法师说朕天命所归，必有上天庇佑，你看，这便是天定之命！"

　　"孙儿惶恐。"朱聿恒见圣上这般说，只能恭谨应道，"可孙儿对当年之事……已毫无记忆了。"

　　"你当时尚且年幼，如何记得？但神风地动助朕登基，天下人俱知晓，这便是天命所归，无可辩驳！"皇帝斩钉截铁道，"聿儿，朕是天定帝王，而你是皇太孙，未来天子，将来继承朕的大统之人，天命所归！"

　　朱聿恒肃立垂首，应道："是。"

第十三章

风雨如晦

辞别了皇帝，处置完一应政务，朱聿恒骑马出了宫城。

在城门口，东宫侍卫们正在等待着他，一群人纵马向着东宫而去。

在整肃仪仗簇拥中，朱聿恒一马当先向东宫而去，目光望着繁华街衢、熙攘万民，脸上的神情依旧端严沉静。

只有他自己知道，那堵塞于胸口的茫然无措。

抬头仰望，最后一缕余晖照在应天，镀上日光的地方一片灿烂耀眼，令低处越显灰蒙，阴影压在城墙之上。

笼罩这座六朝古都的天空，蓝得令人望而生畏。

天命。

上天究竟给他安排了什么样的命运，他的人生究竟会断在何处？

隐藏在迷雾后的一切渐渐呈现，如霜雪如利刃，已堆叠于他身，即将彻底掩埋他。

无人可以窥见生机。

他忽然急切地想见阿南，想要握一握她的手，抱一抱她温热的身躯，亲一亲她柔软的双唇。

因为，这太过冰冷狰狞的世界中，唯有阿南，才能让他知道自己活在这世上的意义，才知道自己该如何踏出下一步，该何去何从。

阿南这段时间十分疲累，洗去沼泽中滚了一身的泥浆后，天色刚暗下来便已蜷缩在床上呼呼而睡，香甜入梦。

朱聿恒进来时，她察觉到了，微微睁开眼，蒙眬间看见是他，呢喃一声"你来了啊"，便又合上眼，沉沉睡去。

朱聿恒也感觉自己疲惫极了。他走到床边，望着她迷蒙的睡颜，倚靠着床头，在她身边偎依了一会儿。

阿南有些不太清醒，转头贴着他，低低问："怎么了？"

他默然俯下身拥住了她。

他没有解开衣服，只默然隔着被子抱紧她，像是在汲取温暖，又像是依恋这世间最安稳的梦境，静静地拥抱着她。

阿南感觉到他的面容埋在自己的肩颈之上，气息微微地喷在她的耳畔，一种怪异的酥麻感让她心跳都急促了起来。

她睁着惺忪的睡眼，静静地瞧了他一会儿，他好久没有动弹，听气息匀称，应该是已经睡去了。

"怪怪的……"阿南嘟囔着，有心将被子拉一角盖住他，免得他着凉，可是再想想两人同床共枕本来就不太好，再加上大被同眠，那肯定完蛋。

她轻轻伸手，从旁边拉了条毯子给他，与他一起躺下。

阿琰的拥抱如此温暖有力，偎依在她身旁的姿势又是如此放松。天地间一片静寂，让他们隔着一床被子相拥着，一起沉沉睡去。

他们这一觉睡到窗外微亮，在鸟雀的啁啾声中醒来。

阿南睁眼先看到窗外摇曳的花枝，那是一树不畏严寒正在盛绽的白梅，高洁端庄，映衬在墨蓝的天幕之中，有一种惊心动魄的凌厉孤美。

阿南望着这花朵，忽然想，它和阿琰好像啊，明明如此高贵美好，可在这寒天中又固执孤独，也不知道何时会残损坠落。

脸颊处被温热的气息萦绕，她略略挪了挪，垂眼看到依偎在自己肩窝中的朱聿恒。

像是察觉到了她的动静，朱聿恒醒来了，浓长的睫毛微颤，睁开来看向她，正与她四目相对。

他们贴得这么近，彼此呼吸相缠，只要穿越薄薄一层障碍，就能穿破一切世俗，彻底结合。

阿南在迷蒙中凑近了他，侧过脸颊，在他的额上轻轻贴着。

刚从梦中醒来，她带着些尚未清醒的恍惚，声音也宛如呓语："阿琰，冷吗？"

朱聿恒低低"唔"了一声，却并未钻进她的被窝中。

即使他感觉到身体的异样反应，即使在梦里他已经千遍万遍地摒弃一切障碍，与她紧紧相拥。

可真到了这一步，他依旧还是畏惧了。

因为，他不知道自己什么时候会离开她，会永远地告别这个人世。

"阿南，我若不在了……你会永远记得我吗？"

阿南怔了怔，没想到在这般温柔醒来的清晨，他问她的，竟会是这样的话。

"不会。"他听到阿南用颤抖的声音坚定地回答。

他的心沉入冰冷的茫然，尚未来得及反应，却听到阿南又道："我会找个好男人，开开心心快快活活地过日子，生一大堆孩子，活到很老很老。我会忘记你，爱上别的男人……"

她紧紧地抱着他，死死环着他的脖子，仿佛要将他紧拥入怀，哪怕死亡也无法将他从她的怀中夺走。

"所以阿琰，你一定不要离开我，你一定要好好活下去……我也不要死，因为我死了，这世上就再也没有人像我一样，一往无前、拼尽全力地挽救你我了……"

"好……"他哽咽着，竭尽全力，答应她。

"阿南，我一定会活下去，活在这个有你的世上，活着……我们都，好好地活下去。"

他们互相紧拥着，气息急促地靠在弥漫的花香中，偎依了许久。

许久，阿南才问："怎么了，你祖父那边发生了什么？"

朱聿恒默然，直起半身靠在床头，将祖父所说的话慢慢对着她复述了一遍。

阿南默然地听着，将其中的话语推敲了一遍，毫不留情道："阿琰，你身上的'山河社稷图'，果然是你祖父夺取天下的关键。"

朱聿恒沉默许久，低低"嗯"了一声。

"咱们来将一将啊，看看如今摆在面前的局势。"阿南拉过枕头与他一起靠着，竖起一根手指，"首先，是二十年前，你全家生死存亡之际，赤龙现世一举扭转战局，你的祖父夺取了天下，而他说，你就是他的赤龙。"

朱聿恒点了一下头："那时我刚满三岁，身上的'山河社稷图'，约莫也是在当时出现。”

“而‘山河社稷图’相关的第一个死阵，也就是傅灵焰设在草鞋洲的阵法，便是于当时刚好发动，让你祖父得异象天助，以数万人马战胜了对面五十万大军。”阿南思忖道，“不过，你皇爷爷一直对你很好，十三岁便立你为太孙，你父王也是因此上位，我看，在去年之前，他未必知道你身上‘山河社稷图’的存在。”

“是，他毕竟是一国之君，虽然向来疼惜我，但若早知内情，绝不会将自己辛苦拼来的江山，托付于我这样一个天不假年之人。”

阿南抬手轻抚他的面颊，声音艰涩：“而当时还有一个异常，那便是你的父亲。在那般一触即发的紧张局势下，居然带着年幼的你跋涉千里，亲临前线。虽然说，是因为你的祖父连写三封书信，太过牵挂，但他身为镇守后方的世子，又一向沉稳持重，如此行为，未免不够谨慎。”

朱聿恒沉默收紧了拥着她的臂膀，阿南轻叹了口气，将自己的头靠在他的肩上，说：“我昨天去探了草鞋洲，没辙。别说他们阻止你接近了，我也进不去。”

她将当时情况从头至尾说了一遍，郁闷地噘起嘴：“不过，好歹我这趟过去，知道当日阵前的赤龙，究竟是什么了。”

朱聿恒想着她在沙洲中的遭遇，问：“设在沼泽中的阵法，借的是瘴疠之气？”

他和阿南第一次共赴危机，便是在楚元知家中，被逼入地窖之时面对的瘴疠之气。

仅只是楚元知一家积存的瘴疠之气，便能将他家后院炸成废墟，其恐怖程度可见一斑。

“对，那沙洲外围被芦苇包围，中心部分却全是河泥淤积的沼泽，千百年来水草与芦苇腐烂其中，被水浸日晒，最容易滋生瘴疠之气，甚至因为太充盈而冒泡。”阿南娓娓解释道，“因此，李景龙看到的赤龙，应该就是沙洲中的机关启动，引燃了瘴疠之气。从燕子矶正中角度看去，一片通红的火光猛然爆裂，横空腾起，岂不正如一条赤龙天矫升腾？”

朱聿恒颔首：“那巨量的爆炸气浪，自然可以将沿江的所有旗杆摧折，无人能平稳站立，甚至引发地动，使得五十万大军溃不成军。”

“而……”阿南望着朱聿恒沉静得几乎凝固的面容，轻声道，“阵法能引发你身上的‘山河社稷图’，你身上那条年深日久的督脉，应该便是由此而来。”

梁垒说，那阵法早已消失……你们争权夺利，为了权势无所不用其极……

而那消失的阵法，正是风云巨变、权柄转移的关键。

傅准说，世间种种力量，必得先存在，而后才能击破。

可，那阵法早已不存在了，是以，这世上已没有任何人能力挽狂澜于既倒，他的家人们也都早已放弃希望。

道一法师说，只是世人往往早已身处其中，却不可自知而已。

这曾围绕着他发生的一切，都是真真切切的，只是当时，他身在迷雾，全然不知。

朱聿恒闭上眼，缓缓道："原来所谓的天雷无妄，是傅准与竺星河联合搞的鬼，利用五行的能力，将二十年前的弥天大谎补上。"

"而如此庞大的设局，在背后控制的人只有两个可能。"阿南竖起两根手指头，冷静得近乎不留情，"第一，韩广霆，他与这两人都有关联，足可谋划安排这个计划。"

而第二个人，她望着朱聿恒不说话，朱聿恒却已缓缓开了口："还有圣上，我的皇祖父。"

阿南知道他此时终于窥见自己的一生命运，心中必定悲哀至极，因此也不再说什么，只握着他的手掌，让他慢慢平复心中风浪。

"还好，傅准那个浑蛋虽受制于人，无法吐露真相，但好歹给我们留下了那颗菩提子，不然咱们还真的很难找对方向。"

朱聿恒缓缓调匀气息，从袖中取出那颗菩提子拈在手中，沉吟道："道一法师，菩提子……"

"咱们来捋一捋啊，二十年前，燕子矶异象发动之时，应该就是你身上第一次出现'山河社稷图'，也就是背后督脉破损时。而那个时候，道一法师一见到你，便提到了赤龙，验证后来阵法发动天成其事，也验证了你背后崩裂的第一条血脉。"阿南掰着手指头点数道，"咱们这一番追寻下来，从他的年岁、神秘失踪的手法等种种蛛丝马迹，基本上可以确定这位道一法师的身份了吧？"

朱聿恒肯定道："嗯，只是，还差一些可以让我们确定的佐证。"

"没有佐证，那咱们就创造机会去证明呀。"阿南脸上露出狡黠的笑容，"刚好，今晚就是你的贺宴，到时候你想做点什么，还不是手到擒来？"

天色渐暗，朝廷重臣与诰命夫人纷纷前往宫中。

自迁都后，应天已少有这番热闹了，皇帝、太子、太孙三代同堂，在宫中设宴欢庆，共贺西南大患解除。

盛宴上，人人举杯庆贺，笑逐颜开，一时殿内气氛热络非凡。

阿南是女子，与女眷们一起在后殿入席。

而朱聿恒则是前殿喧闹的中心，皇帝威严难犯，太子身体不佳，人人竞相拥向皇太孙。

盛情难却，朱聿恒也是杯到酒干，殿内一时气氛融洽，十分和睦。

在一殿欢笑中，忽然有个不和谐的声音传来。

原来是太子太师李景龙举杯向他敬酒致谢之时，一时没注意脚下台阶，竟被绊倒了，扑在了皇太孙身上，酒洒了他一身。

朱聿恒赶紧抬手扶起他，而李景龙则讪笑道："真是老眼昏花，太久没来，忘记殿内这里有个台阶了。"

李景龙当年也是朝中红人，多在宫内行走，直到当今皇帝登基，他还曾受封曹国公，一时风头无两。

只是后来被褫夺了爵位，太子太师的位号虽依旧还在，但毕竟已不是天子近臣了。

朱聿恒见旁边人瞧着李景龙的目光有异，便笑道："陛下久在顺天府，此间宫阙常年闭锁，确实连本王都忘记这台阶了。"

李景龙感怀点头，赶紧抬手去掸朱聿恒身上的酒水。旁边伺候的太监递来帕子，替朱聿恒擦拭，又低声问殿下是否要更衣。

今日朱聿恒穿的是交领朱衣，领口被拉扯之际，露出了脖颈下淡青色的任脉。

殿内灯火辉煌，将那血脉映照清晰。李景龙一见那青色脉络，顿时失声叫了出来："怎么殿下也有这……"

话音未落，他又面露恍惚迟疑之色，显然自己也不敢确定是真是假。

朱聿恒见他这般神情，心下确定，但脸上神色不变，只对李景龙说了声："太师是否有空，可以陪本王去换件衣服？"

其实皇太孙更衣，哪有别人陪伴的道理，但李景龙知道他肯定是有什么话要问自己，不方便在这大庭广众之下说出，因此才叫自己陪同前去。

他不敢推辞，跟着朱聿恒来到侧殿。

皇太孙仪仗齐备，出行自然会带备用衣物。殿内地龙温暖，侍从给他们奉上茶水便退下了。而朱聿恒进了屏风那一侧后，径自换衣服。

李景龙一边喝茶，一边心下疑惑，为什么皇太孙殿下更衣，却不要任何人伺候，独自一人更换？

正在沉吟间，却见朱聿恒已从屏风后转了出来，身上只着素纱中衣，领口亦未曾掩好，隐约可见胸前的几条淡青血痕，似是青筋微露。

"殿下……"李景龙忙放下手中茶杯,向着他低头行礼,不敢多看。

朱聿恒却十分自然地示意他继续喝茶,并取过桌上茶壶自斟了一杯喝着,问:"太师为何惊讶?"

李景龙知道他明知故问,只能硬着头皮,说道:"虽有地龙,但毕竟天气严寒,老臣还望殿下保重圣体,多添衣物。"

朱聿恒笑了笑,抓过屏风上搭的外衣穿上,道:"多谢太师关心。不过刚刚本王听太师说,'殿下也有'之句,是不是指另外还有谁的身上,也出现过这样的情况?"

见他直指询问,李景龙也无法再隐瞒,叹了一口气道:"前次与殿下说过,千日之期已满,道一法师即将开金身了。也不知在缸中这么久了,法师身上的青龙是否还在。"

朱聿恒面露错愕之色:"难道说,道一法师的身上,与我有相似痕迹?"

"是,法师当年与我钓鱼时,有次僧袍打湿,露出了八条青痕,正合奇经八脉之位。当时法师对我说,他是年轻时在奇经八脉上文了八部天龙护体,五十年来刺青颜色褪去,只剩了青色痕迹。怎么殿下也在身上文了这样的青龙……"

朱聿恒笑了笑,掩好胸口,取过李景龙的茶杯给他续上了茶水,说道:"关于法师当年事迹,本王亦是心驰神往,只是可惜年少且又常在顺天,与法师碰面机会不多。今日趁此机会,就劳烦太师给我详细说说吧。"

阿南坐在后殿,与那些诰命夫人坐在一起根本无话可谈,只是看在阿琰的面子上维持着僵硬的笑容。

抬头看太子妃从宴会开始到结束,一直都是微笑得体、端庄持礼的模样,再看席上所有人在丝竹管弦中沉肩挺胸一两个时辰的定力,她心下不由得浮起淡淡的绝望。

若一切劫难可安稳度过,她以后和阿琰在一起,是不是就要过这样的日子了?

可她好想现在就滑倒在椅中,拳起腿弓起背,像只猫一样团在圈椅中,找到自己最舒适的姿势啊……

正在如坐针毡间,旁边有怯生生的声音传来,轻声唤她:"南姑娘……"

阿南回头一看,小小一张脸庞上大大一双眼睛,正是之前在行宫官宴上见过的那个准太孙妃吴眉月姑娘。

"承蒙南姑娘先前在行宫施以援手,再造之恩常存心中不敢或忘。今日终于在此重晤芳颜，特以水酒借花献佛，当面致谢。"

阿南讪笑着与她碰杯，心道小姑娘声音真好听，就是说话拗口有点听不惯，看着有些太子妃那调调。

要是阿琰的人生没有波折，要是他没有与她邂逅相知出生入死，他的人生中，出现的应该是这样的姑娘吧……

阿南一口干了杯中酒，朝着吴眉月一亮杯底："别客气，再说我也是顺手，哪值得记挂心上？"

吴眉月才小啜一口酒，看她杯中已干了，顿时呛到了，捂着嘴巴咳嗽不已。

阿南正拍着她的背帮忙顺气，转头看见前殿宾客已散了，后殿太子妃也率众举酒为皇帝上寿。

这场酒宴终于熬到结束，阿南如释重负，赶紧和众人一起抄起杯子，附和太子妃。

夜阑人散，宫廷宴终。

阿南出了宫门，站在夜风中等待朱聿恒。

寒意飒飒间，朱聿恒从宫中出来，看到站在风中等他的阿南，立即加快了脚步，抬手取过送来的羽缎斗篷，亲手给她系上。

阿南拢住斗篷，抬头望着他而笑。

朱聿恒喝了不少酒，但他酒量从小便练出来了，此时面色如常，而阿南则是越喝酒眼睛越亮的人，两人凑到一起，在一群大醉扶归的人中分明迥异。

"糟糕，晚上可能会睡不着。"阿南轻拍着自己脸颊，酒意让她双颊飞出一片绯红桃花色，显得格外娇艳动人，"你身体刚刚有点起色，也不少喝点。"

朱聿恒却只盯着她看，微笑着凑近她的耳朵，轻声呢喃："如此月色如此风，又刚好有点酒意，不做点适合酒后的事情，不是太亏了吗？"

阿南斜了他一眼，问："什么事适合拿发酒疯当借口？"

"比如说……"他将她拉到宫城门洞中，让阴影遮住了他们两人。

他口中喷出的温热气息，让她的耳畔轻微麻痒。料峭寒风中，他热烫的唇在她脸颊上轻轻一触。

她诧异地一转头之际，他已准确地攫住了她的双唇，就如她是有意偏头凑上来一般，被他吻了个结结实实。

许是因为带了醉意，他失却了往日的端严自持，肆无忌惮地入侵她温暖柔软的唇舌，翻搅汲取自己渴求的芬芳。

酒意翻涌上阿南的心口与脑门，在这般肆意的冲击下，她也抬臂狠狠箍住了他，抵着身后的宫墙踮起脚尖，狠狠还击回去。

许久，他们才终于放开彼此的唇，双手却依旧紧抱着，面容也舍不得挪开。

他垂下眼望着她，与她凑得这般近，额头与她相抵，仿佛只有肌肤的相触才能让他有真实的触感，感觉到阿南是属于自己的。

他口中热热的气息一直喷在她的面颊上，似要将她整个人笼罩在自己的包围之中："阿南……再待一会儿，让我再多抱你一会儿……"

他的口气依恋又似撒娇，阿南默然地抱紧他，不愿意让他失落。

许久，她才将他推开一点，轻声道："不早了，该去做正事了。"

朱聿恒微微侧头看着她，诧异地问："还有什么正事？"

阿南好笑地噘起嘴："废话，难道你喝酒装疯，只为了亲一亲我？"

"有何不可？"

她噘起的红艳双唇，刚刚被他蹂躏过后显得更为娇艳，在门洞外隐约照进来的灯光下，如初绽的玫瑰。

朱聿恒不觉侧了侧头，又想要低头亲吻住这魂牵梦萦、梦寐以求的唇瓣。

阿南却比他快多了，抬手将他的面容抵住，说道："走吧，不早了，干坏事总得速战速决吧！"

朱聿恒抓住她的手，拉到唇边亲了亲，然后才朝她一笑："南姑娘说得是，那，咱们走吧。"

酒后不便骑马，朱聿恒与阿南同乘马车，出了宫门。

御道两边，是正散往城中各宅的官员们。

朱聿恒一眼看到了李景龙，招呼他道："太师，本王正要找你，来，跟上，带你去看一场热闹！"

众人见他言行举止与往日迥异，都暗自交换了一个"殿下看来醉得不轻"的眼神。

李景龙疑惑地拨转了马头，跟着他们向城外而去。

在车上，朱聿恒对阿南将李景龙所说复述了一遍。

"道一法师也有青龙痕迹？"阿南听到此处，顿时激动得一击掌，脱口而出，"果然，我们所料不差！"

朱聿恒笑着，压低声音道："如果一切如我们所料的话，今晚应该便能找到一切的答案了……"

马车徐徐停下。

朱聿恒要借酒装疯的地方，正是佛门净地，大报恩寺。

高大的琉璃塔矗立于夜空之下，层层灯火照得塔身光华通明，如蒙着一层明净圣光，令人目光难移，魂为之夺。

阿南与朱聿恒站在塔前，向着它合十行礼后，率人推开了塔院大门。

李景龙迟疑地跟着他们进来，依旧不知道他们要干啥。

守塔的和尚听到动静，披衣起来查看，发现是皇太孙半夜喝醉了要过来祭塔，顿时错愕不已，但是迫于权势又无可奈何，只能拿着钥匙开了门，请皇太孙进内。

谁知口口声声要祭塔的皇太孙，在琉璃塔前拐了个弯，并未进塔，反而几步便转到了寺庙后方的塔林之中。

这里是高僧大德圆寂后埋骨的地方，见他要祭的是这种塔，僧人们连同李景龙，都是目瞪口呆。

此时大报恩寺虽已建了十年，但能在这边拥有瘗骨之塔的高僧却为数不多，因此在苍松翠柏之间，只有寥寥几座小塔。

小塔之中，唯有一座最为高大，而且尚未彻底封闭塔门。

皇太孙殿下显然醉得不轻，一进塔林便抽出了随身的麟趾。

天下三大名器，龙吟毁于顺天地矿，凤羲断于神女雪峰，如今他带在身边的，是最后一柄，麟趾。

身旁阿南提着风灯高照，他的刀尖直插入塔门，将那以泥灰粗粗涂抹封存的塔门一把撬开。

云石雕成的门扇轰然倒地，在这黑夜中声响显得格外沉重。

众僧吓得目瞪口呆，几个反应快的一拥而上，慌忙拦阻："殿下，不可、不可啊！千日之期未到，坐缸未成，万一损了道一法师的功德，金身不成，那该如何是好？"

李景龙也挡在塔门前，急道："殿下，这可是……道一法师的金身啊！"

阿南示意他起身让开："太师别担心，都到这时候了，金身成不成早已确定，还在乎这一时半刻的？"

"可，可金身起缸，都要香花供烛、诵经开光……"

朱聿恒拍胸脯，一脸醉意道："一切由本王担着！难道本王亲自迎接法师金身出塔，还不够隆重吗？"

说着，这对蛮不讲理的雌雄双煞便攘开了李景龙，举起手中灯火，照进了塔内。

灯光之下，只见小小塔内绘着庄严佛龛及散花飞天，四壁之内供奉的鲜花香烛早已枯槁腐烂，唯有一个半丈许高的大瓷缸置于塔内，颜色黑沉。

阿南与朱聿恒对望一眼，朱聿恒示意身后的侍卫将瓷缸抬了出来，放在了青松翠柏之下。

周围的僧众们正在顿足捶胸，寺中住持已闻讯赶来。

他能统管这大报恩寺，比其他僧众自然圆滑许多，双手合十道："阿弥陀佛，万事万物皆有缘法，既然塔门已开，想必前缘早已注定，法师金身，注定该是今夜现世了。"

听他这般说，僧人们唯有个个面带苦涩，依次盘坐于青砖之上，念起了阿弥陀经。

高烧灯烛下，佛偈声声中，住持找了寺中四个和尚焚香净手，瓷缸开盖。

缸内满填的石灰木炭被一把把捧出，最后，中间只剩下一团漆黑的骨殖，盘腿坐于缸中，尚有干瘦皮肉附在骨架之上。

显然道一法师遗体防腐不错，金身已经成了。

在木鱼声声中，诵经声越发响亮。金身被缓缓起出，迎进旁边空置的小屋，暂时安放在木桌之上。

朱聿恒抬手示意僧众们全部退出，只剩下他们三人守于室内。

李景龙向着金身合十为礼，正在低头默念佛偈之际，一个不留神，阿南这个女煞星已抓过朱聿恒手中麟趾，向着金身上包裹的麻布狠狠劈下。

利刃在那团腐烂的布匹上划过，一挑一抹，便将这团漆黑干布给剥了下来。

李景龙一见她居然在金身上动刀，顿时惊恸不已，不顾一切扑了上来，拦在遗体之前，哀求朱聿恒道："殿下，求您看在圣上面子上，保住法师的金身吧！当年法师在南下之时，可是立下不世大功……"

"怕什么，贴金的时候，不是也要剥掉这层麻布的吗？"阿南反问。

李景龙哑口无言之际，朱聿恒面色凝重地盯着那具骨殖，对李景龙微抬下巴："太师，你仔细看看，法师这具尸身，可对？"

李景龙见他神情不似酒醉，迟疑着回头看向了后面的尸身。

被剥除了麻衣的尸身，肉身已变得漆黑，肌肉因为失去了水分而萎缩干枯，下面的骨头与经络更为明显。

李景龙落在金身上的目光顿了许久，脸上终于露出惊诧错愕之色。

朱聿恒见情况与自己所料不差，便又问："如何，太师与法师最为交好，对他身上的情况，应当略知一二吧？依你看来，这尸身是有什么不对劲？"

李景龙看着这具尸身，艰难地道："确实不对……法师当年与我一起钓鱼时，夏日衣衫单薄，偶尔会因为钓到大鱼而弄湿了衣衫，我记得他身形矫健如松柏，要精瘦许多……"

他看着如今已经变成干尸的道一法师，脱水干瘪的身躯上却可以看到小腹上下垂的一层肚腩，似是一层小口袋罩在身上。

朱聿恒又问："另外，太师不是说法师身上有青色的痕迹吗？本王身上的青色痕迹与法师身上的应是一样的，在遇到石灰之时会显出红色，但这具身躯埋藏在石灰混合的防腐物中，如何会毫无痕迹？"

毕竟，那是埋在体内的药物，并不会随着死亡而消失。

"原来，那青龙遇到石灰，还会有这般变化？"李景龙倒吸一口冷气，迟疑道，"这么说……难道这具躯体……这具……"

朱聿恒肯定道："依本王看，很有可能被调包了。"

阿南挑亮灯火，仔细查看，确定皮下绝无任何药物痕迹后，才在干枯遗体的面容上仔细寻找。

李景龙正努力回忆着当日情形，心乱如麻之际，却见阿南已经胜利地一笑，臂环中小刀弹出，在遗体的耳郭之前轻挑。

随着她手下极轻细微小的挑刮动作，耳郭之前，有一张薄得几乎一吹即破的皮，被她揭了出来。

只可惜，东西在千日炭灰中埋藏，虽然保存住了，却也脆干无比，即使她下手再轻，也只揭出了比指甲略大的一小块，便破损了。

阿南将它展示给面前二人看，又指了指尸身依旧完好的面部皮肤："很显然，入缸时这具尸体的脸上，罩着一层人皮面具。"

李景龙震撼不已，呆在原地久久无法反应。

而朱聿恒与阿南将麻布重新草草敷回干尸之上，示意李景龙与他们离开。

等候在外的僧人们赶紧抢进去，将遗体陈设好，商议请匠人来修金身的大事。

毕竟，皇太孙殿下酒后胡作非为，他们谁敢说什么，只求朝廷多拨点金银下来贴金身才是正事。

出了大报恩寺，李景龙依旧震惊不已。

送他回府时，朱聿恒下了马车，问："天寒地冻，太师可方便我们去你家中，喝一盏茶暖暖身子？"

李景龙哪敢拒绝，赶紧请他们入府。

阿南蜷在椅中，一边剥着橘子，一边问神思还有些恍惚的李景龙："太师，在大报恩寺的那具尸身，定然不是法师无疑了。那依你看来，法师的金身，什么时候有可能被调换？"

李景龙喃喃道："不可能啊。我亲眼看见法师进入酒窖，也亲眼看到他上一刻让我尝尝美酒，下一刻便失足坠亡，更亲手把他搬上马车，一直跟着马车不曾停下，直到确定法师断气……"

说到这里，他一拍桌子，怒道："这么说，法师定是在去世之后，遗体被人调换了？这可是圣上降的旨，要金身永存以供香火的，谁敢如此大胆，居然调换法师遗体？"

朱聿恒安慰道："太师放心，我看其中可能有内幕，定会让人好生调查。"

李景龙点头称是，灌了半壶茶却消不掉他的火气。

阿南又问："太师，你说道一法师身上有青龙，那，当日在酒窖出事的法师，身上可有这痕迹？"

李景龙肯定道："那自然有啊！而且那日我们因为喝酒而全身发热，法师还将衣襟扯开了，我记得清清楚楚！"

说到这里，他迟疑了片刻，然后又道："不过……那日他的青龙文身上，有些怪异之处，至今想来令我诧异。"

阿南眉头微挑："哦？"

"就是……当日在出事之时，我与法师不是一起去酒窖中寻找美酒吗？那时我因为酒醉摔倒，所以只坐在外面，直到他滚酒坛喊我注意时，我在蒙眬间，好像看见了……法师因为酒后发热而扯开的衣襟内，皮肤上那淡淡的青龙显出了些许赤红色，就像几条赤龙缠绕在他的身上一般……"

又是赤龙。

阿南与朱聿恒对望一眼，问："也就是说，他身上那几条原本淡青色的痕迹，忽然变红了？"

"对，这岂不是很诡异吗……是以刚刚我听殿下说那青龙遇到石灰会变色，心头也是震惊不已。"李景龙敲着头道，"当时我还以为是自己喝多了酒，迷糊之间看错了，因为后来法师从斜坡上摔下，我赶过去扶起他时，仓促间没注意到什么痕迹……"

他虽然这样说，但阿南却不这样想，她向着朱聿恒看了一眼，在他耳边张口低低地说道："当时酒窖内，有除湿的生石灰。"

朱聿恒显然也想到了这一点，向她一点头。

两人心有灵犀，自然不会当着李景龙的面细说，只问："太师，关于道一法师之事，可还有其他线索？或是他素日有何怪异举动，或许可助我们破解法师遗体疑云。"

"这……"李景龙皱起眉，绞尽脑汁。

他被削爵之后，虽依旧挂着太师的名号，但在朝中一直可有可无。如今好不容易，皇太孙因为当年法师之事而多次折节拜访，心下觉得自己或许起复有望，不必再天天钓鱼消磨了，自然搜肠刮肚，想再弄些重要的东西出来。

"唉，法师待我，真是一片赤忱真心。当年我被弹劾削爵后，陛下一则为抚慰老臣，二则为平息悠悠众口，曾让我镇守行宫，聊充闲职。当时朝中众人无不避我而走，唯有法师常带酒前来，与我一醉方休。"说到这儿，他又想起自己职责所在，忙找补道，"但行宫寂落无人，再者护卫众多，我们也是偶尔为之。"

"行宫……"阿南未免想起了这是当年傅灵焰准备给龙凤帝颐养天年的地方，与朱聿恒对望一眼。

朱聿恒貌似随意地问："行宫建筑瑰丽，法师一个出家人，可喜欢那地方？"

"这点倒出人意料，法师常在瀑布前与我对酌，我每每醉倒，醒来时便能看见他盘桓于殿前，那神情……"他有些迟疑，似是找不到准确的词来形容，"好像有些落寞，又好像在怀念什么……"

阿南倒是很清楚他在怀念什么，因此只笑了笑，问："这么说，太师每次醉倒后，便只留法师一个人寂寞无聊了……不知道他会在行宫里面想什么、做什么呢？"

李景龙毫未察觉她的言外之意，感怀道："唉，年纪大了，本来这些事都模糊了，我也许久不曾回想。但前些时日接到一封信，里面向我问询起行宫之事，这些过往竟又历历在目，如在昨日。"

阿南大感兴趣："哦，这么巧？不知这事与法师是否有关？"

"这倒没有，却是一件蹊跷怪事。"李景龙搔搔头，见朱聿恒神情微动，便站起身道，"虽是小事，此毕竟事关东官，殿下稍坐片刻，我拿来给您过目。"

这老头被冷落了二十年，性子却依旧急躁，话音未落，便早已大步往后堂去了。

两人相视而笑，见仆从们都退在廊下，堂上只剩了他们二人，干脆轻声讨论起道一法师出事当日情形来。

阿南道："我记得，酒家将石灰撒在了酒窖地上、酒坛的下方除湿，而为了让酒坛滚起来，道一法师必然要一手扶住酒坛下部，将它横倒，以至于手上沾满了石灰——因为酒后发热，他去扯开衣襟时，手上的石灰自然也会涂抹到身上去。"

于是，便像朱聿恒当时被撒了石灰那般，原本因为药物而转为淡青的"山河社稷图"，便会变回殷红颜色，重现那可怖的狰狞面貌。

"但石灰沾上之后，擦拭无用，需要用水清洗才能使红色淡去，而当时酒窖之内，道一法师哪来的水清洗掉身上的石灰？"

朱聿恒断定道："所以，将酒缸滚落斜坡的，与坠下斜坡而死的，肯定是两个人了。"

"如此看来，当年的道一法师，肯定是诈死遁逃了。"阿南微微一笑，靠在椅上掰着手指头，"这岂不奇怪吗？他在圣上南下时立下不世之功，被拜为帝师，又自由自在，不曾受任何约束，圣上也绝无对他不利的可能，为什么他要假死而远走高飞呢？"

"因为，身怀青龙的道一法师，真实身份应该就是……"

那个在茶花树下，被发现过身上八条青龙的，傅灵焰的儿子，韩广霆。

所以，母亲特地为父亲而设计的行宫，他身处其中，自然情绪不同。

"你说，他把国师灌醉后，会在行宫做什么呢？"

阿南朝他一笑："当然不可能是呆坐着看一整天瀑布吧，吵都吵死了。"

两人在厅中低低讨论着，将来龙去脉理了个清楚，可等了半天，却迟迟未见李景龙回来。

阿南无聊得开始跷脚了："不知道信上的蹊跷怪事是什么，说和东宫有关的，难道是你身上的'山河社稷图'？"

朱聿恒道："必然不是，今日之前，李太师并不知道我身上的情况。"

"那就是别的了，比如说，你长这么好看的一双手，算不算？"阿南托腮垂眼，看着他规规整整搁在椅子扶手上的那双手，脸上露出难以掩饰的垂涎之色，"皇太孙有这样一双手，简直是举国祥瑞！"

朱聿恒哑然失笑，抬起那双在灯下莹然生辉的手，弹了她凑到自己面前的脸颊一下："除了你，天底下谁会有这般古怪念头！"

他弹得很轻，阿南捂着脸笑得也很轻。

静夜中，门外灯笼在风中微微晃动，月光与灯光在他们的相视而笑中摇晃，让周身一时显得朦胧起来。

在如此静谧美好之际，外间忽然有个声音仓皇传来，划破了沉沉夜色，令朱聿恒与阿南同时惊站了起来——

"来人，来人啊！不好了！老爷溺水了！"

趴在鱼池边哭喊的，正是伺候李景龙的老仆老鲁。

阿南与朱聿恒疾步赶到后院时，诸葛嘉已经叫了两个侍卫下水。灯笼映照下，一条颇为健朗的身躯背面朝上，在水中半沉半浮。

侍卫们将遗体从水中拖到岸上，翻过来一看，果然便是李景龙。

阿南蹲下来查看了一下李景龙的瞳仁，又按压颈部探了探脉搏，对朱聿恒摇头：“面部朝下呛水进肺，速死。”

说着，她站起身，问身旁那几个正在放声大哭的老仆：“你们家太师通水性吗？”

“我家老爷水性极佳！他嗜好钓鱼，当年燕子矶那条大鱼，上钩后难以起竿，他直接扑入水中与鱼搏斗，最后亲手拖出水面的！”老鲁哭着跪在地上，对朱聿恒连连磕头，“殿下，更何况这池塘的水不过及膝，养的鱼也只有尺把长，我家老爷身强体健，纵使滑倒入水，也不至于站不起来，活生生溺死在这么一汪浅水之中啊！”

周围其他人都是齐声附和，唯有阿南与朱聿恒对望一眼，两人心中油然生起两个字——“希声”。

“查一查李老太师落水之时有谁在他的身边，或是谁接近过。”

“是。”诸葛嘉转身迅速召集在院中把守的侍卫。

阿南一眼看到了漂在水上的一个方形东西，便捡起李景龙搁在旁边的钓竿，钩子一甩，将它钓了过来。

果然是一封信。可惜在水中泡过之后，它早已湿透，封面上字迹模糊。

“这应该就是李太师要拿给我们看的信了。”阿南说着，将信封打开一看，里面早已是满满的水。

她心下生起不好的预感，将水倒掉后，小心翼翼地抽出里面的信纸，却失望地发现这信写在生宣之上，薄薄几张贴在一起，又被脏水浸透已久，墨迹早已洇成一片，什么都分辨不出来了。

尽管朱聿恒的手稳且准，将其一张张剥离开，铺在桌上，但面对一片墨团也是辨认艰难。

　　□□□兄当年□□□宫守卫弟□□□上允可往□□□□□女□□□□
多有秘□□阁□□□散际□□疏漏□□□□知一二□慰在天□□

残字缺句甚多，一扫之下，毫无头绪。

“奇怪，凶手杀人的原因，应当便是为了这封信……但为何他杀了人，却不将这最重要的东西带走呢？"

阿南正举着洇开的墨团努力辨认着，门外传来脚步声，诸葛嘉走到门边，出声提醒："殿下，仵作来查验了尸身，侍卫们也都一一盘问过了。"

朱聿恒深吸一口气站起身，嗓音如常："有何发现？"

诸葛嘉也不避阿南，禀报道："李老太师确属溺水而亡，身上并无其他伤痕。事发之前，侍卫们搜查过院内，确认并无任何人藏身，家仆们也全都候在堂外听用。直到李老太师去后院书房取信迟迟不归，才有人前去查看，刚走到池塘边便发现了尸身。"

朱聿恒问："确定园内无人？"

诸葛嘉肯定道："是。属下带人查遍了所有角落，今晚太师府中肯定无人进出。"

阿南捏着下巴皱眉思索："这倒是奇了。李太师身上无伤，却溺死在浅水之中，本应只有希声可以做到。但希声所传距离有限，必须在近旁才行，若无人接近的话……那又是用什么手段杀的人？"

诸葛嘉道："另外……还有一件事，不知与此事是否有关联。把守后院门户的侍卫，在李老太师进去后不久，模糊听到'青鸾'，是一声惊呼，听声音，应当是李老先生在喊。"

阿南"咦"了一声，问："大半夜的，他忽然喊'青鸾'？"

"是，总之是叫这个声调，其余的，便再无任何异状了。"

"青鸾……"阿南犹疑着看向朱聿恒。

他们都从彼此的眼中，看到了错愕。

在这样的深夜，无人的院落中，为何他的口中会出现"青鸾"？

这东西，又与他诡异的死亡，有何关系？

朱聿恒回到东宫，天色尚未大亮，太子妃却已经在东院等他。

见儿子此时才回来，她又是心疼又是难过，道："聿儿，你可越发不像话了。你在西南风餐露宿，颠簸辛苦，回来后也不好好休息，昨夜的接风宴喝了这么多，怎么又出去忙活了一夜？"

朱聿恒看见母亲担忧模样，默然压下心中酸楚暗潮，只道："孩儿如今已暂时无恙，刚回来肯定手头事务繁忙，母妃无须担忧。"

她又问："听说，你们去大报恩寺破了道一法师的金身？"

"也不算破，只是喝多了，好奇法师的金身能不能成，就打开看了看，最终也未曾损伤。"朱聿恒自然知道，应天府无论发生了什么，都不可能瞒得过祖父与父母的耳目，因此直接道，"我还去了一趟李太师府中，只是他如今已经遭遇不测，刚刚去世了。"

太子妃顿时大惊："什么？太师去世了？如何去世的？怎会如此突然？"

朱聿恒便将适才的情形对她讲述了一遍，太子妃叹息不已，道："李太师早已不问世事，我看，他的死因必是起于那封要去取的书信。"

"孩儿也这般觉得。"见母亲还想问什么，朱聿恒却向正殿方向看去，问，"父王起身了吗？"

太子妃会意，带他来到太子寝宫。

太子听到动静，披衣起床，朱聿恒取出李景龙处得来的最后那张信笺，铺于案上，展示给他们观看。

太子妃看着那几个勉强可辨的字迹，脸色晦暗："太师说此事与东宫有关……看这上面的'女'字，又打探行宫守卫事，莫非……"

朱聿恒立时明白过来，既有了代入之人与事务，这上面的寥寥数字，也顿时清晰起来。

他的手按在模糊不清的字迹上，缓缓道："这么说……行宫之内，确实藏着秘密，对方已寻找了许久。"

而太子则点着信笺，逐字逐句看了许久。

"虽然信件已不知何人所写，但有守卫，有行宫，有秘阁，又与李景龙称兄道弟……看来，这个写信之人的身份，已呼之欲出了。"

"这上面的缺漏，仔细推敲便可看出，自然非那位荥国公袁岫莫属。"太子妃神情冷硬道，"前些时日，陛下念他丧女之痛，允了他入行宫祭奠。看来，他好像是借口女儿死于瀑布水潭，魂魄飞散难收，想要从当年驻守过行宫的李景龙手中拿到详细布局吧。"

"而聿儿你说，当年李景龙在行宫时，道一法师也常去寻访他？"

"是，而且似乎还常对酌大醉。"

"看来，行宫里有东西啊，才值得他们如此大费周章……"太子思忖着，示意朱聿恒将行宫仔仔细细搜查一遍。

朱聿恒应了，又问："所以，袁才人死于行宫的真正原因，是因我而起？"

太子默然叹了口气："是，你身上血脉崩裂，我们其实早已知晓，只是因怕你伤心，所以我们才故作不知。谁知……竟被袁才人暗中得知，泄露了出去。"

而太子妃则淡淡道:"虽然她服侍太子尽心尽力,人也温柔和善,但她知道了你的事情之后,理应谨言慎行,不应该与外人商议此事,以至于东宫动荡。"

朱聿恒心下通明,看来,父母确实早已知晓此事。

为了讨好太子,更为了巩固自己在东宫的地位,袁才人企图抓住机会立功,自然联系了认为最信得过的亲人。

可惜,她的父亲是荥国公,她的姐妹是邠王妃,她等于是将兴风作浪的把柄,递到了敌人手中。

虽知不应该,但朱聿恒还是问:"父王与母妃是何时发觉孩儿身上的'山河社稷图'的?"

太子妃柔声道:"你是我的亲生孩子,打娘胎下来,什么事情为娘的能不关心?你身上突然出现了那条青痕后,爹娘十分担忧,可当时时局动荡,圣上刚刚登基,天下人心涣散,我们一直不敢声张。幸好你渐渐长大,一直身康体健,后背最终也只留下了微不可察的淡青色,只像一条比较粗的青筋而已,我们才终于放下心来……"

朱聿恒默然听着,问:"那,乳娘那边呢?"

"我们一直未曾怀疑过她,直到你身上其余的血脉显现,而且次次发作,才从你小时候的身边人下手,揪出了乳娘她哥。"

太子望着他,一面悲怆:"聿儿,你只需知道,爹、娘,以及圣上,都是这世上最疼惜你的人。你身上的'山河社稷图',是你的命,也是你背负的使命。我们……都以你为幸。"

话已至此,朱聿恒虽心头雪亮,却也只能闭上眼,一点头接受了他们所有的解释。

见他并无异议,太子叹息着握住他的手,将那张信笺交到他手中,低声吩咐道:"你自幼便在圣上左右,大小事务稳妥得当,父王相信你可一切自主。"

朱聿恒自然知道父亲的意思。

袁才人打探东宫机密,并传递给荥国公袁岫,幕后主使只可能是那个在她死后迫不及待来兴师问罪的邠王。

无论这封信最终能否破解出具体内容,都是邠王企图对东宫不利的重要证据。

他握紧了这封信,站在这湿冷阴寒的东宫殿内,面前是殷切望着自己的父母,他想着后院中,自己尚且幼嫩的弟弟妹妹们叫自己哥哥的声音。

除了他们一家,谁也不知道,朝野之望、日出之地的东宫,要付出多少努力,才能争得扎根向阳的机会。

　　为了二十年来如履薄冰的父母，他绝不能让藤蔓攀缘于他们之上，争夺东宫的日光，更不允许有人将需要他庇佑的幼小弟弟妹妹们绞杀。

　　"父王母妃放心，儿臣……定当妥善处理好一切。"

第十四章

三谒顺陵

应天今年的天气实在反常，明明已至三月，谁知寒风重又凛冽而至，春天的气息荡然无存。

阿南将身上狐裘裹得紧紧的，拿着三大营令信去户部询问，看是否已有韩广霆踪迹。知道他尚无下落后，左右无事，便在街上逛逛，买点时兴的衣衫首饰。

逛得累了，她找一个茶棚坐下，一边喝茶一边看街边小姑娘玩杂耍。

邻桌的人喝着茶，闲谈话语传入她的耳中。

"哎哎哎，你们有没有听说，行宫那边清理官阙，居然在深殿密室之中，找到了一个镶金嵌宝的金丝楠木盒！"

听闻这话，旁边众人顿时惊讶非凡："嚯！那行宫不是当年龙凤皇帝所建吗？龙凤帝尚未到达应天便已溺亡于江中，那行宫便常年闭着，怎么还藏有好东西？"

"实不相瞒，我七表舅的儿子的连襟就在行宫里边当差，听说啊，那密室一打开，大家都惊呆了！那金丝楠木宝盒，端端正正摆放于石刻青莲正中，彩绘上龙下鸾。哎，你们说奇怪不，既是与龙相对，为何不用凤而用青鸾？"

众人一听有如此怪事，顿时议论纷纷，其中一人忍不住道："那，盒子里面究竟是何物？"

"嗜，说到这里真是晦气，打开宝盒一看，里面似乎是个骨灰坛子。"那人压低声音，左右看了看，见都是些闲杂百姓，才神神秘秘地道，"你们说这岂不奇怪？行宫密室宝盒装殓，这人定然是个不得了的人物啊，却又如何会被付之一炬？"

老百姓对于这些秘辛自然有浓厚兴趣，伸长脖子竖起耳朵，竞相猜测，众说纷纭。

直到一个老头忽然猛拍大腿，说道："诸位，被付之一炬的原因，会不会是因为尸身已坏，无法保存呢？比如说，溺水腐烂……"

众人一听这话，顿时想到了六十年前与这行宫有关的那一位龙凤帝，不约而同倒吸一口冷气。

"难道说……"

众人错愕，面面相觑，都不敢再谈下去。

毕竟，当年太祖只是他封的王爷，在坐大之后才迎接皇帝来应天，可偏偏就在即将入京之时，龙凤帝沉于长江，自此驾崩——

谁都知道其中发生了什么，但谁也不敢说其中发生了什么。

阿南喝着热腾腾的红豆水，眼睛瞄着杂耍的小姑娘，耳朵听着茶肆内动静。

最终，有人忍不住压低声音问："你们说，那遗骨，究竟会如何处置啊？"

又是那个老头捻须道："毕竟出身尊贵，我相信朝廷自然以礼相待。这不，过几日便是顺陵大祭，你们说，会不会顺便替其修个坟茔，一并埋在山陵啊？"

众人竖起大拇指，皆以为然。

毕竟，这遗骨不能随意处置，也肯定无法风光大葬，借祭谒之时将其从葬顺陵，应当是最好的安排了。

阿南正津津有味听着市井传言，茶棚外，人群中忽然爆发出一阵叫好声。

原来是那个人还没有瓷缸重的卖艺小姑娘，双脚一轮，将大缸在足尖上滴溜溜转起来，玩得风生水起，令人叫绝。

阿南正靠窗鼓掌叫好之际，眼角余光忽见亮光一闪，一柄短刀从斜刺里穿出，直直向着她的腰腹而来。

她手疾眼快，一扭腰险险避开刀锋，右手立即绕对方手腕而上，直击对面的刺客。

刺客的刀落了个空，一时来不及收势，而她的手已缠住对方的手腕，眼看便要将他扯过来再一脚踹出去之际，阿南望见了那人面容，硬生生停下了手，错愕地问："司鹭？"

这对她痛下杀手的刺客，居然是司鹭。

他重伤未愈，犹带病容，脸上写满了愤恨，指着她怒道："司南！你无情无义狼心狗肺，我今日非杀了你不可！"

阿南错愕不已，见他还要扑上来与自己拼命，手腕一扭便将他抓住，拖到了僻静角落，按在了对面座位上。

"好歹朋友一场，久别重逢，你给我这样的见面礼？"

"呸！谁是你朋友，我这辈子最后悔的就是瞎了眼，交过你这个朋友！"司鹭不由分说，抄起茶水泼向她，"为了趋炎附势，你们杀了魏先生，还差点杀了我！"

阿南一侧头避开茶水，眉头微皱："公子说的？"

提起公子，司鹭的面容又多了一层悲恸："魏先生死在你们朝廷营帐，这是事实吧？而公子……公子如今哪还有可能说你！"

阿南想着那一夜带着药方离开的竺星河，那一幕明明还在她的眼前，可奇怪的是，原本摧残心肝的痛与恨，居然都在开口之前消失了般，令她的声音十分平静："公子如今怎么样了？"

司鹭看她这平淡的模样，呆了一呆，眼泪不觉涌了出来。

他痛哭失声，咆哮道："他不要我们了！他将自己关在屋内，寸步不出，不肯见我们任何人，只让我们所有人都回海上去！"

"他终于醒悟了，肯放下当年仇恨，回海上过自己的人生了吗？"

"他不回去……他只让我们走。"司鹭颤声道，"今天早上，我去给公子送水时，发现他已经不辞而别了！"

阿南心下了然，竺星河如此骄傲之人，绝不会允许别人看见他现在这般模样，必定不可能再回来了。

她放开司鹭，道："事到如今，你找我也无济于事，还不如先和大家回程，到海上继续过快活日子。另外，你跟兄弟们解释一下，我没有杀魏先生，若我要杀他，当时又何必在悬崖上救下他？"

"可……可你投靠了朝廷军……"

"司鹭，人生道路漫长，有分有合都是常事，你知道魏先生为什么而死，又知道我为什么要离开公子吗？"

"我不知道！"他抬手捂住耳朵，颤声说，"我宁死……也不会怀疑公子，不会像你一样，背弃自己当年的许诺！"

可阿南听他那绝望而苍凉的声音，便知道其实他心里，从魏先生的死，到公子现在的状态，隐约已经猜到了什么。

"难道你还看不出来，公子……早已不是当年的公子了。"阿南朝他笑了笑，望着天边薄如丝絮的流云，轻声道，"又或许……他本来就是那样的人，只是在海上的时候，我们只要跟随他便可以了，所以一直未曾察觉到有什么不对。可到了这里，我们见到了更广阔的世界，知道了这个世上有太多的人、太多的恩怨、太多的人生，我们才开始怀疑公子与以前的世界，是不是错误的，是不是我们一直在走一条错误的路……"

"别说了，阿南。"司鹭眼中热泪滚滚涌出来，捂着脸放声痛哭，"魏先生死了，庄叔死了，常叔废了……连你也……也背弃了我们，不回来了……阿南，难道你真的能忘记咱们在海上纵横的好日子，你的心就真的这么硬吗？"

"当然不会忘，那也是我最好的日子。但，我不会回头了。"阿南摇头，望着他的目光毫无犹疑，"司鹭，就像公子也不再是当年的公子一样，我们都已经，永远不再是当年的我们了。"

司鹭痛哭失声，捂着脸掩饰心头混乱，趔趄地转身，逃也似的离开了。

阿南望着他的背影，只觉心口一阵酸楚弥漫。

只是这酸楚，已不再是为了竺星河，而是为了司鹭那注定无望的等候。

阿南所居之处距离东宫并不远。

天色将暗之际，她回到院中，跨进门便看见在等待自己的朱聿恒。

她的脸上绽露笑意，在晕黄的余晖中显得尤为灿烂："阿琰，等很久了？"

"不久。"朱聿恒起身走到她身边，"只是有点无聊。"

"差点忘了，上次破损的岐中易还没补好，你现在没东西练手啦。"阿南的目光落在他空空的手上，笑道，"吃过了饭我帮你补好。"

阿南探头去看厨房，正想看看今日吃什么，却听朱聿恒道："我把嬷嬷打发回去了，我……想吃你做的鱼片粥了。"

阿南仰头朝他一笑："好呀，不过想吃我的鱼片粥，你可得负责烧火添柴。"

朱聿恒如今早已熟练掌握了烧火技术，阿南淘米加水，他在灶膛引燃了柴爿，火苗很快便旺旺烧了起来。

粥饭慢慢煮着，阿南偎着他在灶火前坐下，一边取暖一边拿出药膏，将自己的手护理完毕，示意他将破损的岐中易拿给自己。

泛着金属光泽的岐中易躺在她的掌心，她仔仔细细地打量着，然后取过旁边的精钢丝，开始修复。

朱聿恒拨亮火光，又在上头替她多点了两盏晚灯，照着她。

阿南的手穿插过岐中易，手中拿着小镊子，将精钢丝弯折成自己需要的样子。

她手指的控制无比精准，每一次弯折都是纹丝不差，稳得如同精钢丝天生便应该是这般模样，她只是代替上天将它们抽取了出来，组合在一起。

朱聿恒的目光长久地落在她的手上。那上面的伤痕与肌理，每一处都是他无比熟悉而又无比依恋的痕迹。

他望着阿南的手，心下忽然想，如果那一日，在护城河的旁边，他没有注意到她的手，没有跟踪她、探究她，他与她的缘分，是不是就永远不会存在？

一个人遇见另一个人，与她相随、对她动心，最终再也不愿离开她，无法想象没有她的时光，是不是，也是上天注定的呢？

他这样想着，抬起手臂，将近在咫尺的她轻轻拥住。

阿南靠在他臂弯中，感受到他温柔的怀抱，以及身上那寒梅孤枝的香气，心下泛起从未有过的温软。

米饭已煮到粥水浓稠，隐约香气开始弥漫。

阿南放下岐中易，起身揭开水缸盖子。前日在燕子矶钓的鱼，因为她弓鱼技术了得，带回来后不但活着，还有几条养在水缸里，十分活泼。

她将起袖子，抓了一条大鱼用刀背拍晕了，破了肚子刮了鳞片拔了鱼刺，揭开锅盖运刀如飞中，纷纷扬扬的洁白鱼肉便落了锅。

姜丝紫苏盐末撒落，鱼片粥已经煮好。

她手下不停，问："你今日，与你爹娘谈得怎样了？"

朱聿恒拨着灶火，让火势稍缓，声音也与火光一般低落了些："不怎么样，我们所有一切猜测，都成真了。"

阿南默然盖上锅盖，走到他旁边坐下，轻轻抱住了他。

像是抚慰，像是互相支撑，又像是彼此串通好要进行一场轰轰烈烈的叛乱。

"那你，准备好了吗？下定决心了吗？"

朱聿恒点头，闭上眼，低声道："除此之外，我无路可走。"

"别担心，无论什么路，我都会与你一起走下去。"阿南轻抚着他的手背，轻声道，"我下午，还遇到了司鹭呢。他说海客们要走了，劝我跟他一起回去。"

虽然知道她不会再离开自己，但朱聿恒还是警觉地竖起了耳朵，转头盯着她："你怎么说？"

阿南抬眼看他，看到他发间沾染的一丝柴灰，便笑着抬手帮他轻轻拍去，道："我当然拒绝啦，不过竺星河遣散了海客们，自己却失踪了，我总觉得……"

她没有说下去，但朱聿恒已知道她的意思。

竺星河走到如今，能凭借的内外势力、朝野匡助皆被朝廷斩断，已近山穷水尽。

在这般情况下，他忽然将海客们全部遣散，其用意不言而喻。

朱聿恒握着她的手，与她一起靠在火前看着升腾火光，问："你觉得，他会选择何时何地？"

阿南沉吟片刻，问："顺陵大祭？"

朱聿恒挑眉："他敢在太祖陵墓上动土？"

阿南却笑了笑，问："他父亲被叔祖赶出家门，属于他的一切都被叔祖家抢走了，他能不能当着太祖的面来了结恩怨，以求裁断呢？"

她这话妄议皇家恩怨，实属僭越，但说得如此在理，朱聿恒也不置可否，只问："这么说来，他会与韩广霆继续合作？"

"谁知道呢，可能性很大。"阿南目光从火光中抬起，转而看向他，"对了，我今天在街上，听到行宫找到龙凤帝遗骸的消息了，果然这世上，跑得最快的就是流言啊。"

"嗯，而且我可以肯定的是，邶王与荥国公那边，必定也知道消息了。"朱聿恒淡淡道，"只要他们知晓了，那个人便不可能不听到风声。"

"六十年前的骨殖，被秘密收殓于当年为龙凤帝而建的行宫，还有青鸾压青莲的暗示……"阿南扬眉道，"当初葛稚雅为了母亲的遗骨，还拼死夜闯雷峰塔呢，我就不信韩广霆会愿意让他的父亲从葬顺陵，千年万代永远被压在下头。"

"如果他真的是韩广霆，如果他还活在这世上，那么，哪怕他知道这是咱们设的局，也必定要过来一探究竟。"朱聿恒点头，淡淡道，"不然，他这辈子都不可能摆脱自己与世人的谴责。"

毕竟，这是骨血承继，人子义务。

但一瞬间，阿南的心中忽然掠过自己的身世，只觉得胸臆微凉，一种永难摆脱的虚妄感，让她神情不自觉黯淡了下来。

仿佛看出了她心中的恐慌，朱聿恒收紧了抱着她的双臂，轻声说："别怕，阿南，你不是一直相信我的判断吗？"

阿南默然抬手，回绕他抱着自己的手臂，将脸贴在他的肩膀上，轻轻地"嗯"了一声。

"其实，我也一样，有自己该为亲人担负起的责任……等解决了一切后，我也可以安心走了。"

阿南的心口泛起浓重的酸楚，不知道他所谓的走，是哪个走。

他余下的人生，或许只有三五个月。

他的亲人已经为他营建好坟茔，而他在离开之前，还要努力为自己重视的人铺平道路，打开局面，解决所有危难。

暗暗咬了咬牙，她只当没听出他的弦外之音，笑道："我带你去海上，去万里纵横，长风破浪，你以后的人生，只属于你自己。"

朱聿恒轻轻笑了笑，将面容贴在她的鬓发之上："也属于你。"

"那，我也属于你呀。还有……你的手，也永远属于我。"阿南在炉灶火苗的噼啪声中贴了贴他的脸颊，然后深吸一口气，将一切酸涩压回心头，站起身，"好香啊，粥煮好了，你去拿碗筷。"

她调好味道，盛好粥后又快手快脚地煎了几块炊糕，炸了几碟小鱼小虾，用花椒和盐拌上，酥酥脆脆。

窗外寒风呼啸，前路黑云压城。他们在孤灯下、木桌旁相对，喝着暖暖的鱼片粥，整个世界仿佛只剩下笼罩着他们的灯光，融洽晕黄，平静舒缓。

他们聊着黑鱼和草鱼哪个更适合做鱼片粥，也聊着江南雪和西北雪的区别，还聊到将来如果要养猫，那么是养黑的好还是狸花好……

直到碗碟见了底，窗外也彻底沉入黑夜。他们挑灯到暖阁内，将炉火拨得旺旺的。

"来，最后一个岐中易。"阿南蜷偎在榻上，将岐中易修复如初，递到他的手中。

朱聿恒与她的手隔着岐中易交握，纵横交错的金属包裹在他们温热的掌心，被两人的体温一起熨热。

而她将这双自己挚爱的手摊开，指尖慢慢地描摹过他的生命线。

这条线，斜斜划过他的手掌，明明如此清晰明显，却纵横划劈了太多杂线，让他那原本长长的生命线，有了太多横折竖断。

她侧过自己的手掌，将他的手掌摊开，又张开自己的手掌，将两条生命线紧紧相贴于一起，再无任何隔阂。

仿佛他们以后的人生，将如这两条紧贴的生命线一样，永远相连。

而他紧握着她的手，慢慢抬起，将双唇温柔而虔诚地贴在她的手背上："阿南，以后我活的每一天，我们都不要分离。"

他的唇瓣如此柔软，让阿南的心口不禁微颤："阿琰，你是朝廷皇太孙，将来要继承天下的人……你真的，能舍下这一切吗？"

"属于朝廷的皇太孙朱聿恒，已经死在西南雪山之巅了，留在这世间的，是属于阿南的阿琰……我能为这个天下、朝廷、东宫所做的，仅此而已了。"他说着，抬眼朝她一笑，"然后，我会努力地、好好地和你一起，活下去。活在接下来的春天里……很多很多个春天里。"

他握紧手中岐中易，又道："而且，我还要解很多你给我做的岐中易呢。"

阿南也笑了，抬手掩去自己眼中的泪光："这是最后的岐中易啦，以我的能力，已经不知道该如何再提升了。你若能解开它，说明你已经是举世无双的高手，以后再也没有难得住你的机关阵法了。"

"举世无双吗……"他端详着面前这个立体勾连的岐中易，三指微撑，将它展开呈一个圆球形，托在自己的掌中。

"可，无双多寂寞，能追上你就很好。"他望着她，火光在他的眼中跳动，灼灼微燃，"我忽然有点感谢竺星河，他的五行诀和迷阵，似乎让我抓到了一些关于这个岐中易的破解之法。"

阿南蜷在椅内，托腮着迷地望着他手指那有力又精准的操作，眼看着他将纠缠勾连的铜环飞速穿插拆解。

"之前，我所遇到的所有岐中易、九连环，其实都只是平面相连，在纸上可以清楚准确地画出它们的结构。但你这个初辟鸿蒙，却是一个无法描摹的构造，因为它不但有外围的圆，还有中间无序勾连、纵横交错的结构，将内外上下前后左右全部连通。其他的岐中易，牵一发带动的只是相连各环，而它动的却是全部圈环，相当于下棋走一步之后，后面成百上千步同时涌来，将你下一步面临的局势彻底改写……"

他的语气轻描淡写，下手却无比慎重，仿佛那小小的铜环每一个都有千万斤之重，他每托举一个，便如开辟一个全新世界般凝重；但他的动作又那么轻巧，似乎正在释解鸿蒙初开之时，最初的几缕微弱光线。

"而我在破解竺星河那五行诀的诡秘之处，思索他如何能在山海之中神不知鬼不觉地排山倒海、变幻道路之时，忽然想到了一个可能——

"竺星河，他不仅仅是在大地之上设置他的阵法，而是将他的阵法延伸到了空中与地下，所以才能凭空开辟出全新的道路，彻底改变我们熟悉的空间。"

这才是所谓的天雷无妄之阵。他偷取了不可能到达的路线，突破了空间的障碍，终于拥有这改天换地的力量。

阿南听着他的分析，看着他手中那仿佛永不可能分解却终究被他缓缓扯出了第一缕头绪的岐中易，感觉自己全身的毛孔都张了开来。

这种醍醐灌顶的通彻感，让她屏息许久，才缓缓吐出几个字："原来……如此。"

"是，解开了竺星河的阵法，我也终于明白了初辟鸿蒙的解法。"他的手中，无数片铜环轻微振动，正要脱出，而他已不需要再查看它们每一片的走势，将目光定在她的身上，唇角也露出一丝如释重负的轻快笑意。

"若无心上人，谁解岐中易？阿南，你说，你一次又一次给我做岐中易，教导我解开其中的关窍勾连，是不是，你也早已心中有了我，希望我能知晓其中之意？"

阿南抬手捂住自己的脸颊，感觉在他的目光下变得灼热："别自作多情了……"

"是吗？原来是我想多了？"

随着他的话语，掌心岐中易一阵清响，在一片混乱复杂的局势之中，他解下了第一片铜环，在阿南不可思议的目光之中，将它轻轻放在了她的手心。

"毕竟，我这么努力，疯狂地逼自己进步，竭力拉近你我的距离，除了要自救，我还想要很多……"他握着她摊开的掌心，抬眼凝望她，"妄想实现一些实现不了的梦想，得到一个得不到的人，到达一个到达不了的地方……"

他指尖拨动，将第二个铜环解了下来，继续放在她的面前。

初辟鸿蒙解开了第一步，他便已揪住了整个岐中易的关键，只要循着这基本的思路，便能懂得如何破解这四面八方纵横交错的构造，处理这千变万化牵一发动全身的局面。

"你会到达你想要到达的地方，得到你想要的一切，当然，也会实现你想要实现的理想。连你想要的人……"阿南握紧了手中的铜环，将它们贴在心口，与他对望，"你也已经得到了。"

听到她肯定的回答，他的脸上，终于露出释然而欣慰的笑容。

"可是，我还想要东宫好好的，想要父亲顺利登基，想要母亲不必白发人送黑发人，想要祖父安然传位，想要弟妹们都得保全……"

他说了许多，但就是没有自己。

于是阿南便问："那你呢？"

他望着阿南，目光中含了千言万语，最终，却只轻声道："我……想要活下去。活在有你的天地间。"

阿南抬手轻抚他的鬓发，就像抚慰一个茫然找不到归宿的孩子。

"会的，阿琰。我们会一起活下去，活到很老很老的时候。孩子们围绕在我们的床边，问我们，还有什么愿望吗？我们说，把我们埋在向阳的地方吧，这样，我们能一直暖暖地晒着太阳，一直开开心心的……"

最后一个岐中易已解开，灯光逐渐微弱，而他们相拥在一起，声音也越来越低，直至不再响起。

所有一切都不再需要宣之于口，他们已明了了彼此的一切。

尽管他们面前的料峭初春，依旧寒意浓重。

但只要他们能相拥彼此，便恍如沐浴在最和暖的日光下，再无肃杀寒凉。

三月初五，太祖二十四周年忌辰。

天气本就异常，大祭前夜又突然严寒逼来，梅花山上万千花树，初生花蕾全被冻在了冰凌中，生生摧折。

纵使天气极寒，皇帝依旧亲至顺陵主持大祭，皇太子副祭，皇太孙陪祭。

监察御史率队，礼部尚书主礼，一百二十人肃立于雪风之中列队。几位老臣在麻衣内穿上了三四层夹袄，可上天仿佛故意作弄，已是这般寒冷天气，二更天时，城外山中居然开始飘雪了。

三更一点，风拂白幡，这场雪竟越下越大。顺陵卫提八对素白灯笼在前方引路，众人顶风冒雪，列长队进入大金门。

过了大金门，皇帝下马，领着太子太孙步行谒陵。

风卷起雪花打在所有人身上脸上，眼睛都难以睁开。耳边只听风声呼啸，朱聿恒见没踝积雪让祖父与父亲都是步履艰难，便示意随身的侍卫搀扶好他们，自己则快行几步，率先前进。

素白风灯在风雪中半明半晦，引领祭祀队伍过了御河，进入呈北斗七星形状的神道。

神道边的松柏堆积了风雪，灯光下只见深深浅浅的白色起伏如波，周围唯见惨白。

所幸神道旁相隔不远便有狮象麒麟獬豸骆驼等石像分立，祭祀队伍只需沿着石像往前即可。

经过十二对石兽后，众人折向正北，却忽然都停了下来，个个面面相觑。

朱聿恒看向前方景象，心下不觉大震，在风雪中回头召唤："荣国公。"

荣国公衰岫是此次顺陵祭祀安护，听到皇太孙召唤，他立即折返，回来听命。

朱聿恒指着前方问："望柱哪儿去了？"

望柱原本在十二对石像后的转弯处，高达两丈，雕镂云龙纹饰。而望柱之后，更是有高大的翁仲夹道而立。

可此时他们举目望去，前后左右只见一片白茫茫，被雪覆盖的地表略微起伏，哪有望柱和翁仲的影子？

甚至，前方漫漫风雪中，陵寝内高大的文武方门、享殿也毫无踪迹。

饶是这样的寒夜风雪中，荥国公的额头也沁出了一层汗珠："待老臣率一队人马，往前方查探一下，是否雪夜晦暗，一时失察，走岔了山道……"

"顺陵中只辟了这一条神道，如何会走岔？"

荥国公无言以答。朱聿恒也不等他回答，带着身边侍卫们，向前方搜索而去，以确定身旁是障眼法，还是真的变了环境。

八个顺陵卫提着灯笼，如扇形排开，踏着积雪向着北方谨慎探路，查找原本应该立于尽头的望柱。

朱聿恒与荥国公随后查看地势，缓步向前。

尚未走出几丈远，一个卫士"啊"地失声惊叫，脚下踏空，陷在了雪中，头破血流。

旁边卫士忙赶上前将他拉上来，一看他陷落的地方，都是震惊不已。

汉白玉石板铺设的平整神道，在雪中已不见踪迹，下方是荒草覆没的沟堑，被大雪遮掩如平地，难怪那士兵一时不察便失足了。

朱聿恒的脑中，闪过榆木川的雨雪交加中，离奇消失于前方的宣府；以及在横断山的暗夜中，莫名被截断成悬崖的山道。

他回过头，与身后一个穿着侍卫服色的人四目相望。

两人虽然都未曾开口，但眼神中都流露出"来了"的意味，绷紧的神经中，又不觉带了一种引人入彀的愉快感。

朱聿恒吩咐众人先行止步，示意侍卫与自己一起回到皇帝与太子身边，压低声音将这番怪异情形轻声禀报了一番。

皇帝重伤初愈，太子身形臃肿肥胖又有足疾，两人午夜冒雪走了这么久，已是困顿不堪。听朱聿恒描述前方情形，皇帝心下惊怒，回头瞥了文武百官一眼，压低声音问："这情形，与榆木川那一日，似乎相同？"

朱聿恒点了一下头："显然是那些人故技重施，竟敢在顺陵再度动下手脚。"

皇帝怒不可遏："混账东西，胆大包天！"

太子则问朱聿恒："现下咱们如何为好？"

"请圣上与父王不必担心，交由我等处理即可。"朱聿恒嘱咐侍卫护好皇帝与太子，示意众人在风雪中掉转队伍，往下走去。

祭祀队伍抬着牛羊猪，捧着鸡鸭鱼，搀扶着老弱，惴惴不安地回转。

雪天路滑，神道虽然平整，但毕竟是斜坡，随同祭祀的老臣个个收不住脚，年纪最大的太常寺卿更是一个滑跤便跌在了雪地上。

太子忙命人搀住他，查看是否受伤。

众人惊惧莫名，不知在这皇帝、太子、太孙三代谒陵之时，山陵内两次迷失到底为何。有些不太老成的，在这风雪陵寝之中，已经开始瑟瑟发抖。

皇帝一言不发，袍袖一拂，率先下山。

神道不过一二里，向下走又比向上走更快，不多久众人走回御河边，看到神功圣德碑亭依旧静静矗立在风雪之中。

一切看来并无任何异状。

想着原定于五更天在享殿进行的祭祀，皇帝心下难安，看向朱聿恒。

朱聿恒神情如常，只走到道旁第一对神兽边，抬手抹掉了上面覆盖的雪，摸到了冰冷坚硬的石刻神兽。

灯光下，前方风雪弥漫，依稀只一两尊石兽隐约而现。

顺陵神道的石兽，巨大无匹，其中最大的石像重达十五六万斤。当初为了将它们运抵顺陵神道，正是趁着冬季，在路面上洒水成冰，再以滚木为轮，由千百民夫牵推到神道边上，永世不移。

他回头看向身后那个"侍卫"，对方向他点了一下头，示意无误。

这些仿佛可以亘古守护顺陵的石兽，在积雪中越显高大庄严。

"陛下您看，此间情形，与那日榆木川，岂非一模一样？"朱聿恒走到皇帝身边，低声道，"无论如何，当日榆木川之仇，今日孙儿定要做个了断！"

皇帝抬头看向上方，此时北风愈紧，雪花稍缓，能隐约看见上方的文武方门和享殿，因为大雪也遮不住那些雄浑的轮廓。

然而，就这么抬眼可见的距离，他们却怎么都走不上去。

风雪之中灯光晃动摇曳，朱聿恒看到祖父的脸色略显灰败。

大祭时辰将至，而君臣被困于神道之上不得叩拜山陵，此事一旦被天下人知晓，必定朝野人心浮动，引发无数风波。

但，皇帝最终掩去了愠怒，只抬手紧按朱聿恒的肩，道："好，那朕今日便在此处，看朕的好圣孙破阵！"

朱聿恒郑重点头，握了握随在他身边那个"侍卫"之手，示意他在这里陪护自己的祖父与父亲。

侍卫略一迟疑，低声问他："阵法布置，你已经探明了？"

他点了一下头，说道："八九不离十，只是未能探测到阵法枢纽，还需要略加计算。"

侍卫便再不多言，握了握他的手，转身向着皇帝与太子快步而去。

朱聿恒目送他护送皇帝与太子至神功圣德碑亭檐下，回头吩咐荣国公："调集两百顺陵卫，人手一盏灯笼，听候差遣。"

顺陵卫有五千之数，多驻扎在陵园之外，荣国公一声令下，立即便调集了两百精壮过来。

朱聿恒传令，所有卫兵携带灯火上山。

但与之前不同，两百人并不是全部跟上去，而是分布在神道上，十步一人，提着灯笼站立在道中，照亮神道。

暗夜风雪中，灯笼的光依稀勾勒出整条神道的走向与轮廓，与往日一般向西北而上，如斗柄弯折，毫无异状。

唯一的角度、唯一的方向，却让祭陵的一百二十人尽数迷失，仿佛天地间有个看不见的洞窟正在前方张大巨口，将空间彻底吞吃。

一旁正替太常寺卿揉着脚踝的小宦官，张了张嘴，小声嗫嚅道："这……这难道是民间俗谓的鬼打……"

话未出口，他发现周围不少人都看向他，吓得他立即止住了自己的话，把后面的"墙"字吞到了口中，跪伏于地，浑身颤抖不敢抬头。

"荒唐！"朱聿恒朗声道，"太祖圣陵，何来山野诡谈之说？以本王之见，必是这场风雪迷乱了眼目，或是有人胆大妄为，竟敢在太祖山陵装神弄鬼！"

说罢，他抓过旁边人手中的火把，示意荣国公及诸葛嘉率人跟上："走，随本王一探究竟。"

顺陵卫们打着灯笼，如一条火龙自幽暗的山间蜿蜒。

神道上依然是狂风暴雪，天寒路滑。但每走一段路，率先引路的荣国公便会抬手抹去堆在神兽上的积雪，露出下方坚硬的石质，确定神道并无异常。

待到十二对或站或蹲的神兽走过，神道也已到了拐弯之处。

只是，一拐弯之后，他们面前出现的，依然是苍茫的风雪大地，像是走到了天地间一个惨白深渊中，前方及左右，全不见望柱、翁仲与文武方门的踪迹。

朱聿恒的目光在风雪笼罩的山丘上扫过，思忖着竺星河要如何在这神道之上，创造出空中楼阁。

回头看荣国公跟在身后，神情与旁人一般紧张，朱聿恒不动声色地走到他身边，不谈顺陵之事，却问起了其他："国公可知，李太师前日于家中辞世之事？"

荣国公一脸沉痛，道："老臣与李太师多年相交，听闻噩耗，至今恍惚。"

"国公与太师总角之交，六十年莫逆，真叫人敬佩。"

荣国公神情微动，口唇嗫嚅了一下，却并未说什么。

而朱聿恒已经转换了话题，看向神道旁边的石象石马，问："荣国公适才已经验看过了，这是原来的石雕吧？"

被积雪厚厚覆盖的神兽，只留下高大的形状，唯有腰间被荣国公拂开了一层积雪，露出了下面的巨石痕迹。

荣国公神情不定："这……如此巨大的石像，当初要花费千百人才能将其艰难运送过来，若不是原来的，难道……还有其他假冒可能？"

"若是石像，自然不可能，但如果……"朱聿恒朝他笑了笑，抓紧手中的火把，向着面前巨大的石像重重挥去，"它不是石头呢？"

火把直击被积雪掩埋的石像，火光与碎雪同时迸射，高大的神兽竟被火把击出一个大缺口，周围人不约而同发出惊呼。

那高大的石像，竟然只是树枝加积雪堆成，徒具石像模样而已。

诸葛嘉的目光落在那被荣国公指出的石头上，抬手一掰，那薄薄的灰白石片应声而落。

原来，整堆积雪之上，只有这几处显露出来的地方贴了石片。而众人被风雪所迷，荣国公已经率先扫开了积雪，确定底下是石头，谁还会将整座石像上的积雪都扫清查看？

见这边的石像有异，把守神道的顺陵卫立即将其他的石马神兽推倒，一时间惊呼声此起彼伏。

"这边的獬豸也是雪堆！"

"这边……麒麟身上有一半是雪堆！"

荣国公站在神道之上，一时震惊得久久无法回神。

而朱聿恒却只瞥了他一眼，返回到神道第一对石狮旁，抓过顺陵卫的长矛，向着狮身上方扫去。

上方一尺来高的积雪被一扫而下，狮子顿时矮了一截。

廖素亭"咦"了一声，道："这狮子，怎么好像变矮了？"

"不是狮子变矮了，而是我们的神道变高了。"朱聿恒冷冷道，"有人在顺陵中，变出了另一条道路。"

"殿下，如此情势之下便别开玩笑了吧，这里明明只有我们走惯的这一条道，哪来另一条？"荥国公强笑道，"再说了，道旁还有这么多高大神兽夹道，新路能往哪边辟去，才可将神兽全部遮掩？"

朱聿恒听若不闻，只向前再走一段，迈到第二对神兽獬豸旁边，然后挥手扫雪。

那看起来如以往一般高大的獬豸，居然有半身都是雪，其余的全都埋在雪下，与站在道旁的他们竟差不多齐平了。

朱聿恒指着面前这陡然变矮的石兽，开口道："脚下。"

众人知道他是在回答荥国公刚刚的问话，望着那矮了半截的神兽，一时都是面面相觑。

诸葛嘉踩着下方坚实的道路，显然想起了当初在榆木川迷路时的情形，忍不住问："殿下是指，风雪弥漫将路垫高了？可是，即使风雪再大，也不可能将原来的道路彻底掩埋吧……"

"确实不可能。但有人借助此时天气，在山陵地形上抬高一层，在空中微不可察地偏转角度，让我们凌空走到了另一座山头。而风雪让我们感觉迟钝，以为滑跷难走是顶风冒雪的原因，其实，这是神道的坡度与夹角都变大了，所以导致上行艰难！"

荥国公惊慌地踩着脚下道路，道："可臣等每日来此布防，甚至昨日还巡视了一番，如此浩大的神道……就算神兽石像是雪堆的，人力也不可能在昼夜之间办到啊！"

诸葛嘉也有些迟疑："属下听说，当年建造这条神道发动数万民夫，花费数月才堆建而成，如今这短短时间，就算对方能撒豆成兵飞速改道，咱们守陵的这么多人，也不可能不察觉啊！"

"何须那么多人，那么大动静？"朱聿恒一指天空纷纷扬扬的雪，道，"这严寒天气帮了对方大忙，他只需要几个人加以配合，立即便能搬山倒海，做到这一切！"

说罢，他抓起一盏纸皮灯笼，率众人大步走向神道中央。

神道旁伪装的雪塑已被清除，他以步数丈量，借两边逐渐隐没的石像为参考，在走了约有百十来步之后，脚步才慢了下来，寻到了自己要找的那一处关键所在。

毫不犹豫地，他示意众人与自己一起，将手中灯笼一把抛向那一段神道之上。

数十个灯笼与火把一起抛下，灯笼中的蜡烛倾覆，外面的纸皮连同竹骨架顿时熊熊燃烧。

不消片刻，下方的雪道顿时开始融化。

消融的冰雪下，露出的赫然是冻在冰中的秸秆。

冰块中间夹杂了秸秆，便冻得极为坚硬，五大三粗的侍卫们一拥而上，向着地下一脚踹去，却始终未能将其捣毁。

直到下方传递来柴火，在冰道上燃烧，下方才被轰然烧穿一个洞。

就在火堆坠下的刹那，朱聿恒已高高跃起，直击下方机关枢纽的最中心。

霎时间，眼前大雪弥漫。轰然声响中，脚下神道剧烈震荡，带着朱聿恒急速向下坠去。

但朱聿恒早已推算过下方的结构，在他率众走过神道的那一刻，下方每一个受力点便都已在他脑中清晰呈现。

在下坠之际，他的日月出手，钩住旁边的立柱，在空中稍顿。夜明珠的光华一闪而过，让他瞥见了晃荡之中，地下支撑的结构。

如他所料，这条假神道正是数根木头搭成的叠梁拱形状。交错搭置的竖梁由横梁相卡分摊荷载，上面越是重物相压，下方结构便越显稳定。

而在这几根木头叠成的架构之上，铺上一排厚厚秸秆，再浇水湿透，被牢牢冻住之后，便成了一条坚实无比、向上延伸的天路，彻底覆盖并偏离了原来的神道，将所有人指引到了预先设好的陷阱埋伏之中。

这便是突破了空间限制的五行诀之力。大如榆木川的山脊，小如横断山夜间山道，只要借助天象地形，便能以结构交错之力将一切延伸至空中、地下，凭空营造出改天换地的效果。

而这也是五行诀转变了道路与方向之后，为什么都需要一个"陷阱"作为后手配合的原因——

因为，无论是在榆木川以叠梁拱改换山脊，还是在横断山中凭空造出一个悬崖，抑或是在这山陵之中转换神道，都必须妥善处理这个多出来的空洞，否则，设阵手法便难免出漏洞。

而如果这空间变成了陷阱，便能埋伏下潜藏杀招，于天罗地网后再翻出森罗地狱，无人能逃。

电光石火的瞬间，朱聿恒查明下方结构，印证自己的猜测后，随即落于木梁构造间隙中。

如他所料，阵法构造薄弱处被击破的刹那，潜藏的陷阱立即发动。

劈面风声响起，暗处坍塌震颤声传来，机关已发动自毁，叠梁拱的所有梁柱一起向着朱聿恒重重压了下来。

在坍塌的刹那，朱聿恒手中日月收紧，身躯一翻，疾跃上卷，抓住叠梁凹处略缓了一缓，随即提气上跃，穿透下压的冰雪与梁柱，纵身跃出黑暗。

但，就在他脱困之际，面前炫光连闪，一圈光华已笼罩住了他。

是横断山脉中那具日月，幽光熹微，从漫天夜雪中破出，向他袭来。

朱聿恒夷然不惧，毕竟对方并无棋九步之能，只是仗着武器锋利，操控日月的手段却并不高明。

神道坍塌，剧烈摇晃中周围人早已不见，朱聿恒手中华光闪动，迎击对方日月。

但，就在必中的刹那，他的日月骤然散乱。而对方的日月却陡然暴起，在原本只能控制一波发射的基础之上，又更增一层，如沧海水浪，层迭推来。

短短时间之内，对方手法突变，大出朱聿恒意料。

猝不及防下，他催动日月回防，阻断对方攻势。

然而，对方手中原本平推的第二波攻势，忽然倾斜散乱，以完全不可能的角度，向着他扑击而来。

六十余枚利刃，仿佛突然脱离了控制，打出了第三波无序攻势。

朱聿恒的日月虽然回防，但根本无法在片刻间防守住那混乱无序的进击，转瞬之间，对方的日月已在他的身上擦过，割出数道伤痕。

但也就在这一瞬间，他眼角余光瞥见了杂沓薄刃之中，一道莹润的银光，如彗星袭月，穿透纷繁光华向他袭来。

竺星河的春风。

朱聿恒立即明白了，为什么对方能突飞猛进，让日月发出多道攻击。

竺星河的春风，能影响甚至驱动日月轨迹；而对方的日月便是借春风之力，拥有了数重攻击之力，模拟出了棋九步之威。

黑暗中风雪弥漫，春风携万千日月之光向他袭来。朱聿恒如今身体尚未平衡，在他们的联手夹攻之下，唯有迅速以日月护住全身，光芒纵横滴水不漏。

可惜竺星河本就是最擅长预判方位之人，他手里的春风是短武器，比需要天蚕丝操控的日月更为迅捷，无孔不入。

只听得轻微的"嚓"一声，竺星河已经抓住日月纵横间微不可察的缝隙，转瞬即逝的光芒直刺进了朱聿恒全身的光华之中。

朱聿恒反应神速，硬生生凭着手中日月偏斜的角度，立即回防自己的要害部位，抵住了春风的入侵。

就在春风被阻得缓了一缓的刹那，风雪中流光乍现，卡住了那缕直刺朱聿恒的银白光芒，硬生生将它停在了朱聿恒胸口半寸处。

春风受制，竺星河的手在空中滞了一下，下意识瞥向流光来处。

一身侍卫服制的阿南，正将臂上的流光一收，向着这边奔来。

脚下的叠梁拱已经摇摇欲坠，风雪中发出"咔咔"的可怕巨声，即将散架。

而她踏着动荡的地面飞奔而来，不管不顾，坚定地落在了朱聿恒的身旁。

朱聿恒虽然并未中招，但身上的衣服已被春风的气旋割出道道破碎血痕。他退了半步，与她并肩而立，与面前二人在剧烈的晃荡中对峙。

阿南的目光落在竺星河的身上。他一身缟素，手持春风，站在横乱雪风之中，依旧是皎洁高雅的模样，只是他的脸上，蒙了一层面纱，遮住了真面目。

阿南的目光下移，迅速扫了他的手一眼。

那双原本修长白皙的手上，尽是斑斑黑痕，伴随着溃烂的血痂，触目惊心。

魏先生的药方确切无误，竺星河这辈子，都要全身带着这难以愈合、无法见人的疤痕，度过余生了。

她的心口像是堵住了，好一阵难受。

曾经视若性命的男人，如今终究变成了站在对面的敌人，明明白白，无可躲避。

竺星河的目光转过她的面容，瞥向了她身旁的朱聿恒，一贯疏淡的眸子中，跳动着仇恨嗜血的火焰，令人心惊。

"阿南，这是我们朱家的恩怨。你若是还顾念旧情，就别横插一脚。"

阿南扬声道："公子，你在我心中，一直是光风霁月的坦荡君子，何必与蛇鼠为伍，在你先祖大祭中，搅出这么大的风浪？"

"呵，此处不过是山陵外围，惊扰不了宝顶之上的太祖皇帝。我也要让他老人家在泉下睁开眼看看，他的不肖子孙们，为了争权夺利，如何残害手足、屠杀至亲！"竺星河一指后方皇帝与太子所在的碑亭之处，厉声道，"相信太祖皇帝在天有灵，必会除邪惩恶，主持公道！"

青衣人在旁阴恻恻地道："跟他们废什么话，时辰已到，该是以血洗血之时了！"

春风声波飒急，催动日月薄刃，横斜间如万花迷眼，纷乱万端。

脚下叠梁拱剧烈动荡，眼见便要坍塌，风雪骤急，声波紊乱，双方都掌控不好自己的日月。

唯有阿南的流光，迅疾尖锐，一点寒光穿越所有纷争，直射向韩广霆的要害。

韩广霆早已察觉到她的动作，手中日月一放，任由竺星河以春风掌控它，指尖疾收，万象瞬间自他手中呈现。

阿南的流光顿时停了下来，只在他面前一掠而回。

她捂住自己的心口，趔趄后退。

是心口埋藏的那枚六极雷，爆开了。

地面动荡，她身躯失衡倾倒，眼看要被机关吞噬。

朱聿恒立即撒手，不顾那些即将毁伤自己身躯的利刃，转身向阿南扑去，将她的手一把抓住，不让她掉进下方坍塌的机关。

身后日月飞旋，将他后背绞得血肉模糊。

他拉住阿南的手却纹丝未动，仅凭左臂单手操控日月护住自己，在杂乱的相击声中，薄刃彼此飞击，珠玉破碎，与此时的飞雪一般无二。

阿南心口绞痛，只凭着最后一口气，死死抓着朱聿恒的手。

"哼，西南雪峰上，老夫发动你天灵玉刺，你竟侥幸逃得一命，这一次，我看你怎么逃！"

竺星河在旁脸色微变，正一迟疑之间，但见他手指一松，手中粉末已随风而去。

竺星河抿紧双唇，却终于未再开口。

而青衣人看着死死拉住阿南不肯放手的朱聿恒，阴森森笑道："好一对同命鸳鸯，死也不肯放手逃生。也幸好她心口这枚是应天刺，而你的督脉早已损毁，牵动不了你的血脉！"

阿南左手抓住朱聿恒，右手在动荡扭曲的叠梁拱上狠命一按，终于翻身爬了上来。

她剧烈喘息着，死死盯着面前的青衣人，问："这么说，我身上的六极雷，阿琰身上的'山河社稷图'，全都是你搞的鬼？！"

"呵，什么叫搞鬼？当年若不是为了争夺天下，朱家人苦苦哀求，我又怎么会想出这惊世骇俗的法子，重启天下八个死阵，掀起这般狂风巨浪？"脸上僵死的人皮面具亦挡不住疯癫狂笑的模样，他一指山巅明楼宝顶，厉声道，"冤仇有解，血债血偿！今日便是你们所有人的死期！"

"你怎么知道，我会死？"看着他那癫狂模样，靠在朱聿恒身上的阿南却忽然直起了身子，朝着他冷冷一笑。

本以为她该因心脏受损失去意识的青衣人，见她居然恢复如常，正在错愕之间，却听阿南又道："那你又知不知道，当初在神女山上，我是怎么从你的六极雷下逃出来的？"

青衣人心下一闪念，猛然瞪大了眼，失声问："傅准……"

话音未落，只听得空中振翅之声传来，一只碧羽辉煌的孔雀穿破横斜雪花，飞到了即将坍塌的神道之上，在空中久久盘旋。

神道一侧斜下方，孔雀起飞之处，风雪中站着一条清瘦修长的身影，面容苍白，在雪中捂嘴轻咳，正是傅准。

见青衣人向自己看来，傅准脸上露出一个难看的笑容，朝他点了一下头。

"他竟敢……"青衣人咬牙切齿，"违逆我的指令，将你身上最要紧的两处玉刺给拔除了！"

"不是拔除，他可没有你这么丧心病狂，一开始他就只对我四肢下手而已，心脑之中的，减了分量，不会致死。"阿南说着，挥手向着傅准打了个手势，"既然你能以玄霜控制胁迫他，就要做好被他反噬的准备！"

孔雀俯冲而下，夜空中听不见的声波荡开，耳膜剧震。

他们立即明白吉祥天身上携带了希声，唯有按住耳郭，以免失去意识。谁知双手按住耳郭之际，口鼻一凉，混杂在风雪中的香甜味已经冲入了他们的呼吸中。

"黑烟曼陀罗……"青衣人闷哼一声，身体一重，脚下叠梁拱轧轧作响，已经再也承受不住压力。

而阿南与朱聿恒显然预先有解药，此时毫无异样。

青衣人一咬牙，对竺星河道："我来挡住他们，趁如今还能动弹，无论如何，今日大事必成！"

竺星河一言不发，拔身而起，踏着动荡的叠梁拱，向着皇帝与太子所在的神功圣德碑亭冲去。

在他的冲击踩踏之下，神道之上的叠梁拱终于支撑不住，向着前方轰然坍塌。

竺星河便如踏着一条崩塌的火线，向着前方燃烧，即将把一切化为乌有。

朱聿恒与韩广霆日月相缠，一时无法脱身，阿南立即追击上前，去阻拦竺星河疯狂的攻势。

但前方的叠梁拱被他踩塌，她脚步虚浮，跌跌撞撞间勉强维持平衡，却根本无法追上他。

眼看他便要飞扑向神道尽头，阿南手中的流光骤然飞射向竺星河的背心，希望能阻住他疯狂的去势。

但，他身影飘忽不定，在风声中自然而然地侧身闪避，流光转瞬擦过，只钩住了他的腰间衣襟，撕扯出一道大口子。

风雪之中，一个发着亮蓝色幽光的东西从他的怀中飘落，被风雪卷裹着，迅速地滑过阿南的面前。

阿南下意识抬起手，将它一把抓住。

她停了下来，右手微微颤抖，不敢置信地瞪大眼睛，摊开自己的手，看向那被风雪送来的东西。

一只墨蓝色的绢缎蜻蜓。

在周围呼啸凌乱的风雪之中，散乱的天光与火光在它半透明的翅膀上一闪而过，耀出一轮轮光彩，格外绚烂。

前面竺星河的身子，也缓了一缓，下意识地，他回头看向她。

阿南紧握着蜻蜓，只觉得心口猛烈刺痛，仿佛被捅过一刀的陈年旧伤，如今又再度被撕开血痂，将最深的伤口又重新呈现了出来。

她直直盯着竺星河，呼吸沉重，令手心的蜻蜓翅膀微颤，瑟瑟轻抖。

"你……怎么还有蜻蜓？"

她记得，这蜻蜓原是一对。自己送给竺星河的那只，被他潜入宫中之时，遗落在了大火之中，就此损毁。

而她那一只，在她下决心忘却一切过往、忘却对公子的迷恋时，放飞在了大漠风沙之中，消失于天边。

为什么，被她遗弃的这只蜻蜓，如今又出现在他的身边，被他如此珍藏着？

仿佛看出了她眼中的疑惑与震惊，竺星河如同浓墨般的眉眼盯着这熠熠生辉的蜻蜓，眼中疯狂的戾气也似抹除了几分。

他想告诉她，在玉门关，知晓她去意已决的时候，他终于强迫自己放下了二十多年的固执自傲，改换了衣装，进敦煌去找她。

可大漠中，落日下，他一抬头看到了孤城之上，紧紧相拥的二人。

曾经紧跟在他身后、希望他能回头看一眼自己的人，如今靠在了别人的肩上，与他最恨的人紧紧相依偎。

那一刻，整个天地都被长河落日染成了昏黄，风沙仿佛狠狠穿过了他的胸膛，将他的心击出了一个永难弥补的空洞。

他一直知道自己是不可能和阿南在一起的。他的人生在黄金台上，高不可攀，众生都要仰望他。这世上，没人有资格与他相偕一生，没有人配得上他的倾心爱慕。

即使是与他无数次浴血奋战的阿南，即使他的目光早已不自觉地停在她的身上。

他其实也曾想过，如果是阿南的话，以后若是大事成就，他会允许她一直待在自己的身边，他也会给她最好的待遇，给她应得的名分，适当的温柔与纵容。

他一直是这样以为，也是这样决定的。

可谁知道，回到了陆上之后，她会遇到别的人，她的心也会渐渐转移，直至最终将一切投注于另一个人身上，而那个人，却刚好是他最大的仇敌、他最想要除掉的人。

而他亲眼看着她投入别人的怀抱，亲眼看到她遗弃了他们的定情信物。

这陈年往事中她为他制作的蜻蜓，在风沙中直飞向天空尽头，原本该彻底在这个世上消失。

但，他却掉转了马头，向着落日追去。

在风沙中，他以五行诀追寻风向聚散，穿越那茫茫的金黄沙砾、如割风刀，终于找到了沙丘之上被尘土埋了半截的蜻蜓。

他将这被遗弃的蜻蜓紧紧握在手中，在已经转为暗紫色的暮色之中，伫立了许久。

直到暮紫散去，天河倒悬，他才如梦初醒，在星空之下，大漠风沙之中，抽出了蜻蜓的口唇，取出了里面的纸卷，捏碎蜡封。

那上面，很久以前他写给她的话，依旧墨迹如新——

星河耿耿，永倾司南。

这是她在做好蜻蜓之后，缠着他说要有他的东西作镇，于是他便给她写了两行字，并且亲手封蜡放入其中。

南方之南，星之璨璨。

星河耿耿，永倾司南。

那时阿南问他写了什么，他却不肯回答，只告诉她说，等到适当的时机，她可以再打开来看。

她不满地噘嘴，问什么是适当的时机。

他笑而不答，心想，或许是，他终于完成了人生中最重要的事情，可以给她安定未来的时候吧。

她一直很听他的话，看这纸条蜡封的模样，她也确实未曾取出来看过。

其实在放进去的时候，他还曾有些遗憾地想，阿南这样的人，也未必能看得懂吧。

毕竟，她回到陆上之后，学会的曲子也不过就是些“我事事村你般般丑”之类的乡野俚曲，又哪里会懂得他在南方之南中寄托的心意。

只是走到如今这一步，懂不懂，爱或者恨，也都没有意义了。

隔着暴乱夜雪，阿南就在不远处。

她紧握着蜻蜓望着他，如以往多次那般，对他说道："公子，回头吧……前面已经没有路了。"

而他深深地望着她，恨意深浓："确实没有路了，今生今世，我面临的，只有绝路。"

父皇驾崩时，他曾跪伏于父皇的遗体之前，流泪发誓。

今生今世，无论付出多大的代价，他必要夺回属于父母的、属于他的、属于所有追随他逃亡旧臣们的一切。

九重宫阙之上，接受万民朝拜、指点千山万水的至尊，本该是他。

他如何能接受自己这一辈子，成为一个苟活于蛮荒海岛之上，最终子子孙孙飘零海外、朽烂成泥的蛮夷。

可如今，一切皆成泡影，异族难求，内乱已平，就连他也自食恶果，成了一个浑身奇痒渗血的怪物。

再忠诚的旧属，也不可能拥戴一个无脸见人的亡命皇子，更何况如今"山河社稷图"悉数被清除，助力被全部摧毁，他已一无所有。

但至少，他不会放过仇人，不会容忍他们继续在这世上占据原本该属于他的一切，逍遥快活。

"我，总得有面目，去见我的父母！"

阿南眼前如电般闪过老主人去世的那一日汹涌澎湃地拍击在山崖上的海浪，以及夹杂在海浪之中，公子那压抑而撕心裂肺的哭喊声。

那时候年少的她并不知道，这里面夹杂了多少血泪，彻底改变了公子的一生。

从那一刻起，他在这世上生存的唯一目的，就是将仇家送入地狱。

尚未等她从惊悸中回神，竺星河已狠狠转身，向着面前的四方城扑去。

她只听到他留下了最后的一句话——

"阿南，别过来……"

他的身躯向后仰去，扑向了神道尽头那座被无数灯火映照的、停歇着皇帝与太子的碑亭。

这是皇帝登基之后所建，里面立着他为显耀功绩、抚慰人心所立神功圣德碑，原非顺陵一部分。

森冷的风雪之中，阿南忽然意识到了竺星河要干什么。

他中了黑烟曼陀罗，已经再没办法远程操控他设下的阵法中枢，如今唯一能启动那必死之阵的手段，只有……

她疯狂前冲，抬手抓去，却只将手中蜻蜓一把甩了出去，尾部的金线被她一把扯掉。

蜻蜓体内的机栝顿时启动，轻微的"嗡"一声，这墨蓝的蜻蜓振翅而起，金光流动，灿烂无比地盘旋着，在这黑暗的风雪中，画出流转的光线，带着令人窒息的美。

而竺星河的目光，穿透黑暗，最后望了她一眼。

他身上的白衣如同一只蜉蝣的翅翼，招展着，又被黑暗彻底吞没。

在最后的一刻，他的眼前，忽然闪过了某一日某一处的海上，红衣似火的阿南，站在碧蓝的海天之中，海风猎猎吹起她的衣袖。

不记得具体的时间，也不记得具体的地点，只记得那时日光灿烂地照在她的脸上，她的笑容比粼粼碧波更为动人。

他狠狠地别过了头，看向四方城下方的一块凸起，提起全身仅剩的力量，向着它重重坠落。

轰然震动中，坍塌的神道火线蔓延，直冲神功圣德碑亭。

拱券门下地面陡然裂开，现出巨大的黑洞，里面有锐利的金芒闪过。

竺星河却仿佛未曾看到，他的身躯扑入了那黑洞之中，随即，推动了那些灼眼的金芒。

钟山雷动，碑亭重檐歇山顶的金黄色琉璃瓦瞬间崩塌。

山陵中泛起巨大的雪浪，向着下方奔袭而来，惊天动地。

耳听得轰隆巨响，阿南与朱聿恒都不约而同地抬起手臂，扑倒在地，挡住倾泻于自己身上的冰雪。

冻硬的雪块乱砸于他们身上，让他们无法抬头。

唯有前方的剧震久久不息，碑亭坍塌与伤者哀号声传来，听来如置身炼狱。

待乱砸在身上的冰雪稍停，朱聿恒立即爬起来，向着后方碑亭奔去。

一夜惊变，已是黎明破晓时。

淡薄的晨光下，神功圣德碑亭已成废墟，昨夜还在灯火下辉煌夺目的红墙金瓦，如今只剩了断墙颓垣，下面有伤者艰难伸手，却被压在砖瓦之下，动弹不得。

天空风雪已停，但被爆炸激起的雪屑，此时还散乱地飘于空中，未曾停息。

第十五章

亿万斯年

阿南奔向碑亭坍塌的中心，看向阵眼，茫然地抬手扳开已经残损的机关。

冰雪之中，爆炸后的阵芯扭曲裸露，她的掌心按在上面，触到了黏稠温热的东西。

她收回手，看到了自己掌心之中沾染的鲜血——

这是公子的血。

他以自己的性命为引，启动了这个阵法，要以仇人为殉，血洗他背负的仇恨。

她只觉得悲从中来，茫然攥紧了自己染血的手。

司南，她永远记得自己为什么叫这个名字。

在她一意孤行跑去向竺星河报恩，却还不为众人接纳，只是一个叫司灵的普通伙伴时，有一次他们因为风暴而在海上迷航。无星无月的暗夜中，唯有她牵星引路，寻到准确的方向，带领众人回归航线。

那时公子对她笑言："以后，就别离开我们了，毕竟你是我们的司南啊。"

他一句漫不经心的话，她却捧在心里，千遍万遍回想，雀跃了多年。

她不但留了下来，还因为屡立大功而越来越重要，最终可以拥有自己的姓名。

"司南，我要叫司南。"她毫不犹豫地宣布。

众人都说很合适，因为在茫茫大海之上，她永远是方向感最强、最擅长指引方向的那一个。

就连竺星河，也早已忘记了自己随口说的那句话。

可深心里，唯有她自己固执地想，这是公子给我的名字，我这辈子，是公子的司南。

然而，她并不是。

她没能为公子找到正确的路，只能眼睁睁地看着他永逝不归路。

她看着碑亭下的血，抬头也看见士兵们的残肢。

茫然回头，见朱聿恒呆站在坍塌的碑亭之前，久久不曾动弹，她咬了咬牙，狠狠在自己的衣服上擦干血迹，转身向朱聿恒走去。

"哈哈哈哈哈，太惨了，千古以来未曾有之惨剧！太祖大祭之日，出逃皇孙归来设阵，将皇帝、太子全部弑杀于太祖山陵，真是震古烁今，大快人心！"

身后传来声嘶力竭的笑声，正是那个青衣人。他虽中了黑烟曼陀罗，但分量不多，更何况这东西他本就熟悉，因此还有余力讥嘲他们。

阿南冷冷地回头瞪他，握起手中臂环："是你！是你设的计谋，让他们遭此大难！"

"哼，谁叫你不肯帮竺星河，还处处阻拦，如今，是我成全他，终究助他报了仇、雪了恨！"

朱聿恒回过头，盯着疯狂大笑的青衣人，厉声问："你呢？你又为什么处心积虑，丧心病狂，定要让这么多人血染山河，酿成惨剧？！"

"哼，少废话。"青衣人向他伸手，冷冷道，"你祖父和父亲都已经没了，我也没空与你纠缠，赶快把龙凤帝的骨灰交出来，跟你那二叔去拼个你死我活吧。"

"二叔……"朱聿恒目光冷冽，转而瞥向左右。

荥国公已经从雪地中爬起，抖落了满身的雪泥，与顺陵卫们手持武器，步步逼近。

"原来如此……郱王正是此次设伏的幕后之力！"胸中愤懑难以抑制，朱聿恒握着日月的手微微颤抖，"这就是竺星河愿意留下我一条命的原因吗？因为还需要我与郱王互相争斗，将天下搅得更加动荡？"

青衣人脸上人皮面具依旧僵硬，衬得他狞笑格外诡异："只有你们不得安生，他才能在地下得到安宁！不过你是活不了几日了，看来你二叔才是最后的胜者，真叫人好生羡慕啊。"

朱聿恒看着他那得意的模样，沉声问："看你的样子，应该是已经设好了计谋，我二叔怕是也无法坐稳那个位置吧？"

青衣人嘿然冷笑，道："殿下何须操心，反正你活不到那一日了。"

旁边惨叫声响起，是阿南根本不理会青衣人，率先对荥国公下手。流光倏忽来去，已经在他的右手腕上一转，瞬间鲜血喷涌，手中刀落地。

见国公被伤，顺陵卫们顿时围上来，企图群起而攻。

"住手！"朱聿恒冷冷喝道，"荥国公勾结逆贼，意图谋反，给我拿下！"

顺陵卫们听皇太孙殿下发话，顿时住了手，但又不敢对自家主帅下手。

正在面面相觑之时，旁边诸葛嘉早已率神机营穿出，将荥国公一把制住，押在了雪地中。

阿南回头，冲青衣人冷冷问："看来，当初竺公子回归陆上后，你也是如此欺骗他合作的？"

"回归陆上？"青衣人一声冷笑，"小娃儿，实不相瞒，你家公子与我合作的时间，可比你想象中的要早多了。"

阿南的心下一转，脱口而出："难道说……他在海上时，就已经安排好了一切？"

其实她早该知道的。公子在海外蛰伏了二十年，老主人去世时，他悲恸欲绝发誓要复仇，可他没有回来；他一步步统一海外诸岛，成为四海之主，但他认为时机尚未成熟；直到三年前，他忽然决定，率领海客回归陆上。

她当时还有些奇怪，难道是因为谋权篡位的那个凶手已经老了，有了可乘之机吗？

可原来，是因为一甲子之期到了，他回来，是要借着"山河社稷图"，掀起血雨腥风。

"这么说，在海外的时候，他就已经知道，自己要走哪一步棋了？"

青衣人冷哼："他走得最错的一步，就是该早点与身边人开诚布公，将自己的真面目袒露出来，尤其是，笼络住你这个棘手的女人。"

而阿南摇了摇头，道："知道了，我也不可能帮他的。"

因为，竺星河比这世上任何人都了解阿南。

她只是一个化外之民，海外孤女，她如何能懂得他疯狂的复仇欲望，如何能明白他不计一切，哪怕翻天覆地、殉葬万民，也要颠覆仇人天下的决心？

所以，他欺瞒了阿南，他知道她虽然爱他，但未必肯为他屠戮无辜，涤荡天下。

可谁知道，命运如此，人生如许。

兜兜转转，竟是她站在了敌人的身旁，来阻拦他最后的舍命一击。

"其实，我早该想到了，他能接触'山河社稷图'，能不顾一切渡海归国，能对陆上形势了如指掌……"阿南的目光，猛然转向青衣人，直指他怒喝道，"都是你的功劳，韩广霆！"

听她喝出这一句，青衣人身形陡然一震，微眯的目光中精光显露。

"六十年前，跟随你的母亲傅灵焰远遁海外求生的你，与二十年前因为皇位的倾覆而出海的前朝皇子，肯定有所交集。而轩辕门与九玄门本就是同气连枝，所以我早该想到，教导公子五行诀的师父，就是你！"

韩广霆毫不在意，道："那又如何？世间种种，木已成舟，如今皇帝太子俱已亡故，太孙苟延残喘又有何益，还是早点将龙凤皇帝的遗骸交还给我吧。"

"你是说那坛骨灰吗……"阿南转向后方坍塌的四方城，道，"怕是找不到了。"

"那我便守在这里，一点一点将它挖回来。"看着面前狼藉断瓦，韩广霆发狠道，"我定要带父皇回母妃身边安葬，绝不可能让他在这山陵，为当年的下属从葬！"

朱聿恒直视着他，毫不留情地道："你挖不到的。因为行宫密室中，根本没有骨灰。"

韩广霆面色陡然变了："这是……你们设置，要骗我入彀的局？"

"不错，一石三鸟。你、竺星河、邯王，果然竞相投入罗网，露出了自己的真面目！"

"怎么，你为了设置罗网……"韩广霆一指坍塌的四方城，嘲讽道，"结果让自己祖父和父亲，全都死于非命？"

"谁说朕与太子出事了？"

随着一声喝问，在全副武装的侍卫护卫下，一行人绕过坍塌的碑亭，出现在神道之前。

领头的人，正是皇帝，身上虽有尘垢，但威仪丝毫未减。

而身后的太子身体肥胖，虽需太监扶持，但神情也算镇定，只是目光紧紧关注朱聿恒，见他身上衣服虽有破损，但并无大碍之后，才松了一口气。

韩广霆在震惊之中，不由得往后退了一步。

耳边风声，阿南已向他袭来。

韩广霆如今失去竺星河的春风之助，又中了黑烟曼陀罗，知道自己绝不是他们的对手，干脆放弃了挣扎，任由她将自己压制于地。

阿南冷冷地问："你以为阿琰勘察神道的时候，会察觉不到总控的自毁发动处在碑亭下吗？"

而皇帝已在护卫之下，走到韩广霆的面前，垂眼看他。

韩广霆与他四目相望，口中下意识地喃喃道："陛下……"

皇帝一言不发，只示意顺陵卫们清理神道。眼看原定上山祭祀的时辰已延误，他倒也不急了，吩咐人手去擒拿郏王，便带着众人进了大金门，暂避风雪。

太监们在殿中设下交椅暖炉、小桌小几，四周点亮灯火，便在皇帝的示意下全部退避。

亭中只剩了皇帝、太子、朱聿恒、阿南与韩广霆、荣国公六人。

皇帝端起热茶，连喝了两盏，才强压怒气，喝问荣国公："郏王果真大逆不道，竟敢在山陵大祭之日，设下如此凶阵，要置朕、太子与太孙于死地？"

荣国公体若筛糠，匍匐于地不敢说话。

见他如此，皇帝更是暴怒，一脚踹在他的肩上，任他滚翻撞上身后柱子："袁岫！这些年朕待你不薄！你当年在燕子矶投降后，如今已是国公，女儿不是太子才人便是王妃，你还敢串通郏王刺王杀驾，你还有何求！"

荣国公爬起来连连叩头，涕泗横流："陛下！求陛下饶恕臣死罪，罪臣……罪臣实是被迫！因小女被太子所杀，郏王蛊惑罪臣，说若不助他对太子下手，日后太子登位，我等定然死无葬身之地！臣一时猪油蒙了心，才接受了授意，但也绝不敢对陛下动手！是郏王信誓旦旦说，此次在神道设伏，陛下龙体康健定然无碍，只有太子这等行动不便之人才会落入罗网，罪臣实在不知竟是如此可怕阵仗，不然罪臣宁可自尽，也绝不敢听郏王指使啊……"

皇帝目光冷冽，转向太子："袁才人之死，果有如此内幕？"

太子慌忙起身，说道："袁才人死于青莲宗刺客之手，尽人皆知，儿臣不知荣国公从何听说谣言，竟有此成见。"

荣国公目眦欲裂，吼道："我女儿聪慧柔顺，自入东宫之后一心伺候太子殿下，只因偶尔知晓了皇太孙身上恶疾，为殿下分忧而询问当年事情，因此惹祸上身，竟被你们下手清除……"

听到"皇太孙"三字，皇帝眉头一皱，冷冷打断了他的话："袁岫，你养的好女儿，僭越本分，妄议皇家之事，死得其所，你有何怨言？"

荣国公虎目圆睁，握拳咬牙许久，才终于重重叩头在地砖之上，哽咽道："罪臣……不敢！"

皇帝轻易揭过袁才人之事，看看被制服的韩广霆，将问话又落在关节处："这个韩广霆，不是海外归来吗？郏王为何鬼迷心窍，竟与前朝余孽勾结，听信此人之言？"

见皇帝目光落在自己身上，阿南自然而然道："其实，不但郓王与他相熟、傅准听他调令、竺星河与他联手，当年陛下不也是在他的筹划下南下的吗？"

皇帝霍然起身，瞪大眼看着跪在地上的韩广霆，许久，渐渐从他身上看出了熟悉的身影，失声问："道一……法师？"

"简直胡言乱语。"韩广霆面不改色，从容道，"道一法师早已圆寂，如今金身尚在大报恩寺，陛下怕是认错人了。"

"你说被我们挖出的那具金身吗？"阿南冷冷道，"那不过是你知道'山河社稷图'发作在即，因此与傅准一样，借助了一个特定的手法，死遁而已。"

韩广霆冷笑道："满口胡言！当年道一法师之死，旁边目击者众不说，太子太师李景龙便在当场，难道他神经错乱，把没死的人硬说成是死了？"

"李景龙当然没有疯，只是他当时酩酊大醉——或者，是被你下了点药物，因此倒在坡下昏昏沉沉，对于时间的掌控，实在不够精确。"

"时间？道一法师的死，不是在瞬息之间吗？他摔下土坡之后，可是在众目睽睽之下咽气的，怎么可能回去后又生还了？"

这般紧张的局势中，阿南却依旧是一副姿态悠闲的模样："你怎么知道，当时死的人就是道一法师呢？"

韩广霆道："天下尽人皆知，道一法师是孤身一人进的酒窖，不过滚了个酒坛子，就摔下土坡失足而死，李太师亲眼所见。这片刻之间，还能找个死人假装道一法师不成？"

"不，你说错了，当时进入屋内的，并不只有道一法师一人，比如说，没有老板开门引路，法师怎么进酒窖呢？"阿南不慌不忙，娓娓道来，"而所有人都知道，在道一法师死后，那个老板就再也没有出现过。人人都说他是因为害怕所以远走高飞避祸去了，但有没有可能，他其实是作为替死鬼，早就消失在人世间了呢？"

"可惜，道一法师失足的时候，老板就在旁边，李太师也是亲眼看到他将酒坛子推下斜坡的。"韩广霆嗤之以鼻，"你倒是说说，酒坛滚下斜坡的一瞬间，他要如何与老板交换打扮，还骗过蜂拥而上关心他的人，从而变成酒肆老板逃出生天的呢？"

"我说过了，那是因为，他利用了一个与傅准一样的，偷取时间的方法，或者说，让时间缓慢停止的错觉，终于使得自己拥有了死遁的机会。"

阿南显然早有准备，提过放置于亭内的箱笼，从中取出一个小球，展示给众人看。

"其实，我最开始注意到的是，傅准与道一法师在消失之时，都出现了一个滚动的东西，傅准是一个卷轴，而道一法师是一个酒坛子。"

太子的脸色微变，动了动嘴唇，却并未出声。

"滚动的东西怎么了？"皇帝则将目光从韩广霆身上收回，端详着她手中小球问，"难道说，这世上还有什么东西一滚动，就能让时间停下来？"

"这自然不可能。但，却可以利用滚动来误导其他人，让他们在的错觉中，错估了时间。"阿南说着，将手中的小圆球放在面前小桌，问，"以陛下看来，这圆球从桌子的左边滚到右边，最长大概需要多久时间？"

"这么一张桌子，两三息时间总该到了。"

阿南笑了笑，瞥了脸色难看的太子一眼，将手中的球搁在桌面上，向前一推。

小球翻滚着，向前而去。

然而，出乎所有人的预料，这个小球并不如众人所料，会在她的推动下飞快向前翻滚，而是缓慢地滚了一下，停了片刻，似乎有些要翻转回去的痕迹，慢吞吞地好不容易调整好向前的姿态，再滚了一下，又停了片刻。

如此再三再四，别说三四息了，就连七八十息都过了，这个小球才缓慢无比地滚到了桌面另一边，从桌面坠下。

阿南伸手将它一把抓住，免得掉落于地。

太子的脸色变得越发难看，而朱聿恒的目光，也落在了自己父亲的脸上。

显然，这个球也让他想起了那一日工部库房之中，傅准从窗户另一端滚过来的卷轴。

当时太子拿到卷轴后，便立即出声示警，说是有青衣人袭击傅准。因为一般人推断，卷轴从对面滚来不过数息时间，自然会料定傅准是在卷轴滚动的数息时间内出事，然后所有人奔向那边，却发现他已经消失在了库房之中——

但如果，他也用了与阿南一样的手法呢？

那么，傅准便有足够的时间，在将卷轴滚过来的时候，从容地消失于库房内。

而明知对面窗口早已无人的太子，却直到这个卷轴缓慢地滚到自己面前，才抬手取过卷轴，出声提示，让众人赶到已经彻底没有了傅准身影的地方——

自然是，注定扑空。

皇帝的目光，亦落在了太子的身上，知道这个法子若要实施，唯一的办法，就是太子与傅准串通好一切，并且掩护他消失在众目睽睽之下。

见太子始终不发一言，阿南也只笑了笑，示意朱聿恒将桌子抬起，左边的两只桌脚垫高了三寸左右，使得桌面呈现出一个斜坡的形状。

随即，她便将小球置于桌面高处："傅准失踪时，卷轴是滚在平面上。而道一法师死的时候，当时酒窖是斜坡，这般手法又是否有效呢？"

话音未落，她松开手，任其从高处向低矮处滚落。

出乎众人的意料，这原本应当在斜坡上飞快滚落的小球，居然也如刚刚一样，一滚一停滞，甚至在斜坡上还有向后方回转的趋势，简直怪异无比。

"是因为，那球里装有什么机栝？"皇帝终于开口问。

阿南点了点头，抓起小球，将外面的木头剖开，顿时掉出里面一个稍小的圆瓶。

阿南又打开圆瓶，将里面的东西徐徐倒了一点在外面的木球壳上。

原来，里面装的，是半瓶黏稠的火油。

"陛下请看，这便是遏制滚动速度，甚至让其减速回转的原因。"阿南将圆瓶拿起，缓缓旋转给大家看里面的火油。

火油黏附于球瓶壁上，因为质地黏稠而无法迅速流淌，于是便造成了斜上方的重量比斜下方更重，力量缓慢稳定在了后方，因类似于不倒翁的原理，甚至可以在滚动时，因为里面的力而带动外面的球实现停滞甚至后退的效果。

"最早我发现这个手法，其实是在勘察当年道一法师失足而死的现场时。当时我看到了斜坡下那堆被打碎的酒坛碎片，里面应该是有一大一小两个酒坛，其中大的坛子自然已经酒水干尽，可被它碎片遮盖的小坛子，我发现缝隙处还残留着些许油渍……当然了，酒店里的仓库，东西应该都会堆放在里面，出现一坛香油什么的，自然也不奇怪。但奇怪的是，为何会一起出现在斜坡下？"

事已至此，韩广霆沉默不语，再不辩解。

"民间有句俗话，说一个人很懒，连油瓶子倒了都不扶。因为其他东西流淌很快，即使立刻去抢救，可能也剩不了多少。而油就不一样，因为它流得慢，只要及时将瓶子或坛子扶起，不说全部吧，至少大部分都还在瓶子里。而那日我们在酒窖外面看到的破油罐，只是破了一半而已，只要将它拎起来略微斜放，里面的油就大部分还在，可以顺利拿走。由此就可证明，这坛油并不是进来偷东西时打碎的，而是应该发生在一场混乱中，别人无法注意到它，只能任由它里面的油缓慢流光……"

听到此处，朱聿恒脱口而出："比如说，道一法师去世的时候。"

"没错，如果是这样的话，就可以解释一切了。"阿南朝他一笑，将自己手中那个装满油的圆瓶搁在桌上，说道，"那就让我们来还原一下当日的情形吧。道一法师当时早已物色好了与自己身高差不多的酒肆老板，并且设定好了杀人伎俩。在和李景龙喝酒时，说要去地窖亲自选美酒。酒肆的老板自然大喜，带他们进入酒窖。在斜坡上时，法师略动手脚，让本就醉意深深的李景龙在斜坡上摔了一跤，因此留在了下方，成为法师之死最好的见证。而老板进酒窖为法师挑选酒水之时，他立即重击老板头部使其死亡，然后将小油坛塞进大酒坛，制作了一个减速酒坛，假装自己喝醉了抱不动，将酒坛滚出地窖。

李景龙迷糊间计算不清时间，以为酒坛滚得很快，其实到他身前时已经过了许久，有足够的时间让道一法师迅速剃光老板头发，满头满脸涂抹上血污，换上外衣伪装成自己。等那个缓慢的酒坛滚到坡下，将李景龙撞醒之际，道一法师便将伪装好的酒肆老板推出酒窖摔死。早已做好准备的蓟承明此时便可带人从院外跑进来，抱住尸身号啕大哭，又制造意外将做过手脚的酒坛打碎，消弭证据。因死者已头破血流满面血污，旁边的人自然不会细究他怀中人的模样，等抬到车中时，蓟承明便可假装替他擦拭血迹，换上伪装面具，自此瞒天过海。

"所以，在李景龙的记忆中，道一法师只是进去滚出个酒坛的瞬息就死了。其实道一法师早已戴上假发装成了老板，并且自此后'畏罪潜逃'再无下落。"

说着，阿南看向韩广霆，问："怎么样，法师对我的推论还满意吗？有没有其他什么要辩驳的地方？"

韩广霆长出一口气，缄口不言。

"可惜法师百密一疏，在这精彩的死遁一幕中，留下了一个致命的错漏——因为酒窖中有用以除湿杀虫的生石灰，是以，在你挪动坛子时，你身上的青龙遇石灰而变红了。但最后被蓟承明抱在怀中的尸身，身上却并未出现红痕，不但证明了那尸体是伪装的，更揭露出了你的真实身份……"

话音未落，阿南已经抬起手，手中细密的粉末向他劈头撒去。

韩广霆如今身中黑烟曼陀罗，避无可避，唯有仓促偏过头去，抬起手护住自己的眼睛口鼻。

而他之前被阿南制住时撕扯开的脖颈胸口处，几条已淡不可见的青筋，在碰触到粉末之后，逐渐转变成了殷红色，狰狞地缠缚在他的身上。

"你，道一法师，就是当年龙凤帝与傅灵焰生下的，那个身负'山河社稷图'的孩子！"

皇帝的手按在椅背上，缓缓站了起来，不敢置信地看着面前人。

"原本，当年你留下遗言要火化遗体，可以彻底死遁，将一切踪迹消弭，只可惜，陛下因你大功，特赐金身坐缸，以至于在千日之后出缸之时，让我们看出了破绽！"

阿南说着，又望着太子道："但，实施这个计划，需要的一个重要手段，就是要有个接应的人。比如说，配合道一法师之死而出现的蓟承明，又或许，是傅阁主消失时，亲眼看见他被黑衣人袭击的太子殿下……"

皇帝的目光，从韩广霆身上，转向了自己儿子。

在皇帝的逼视之下，太子终于叹了口气，起身在皇帝面前跪下，道："儿臣……愧对父皇，愧对聿儿。"

一贯性情暴烈的皇帝，此时却并未发怒，只神情平静地望着他，道："你将那日情形，好好说清楚。"

太子沉吟着，一时却又不知从何说起，只能望着外面道："是……不过，此事或许还是傅阁主详加叙述较好，毕竟儿臣对于其中内幕，亦是一知半解。"

听他提起傅准，众人转头向外，看见坍塌的雪地之中，吉祥天在空中久久盘旋。

傅准在刚刚的剧震中被冰雪掩埋，虽然及时被救出，但他身体虚弱，此时尚未缓过气来。

在太子的示意下，侍卫们将他搀扶了进来，靠在椅中，面前还放了个大炭盆。

听到太子的话，傅准面带苦笑，一口便应承了下来："此事罪责在我。当时因当年事情呼之欲出，舅舅又步步进逼，我性命握于舅舅之手，担心会泄露当年旧事，因此便求太子殿下相帮，想要暂时脱卸身份，以求借机去往南方，在掩盖当年旧事的前提下，或可暗地护送太孙殿下解决阵法。太子殿下认为此法可行，于是我便按照当年道一法师之计，安排了一个金蝉脱壳之法。"

阿南似笑非笑地看着他，心道，世间遁逃之法千千万，怎么偏偏选中了你舅舅当年的手法？

想来，这应该和那颗白玉菩提子一样，都是暗地里提示他们的手法，牵引他们一步步寻找到真相吧。

傅准却一脸无辜，平淡地讲述起了当日消失的情形。

因为事先知晓了工部库房的构造以及他们前后库传递文件的简单方法，傅准便事先准备了里面盛着半管火油的竹筒，等前面库房的太子找到了西南山脉卷轴后，暗藏在袖中，给傅准示意。

于是傅准便假称自己找到了横断山脉的地图，在后库中将卷轴顺着两边搭好的窗板滚过去，因为火油竹筒在卷轴中间逆转循环，所以过了许久才滚到太子面前。

而他以万象让书吏失手砸伤脚，顺利引开了朱聿恒，也因此站在窗前看到这一幕的，唯有太子一人。

随即，他翻上窗户，沿着屋脊跃到后方楼间，换了事先准备好的衣服后，神不知鬼不觉便离开了工部。

只是吉祥天太过醒目，为了遮掩行踪，他只能将它留在了屋顶。

直等傅准消失之后，卷轴才滚到了太子面前。太子将其拿在手中，便指着对面故作惊诧，说有个青衣人袭击了傅准。

工部所有人出动搜寻前后库房，继而封锁衙门，彻底寻找。可此时傅准早已离开，即使出动再多人，在工部内自然搜索不见。

而太子也在一片忙乱之中，趁机在袖中调换了卷轴，出示事先准备好的横断山地图，表明那是傅准刚刚传过来的普通卷轴，消弭所有痕迹。

真相大白，阿南转向韩广霆，问："如何，傅阁主都坦诚相告了，你这个当舅舅的，也该审时度势，将一切和盘托出了吧？"

皇帝目光始终定在韩广霆身上，他一贯威严的声音，此时也终于带上了不敢置信的微颤："难道你……真的是道一法师，三年前，你，并未圆寂？"

事已至此，韩广霆闭上眼睛，终于抬手揭去脸上人皮面具，叹道："万万没想到，今生今世还有以真面目与陛下相见的一日。"

面具下的面容，清癯沉静，与他松形鹤骨的身躯正相配。

皇帝瞪着他，面色一阵青一阵白，分不清是震怒，还是惊愕："朕与你亦师亦友，一向敬你护你。你是南下第一功臣，朕在最艰难时，你一力扶持，朕在登基之后，也给你最高的礼遇，可原来你……你竟然是龙凤帝的遗孤？"

"不错，我正是六十年前，被你们朱家的祖先赶出海外，不得不放弃了天下的龙凤帝长子，韩广霆。"他微微一笑，傲然道，"若不是你们朱家先祖当年对我下手，导致我娘带着我远遁海外，远离中原，这天下鹿死谁手，尚未可知！"

皇帝喝问："所以你四十年后重回陆上，挑动朕造反，又在此时兴风作浪，要借此机会颠覆我朱家天下？"

"不然呢？既然你家对不起我，那我也要让你们这个皇位坐得不愉快！"韩广霆淡淡道，"而且，我回来时正是好时机。我看准了陛下你野心勃勃，自然不能久居人下；我也看准了你那侄儿年少气盛，一上台便要对叔伯下手，尽失人心；我还看准了，世子肯定会成为太子，而最终能接替天下的人，定是皇太孙朱聿恒……"

他的目光，从上至下地打量着朱聿恒，眼中有欣赏，也有恨意："当年燕子矶前战场上，第一眼看见太孙时，我便知道他聪明伶俐，三岁便有定鼎天下的帝王之姿……"

众人的目光，都随着他一起落在朱聿恒的身上。

"当年郳王与我出营迎候，太子因为跟随粮车一路颠簸而来，身体又太过肥胖，在辕门绊了一下，差点摔倒。当时郳王大笑道：'前人跌跤，后人觉醒。'太子狼狈不已，知道他有超越自己、占据前位的意思。然而太子讷言，一时说不出话回击，就在此时，太孙殿下在后面大声应道，'更有后人在此'！"

二十年前的旧事，听在众人耳中，依旧足够震撼。

阿南不由得咋舌，贴近朱聿恒问："那时候，你好像才三岁吧？"

"年仅三岁的孩子，竟然就有这样的见识，寥寥数语便镇住了自己强悍的二叔。郳王的脸色憋成了猪肝色，再也无法出声，老夫在旁也是错愕不已。"韩广霆亦不由得感叹，"郳王因此一直对你心存芥蒂，不过你又何惧呢？你自小聪慧无比，无论才智、身手、天资，皆是举世罕见。别说你的祖父，就连我，也是恨不得你生在我家庭院，做我子弟……"

可惜的是，他却是朱家的后人。

"我知道你的未来必定不可限量，也知道搅动天下的机会，或许就在你的身上……"

那时候，距离阵法的发动还有二十年，而韩广霆已经选中了二十年后启动阵法、颠覆天下的人选。

王军与朝廷军已经打了三年，局势正在最为艰难之际。因为北方各个重镇难以攻下，而幽燕的兵力及粮草也已经接续不上，因此在道一法师建议下，王爷决定将战线收缩转变，从'王爷对抗天下兵马'转为'叔叔抗争侄儿的家事'。

王爷率领最后一批精锐南下，因为此次战役成了皇帝家事，各地基本没组织起太大的抵抗。而王爷次子更是屡立战功，俨然成为最大功臣。

但到了长江边上，直逼南京之时，朝廷终于召集了五十万大军，在燕子矶摆开阵仗，要与他决一死战。

无论从兵力还是局势、地形来看，朝廷必胜，而王爷这边，则是必败的局面。

王爷驻兵长江北岸，夜夜焦虑，接连梦见自己的孙儿。

于是他修书，询问自己最牵挂的孙儿现下情况如何。

因为战局艰难，更因为弟弟的表现让世子觉得岌岌可危——毕竟，他听父亲身边的人传来消息，在一次大胜之后，父亲曾拍着弟弟的肩说，你大哥身体不好，你要努力啊！

当年李唐一朝的教训，自然令他警觉。于是他痛下决心，带着父亲最爱的小孙儿南下，借着运送粮草的机会，冒险将朱聿恒送过来，让父亲放心，也让自己放心。

而王爷抱住自己玉雪粉团般的孙儿时，果然激动万分，流眼咬牙道："为了子孙，这一战，我也决不可输！"

可打仗哪有不败的可能性？更何况，这是在敌众我寡、敌强我弱，天时地利全都不站在己方的生死一战。

然而，道一法师此时过来了。

他的身边，带着一个八九岁的孩子。

说到这里，太子的目光难免看向了傅准。

傅准默然点头，道："正是在下。"

那时候的傅准只不过八岁，眉目间尚不知世事，但怨愤已难以遮掩。

道一法师介绍了他，说："这是拙巧阁的少阁主，如今阁中动荡，他过来，是想要查阅当年他的先祖傅灵焰在龙凤朝时布置下的一些阵法，其中有一个，就在附近。"

听到此处，阿南脱口而出："草鞋洲。"

傅准轻叹一口气，道："对，就是你们遍寻不到的，地图与其他截然不同的那一个阵法，我们做了无数手脚阻止你们寻找那个阵法，可你们，终究还是找到了。"

朱聿恒没有回答，只看向皇帝。

而他神情黯淡，望着孙儿，声音也较往日低沉许多："朕……当时真的不知道，这一场胜利要以聿儿的生死为代价，换我的江山……"

朝廷大军驻守的燕子矶对面，正对着傅灵焰当年设下的死阵。只要一经发动，便足以泯灭千军万马。

但，大军显然不可能与朝廷军隔岸对峙二十年，等着二十年后在阵法的帮助下取胜。

"幸好，傅灵焰设下各地死阵，只为了抵御外敌，若后人能凭自己的力量成功，那便也不需要再启动阵法了。因此她在拙巧阁留下了一套玉刺，母玉她早已预先埋入阵中，子刺则留在拙巧阁，这样便可帮助提前启动或关闭阵法。"

生死存亡之际，他们决定血祭死阵，以子刺引动阵法，力定乾坤。

然而，发动这个阵法的督脉，关键在囟门之上。成人的骨骼已经长成，囟门关闭无法植入玉刺，唯一可以选择的，只有三岁以下的孩子，骨头尚且幼嫩。

大战在即，百姓扶老携幼逃离，方圆数百里早已没了人烟。明日便是决战，在这一夜之间，又要去哪儿寻找孩子，而且是刚好三岁的孩子？

而这个时候，他们的身边就有一个孩子，玉雪可爱，被父亲携来，抱在祖父怀中。

说到二十年前旧事，太子依旧心痛不已："聿儿，爹……爹也曾问过，只种一根血脉行不行，可，只有八根子玉镇住奇经八脉，才能相联引动阵法，看着你幼小的身躯上那么多伤痕，爹抱着你染血的衣裳，却只能暗地痛哭……"

然后，他藏起了那件衣服，二十年后拿来嫁祸于人，企图遮掩真相，不让儿子知道当年的事情。

"哭什么！当年若不是聿儿种下这'山河社稷图'，别说今日，当日一战后，咱们爷仨全都已不在人世！"皇帝冷冷斥道，"你唯一的错，就是怕朕知道了此事，会因此而犹豫传位之事，所以二十年来钳口不言，苦心孤诣瞒着朕！"

太子低头垂泪，不敢出声。

看着自己大儿子，想想谋逆的二儿子，皇帝脸色黑沉，只在目光落到朱聿恒身上之时，才不由得一声长叹。

看着面前的孙儿，他仿佛看到了当年的铁甲兜鍪、千帐灯火，也看到了自己险死还生、得天所助的那一刻。

历来南北方对峙，多在黄天荡、燕子矶决胜负，而坐落其中的，便是草鞋洲。

在沙洲上设阵的傅灵焰必定没想到，她的阵法并未帮助夫君进攻集庆，却在四十年后，决定了另一段兴替。

燕子矶前，大战一触即发之际，道一法师拍碎了能引动应天阵法的督脉子刺，朱聿恒身上的血脉随之崩裂，赤龙自他肩背后缠身，狰狞如蟒，死神附体。

即使服用了安神药，他在睡梦中依旧发出难以控制的啼哭，颤抖着陷入昏迷。

而就在这一刻，长江上赤龙骤现，滔天巨浪裹挟凄厉长风，最终摧毁了李景龙及数十万大军，为王爷奠定了天下。

王军进入应天城的那一刻，宫中火起。

焚烧了宫苑的皇帝，在忠心侍卫的救助下，借着大火，带着年仅五岁的太子和一群老臣仓皇出逃，一路南下，最终远遁海外。

城头易帜之时，道一法师结合李景龙所见的赤龙之说，将朱聿恒身上的血痕描绘为陛下天命所归，因此天降赤龙托应于皇孙之身，以助克敌。

随后，他暗地将药物埋入朱聿恒的血脉之中，掩饰这条血脉爆裂的真相，只留下淡青痕迹。

王爷因此联想当年朱聿恒出世之时的异象，因此坚信这孩子是自己登基的龙气所在。自此，他一直将朱聿恒带在自己身边栽培，十三岁时便立为太孙，甚至不肯放他回归父母身边。

而朱聿恒也未曾令他们失望。他年纪轻轻便出类拔萃，深受朝廷中大臣们拥戴，也成为万民人心所向。

天子守国门，太子镇南京。在南直隶的太子自然知道那场大战中，拙巧阁立下了大功，于是一力相助。

五年后，十三岁的傅准终于重回拙巧阁，并在舅舅的帮助下，彻底清理了阁内的反叛党羽。

而他回到阁中的第一件事，便是找出了阁中的傅灵焰手札，将上面第一部分关于南京燕子矶的内容毁灭干净。

再后来，蓟承明奉命修建紫禁城，韩广霆认为可借机启用前朝都城地下的死阵，于是便又拆下了第二份前朝都城的地下阵法，交给了蓟承明。

二十年之期将近，阵法即将发动，皇太孙身上的"山河社稷图"也即将出世。韩广霆在李景龙面前诈死逃脱，并且留下遗言焚化骨殖，以求遁逃得干干净净，不留任何线索。

直到二十年后的那一日，皇帝因为皇太孙身上的疾病而逼死了名医魏延龄，终于知晓了"山河社稷图"。

那个暴雨之夜，他撕开太孙的衣襟，看到孙子身上那纠缠殷红的可怖血线，终于知道了原来他当年欣喜的赤龙，并不是祥瑞天命之兆，而是即将勒杀孙儿的夺命之索。

可此时，他已经无法寻找到道一法师询问此事，于是便将一切希望寄托在了拙巧阁。

二十年前的真相，终于被彻底撕开，一切都摊在众人的面前。

皇帝闭上眼，仰头长叹一声，终于缓缓开口，确定了这一切："朕知道当年内幕后，在心中立誓，必定要拼尽所有，救回聿儿！因此，朕便召见了傅准……"

"是，陛下对太孙殿下的拳拳之心，令人动容。"傅准应道，"只是当时，殿下身上的子玉已无法起出，甚至……舅舅还考虑周到，设置了一套影玉。"

韩广霆看着这个外甥嘿然冷笑，说道："但，提议放在司南身上的人，可是你。"

阿南下意识地抬起手，看向自己手肘处，明白那里面设置的六极雷，刺芯应该便是那套影玉。

皇帝沉声道："你们所说的影玉，又有何用处，说来听听！"

傅准看看韩广霆，见他不说话，便回答道："当年我祖母设置子母玉，是为了在阵法发动之时，能在附近以子玉控制母玉，由此而经过子玉震荡，准确掌控阵法。但将子玉埋入了太孙的身体后，因为他不一定能每次阵法发作之时都在阵法旁边，'山河社稷图'怕是无法准确发作，所以，我们便借助子母玉的边角料，制作了一套影刺，用以准确控制。"

这样，就算朱聿恒不到阵法旁边，他们也可以用影刺启动朱聿恒身上的"山河社稷图"，从而让他一步步走向死亡，无可避免。

但，傅准依赖玄霜延命，韩广霆行踪需要遮掩，不可能一直追踪皇太孙。

而皇帝一直以来对这个孙子爱护有加，他身边护卫都是千挑万选的稳妥人手，不可能有机会安插或者收买。

而在这个时候，一个与此事攸关的人出现了——阿南。

在成功抓捕阿南之后，傅准挑断了她的手筋脚筋，将影刺种了下去。

毕竟她是海客那边最得力也最出色的人物。而竺星河在韩广霆的安排下，率领海客回归，就是要借助"山河社稷图"倾覆天下。

阿南身为他麾下最能干的人，又对傅灵焰仰慕有加，只要韩广霆稍加引导，她自然便会听从竺星河授意，驰骋各地去寻找傅灵焰所设的阵法。到时候与朱聿恒见面或者缠斗，引发朱聿恒身上子玉的震荡自然不在话下。

而她从三千阶坠落，自然已无破阵之力，绝不会影响他们的计划。

只是谁也不知道，兜兜转转，阿南竟然不是以他们安排的身份与朱聿恒纠缠，而是，两人最终走上了难解难分的携手同归之路。

命运或者缘分，着实是令人感叹，无法理解。

二十年前这绵延布局，到二十年后终于真相大白，在场所有人都是静默无言，久久难以出声。

最终，皇帝开了口，问："道一法师，你当年在南下时立下不世大功，朕本该饶恕你一切罪行。可你谋害皇孙，动摇社稷，亦是其心可诛，你……朕要如何处置你？"

"事已至此，任凭陛下处置吧。"韩广霆干脆道，"毕竟，当年我促成陛下率军南下，也未存好心，只为了以牙还牙。既然你们朱家害我父皇枉死，害我一生被'山河社稷图'所毁，导致我母亲带我远渡重洋，那我便让你们的后人也身陷这可怕境地，尝尝我当年的痛苦而已！"

"可是，你当年的痛苦，与朱家后人又有什么关系呢？"阿南毫不留情，出声斥责道，"原来你活了六十年，潜心布局，设计让朱家的子孙自相残杀，将这江山弄得满目疮痍，却不知道自己一直以来，找错了仇人，报复错了对象？"

韩广霆瞪着她，冷笑着问："怎么，天下皆知之事，你竟还有什么其他说法？"

"若你指的是，当年龙凤帝在抵达应天之前溺毙于长江之事的话，那么我可以给你看个东西。"

朱聿恒说着，从后方取出一个小石函，递到他的面前："这就是你一直企图在行宫寻找的东西吧？密室之中发现骨灰坛是假的，你娘纵然天下无敌，却也未能寻回你爹的尸身。但，里面确实有个东西，属于你的父亲，也就是当年的龙凤帝。"

韩广霆死死盯着石函，看着上面青鸾压青莲的熟悉纹样，哪能看不出这是出自谁之手。

"如此精致的石函，只有你母亲能制作得出来，这里面收藏的，是你父亲的绝笔。"

韩广霆对母亲的手笔最为熟稔不过，他缓缓推开函盖，扭动旋转，将盖子打开，看到里面放着的，只有一张诗笺，上面是他熟悉的龙凤帝笔迹，只写了一句话——

故国不堪回首月明中。

他紧紧抓着这张已经发黄变脆的纸笺，苍老的面容上，黯然神伤。

"这是南唐后主的绝笔之作。你父亲显然是恐惧于自己往后的际遇，不愿接受与李煜一般的人生，因此选择了自坠长江，从此再无踪迹。"

"纵然我父皇是自戕的，可当年在我身上下毒手，以'山河社稷图'害得我爹娘离散的，还能有第二个人？"韩广霆愤而抓紧手中诗笺，厉声吼道，"当年他不过是我父皇手下区区一个将领，若不是干下这等事，他如何能篡夺天下，如何能断送了龙凤朝，如何害我娘飘零海外，害我一世孤苦！"

阿南冷静得近乎残酷，问："既然如此，我问你，以你娘的个性和手段，若真的是本朝太祖对你下手，你娘会容忍他吗？关大先生纵横天下难逢敌手，万千人中取敌方首级如探囊取物，还需要等到你来复仇？"

韩广霆声嘶力竭道："母亲为了保全我的性命，因此无暇收拾罪魁祸首，便迅速出海了！"

"既然她有时间在出海前将当年自己设下的八个死阵关闭，延续了一甲子后才再度开启；既然有机会取到你爹的绝笔，深藏行宫之中，又怎么会没时间去向背叛自己夫君、谋害自己孩子的人下手？”

韩广霆悚然而惊，脊背冷汗涔涔而下。

六十年来，他始终坚信不疑、不敢存任何怀疑的事情，却被阿南一口道破，他一时竟有些恍惚。

其实在漫长的时光中，在母亲的沉默中，他曾隐约察觉那可怕的内幕。

只是，他一直不敢深入去想，不敢触碰那不可揭露的真相。

许久，他才再度狠狠开口，只是已显色厉内荏：“胡说八道，除了他，还能有谁？你告诉我，还可能是谁？”

“那你觉得，为什么你娘要带着儿子、怀着女儿远赴海外，再也不回头？”阿南决绝地揭开他的伤疤，不留任何情面，“你娘当年在玉门关留下了‘今日方知我是我’一语，又在青莲宗中写下了与你爹的诀别信，你可知一切为何？”

她对傅灵焰的事情自然很上心，因此当年那封诀别信，她在玉门关看到之后，便将它背了下来。

> 今番留信，与君永诀。舟楫南渡，浮槎于海。千山沉沉，万壑澹澹。
> 千秋万载，永不复来。

“千秋万载，永不复来。她在声势最盛的时候，因为你身上的恶疾而放弃了一切，离宫出走。虽因你父亲的召唤而回归，然而很快却又再次离去。究竟是因为什么，导致了她如此决绝，与你父亲决裂？又是为什么导致她绝口不提你身上病情，隐瞒了你六十年？”

韩广霆的脸色惨白，他其实已经知道，却无法说出口。

“当然了，如果我是她，我也不会选择对自己的孩子吐露这个真相。毕竟，谁能想到为了权势、为了天下，有人能利用别人的真心，也能利用自己亲生的孩子，翻云覆雨，连最亲最爱的人，也能玩弄于股掌之间呢？”

韩广霆死死抿唇，绷紧的下巴微微颤抖。

六十年来的信念破灭，他一瞬间仿佛苍老到了油尽灯枯之境。

而寥寥数语击溃了对方一辈子人生信念的阿南，却毫不怜悯，反而趁热打铁，逼问：“你如今错手害人，令太孙陷于‘山河社稷图’，险些酿成大祸，幸好如今还有弥补的机会，告诉我，当年你娘是如何救你渡过难关，如常生活的？”

众人听到这至关重要的内容，都不由得绷紧了神经。

就连皇帝，也不由自主地加重了呼吸，紧握住了朱聿恒的手。

"法师，只要你能救得朕的孙儿，过往你一切种种，朕都可以既往不咎！"

韩广霆的目光落在朱聿恒被皇帝紧紧握住的手上，看着这双举世罕匹的手，望着这个他倾心欣赏的年轻人，他双唇动了动，似是想说什么，但最终，只摇了摇头，一声叹息。

"没用的……回天乏术了。"

众人心中早已知晓这注定的结局，皇帝与太子更是心下洞明，朱聿恒的命运，早已在二十年前被他们献祭于乾坤倒悬的那一刻。但听到他如此冷酷的判语，都是窒息难言。

阿南急声问："回天乏术是什么意思？"

"当年我身上的'山河社稷图'发作，我娘费尽心血，殚精竭虑，终于找到了挽救之法。她寻到了我身上玉刺的母玉——也就是从中取玉制刺的那块玉矿石，以应声共振之理，用了二三十年时间，才将我血脉中淬毒的碎玉慢慢吸聚出来，清除完毕。"韩广霆竖起两根手指，道，"所以，需要两个条件，第一，在痊愈之前，伤者需长期居于四季炎热处温养，否则，治疗时若遇寒气，血脉收缩会加大碎玉拔除难度，甚至功败垂成。"

"难怪你娘会选择带你出海，定居于海岛之上。"阿南转头看向朱聿恒，朝他一笑，"其实，海上也挺好的，你以后就有大把时间，可以和我一起去看遍九州四海的景色了。"

悉心培养了二十多年的继承人、天下亿万人归心的皇太孙，只能一辈子居于海外医治续命，皇帝与太子都悲怆不已。

"只要聿儿能平安地活下去，就算卸下重任长居海上，与我们再不相见，又有何妨！"太子抬眼看着皇帝，哽咽道，"相信陛下与儿臣一般，都能忍心割舍！"

皇帝望着朱聿恒，良久，终于缓缓点了一下头，道："天高海阔，在陆上，朕的孙儿是未来太平天子；在海上，也定能平定汪洋，令寰宇四方海不扬波！"

看着祖孙三代依依泪别的模样，韩广霆语带讥诮道："没这么糟糕，治疗间隙也可以偶尔回陆上，只要保护好经脉就行。只不过，他能在海外活下去的前提是，找到当年那块玉母矿，否则，以应声之法清除碎玉余毒便是妄想。"

"那块玉母矿，如今在哪里？"

听着众人急切的问询，韩广霆却不为所动，脸色越发漠然："这便是我说的，回天乏术的原因。二十年前我催动燕子矶阵法时，因时间提前太早，担心机关无法及时催发，因此为了保证成功，便将那块玉母矿放入了阵眼之中，以期增强应声之力。而后，阵法发动，如今那块母矿，应当是已彻底埋在阵法之下、长江之中了！"

滚滚长江，万里波涛，江心沙洲如今早已改换了地形、掩埋了痕迹，别说寻找一块玉石了，就算是当年那庞大的阵法，也早已坍塌深埋，永不见天日。

阿南却毫不犹豫，向他摊开手："有阵法地图吗？告诉我那块玉母矿是什么样的！"

韩广霆冷冷道："那阵法已经发动坍塌了！"

"未必，刚巧我之前就去探索过草鞋洲，依我看来，那沼泽构造天然，地下就算有大变动，也未必就没有一线生机。"阿南斩钉截铁道。

见她如此果毅决断，朱聿恒心下不由得涌起一阵酸涩，却又难掩胸臆感怀。

他走到她身旁，与她并肩而立，沉声道："是，就算是最后的希望，我也会竭力抓住，永不放弃。"

"纵有方法可入，但阵法发动后地下坍塌崩裂，必是危机四伏，别说你们，怕是我娘重临巅峰，也无法下去……"

阿南打断他的话："少废话，你怎么知道我们比不上你娘？"

"你早已不是当年的三千阶，拿什么与我娘比？"韩广霆正反唇相讥之际，目光落在与她并肩而立的朱聿恒身上，一时迟疑了片刻。

阿南又笑了笑，一把揽住朱聿恒的手臂，仰头问："如果是我们两人的话，又是否可以一搏？"

这对携手破解千难万险的少年男女，在这最后的时刻，眉目间全是凛然无惧。

韩广霆正在迟疑之际，却见身后傅准起身，轻咳道："既然如此，我也拼尽全力，为你们相护一程吧……"

韩广霆恼恨地瞪了这个反骨外甥一眼，问："他们义无反顾下地，是因为阵中的玉母矿，一个关系着他的'山河社稷图'，一个关系着她身上久治不愈的旧伤，那玉母矿跟你有什么关系，你拖着这苟延残喘的身子下去干什么？"

傅准抬手捂唇轻咳，说道："因为，沙洲阵法的地图，早在二十年前已被我毁去。如今这世上唯一知道如何进入那阵法的，只有我一人了。"

一听此言，皇帝当机立断道："既然如此，便以你们三人为首，挑选精锐下阵，务必将当年那块玉母矿稳妥取回！"

"可……那地下局势必定艰难危险，聿儿好不容易从西南山区脱险回归，难道又要以身涉险？"太子哽咽着看向儿子，一脸悲怆，"聿儿，不如，此事可交托于……"

　　"父王，请恕孩儿不孝。"朱聿恒自然知道父亲要说什么，他紧紧握着阿南的手，以抚慰劝阻了他，"事已至此，孩儿岂能龟缩于此，等待他人纾解危难？请陛下与父王放心，我与阿南，定当竭尽全力，争取生机！"

第十六章
永生永世

　　船队进入沙洲，在芦苇荡的正中心，便是暗沉沉的沼泽。

　　阿南上次探索过这片看来人畜无害的沼泽，知晓它平静缓慢的表面下极为凶险，如此才能妥帖地保护着六十年前的阵法。

　　"当年的傅灵焰又是如何在这里设下阵法的呢？"阿南推敲着地图，不甘心道，"既然有阵法可破，那必然得先有这个阵法。既然她能在这里设下阵法，我们又为何不能用她的方法来破解呢？"

　　"南姑娘说得对，确实是这个道理。"傅准拍手赞赏道，"不过，我刚好看过拙巧阁的记载，关于如何在沙洲沼泽中设阵，讲得很清楚。先在旁边设置板材，阻隔流动的泥水，然后连续舀水，同时运送泥沙填入其中，得到了干硬的土地，然后才得以开始施工。"

　　可如今，阵法已坍塌，他们就算阻隔了沼泽，也没有彻底挖掘的意义了。

　　墨长泽诸葛嘉楚元知等人被紧急召集，商讨破阵之法。但仓促之间，众人对这个沼泽都手足无措。

　　沼泽并非常见的地形，而阵法多在大山巨壑，如果是行军打仗，更是在平原大川上设置杀阵，哪有在沼泽上设阵的先例？

　　"其实，这也可以算作是一个水面，只是这水面咱们没办法用船驶进去。"阿南蜷缩在椅中，若有所思地绕着头发，看向外面茫茫江面，"说起来，我们在海上之时，寻找方向是我最为擅长。以水流与风向，以星辰与日光……"

说到这里时，她的眼睛忽然亮了，猛然坐直身子，说道："从空中！以飞翔之物测算及指引方向，自然就不会受水流和炫光影响了！"

在空中机械飞翔的物事，自然不会被日光迷了眼睛，更不会被水流影响，只会按照设定好的方向，执意地扑向自己的目的地。

她当初送给竺星河的蜻蜓，便往往借助风力，从她的船飞向竺星河的船，以快慢和角度来传递她的心情。

可惜，她的蜻蜓已经永远地埋在了顺陵神道之下。

但幸好——

她的目光，落在了傅准肩头的孔雀上。

傅准一下子便知道了她想干什么，立即抬手护住自己肩上的吉祥天，说道："你盯着它干吗？眼睛贼溜溜的……"

"什么叫贼溜溜的，咱们什么交情了，为了天下大义，为了江山百姓，你就把你的鸟借我们一下又怎么样！"

阿南说着，抬手便揪过吉祥天的翅膀，将它在手里掂了掂："怎么才能飞最久？"

"我们什么交情……你说呢，恨不得杀我以泄心头之恨的南姑娘？"傅准给她一个白眼，无奈地伸手打开吉祥天的腹腔，探入其中将旋条上紧，又取出一盒香脂揉开，将它全身羽毛涂抹一遍，以免在落水后羽毛沾湿弄脏，"吉祥天虽可借助于空气的浮力而振翅，但它毕竟自身有重量，也不可能一直飞下去。不过你有个优势，可以用流光时不时远程给它续个力。"

说着，他从怀中掏出一支小小的哨子，递到她的手中："若是离得太远，流光够不到，而它展翅的力量弱了，就吹响这哨子。它能启动吉祥天体内的一个阀门，令它降低飞行高度，并且向发声处贴近，到时候记得要接住它，别让它掉进沼泽里了。"

阿南随手将哨子塞进袖袋："掉下去应该也没事吧，当时在西湖里，它被卷入暴风雨中，还不是被你捡回来重新修复好了？现在还是毛色鲜明漂漂亮亮的嘛。"

傅准欲言又止，终究还是忍不住，说："其实，当时吉祥天都秃了，我后来薅了好多孔雀的羽毛，才将它修复好的。"

"那也没什么，反正孔雀都长得差不多，谁的羽毛都一样用。"阿南铁石心肠毫不在意，抬手便让吉祥天振翅起飞。

依靠空气的力量而展翅腾空的机栝，在松开旋条之后，双翅立即在空中招展扇动。

转瞬之间，吉祥天脱离了下方的芦苇与沼泽，根据水波涡流通道，飞向了前方。

阿南一招手，跃上水板，手中木杖划动，率先跟上了吉祥天。

后面的人纷纷随她而行。一群人向着前方划去，越过了沼泽，如同在青鸟的指引下朝圣的人们，于层层盛开的青莲水波上飞渡，向着最终目标汇聚而去。

这沙洲地形环环相套，他们从江上来到沙洲，又从沙洲入芦苇丛，过芦苇丛进沼泽，又进入了沼泽中心。

沼泽的正中心隐在一层水波之下，却不知为何，有一圈圈涟漪荡开来，显出一种异样宁静又明显有万千惊涛骇浪藏于其下的不安感。

阿南向朱聿恒打了个手势，催动脚下的木板要靠近查看之时，却忽然听到脚下传来轻微的咔啦声响。

她不由得皱眉，低头看去，却发现木板被卡在了水上，再也前进不得。

她俯下身，探手入水下一摸，脸色微变。

原来，在宁静的水面之下，隐藏着的是大片凹凸不平的尖锐碎石。木板在上面擦过之后，不是被卡住，就是被划破，无法再前进。

朱聿恒自然也察觉到了，他示意众人都停下，然后划动木板靠近她，问："我看接下来，咱们得放弃木板了？"

阿南点头，思索片刻后，才道："这样，你先在这边等着，我想想过去的法子。"

朱聿恒看向她脚下卡住的木板，眼中流露出你准备怎么过去的疑问。

阿南向着后方沼泽外突起于水面的几座小沙丘一努嘴，道："靠山吃山，靠着沙洲，那就用沙子了。"

在众人不解的目光中，阿南示意他们将沙丘的沙子搬运来，撒在沼泽之中。

虽然水上板承载不了多少，但人多动作快，转眼间沙子便被陆续搬运来，在阿南的指引下，以铲子飞撒入沼泽中。

但沼泽如此巨大，即使沙丘被搬平，也只让沼泽显得更为黏稠一些而已。

直到几座沙丘都被他们铲平，撒入了沼泽之中，阿南蹲下去伸手抓了一把，连沙子带水一起攥起，在手中捏了捏，然后满意地让朱聿恒看。

她捏在手中的一团泥浆，被她捏成了小小一坨泥块，看起来硬邦邦的，但等她松开手后一瞬，便只见那团泥块又渗出水来，在她的掌心化成了一团湿糊的泥浆，融化在她的掌心之中。

朱聿恒一时不太理解，她手中握着的这一团明明是固体，为何会在她松开的时候又变成了液体流出来。

"这是我在海岛上揉面做馒头的时候发现的怪异现象。粉尘类的东西，比如面粉吧，当你不加水就是粉末，加多了水会太软，加少了水会太硬。但当你的水加得不多不少，到了一个固定的比例，面糊就会和眼前的泥浆一样，成一种奇怪的状态，你用力拍打，它就是硬的；而你松开它的时候，它反而会像水一样流淌下来，毫无着力感。[1]"

朱聿恒顺着她的手，看向面前这片已经被填埋了部分的水域，沉吟地问："所以……"

"所以，如今这片沼泽也是这样。如果我们飞快地冲过这片沼泽，那么因为我们的脚在上面突然撞击，会使它变得坚硬无比，足以承受我们的身体；让我们奔过这片水域，到达那个中心点。"

朱聿恒抬头看着沼泽，看着这片似乎足以吞噬世间万物的沼泽，脸上满是不敢置信的表情："可如果……它和你所想的有出入，并不能在我们的冲击下变成坚硬的地面呢？"

"那么，我们就陷入其中，再也没有办法出来了。"阿南脸上笑嘻嘻的，说得十分轻松。

但朱聿恒哪敢像她这般轻快，见她抬脚便要冲过去，立即抬手，示意廖素亭将绳索拿过来，系在她的腰间，说："好歹得有个以防万一的准备。"

"还是你想得周全。"阿南朝他一笑，活动了一下手足，然后抄起一块水上板拿在手中，飞速向着前方冲了出去。

她的脚掌，重重地踩向下方沼泽，眼看便要被这片沼泽吞噬进去。

所有人的心都提到了嗓子眼，皆知沼泽无比柔软稀烂，即使一个人趴在上面，也会慢慢地沉下去，何况阿南如今的脚如此用力地踩踏，眼看便要迅速沉下去——

但，她的前脚掌在接触到沼泽的一刹那，忽然之间，所有人都瞪大了眼睛。

因为，他们看到她的脚在沼泽上一踏而过，并不如他们所担心般沉入水中，甚至，他们可以看到她的脚像是踩上了坚硬的石板一般，泥浆紧紧地承托住了她的脚掌，让她足以在上面再度跃起，然后向前飞扑而去。

另一只脚，踩上了另一块地面。

她在沼泽上向前冲去，如履平地，就像在通衢大道上奔向前方，直到脱出了这

1　非牛顿流体。

片地下充满碎石的地面，跃出了他们用沙土填埋过的区域，才立即将手中的木板丢出，翻身而上，站在了木板之上，在水面上流畅转身回旋，稳稳站住。

在众人下意识的欢呼声中，她回头看向朱聿恒，朝他招了一下手。

朱聿恒知道肯定是无虞了，因此也如法炮制，抓过她遗留下的木板，如她一般向前冲去。

即使看到了阿南那惊人的操作，但直到下方的泥浆紧紧托着他，让他可以再度跃起，如同踏在最坚实的地面上一般，他才觉得奇妙，心下不由得又惊又喜。

他牢记阿南的话，知道此时不能停留，只要动作一慢下来，脚下的泥浆没有了击打的力量，便会立刻恢复成那柔软的形状，到时候自然将他淹没。

他以最快的速度向着阿南奔去，就在即将靠近她的同时，却忽然觉得脚下一软，似乎要陷进水中去了。

他低头一看，不由得暗自皱眉。

原来这里距离已远，他们在撒沙土的时候，这边并没有撒均匀，按照阿南的说法，怕是这边的泥浆太稀了，无法形成她预设的那种形态，因此，无法托举住他的身体。

他未存半刻犹豫，手中日月立即出手，向着阿南挥去。

阿南与他配合何等默契，一看他的动作微滞便知道他遇上了什么情况，立即挥手将他抛来的日月拉住，天蚕丝被她收束于手中，用力向后一扯。

朱聿恒的身体在即将陷入沼泽之时，及时得到了这拯救的力量，立即向上拔起，跃向了木板上的她。

随即，他拉住了她的手，在她的手臂上稍一借力，将手中的木板丢向水面，跃了上去。

这如惊鸿掠水般的起落与急救，让后面的人看得目瞪口呆，呆了片刻后，才赶紧如法炮制，向着他们而去。

等众人有惊无险，全部到达中心点后，才发现万千青莲簇拥的沼泽中心，竟然平滑如镜，除了死寂的沼泽泥浆，一无所有。

原本紧张无比、做好了一切防备的廖素亭，看着这片镜面般的沼泽，顿时失望地喃喃："怎么会……什么都没有？"

"谁说什么都没有？"阿南指着死寂水面，道，"别处的水泡交织，形成青莲图案，说明下面就是沼泽在产生瘴疠之气，而这下面，却没有任何气泡，你说……"

廖素亭眼睛一亮，立时道："下面不是沼泽，是别的东西！"

阿南向他一笑，朝后方打了个招呼："墨先生，用你的兼爱勘探一下吧，确定方位范围及地层薄厚。"

兼爱需要绝对静止的水面，众人都退到一边，只留墨长泽在水上测量。

日已正午，后方送了食水过来，众人停在沼泽之上，也不愿浪费时间离开，就着腥臭的水汽，匆匆填腹。

阿南与朱聿恒站在水上，她一边吃着东西，一边看着远处勘探的墨长泽，道："沼泽中心出现实地了，是好事，也是坏事。"

朱聿恒思索片刻，回答道："好事是，瘴疠之气被屏绝于外，当年形成赤龙的可怕力量已经消失了。"

"而坏事是，不知道下面坍塌情况如何，还有没有进去的路径。"

如今时间紧急，哪还能容他们挖掘通道前行，只能寄希望于下方情况不至于令人绝望。

在这最后的时刻，两人在沼泽之上分吃一块红豆糕。即将面临的绝境就在咫尺之遥，这或许是他们人生最后一顿饭。

可他们都不紧不慢，平静而缓慢地在日光下吃着手中糕点，远眺着外围沙洲芦苇。

金色的苇叶上压着银色的薄雪，而下方已有浅碧的蒹葭初生。无论寒冬如何徘徊，春意已经无法阻挡。

阿南侧头看着身旁的朱聿恒，忽然笑了出来，抬手帮他擦了擦嘴角上的一颗红豆："哎呀，好大的人了还这样，真像小猫咪……"

朱聿恒垂眸望着她认真贴近的眼睛，不自觉地微笑嘟囔："你才是小猫咪。"

"你也差不多呀，人前大老虎，人后小猫咪。"阿南的手从他已经擦干净的脸颊上缓缓下滑，抚过他的脖颈，扣在了他的后脑勺上。

日光照在他们身上，也照在这平静的沼泽之上。

人群就在不远处，攸关他们往后余生的阵法就在脚下，下一刻便是狂风暴雨。

可她那双幽深又通透的漆黑眼睛，透过睫毛盯着他，却掩不住眼角微扬而泄露的笑意："皇太孙殿下，跟我讲一讲，除了我，你还在别人面前，像只小猫咪一样吗？"

"谁像小猫了……"朱聿恒显然有些不满，他那双迷人夺魄的手扣住她的下巴，将她的唇微微抬起，"不过，如果你说的是这样的话……"

他说着，见周围人并未注意这边，便像只耍无赖的小猫一样，在她的唇上飞快地轻啄了一下，声音变得模糊如呢喃："那，我当一下小猫咪，也未尝不可……"

身后风雨欲来，明知道下一刻便是要决定生死的一番冒险跋涉，但此刻他们依偎在水面之上，就像两只相拥取暖的猫儿，旖旎缱绻，都舍不得放开彼此。

确定好附近地形，墨长泽草草画出地图，示意他们围拢过来："下方空洞确已被炸塌了大半，唯有这片地方是比较坚硬厚实的岩壳，因此而保存完整，应当是个直上直下的空腔，不知道南姑娘准备怎么下去？"

阿南毫不犹豫道："周围以板障排水，把沼泽挡在外围，中间炸开，我们下去。"

要炸开水下岩壳，又不能波及旁边的板障，这世上能办到的人屈指可数。幸好，他们这边就有个楚元知。

勘探周围沼泽深度，木板一块块运送来拼接阻隔，虽然以整个朝廷之力支持，一切火速进行，但还是费了足有一个多时辰。

待到沼泽大致不再流通之后，轰然声响中，平静水面陡然爆炸下陷，水面顿时坍塌，现出下方空洞，声响久久回荡。

楚元知带人紧急修补木板渗漏处。而阿南与众人早已蒙好面，等到洞内硝烟稍散，便在腰上捆系绳索，沿着炸出的洞口，攀缘而下。

沙洲沼泽之下的洞穴，湿漉不堪。上方泥水滴答下渗，下方则是湿滑石坑，土石杂乱。

他们小心翼翼落到坑中，打起火把查看四下情况，顺着石壁向前爬行。

前方通道上尽是坠落的巨石，胡乱堆叠阻塞，显然是当年爆炸之时被震下来的。

傅准脚步虽然虚软，速度倒不比他们慢，一边走，一边按照当年记忆探索地下通道，确定了坍塌处并非机关中心后，指引他们往深处前行。

众人跟在傅准的身后探寻向前。火把照出被土石掩埋的残破木石结构，显然是当年阵法留下的遗迹。二十年前阵法发动之威显而易见，地下空洞坍塌了大半，如今可供通行处并不多，关键道路更被彻底掩埋。

这漫长的道路，若要从上面调工匠下来挖掘，非三五月难以彻底清理。时不待人，只能冒险让楚元知上炸药，顶着残余结构二次坍塌的危险，竭力清理出堵塞土木，从大型结构的间隙勉强钻过去。

黑暗而沉闷的地下，难以分辨距离，曲曲折折艰难探索中，阿南忽然停下了脚步，示意众人倾听。

前方浓黑之中，传来了缓慢的"咔咔"声。

傅准在石壁上草草绘了个地图，计算他们一路走过来的道路。

朱聿恒借着火把的光扫过地图，估算着距离，道："看来，咱们快到机关中心之处了。"

傅准点头，湿闷的地下气息浑浊，让他的轻咳更显虚弱："若是所料不差，前方便是第一个关卡处了，还请诸位多加小心，尤其是动作要尽量轻缓，以免惊动那些守卫。"

"守卫？"廖素亭错愕地问，"什么守卫能在这种鬼地方待六十年？他们能打吗？"

傅准淡淡道："说不准，去看了再说吧。"

艰难钻过极为狭窄的曲折裂隙，一路冒险连炸带凿地从堆叠的石缝间钻过，他们面前，终于出现了一个稍微宽阔的地方。

如韩广霆所料，以玉刺强行提前引动的机关并未彻底启动，里面残留的阵芯，终于迎来了它们等待已久的一甲子时刻。

坍塌残余之地，他们看见阵芯是个足有十丈方圆的巨大木盘，上面有峰峦湖泊，亭台楼阁，更有无数仙女瑞兽在其间飞翔盘绕，俨然是一座微缩的天宫。

木圆盘借用了千万年不绝的长江水为动力，即使过了这么多年，它上面木雕的仙女们依旧在池上缓慢地跳舞，麒麟龙凤在林间穿梭上下，"咔咔"运转挪动。

阿南立即加快脚步，来到圆盘面前查看情况。

巨大的圆盘足有两丈来高，厚达半丈，上面陈设的楼阁山峦有了几处残破，显然二十年前阵法发动时发生了缺损，但中心保住了，因此还在运转。

耳边是轰隆隆的声响，圆盘带动了地下杠杆与衔接而动，使得后方传来巨大的影影绰绰的动作，显然后面有什么东西被牵引着，只是在黑暗中无法看清。

阿南回头看傅准，问："怎么让它停下来？"

傅准往旁边一指，面带苦涩："停不下来了。"

众人随着他指的方向一看，墙上只剩了一个碗口粗的深洞。想必当初墙上设置了杠杆，可二十年前在阵法发动之时，它便已经彻底毁坏了。

但如今这圆盘就阻在地下最狭隘处，要进入后方机关，唯有越过它。

阿南掠了掠鬓边乱发，问傅准："还有其他路吗？"

"没有了，只能从这里过去。"

"我去探一探。"阿南利落地扎紧了头发，抄起火把跃上圆盘。踏在她小腿一样高的仙女群中，想要详细查看阵法内部。

猛听得身后震响，一道风声骤然扫过，击向正在观察的阿南。

"小心！"下面的人立即示警。

她反应迅速，纵身后仰避过攻击，在下坠的过程中高举火把，照亮后方情形。

黑暗之中，一个巨大的傀儡木人赫然呈现，似是察觉到圆盘上落了异物，它挥动手臂，狠狠攻向站在仙女群中的阿南。

原来傅准所说的守卫，就是这巨大的木人。

阿南拔身而起，跃向对面琉璃镶嵌的湖泊。

而木人那对关节活动自如的手臂，再度向她狠狠砸去。

在众人的惊呼声中，傅准一拉廖素亭，指向地面。

廖素亭立即搬起地上断裂的石梁，在他的指示下，重重抛向圆盘一角。

只听得"咔咔"声响，那圆盘实在太过巨大，而且坚实无比，石梁砸在上面只倒了几棵假树，盘身毫发无损，只略微倾了倾。

但，木人已经迅速转换了攻击方向，石梁在掉落的刹那被迅速掀飞，向他们重重飞来。

众人慌忙闪避，只听得一声闷响，石梁已摔断在石壁上。

趁着攻击转换间隙，阿南拔足而起，向下跃去，被一双臂膀牢牢抱住。

不需回头，她也知道抱住自己的人是朱聿恒。

她借着他的手臂站住，恨恨地盯着木人："难怪坍塌后所有的土石都落在圆盘周围，没有影响到机关内部，原来这些木人还懂清障。它们那动作，一方面是为了保护机关，击退来敌；另一方面则是为了清除障碍，真是设想周到！"

墨长泽望着那些木人，赞叹道："听说古代偃师能刻木蒙革为人，栩栩如生，真假难辨。而唐朝《朝野佥载》上有木人能跑堂、化缘、捕鱼，本已属千古难得，没想到傅灵焰能设置这般木头金刚力士，在这边守卫六十年……"

"金刚又怎么样，力士又怎么样，总不过就是些木胎泥塑，我就不信死物还能拦得住咱们活生生的人！"

阿南撂下狠话，向朱聿恒抬手示意，便迅速射出流光，钩住上方巨大木人的头颅，跃上了圆盘。

果然，圆盘上的压力一产生变化，那木人的攻击便随之而来。

阿南在旋转的圆盘上飞跃，顺着木人击来的手臂，跃到了巨大木质圆盘对面。

然而，她的足尖刚一点上边缘，木人的手臂便随之而落，如影随形般直击向她的身影。

阿南一边躲避，一边朝下方朱聿恒喊道："阿琰，它是根据圆盘的压力而牵引攻击的，也就是说，我们的攻击落在何处，这木人体内的机栝便会随之向受压处攻击！"

朱聿恒与她心有灵犀，再一想刚刚传准的应对策略，哪还不明白，立即以日月钩住木人的身躯，跃上了它的肩部。

然而，木人的身上，似乎也有相同的机栝存在，木质巨臂脱离阿南，立即击向他。

在急遽如风的攻势中，朱聿恒迅疾闪避，阿南也趁着攻击暂时脱离而向着圆盘另一处跃去，寻找下方的机栝。

木人的手臂，感受到了圆盘上的力量，又再度回转，击向下方的阿南。

只听得木人手臂"咔嗒咔嗒"响个不停，两人配合默契一起一落，此起彼伏，就像两个攀爬在大佛身上的小娃娃，却一时将这个木人玩得如同牵引绳索的傀儡般。

下方众人明知不可坐视殿下以身冒险，可望着上头这两人，谁也不敢说自己能代替他们中的任何一人，能如此毫厘无差地配合，在险之又险的微毫之间，给对方争取到短促的机会之际，也准确抓住对方创造的时机。

因此，他们唯有屏息静气，瞪大眼睛，待他们破阵。

趁着朱聿恒给自己争取的间隙，阿南终于查到了圆盘上维持机栝稳定的内芯，正在天宫最中心处。

她心下一喜，臂环中的小刀弹出，立即便插进了木头外壳，往下用力一撬。

可惜圆盘巨大，木壳也厚，精钢刀子撬得弯曲，木壳只被她撬得飞断表面一块，下面的却完好无损。

"阿琰，匕首！"阿南抬手示意他。

朱聿恒一个折身避过木头人的手臂，抽出麟趾掷给了她。

阿南一把接住，削铁如泥的匕首直插入圆盘连接处，在木人手臂挥来狠狠击下之际，她一把抱住手臂，借着那巨大的挥舞力量，将麟趾重重地往下一压。

在木人的重击之下，木屑纷飞，麟趾彻底插进了天宫最雄浑的大殿之内，直抵榫卯相接处。

随即，阿南翻过木人手臂，抬脚狠命在刀柄上一踹。

圆盘顿时被掀开一个大口子，木制精巧的仙女、花树、瑞兽纷飞散落间，巨大的木壳被掀落，露出了里面紧紧咬合运转的巨大复杂机栝。

阿南一眼便看见了里面那些纠连的机栝，她一把跃下木人的手臂，示意朱聿恒拉好木人，然后俯身下到机栝中，一刀挑向里面的勾连棘轮。

然而，出乎她的意料，她这必中的一刀，竟然并未得中。

愣了一下之后，她抬眼一看自己的手臂，顿时明了——

因为木人的振动，她的身体也在其间隐约振动。在这发丝般精微的情形之下，她手脚有伤，无法彻底控制手臂做幅度极为微小的振动，对面前这机栝竟无从下手。

她气恨地捶了一下自己手臂关节的伤处，无奈抬头，对着朱聿恒喊道："阿琰，我来拉住木人，你探寻结构，拆除机栝！"

"好。"朱聿恒毫不犹豫，身形落下。

而阿南拔身而起，将木人的手臂引向他的头颅。

朱聿恒趁着它的攻击上升之际，立马伏身于缺口处，查看下面各个咬合的关节。

阿南以流光钩住木人的头颅，一跃而上蹲于最顶处，提示道："阿琰，右上方那几个棘轮！"

朱聿恒的目光立即落在缺口右上，果然看见几个咬合的棘轮，运行方式十分古怪。

他立即倒转了麟趾，敲击向那几个棘轮。

"叮当"的震荡声响起，并立即通过相连的棘轮，在下方久久回荡。

朱聿恒侧耳倾听，而木人显然已经感觉到了这边的震荡，手臂立即向下狠狠挥出，重击向正在凝神倾听的朱聿恒。

而阿南早已起身，在木人头顶重重一跳，以重压牵引它的注意力。

就在木人的手臂向上急挥，重重击向自己脑壳的同时，阿南故意在上面多停留了一瞬，等到手臂堪堪挥到之际，才一跃而起，猛扑向下方的朱聿恒。

风声从她的耳畔闪过，木人手臂以毫厘之差扫过她的脊背，重重击在了它自己的头上。

只听得"轰"一声巨响，它将自己的脑袋给击垮了半边，整张脸顿时崩塌下来。

立于下方的廖素亭慌忙蹦跳着躲避破碎的木脸，一边大喊："殿下，南姑娘，千万小心！"

阿南哪顾得上回答，她落在朱聿恒的身边，瞥了他面前的机栝一眼，急促地说了一声："下方必定是杠杆牵引，你重新调整勾连处即可！"

朱聿恒应了一声，又急道："小心点，你引开攻击就行，别太冒险！"

"好。"阿南应了，见朱聿恒已经着手连接自己所说的相接处，便迅速冲上木头人的肩部，再次引开那条即将砸向朱聿恒的巨臂。

就在足尖踏于木人肩上的瞬间，她看见朱聿恒的手，已经准确而娴熟地撬开了下方的杠杆。

在间不容发之际，那双旷世无匹的手控制住了最细微的颤动，穿过杠杆迅疾抵住了下方的棘轮，一按一压之际，将其准确地嵌入了勾连之中。

"咔咔"声中，圆盘猛然一震，随即，下方棘轮被带动，进而千万个相卡的齿轮一起运转，如同牵一发而动全身，在"咔咔"声响中，一起逆向运转了起来。

在这一瞬间，阿南望着阿琰又稳又准的手，心中忽然涌过一阵难言的感伤与喜悦。

去年春末，她与他刚刚见面。

那时的他，还是对机关阵法一窍不通的人。而她透过雕镂的屏风空洞，看见了他的那双手，一瞬间，她既嫉妒又羡慕，心口涌起了对一双手强烈的、前所未有的热爱。

她想要得到那双手。

而如今，她得到了手，也得到了它的主人。

这算不算，夙愿得偿。

又或许，比她想要的还要更多。她不仅得到了他的手，还得到了他的人，他的心，他的生命，他的一切……

谁能想到，这一年的光阴流转，他们终于走到了一起，以后，一生，都属于彼此。

脚下震动渐没，圆盘转动放缓。傅准的声音从下方传来："殿下，仙宫最高处！"

朱聿恒抬头看去，圆盘正中高耸缥缈的仙宫之中，最高处便是一座重檐攒八角的高阁。

而在高阁屋顶之上，原本该烁烁放光的攒心宝顶，如今只剩了空空如也的一个凹痕。

那凹痕的大小，不偏不倚，好像正是……

他伸手入袖，迅速取出那颗白玉菩提子，足尖疾点，扑向高阁。

木人的手臂挟巨大风声，劈向他的身躯。

而他险之又险地腾身而起，侧翻过重击而下的木臂，抬手将菩提子重重地按向了高阁宝顶。

圆盘停了下来，木头人的攻势顿在半空，一切仿佛在瞬间停止。

阿南高举火把，看向下方的傅准，在他肯定点头之际，他们抬起双手，狠狠地推动了圆盘。

圆盘上所有的仙山楼阁天女瑞兽全部散落，巨大的圆形分散翘起，如一朵巨大的莲花，莲房上火光轰然亮起，照亮后方通道。

在残缺的洞穿之下，后方一个个木头人依次放下了自己的手臂，垂下了头，就如一排巨大的黄巾力士在他们面前躬身行礼，退让出了一条通道，让他们通过。

火光穿越狭长通道，他们看见尽头的岩壁上，绘着一只巨大青鸾，口中衔着一枚莹润玉石，翱翔云端。

傅准抬手指向那块玉石，一贯阴阳怪气的声音也夹杂了一丝激动："那便是玉母矿，'山河社稷图'的子母玉刺，还有南姑娘你身上的影刺，便是从中取来。"

阿南与朱聿恒互相望一眼，高举手中的火把，他们绕过已经收拢的圆盘，向内走去。

青砖铺垫的地面，已经在二十年前的巨大震荡中扭曲变形。他们踏着凹凸不平的地面，穿过垂手而立的巨大木人，向着青鸾疾冲。

然而，他们奔得太急，就在青鸾前不到一丈之处，脚下踏空，身子一倾，差点摔下去——

一条深长的裂缝，赫然横亘于通道之中，将他们与绘着青鸾的洞壁硬生生隔开。

两人在黑暗中奔着玉母矿而来，哪料到这里会突然出现裂隙，差点收不住脚。

阿南一把拉住朱聿恒，手中流光疾飞，卷住旁边一个木人的脚，两人及时拉回身形，抓住了裂隙边缘，重新爬上来。

阿南捡起掉在地上的火把，照向对面。玉母矿还在对面的青鸾口中莹润生辉，可提前发动的阵法显然在爆炸时震坏了山洞，造成了这条沟堑。

若是平素，这点距离他们根本不在话下，借助流光或者日月，轻松便可来去。

可此时深沟对面，是平直如镜的一片山壁，扑到对面后，即使不会滑落，也无处借力撬出玉母矿。

就算勉强将玉母矿拿到，使力之际也定会下滑，在无处借力的光滑洞壁上，唯一的可能就是下滑坠落。

阿南俯头向裂隙下方看去，踢下脚边一颗小石子。

下方是湍急水流，迅速卷走了石子。他们虽然都会游泳，但在这湿滑的石壁夹缝间被湍流卷携冲走，定然是撞得筋骨折断的下场。

阿南略一思忖，示意朱聿恒："我跳过去，将它挖出来。你时刻注意我，一旦有下滑的迹象，立即以日月抓住我。"

朱聿恒点头，道："好，务必小心。"

阿南抓过他的麟趾，紧了紧自己的衣袖，正要向对面跃去，却忽然听到傅准轻咳的声音，问："你们难道忘记了，这是玉母矿？你们身上的玉刺皆是从中而来，一旦你们碰触之后，会有什么反应，知道吗？"

阿南怔了一怔，挥动臂环，手中流光飞击，向着对面青鸾口中的玉母矿击去。

只听"叮"一声轻响，她四肢的伤处与朱聿恒的奇经八脉皆是一震，全身力气顿时抽离，差点站立不住。

"挖取玉母矿，正是要借助它的共振之力，清除你们伤处的碎末。是以，你们击打撬动玉母矿之时，身上的伤口自然会有反应。"傅准的面容在火光下似笑非笑，反问，"你们觉得，在这般情况下，殿下有机会及时拉住你，而你又能有力气爬上来吗？"

阿南愤愤地直起身子，死死瞪着他："少说风凉话了，你既然跟着我们过来了，肯定有办法拿到它！"

"喀喀，南姑娘别这么急躁啊，你明知道我是过来戴罪立功的。"傅准捂嘴轻咳，火光下脸颊晕红，瞧着她的目光似带着氤氲水汽，"二十年的秘密揭晓，我、舅舅、拙巧阁……当年的所作所为，显然都不是圣上可以容忍的。东海瀛洲被夷为平地，已经是板上钉钉的事情了。可是我……得找个办法保住它，保住我祖母、爹娘和我三代人的心血，保住里面积累了六十年的成就……"

世上所有人都知道皇帝手段酷烈，不可能允许任何人在自己眼皮子底下欺瞒自己，更何况，他们掀起了这般风浪，摧毁了社稷牵系的皇太孙，左右了王朝兴替存亡。

阿南听他的声音有些怪异，向朱聿恒看了一眼，尚未说什么，却见他的身形一晃，已经站到了裂隙边缘。

"离远点。"

阿南与朱聿恒知道必定会有大事，立时下意识地向外退去，远远避离。

而傅准的手掌微抬，指尖上的晶光微闪，万象终于第一次在他们面前现形。

只有光没有影的细微芒针，与渤海水下那些看不见的攻击一般，在火光中闪一闪便消失于黑暗中，诡异又从容。

傅准袍袖一展，身形如鹤，栖落于对面洞壁的青鸾之畔。

他的手按在青鸾之上，手中万千光线如网密织，旋转飞闪，将母玉重重包裹。

黑暗悠长的洞壁之中，忽然传来"啵"的一声跳动，仿佛沉睡的巨人被唤醒，重新开始了第一下心跳，他们的脚下，骤然震动。

阿南睁大眼，看向青鸾之前的傅准。

他的手还按在母玉之上，周围的震荡开始剧烈，那牢牢镶嵌在石壁上的玉母矿也逐渐松动，眼看便要自青鸾口中坠落。

与此同时，这洞中的一切仿佛开始苏醒般，逐渐动摇起来。

玉母矿牵系着傅灵焰当年设下的所有阵法，这六十年前的阵法，二十年前便被震得摇摇欲坠，如今被玉母矿再度重启，两壁与洞顶的石块簌簌下落，向下乱砸。

"退避出去，不要留在这里！"

傅准的声音从未如此急促过，可阿南勉强维持身躯，眼中死死盯着那块玉母矿，不肯动弹。

"出去！"

朱聿恒一把拉住阿南，两人护住头，挡住下落的石块，向外冲去。

然而，面前那一排十二个巨大傀儡，已经因为落石而全部驱动，正在疯狂扫落自己面前的落石，手臂无序横扫，甚至因为交错而互相猛击，木屑横飞，震声回荡。

阿南与朱聿恒仗着身法极力躲避，但外面一个木人已难以应付，更何况如今十二个木人一起发动，洞内又是这般动荡摇晃的情况，他们左支右绌，终究难以冲出傀儡阵。

而傅准贴在剧烈震荡的石壁之上，再度催动万象。

在急转的光华之中，母玉终于微微一跳，从青鸾口中脱出，向下坠落，眼看即将永远沉没于地下黑洞内，滚滚波涛中。

傅准利落抬手，险之又险地将它接在手中，回头看向阿南与朱聿恒。

巨大木人的手臂运转混乱，排山倒海般的攻击携带惊人力量，在洞穴中的震动轰鸣声中，狂乱击向中间闪避的二人。

阿南循着木人攻击的空隙与节奏，直扑向刚露出的空隙。谁知她尚未来得及落地，洞顶上一块巨石忽然压下，砸在木人的肩上。

那原本已被她避过的手臂，在石头的重击下，偏离了运转轨迹，向着阿南的后背重重击打了下去。

身后众人的惊呼声尚未响起，朱聿恒已不顾一切，穿透那密不透风的攻击，扑向阿南。

就在他的手指紧抓住她衣襟的刹那，猛然间一阵风从身后袭来，他知道，是木人的手臂，在向他重击而下。

但，他并没有改变自己的身形，因为，他哪怕只躲闪一寸，也将失去救护阿南的最后机会。

就在他抱住阿南，将她推出攻击范围的刹那，耳后的风声已经重重而来。

可，想象中那沉重无比的击打却并未落在他的身上。

时间仿佛凝固了，那些疯狂的傀儡木人，在一瞬间放慢了机关。

只这倏忽而逝的刹那，却已经足够朱聿恒与阿南两人抓住最后的机会，向外扑去，穿越这泰山压顶般的十二木人，脱出这即将坍塌的凶阵。

是傅准在取到玉母矿后，手中的万象瞬间翻转，射向了面前木人。

万象无形，变幻难测，莫之能言。

随着他掌心的拨动，那十二个疯狂失控的巨大木人动作开始缓慢起来，就如他手中有千万条看不见的线，在牵引着它们徐徐动作。

他一手握着玉母矿，一手掌控木人，已无法借力从石壁上跃回。

阿南扑出洞口，急遽转身，隔着十二个疯狂的傀儡木人与不断下落的土石，看向傅准。

丢在裂隙前的火把已经快要烧完，她在剧烈震荡中看见傅准的面容，比以往任何时候都更为惨白，那声音也比任何时候都更显得飘忽，但他脸上却没有了那种阴阳怪气的神情。

隔着即将坍塌的动荡空间，他望着她的眼神却如沉在深海中一般，平静无波。

就像当年她杀出拙巧阁，重伤窜入长江，在两岸青山相对的崖壁之上，天罗地网来袭，他截住了她。

那时候的他，也是用这样静得无声无息、仿佛逼视命运来临般的黑色眼眸端详着她，平淡地说："南姑娘，你前面没有路了。"

而如今，轮到他的面前，没有路了。

她一向是恨傅准的，但此时却无法遏制，冲着贴在石壁上的他大吼："快出来！"

他却只朝她笑了一笑，说："多谢南姑娘……只是你看，我左手是你们的命，右手是控制木人的万象，我舍弃了哪个，好像都不行。"

洞中声响剧烈，他有气无力的声音被遮掩，听起来显得飘忽又残破。

"得了，世间万象，种种不过命定。我这残躯，委实也活不了多久了……八岁那年我启动了这个阵法，二十年后，我就得为自己当年所做的一切，付出代价，了结因果。"

阿南尚未知晓他的意思，却听他提高声音，叫了一声："阿南！"

她来不及应声，便看见他手中光芒一闪，已将玉母矿丢了出来。

他的动作似乎也不快，但所有的落石与木人的动作在他面前都似放慢了，容许那块牵系着他们性命的玉母矿在间不容发的时机中穿透所有阻碍，准确地落在她的面前。

"一切，交给你了……"

阿南心口一震，尚不知他的意思，只下意识地抓住了玉母矿，紧紧抱在怀中。

那是地洞坍塌前唯一的、也是最后的机会。

玉母矿飞出洞口的刹那，木人密集失控的手臂，齐齐压了下去。与此同时，巨响在耳边轰然响起，上方洞壁彻底坍塌，乱石与扭曲的手臂瞬间便被黑暗吞噬。

那最后残存的阵法，已被彻底填埋。

"傅阁主……他……他……"廖素亭盯着那坍塌的洞穴，声音颤抖。

尚未等众人反应，更来不及回答，周遭已传来沉闷的一声巨响，随即，是巨大的轰鸣声夹杂着呼啸的浪涌声，让整个山洞隐隐震动。

阵法坍塌，圆盘被撕裂，湍急的水流自下方迸射而出。

一直推动机关的长江水已经倒灌进来，这勉强支撑了二十年的地下空洞，终于到了最后一刻。

众人立即转身，向后方夺路狂奔。

身后的阵法轰然爆裂，惊涛骇浪从裂开的洞口疾冲而进，巨大的水流在洞内回旋，撕开裂口，疯狂加大。

朱聿恒的日月与阿南的流光同时绽放，紧紧地钩住上方的石头，此时也顾不得自己的武器会不会受损了，两人拼了命地抓住彼此，免得在水流冲击下骨断筋折。

"殿下，南姑娘，这边！"

廖素亭的声音仓皇传来，他是"八十二"传人，最懂逃命，迅速寻到了洞中一道最为稳妥的裂隙。

冰冷的江水冲击倒灌，很快便彻底淹没了地下空洞。

众人在裂隙中互相拉扯借力，抱成一团，强行扛过巨大的冲击。

待水势稳定之后，他们立即潜下水，重回阵眼中枢。

首当其冲的阵眼早已彻底溃散，只留下布置机关的通道。他们顺着裂隙拼命向外钻去，挤出裂口，浮出水面。

冒出头后，他们才发现这边已是长江岸边。

不远处是几艘正在竭力维持平衡的渔船，因为刚刚骤然的漩涡动荡，江面水波还在剧烈动荡，不远处更有几道水柱喷薄而出，差点掀翻了江上船只。

他们七手八脚爬上了渔船，让他们划到芦苇荡去，找官兵接应。

水下坍塌已经结束，水波渐渐低了下去，最终水面的漩涡一一消失，只有浑浊的黑水还在江面久久不消。

雪后天气严寒,坐在小舟上的阿南与朱聿恒都是浑身湿漉漉的,冻得瑟缩不已,唯有靠在一起互相贴着,勉强稍微暖和一点。

岸边枯黄的芦苇丛上,忽然有只金碧色的辉煌大鸟飞掠而过,仿佛迷路的幼鸟,在寻找自己的暖窝,久久盘旋。

阿南怔了怔,摸向自己的袖袋,发现傅准给自己的那个哨子居然还在。

她对着空中的吉祥天,吹响了哨子。

在江面上久久盘旋的鸟儿,听到了她的召唤,以机械却准确无比的姿势,偏转了翅翼,向着船上滑翔而来。

朱聿恒抬起手,将它的足牵住,让它停在自己的臂上。

而阿南将怀中的玉母矿拿出来,鹅卵大的玉矿已在取用时被掏空大半,而在空隙中,被塞进了一枚青鸾金印。

阿南将它拿出来,握在手中看了看,认出那正是历代拙巧阁主的印记。

印上残留的朱红印泥,在她的掌心留下了傅灵焰手书的"大拙若巧"四字。

大拙若巧,大音希声,大象无形。

这世间种种,阴阳正反,爱恨纠缠,也正如这个道理。

她茫然地抬起头,回望水波渐平处。

朱聿恒轻轻揽住了她的肩,低声道:"拙巧阁会安然无恙的,傅准不会枉死。"

阿南低低地,却固执地道:"祸害遗千年,像他这种人,怎么会这般轻易死去呢……我想,他应该也和我们、和他之前在渤海时一样,逃出了舅舅的钳制、拙巧阁的重任、朝廷的制裁,如今终得自由了吧。"

他们都没再说话,任由船家顺着芦苇荡,带着他们向江岸划去。

滔滔江水,蒹葭初生,去年残存的枯黄芦苇已经在雪中折损倒伏,新生的碧绿叶片从水下抽出,过了不久,这边又会是绿油油一片青纱帐,满世界生机勃勃。

阿南望着面前这苍茫水云,将头轻轻靠在了朱聿恒的肩上。

而朱聿恒抬起手,用自己那双劫后余生、沾染着沙尘却依旧令她心动不已的手,紧紧抱住了她。

两人依偎在这小小的船尾,身影在水中相融。

前方是春江潮水,万里江山,而他们得脱大难,相拥在小小的船上。

他不问她去哪儿,她也不需要问他想去哪儿。

毕竟,她是司南,她指引的方向,就是他前进的方向。从今以后直到永远,他们将相依并行,永不分离,永无相背。

尾声

杨柳依依

阳春四月，天蓝如海。

福州闽县，中国塔依旧高高矗立于回转激流之上。

顺流而下，山崖礁石直插入湛蓝大海，嶙峋之中村落散布。

阿南久久望着这片海边小渔村，这个她追寻了十四年的家乡，明明就在眼前，却又显得渺茫虚幻。

像是看出了她的心思，朱聿恒握住了她的手，带她向海边走去。

迎接他们的渔村里长黑瘦硬朗，划着一条窄长的尖底小船，送他们穿过狭窄水道，来到一片临海礁石上。

这片礁石形成日久，规模足有数十里。福州府位于东海、南海交界处，气候宜人，礁石上密布螺蚬，岸边生长着繁盛树木。

他们从树下走过，看见岸边零星分布着许多人家，因缺少砖石，多住在用旧船板钉成的木屋中。

此时正值午后，一个五六岁的小女孩捧着个缺口大碗蹲在门口吃饭，她头发乱蓬蓬，小脸被太阳晒得黑黑的，睁着一双大大的眼睛好奇地望着生人。

阿南朝她多看了两眼，想着自己小时候是否也是这般模样，而那小女孩怕羞，捧起碗转身就溜回屋内去了。

破木屋内一个中年男人走出，护着身后怯怯露头的小女孩，打量面前陌生面孔，等看见里长，才赶紧打招呼。

里长应了一声，问："梁贵，近日没出海啊？"

梁贵抱怨道："嘻，前两天出海，拖上来的全是虾爬子，网都烂了。我老婆笨手笨脚，两天了还没补好，你说倒霉不啦？"

里长指指前方被丛生杂草淹没的道路，说："既然你也出不了海，就领我们去看看当年老李家的屋子吧。"

梁贵迟疑地问："李家人不是早死了吗？如今他家那屋都被草给淹没了，里面全是虫鼠蛇蚁……"

"叫你去就去，哪那么多废话！"

等梁贵用柴刀劈开灌木，几人走进去才发现，那居处比梁贵说的还要衰败。

道路尽头的屋子早已不见，李家没人了之后，屋瓦梁椽土灶门槛全都被人拆分光了，只剩残存的桩基和灶台痕迹。

依稀痕迹之旁，一棵柳树长得尤为高大，垂柳丝缕繁茂无比。

见她一直看着这棵树，梁贵在旁边说道："这是老李女儿小时候折了村口柳枝扦插在这边的，结果现在长这么好了。"

原来这棵树，是母亲当年种下的。

阿南抬手抚摸这棵柳树，对梁贵道："阿叔，麻烦你详细讲讲李家女儿的事情。"

"你说那个囡儿啊，她小时候长得又漂亮又伶俐，可惜啊，咱们渔村人家，个个都忙，她刚会走路时摔到炉膛去了，周边没人救护，那双手就残了，落了个残疾。到十八岁时这边大风雨毁了屋子，李家出去逃荒了，就再也没见着他们回来了。"

阿南听着他的讲述，抬手挽着柳树柔软的枝条，望着母亲故居的废墟。

二十年风雨侵袭，依稀残存的痕迹都已快被草木掩盖，令她心口泛起细细深深的痛感。

里长问梁贵："你说她残疾了，是怎么个残疾法？"

"嘻，她的手上全是疤，还缺了两根指节，看着挺吓人的。"

里长看向阿南，她点了点头，说："确实如此。"

她神情尚还平静，但喉口忽然一阵哽咽，将她后面所有的话都堵在了心口。

朱聿恒见梁贵他们也想不起什么其他的了，便打发他们先回去。他拉她靠着柳树坐下，在她父母当年生活过的地方，静静坐了一会儿。

"阿琰,谢谢你……"他听到阿南的声音,"不只是我娘,还为了,我那原本不可见人的身世。"

若不是他的苦心遮掩,她在这世上,早已没有立足之地。

"没什么不可见人的,既然你说我的棋九步之力能从世间所有纷纭中寻出最准确的答案,那么你的身世就是这样,若你还介意自己的出身,那就是在质疑我。"

阿南心口涌上浓浓的酸涩与感激,在海边温暖潮湿的风中,她默默握住了他的手,与他十指交握。

"走吧,我们去找人,在这里给你娘做法事、建陵墓,让她可以魂归故里,九泉安息。"

阿南紧抿下唇,默然地、重重地点了点头。

其实她此生于世间纵横,刀山火海尽数闯荡过,深心里知道,这世上或许并没有来生与鬼神的存在。

可,这一刻她愿推翻自己对这世界的所有成见,只要能有一丝希望,让厄难深重的母亲得脱苦海,让母亲下一世终有幸福如意的人生,那么,她愿跪拜于满天神佛之前,豁出一切。

从故乡回来,北上回应天,先经过杭州。

绮霞肚子已高高隆起,脚背也肿了,靠在躺椅上晒太阳。阿南过去时,楚北淮正抱着蜜枣红豆汤过来,说是他娘刚煲好让送来的。

"其实我娘最近身体也不舒服呢,我爹昨天还陪她去保和堂看大夫。"楚北淮有些忧愁,"南姨,他们好像又出问题了!"

"咦,还吵架吗?"阿南和绮霞都有些操心。

"不吵架,但是我娘身体不好了,我爹一点都不难过,还精神焕发的,最近甚至……甚至……"他嘴巴一扁,气愤不已,"他还偷我的糖!偷了不是给自己吃,给我娘吃!"

阿南和绮霞对望一眼,差点笑出声来:"什么糖,是不是梅子糖、山楂糖什么的?"

"对啊,你怎么知道的?"

阿南朝他神秘一笑:"小屁孩,等你当哥哥就知道了!"

打发走了一脸茫然的楚北淮,绮霞听阿南谈起要与阿琰一起出海,以后长居海岛治病的事情,摸着自己的肚子郁闷地撅起嘴:"孩子啊孩子,你太可怜了!你还没出世呢，连干儿子还是干女儿都不知道，你的干娘就要跑啦！"

"没办法呀，阿琰没法等。"阿南豪气地将一个金锁拍在她的手中，说，"收好，我亲手打造的。明后年我肯定回来一趟，到时候要是这金锁没挂在你娃的脖子上，我跟你算账！"

绮霞看见金灿灿的东西就迷了眼，赶紧打开箱笼妥帖地收了，保证道："放心，我肯定天天指着金锁告诉他这是干娘给的，孩子不会叫娘之前先学会叫干娘！"

看到箱笼中一包东西，她又犹豫了一下，取出来放在桌上，说："这个，是白漣的娘上次送给我的。"

阿南打开看了看，是几块未打磨的青鱼石，便道："这是鱼惊石，给孩子压惊驱邪的，这么大可不好攒呀。江白漣他娘……知晓你们的关系了？"

绮霞摇了摇头，说："我常去她那里买鱼，所以她认识我了。但我不想孩子一生困在船上，或许……等以后，我再告诉她吧。"

阿南摸摸她的头，说："那我帮你把鱼惊石打磨好吧，相信它一定能保佑孩子无病无灾成长，成为白漣一样聪明能干的人。"

那几块鱼惊石打磨后橙中带粉，用栀子花油摩挲浸润后，颜色比琥珀还莹澄。

阿南满意地收好，拉上朱聿恒，道："走，陪我去找找穿鱼石的丝络，再配两颗珠子。"

熙熙攘攘的街市上，人头攒动。

阿南抬头便看到街口张贴的唐月娘通缉令，便扯了扯朱聿恒的手，问："她不是带着青莲宗残部散入西南大山了吗，难道又发现她的踪迹了？"

"嗯，西南那边封闭淳朴，朝廷难以在茫茫大山中剿除余党，她似是要在那里扎根落地了。"朱聿恒说着，神情与声音都是淡淡的，"无论日光如何洞穿人世，可这世上总有贫困、饥荒、黑暗与不公的角落存在，否则，青莲宗怎能绵延百年，至今不绝呢？"

阿南望着通缉令上唐月娘的面容，她背负了半生苦痛，面容却依旧温厚宽忍，依旧是她记忆中那个笑着拉她参观自家菜园子的爽利妇人。

她叹道："算了，她也算个女中豪杰。再说有这样的一股力量在，也能在朝廷朽烂的时候督促警醒，也不必赶尽杀绝。"

朱聿恒也深以为然，又想起一件事："说起来，墨先生对阿晏赞不绝口，说他一旦用心就是个人才，前段时间还改进了水车，如今正在北边试用，要是可行的话，说不定能惠及大江南北。"

"真好，阿晏现在居然这么有出息了！"阿南想起他们一起嗑瓜子逛酒楼的日子，不由得笑了，"希望他能坚持己心，以后咱们回来时跟他比比看，谁在这条路上走得更远。"

抛开朝野大事，朱聿恒陪着阿南细细挑选各色丝绦。

旁边赶着牛车的老农在卖时鲜的香椿、荠菜、马兰头，更有人摆下大木盆卖鲥鱼、鲫鱼、四鳃鲈。

"哎呀，这可是江南才有的，趁现在咱们多吃几次。"阿南欢呼了一声，拉着朱聿恒便过去挑拣着。

河边集市的人讨价还价，柳树下闲坐的人聊着最近大小传闻。耳边忽传来错愕惊问："皇太孙不是一向身康体健吗，怎么会忽然因病薨逝了？"

"唉，听说祭陵时出了事，可能因此遭了不幸吧……说起来，太孙殿下诞世之时，太祖不是在梦中授了当今圣上一个大圭吗，如今天下既定，想必也是圣上将玉圭收回，常伴身侧了。"

这一番话说得冠冕堂皇，大概是朝廷最好的解释了，众人纷纷附和，只是惋惜不已："怎会如此？太孙殿下天纵英才，本可开一代太平盛世啊……"

一切纷扰传言，朱聿恒却听若未闻。

他帮阿南拎着两捆菜，静静站在她的身后等待着。

而她蹲在一个老妇人面前买鲥鱼，一伸手就掐住了一条最肥壮的鲥鱼，手指直插入鳃，让鱼只能徒劳地拍两下尾巴，再也无从挣扎。

柳枝风动，掠过朱聿恒的肩头，轻柔闲适。

阿南抓着鱼，认真地向面前的老妇人讨教鲥鱼要如何烧才最好吃，记得无比仔细。

阿南啊，无论在何时何地，无论对这世上任何事情，永远都是兴致勃勃、乐在其中的模样。

他望着她的面容，不由得笑了。

阿南买好了东西，抬头看见他脸上的笑容，扬扬眉问："怎么？"

"你还记得，我们第一次见面时的场景吗？"

"记得啊，在顺天的酒肆里，你在那里喝茶，我看见了你的手……"

"不对。"朱聿恒接过她手中的鱼，微微一笑，"是在护城河的旁边。那时候，你正在教一个大叔弓鱼，你抓鱼的手法，和现在一样既稳且准。"

只是当时的他们都不知道，这短短瞬间的交汇，改变了九州天下，也改变了无数人的命运。

"好哇，那时候你就偷学我的手艺啦？看来我以后的独门秘技都要保不住啦！"阿南笑嘻嘻地横他一眼，"不过你以后肯定造诣非凡，韩广霆那个老家伙，因为自己没有棋九步之力，无法继承傅灵焰的衣钵而悒郁了一辈子，如今终于找到你这个奇才，恨不得直接把九玄门所有的技法一股脑儿全填到你脑门儿里去——不行，我也要回去好好翻翻师父的东西，看他有没有私藏的绝技。"

"如今你的旧伤已经痊愈，待埋在其中的影刺清除后，只要努力练习，回归三千阶便指日可待，还需要掏你师父的私藏？"朱聿恒握着她的手查看她的关节处，想想有些好笑又有些郁闷，"话说回来，拙巧阁怎么办？你觉得他们能接受前几天还在喊打喊杀的'妖女'，忽然拿着阁主印章过来要上位的消息吗？"

"当然不可能了，更何况我才不愿意呢，傅准那个浑蛋，他自己落得清净，却根本没有考虑过我和那群人相处该有多别扭啊。"阿南无奈道，"如今只好抓个人来代工，我自己偷懒了……哎，你说墨先生会愿意接手吗？"

为了让阿南早日解脱，时刻与自己相伴，朱聿恒自然得认真思索："他是墨门巨子，一贯古道热肠，拙巧阁搜罗众多人才，如今群龙无首，让他暂为代管，他应当是会愿意的，只是……"

"只是并非长久之计啊。"阿南挠着头，说，"不过没事，我看薛澄光为人八面玲珑，在阁中人缘还是不错的，以后慢慢接手应该也算顺理成章吧。"

"薛澄光也很能干，焉知不会成为又一任女阁主？"朱聿恒轻轻拍阿南的头，示意她放宽心。

垂柳依依，阿南也觉得心口缠绵缱绻，将头往他肩上靠了靠。

想着他要从二十年的尊荣中猛然抽身，抛掉所有荣华，成为一个早逝而消失于这片大陆的人，想必有千万种艰难。

"阿琰，要离开这一切，你舍得吗？"

他手中拎着鱼和菜，挽着她在垂柳之下慢慢走回去："哪有什么舍不得的，难道是舍不得我祖父给我修建的壮观陵墓吗？"

这轻松的语气，让阿南不由得笑了出来："说起来，那座陵墓都建好了，现在是拆掉还是给你二叔用？"

"他如今谋逆事发，废为庶人，哪还配得上那般规格的山陵？"朱聿恒望着远空流云，紧握着她的手道，"圣上已经下令封闭那个山陵了，或许，他希望我们百年之后落叶归根，能回到先祖们安息之地。"

"会的，等你身上余毒清了，彻底摆脱了'山河社稷图'之后。"阿南与他十指紧扣，在依依杨柳之中，郑重许诺，"我们再带着孩子回来，在我们的故土，永不分离。"

暮春初夏的龙江船厂，江水浩荡，最为繁忙。

工棚一层层从道旁蔓延到江边，制龙骨的、造甲板的、缝帆篷的……工匠们干得热火朝天，到处是"乒乒乓乓"的敲打声。

在班头的带领下，阿南与朱聿恒穿过工棚，向江边而去。

世界最大的船厂中，最大的工棚之下，一艘宝船静静地停靠在凹地中，被下方离地约有三尺的坚实木架撑起，如一头沉睡的巨兽，只等遇到汹涌江水，让它苏醒过来。

"'长风'，真当得起这个名字。"阿南望着面前这艘船，不由得赞叹。

朱聿恒笑道："长风破浪会有时，直挂云帆济沧海。以后咱们就可以驾着它一起在海上纵横了。"

阿南迫不及待，也不等他们搭船梯跳板，一个拔身，流光钩住船头，旋身跃上了这艘船。

这是一艘最为适合海上航行的三桅尖底船，龙骨高翘，三层甲板。三千料的巨大船身，配备着二十四门大铁炮、三十六门中炮，另外船身开刻有两百铳击口，蒺藜、火箭、神机箭等都可以借此攻击。

朱聿恒之前出海，座船都华丽繁复，连栏杆都用黄花梨木雕出吉祥海兽纹饰。但这条船却极具威严与压迫感，为了更快更稳而摒弃了一切纹饰，因为注重实用性而化繁为简，显得充满了力量感，必将成为海上的霸主。

阿南爱不释手地抚摸着船身，叩击那些打磨得光滑的木头，一寸一寸地查看着接缝与纹理，然后心满意足地靠在了甲板上，朝着朱聿恒一笑："还记得以前我假装董浪的时候，曾说有钱了也要弄一艘你那种座船，但因为是龙江船厂出的，只能放弃。结果现在啊，有了更好的！"

朱聿恒笑着与她一起坐在甲板上，问："你之前不是想要世上最大的船吗？长四十八丈宽二十丈，比七宝太监当年下西洋时还要壮阔的那种，怎么后来又打消主意，改为小型的了？"

"我后来考虑了一下，太大的船需要的水手太多了，动辄两三百个水手，不好指挥，还是小一点的好掉头，水战也方便。"

朱聿恒扬扬眉："还想着打？"

"肯定要打啊，四海之主那么好当吗？"阿南说到这儿，想起竺星河，又叹了口气，"海上各派势力纠葛，多是穷凶极恶之徒，没有一股强力镇压，我娘那般的悲剧肯定无法断绝。四海之主这杆大旗，我不扛有谁能扛？"

说到这儿，她眼睛又转向他，笑睨着他问："想不到吧，离开了陆上纷争，海上还有强敌呢。"

"那倒好啊，否则我还担心接下来的人生寂寞呢。"朱聿恒抬手揽住她的肩，笑道，"既然打定主意要和你这个女海匪出海了，我焉能不好好学做一个海贼头子？"

"好呀，咱们两个雌雄大盗，来巡视一下咱们纵横四海的座驾吧！"

阿南拉起朱聿恒，两人仔细查看新船的各处。从四十八个横舱的密闭性到四层舱室的结构布局，从万担压舱砂石到各处枪炮火铳，一一审视。

心满意足之际，她又神秘兮兮地望着朱聿恒而笑，心想，这算是他的聘礼还是嫁妆呢？

不过，无论算是什么，它都会停泊在她那个开满鲜花的海湾之中，成为五湖四海所有人尊崇艳羡的海上霸主。

"长风"共有四层船舱，面积层层递减。

最下方是船工与士卒们休息的地方，分隔成一个个斗室；二层是舵工、大夫等技工所居之处；三层是船长及副手们的房间；最上层最小，是供奉天妃的神堂所在。

阿南在第三层上自己的房间里逗留查看了许久，因为这是阿琰出的图纸所造，她事先并不知晓内部构造。

这是船上最大的舱室，前面的走廊可以查看下方甲板一切动静，进门便是固定于地上的紫檀屏风，后面是起居室，宽大的书桌上堆满了航海图和各地形胜图，后方是可折叠洞开的大木窗，一旦推开便能面对整片大海，四周形势一览无遗。

左右两侧的房间，一边是他们的卧室，另一边则是工具房，布置得与唐月娘的那个柴房颇有相似之处，各类大小斧凿锛锯整齐排列，柜中金银铜铁锡土木矿石应有尽有。

阿南抬头一看，不由得笑了——头顶上的安全防护也做好了，不过因为是在船上，所以不需要放置水桶，直接采用了活木涡吸，一旦下方有什么状况，只要一拉便能吸上海水倾泻而下。

阿南兴奋地在这室内待了许久，抚摸着各种工具，简直是人生至此，夫复何求。

"就知道你看见这些，会忘了我。"朱聿恒无可奈何地揉揉她的脸，忽然抬手，将她束发的青鸾金环摘下。

青丝顿时倾泻了一肩，阿南猝不及防，抬手理着自己的头发，不满地抬手去抓回青鸾："把青鸾还给我……"

朱聿恒抬手拥住她，不满地问："阿南你说，今天这么好的日子，咱们的新船落成，你怎么能用傅灵焰的青鸾呢？"

阿南眨眨眼，正在不解之际，却见他拉开抽屉，从里面取出一个檀木盒，打开递到她的面前："这个，应该更适合吧。"

阿南抬眼一看，见是一支绚烂的牡丹簪。各式珠宝簇成一朵碗口大的牡丹花，花蕊之上，停留着一只翅翼流光的绢纱蝴蝶。

这簪子一入手，阿南便觉出了独特之处，她略一思索，抬起手指轻弹一下簪身。

只见光彩闪动，花蕊上的蝴蝶振翅飞起，围绕着牡丹花翩翩飞旋了一圈，然后又回到了花蕊中，安憩停留。

阿南"咦"了一声，扯起蝴蝶一看，它与牡丹花并无任何东西连接，却能围绕牡丹飞旋，属实奇异。

她抬手绾好发髻，而朱聿恒俯身帮她将牡丹簪于发间，满意地看着她轻晃发丝之际，蝴蝶翩飞的模样。

阿南抬手调戏着那只蝴蝶，问："这是……"

"这法门与傅准的'万象'原理相通，你猜猜是用什么办法维持花与蝶两者虽不接触，但始终不离不弃、互相吸引的？"

"难道是利用了磁铁相吸相斥的特性？"阿南沉吟着，又感觉连接处并无磁力，急切地仰头看他，"赶紧说说，我对九玄门的绝技好奇很久了！"

看她这一脸垂涎的模样，朱聿恒笑着捏捏她的脸颊："所有机栝的运动，都会带动气流涡旋，机栝越复杂，气流越湍急，而万象则能凭借机关运转的气流探测感知机关最中心，将一举击破。"

"难怪傅准要用玄霜续命，他强行学这么殚精竭虑的本事，妄图以人力计算气流涡旋，可不就要心力交瘁早死吗？这门技艺，可能只有你这样的棋九步才能操控吧。"阿南艳羡着，想想又觉得不对，笑着斜了他一眼，"阿琰，人家把九玄门的本事学好了是杀人的，你是拿来做首饰的？"

"让自己心上人增添光彩，不比杀人放火来得好？更何况，你给我做了这么多东西，我却未曾送过你亲手做的东西呢。"

"有啊……你当初在海岛上，给我做过回头箭的。如今，又给了我这艘天底下最好的船。"阿南坐在船舱中，抬手抚着鬓边精巧盖世的蝶恋花，想起海岛上那粗陋简单的回头箭，心下不由得涌起感动来，"这个蝶恋花我很喜欢，但，那回头箭也很好。"

"而你，给我做了岐中易，将我一步步引入了这个世界。"朱聿恒自身后环抱住坐在镜前的她，望着镜中的她微微而笑。

若无意中人，谁解其中意。

明净透亮的西洋水银镜中，两个人面容相依相偎，仿佛永远也不会分开。

经过了这长久的波折与艰难跋涉，他终于抱住了这具梦寐以求的身躯，她也终究握住了这双一见倾心的手。

这何尝不是一种，最大的圆满。

阿南重新束好头发，光彩绚烂的蝶恋花映衬得她面容越发艳丽。

神官们送进三牲，在青鸾翔舞的彩绘室内，天妃霞帔冠旒，含笑立于海浪之上。

阿南与朱聿恒持香敬祝，祈祷平安，率一众船工士卒虔诚上香。

香烟繁盛，丝竹齐鸣，阿南与朱聿恒携手站在船上，对船厂的管事挥手道："下水！"

一声令下，早已站在岸边的大批汉子立即挥舞手中的锄铲，先拆挡水板，再挖堤坝。

长江水从堤坝缺口疾冲进来，被引进"长风"所在的船坞凹地。

阿南拉着朱聿恒站在船头，看着周围人群散去，浊浪将他们脚下的船迅速托起，在颠簸震荡中，他们把臂稳住身形，示意旁边的士卒与船工各就其位。

船坞洼地被水灌满，彻底连通了长江。

"转舵，起帆，东北方入江，启航！"

船上水手们一起推动巨大绞盘，洁白的撑条硬帆被春风鼓满，长橹在水下徐徐推进，三千料的巨大船舶在风力与人力的运动之下，缓缓驶出船坞，进入了长江。

如此庞大的船舶，一经下水，便再无上岸的可能。

"走吧，阿琰。"阿南遥望着前方苍茫，与朱聿恒并肩站在船头，衣袂猎猎，直面迎面而来的风浪。

"我们一起南下，去我永远花开不败的、海峡悬崖上的小屋。南洋那边，暹罗、爪哇、三佛齐等处，其实华人众多，市集也有繁华处，那边的官厂和宣慰司说不定还有你的熟人呢。等到你玩腻了，咱们再一路西去，去西洋的柯枝、古里、麻实吉。甚至可以去天方，去木骨都束，去我听人说过但是从没去过的惹怒襪[1]、黄鱼岛[2]、佛郎机[3]，这些国家的机巧与我们这边大有不同，我在海上时偶尔见过他们所造的机栝玩物，有些精巧之处令人赞叹。之前，我一直想去看看，但苦于当时海上未平，而且我孤身一人也不可能前往，因此尚未成行。"

"别担心，以后咱们携手相伴，沿岸的海盗甚至那些国家，哪个能阻拦咱们的步伐？"

身后滚滚浪涛中，上百条船汇入洪流，追随他们而去。

迎面的风吹来，让他们靠得更紧，而那双她最爱的手紧握着她的手，他们并肩站在船头，迎向面前的天高海阔，莫逆于心。

"走吧，以后山长水阔，世界广袤，我们一一走遍，再无任何牵挂。"

【司南·天命卷 完】

1　惹怒襪：热那亚。

2　黄鱼岛：撒丁岛。

3　佛郎机：葡萄牙。

图书在版编目（CIP）数据

司南. 天命卷 / 侧侧轻寒著.

—武汉：长江出版社，2023.12

ISBN 978-7-5492-9132-8

Ⅰ.①司… Ⅱ.①侧… Ⅲ.①长篇小说—中国—当代 Ⅳ.① I247.5

中国版本图书馆 CIP 数据核字（2023）第 180932 号

司南·天命卷

SINAN·TIANMINGJUAN

侧侧轻寒 著

出　　版	长江出版社
	（武汉市解放大道 1863 号）
选题策划	林　璧
市场发行	长江出版社发行部
网　　址	http://www.cjpress.cn
责任编辑	陈　辉
特约编辑	林　璧
印　　刷	北京盛通印刷股份有限公司
版　　次	2023 年 12 月第 1 版
印　　次	2023 年 12 月第 1 次印刷
开　　本	700mm×1000mm 1/16
印　　张	21.5
字　　数	400 千字
书　　号	ISBN 978-7-5492-9132-8
定　　价	49.80 元